C H V

Eva Demski
Karneval

Roman

liebe Oma,

hoffentlich gefällt Dir
dies Buch auch! Alles,
alles liebe zu Weihnachten
+ einen guten neuen Start
ins Jahr. Laß's Dir's gut gehen!

Carl Hanser Verlag

Deine Eva

ISBN 3-446-13444-1
2. Auflage 1981

Umschlagfoto von Rudolf Küfner
Druck und Bindung: May & Co, Darmstadt
Satz: Fotosatz Otto Gutfreund, Darmstadt
Printed in Germany

Heute ist Aschermittwoch. Ich bin früh aufgewacht vom Rumpeln der Müllwagen und dem lauten Zischen der Kehrmaschinen, die unsere Straße von den Spuren der vergangenen Tage befreien, von all dem Papier und den Scherben. Aber Konfetti sind hartnäckig. Ich wußte aus den vergangenen Jahren, daß noch Wochen danach die bunten Plättchen auf der Straße liegen würden. Sie verschwanden erst, wenn der Sommer kam. Ich stand auf und schaute hinunter, ein paar Übriggebliebene suchten in allen Taschen nach ihren Schlüsseln, und dann blinzelten sie in die Sonne und glotzten vor sich hin, als ob sie nicht genau wüßten, zu welcher Tür die endlich gefundenen Schlüssel passen könnten. Dann war die Straße leer, und ich fror in meinem Nachthemd.

Das war heute morgen. Ich bin in ihr Zimmer hinübergegangen, da lag sie und atmete schwer und unregelmäßig in die Decke, die sie sich so um den Kopf gezogen hatte, daß ich nur ihre Haare sehen konnte. Es roch wie im Zimmer einer älteren, nicht ganz sauberen Frau. Dabei ist sie jetzt gerade neunzehn. Es roch nach benutzter Wäsche und immer wieder übersprühtem Schweiß, nach säuerlichem Alkohol, der durch Mund und Haut wieder hervorkommt nach vielen betrunkenen Stunden. Ihre Haare sahen tot aus, matt und zu Strähnen zusammengeklebt, und ich dachte an die glänzende, helle Nußfarbe und die fröhliche, schwingende Fahnenbewegung, die ihre Haare immer gehabt hatten, wenn sie im Garten schaukelte. Aber da war sie ja noch klein gewesen, nein, nicht klein, aber jedenfalls noch ein Kind.

Ich weiß nicht, wie lang ich in ihrem Zimmer gestanden bin. Ich legte wohl ihr Zeug zusammen, das sie verstreut hatte, aber ich tat es nur, weil ich es so gewöhnt war, nicht weil ich es noch hätte schön und ordentlich machen wollen in ihrem Zimmer. Ich wußte ja schon länger, daß das nicht mehr ging, man konnte das auch riechen, es war so wenig übriggeblieben von den Dingen, die ich an ihr geliebt hatte. Aber ich liebte sie natürlich noch, oder vielleicht noch mehr, eben weil es gar keinen Grund mehr dafür gab.

Es war alles grau in ihrem Zimmer heute morgen, das Bett, obwohl ich es in den letzten zwei Wochen jeden Tag hatte neu beziehen lassen, die Wolkenstores. Die Fläschchen auf ihrem Frisiertisch glänzten nicht mehr, der Spiegel war wie eingestaubt und selbst diese entsetzlichen weißgoldenen krummfüßigen Möbel sahen grau aus, grau und matt.

Es war heute morgen, daß ich beschlossen hatte, alles aufzuschreiben, die Ereignisse der letzten zwei Wochen. Wahrscheinlich werden mir auch viele Erinnerungen dazwischengeraten, wahrscheinlich wird es lang dauern, und vielleicht muß ich mittendrin aufhören, denn ich habe die Hoffnung nicht aufgegeben, daß sie mich eines Tages wieder brauchen wird. Vielleicht wird sie mich auch wieder mit dem Namen ansprechen, den sie mir als Kind gegeben hat und den ich lang nicht mehr von ihr gehört habe. Sie hat überhaupt nicht mehr oft mit mir gesprochen in letzter Zeit, aber sie hat noch immer Zettel auf meinen Schreibtisch gelegt, auch in den letzten zwei Wochen. Ich habe alle aufgehoben, selbst die, die ich beim besten Willen nicht lesen konnte, weil sie so betrunken war, als sie sie schrieb. Gerade über denen habe ich stundenlang gesessen und sie angestarrt, abwechselnd mit und ohne Brille. Aber sie gaben keinen Sinn, blieben arme, wirre traurige Schlänglein, die übers Papier hin und her krochen.

Ich habe noch nicht darüber nachgedacht, warum ich das alles aufschreiben will, und für wen ich es tue. Sie wird es nie lesen wollen, ihre Eltern hätten keinen Nutzen mehr davon, und ich selber weiß es ja sowieso und kann es keine

Stunde vergessen, nicht einmal in meinen Träumen. Aber vielleicht ist es mein Wunsch nach Ordnung. Wenn es dieses ordentliche, hart eingebundene dicke Heft nicht gegeben hätte, wäre mir die Idee gar nicht gekommen. So sah ich es heute morgen, als ich aus ihrem Zimmer zurückkam, wie es da auf meinem Schreibtisch lag. Es sah so stabil und verläßlich aus und ich dachte, daß mir die ganze Geschichte nicht mehr so entsetzlich wäre, wenn sie erst eins nach dem andern zwischen diesen harten schwarzen Buchdeckeln eingesperrt wäre.

Solche Ideen hatte ich früher schon gehabt, und obwohl es nie geklappt hatte, versuchte ich immer wieder dem Entsetzen zu begegnen, indem ich es in eine Reihenfolge und eine ordentliche Form brachte. Ich glaube, daß mich deshalb viele Leute nicht mögen, wahrscheinlich meinen sie, mir täte nichts wirklich weh. Aber das stimmt nicht, oder nicht genau. Mich schmerzt vieles, wie andere Leute auch, vielleicht sogar mehr – oder wenigstens längere Zeit –, aber ich habe so eine winzige Stelle in mir, die vollkommen ohne Empfindung ist, und mein Tick mit der Ordnung kommt daher, daß ich immer wieder versuche soweit zu denken, bis jeder Schmerz von dieser kleinen unempfindlichen Stelle aufgesogen wird. Früher, als sie noch jünger war, hat sie immer darüber gelacht. Jetzt hältst du wieder die Luft an, hat sie gesagt, jetzt läßt du wieder nichts zwischen deinen Zähnen durch. Aber natürlich hat sie nicht gewußt, daß ich anders gar nicht hätte überleben können.

Ich habe am Morgen des Aschermittwoch einfach angefangen, diese vierzehn Tage aufzuschreiben und viele Tage zuvor, auch Erinnerungen an die Zeit, bevor ich sie kannte, sie, die neben mir in ihrem Zimmer schlief, schwer atmend und ganz zerstört und die sie mir an diesem Morgen endlich überlassen hatten. Ich wußte ganz genau, daß sie es nur getan hatten, weil sie nichts mehr von ihr brauchen konnten. Fahr mit ihr weg, hatte ihr Vater gesagt, in irgendein Sanatorium, sie kann sich hier eine Zeitlang nicht mehr blicken lassen.

Und ihre Mutter hatte dabeigestanden in diesem blauen Morgenrock, so einem glänzenden, in sich gemusterten Morgenrock, der steif wie eine Glocke um sie herumstand. Sie hatte ein wenig geschnüffelt und den Kopf geschüttelt.

Du mußt wirklich mit ihr wegfahren, sagte auch sie. Das ist das einzig mögliche, mit mir geht sie ja nicht, mit ihrer eigenen Mutter.

Dabei sah sie aus wie ein Teewärmer und ich haßte sie wie immer, ich atmete tief dieses vertraute Schwächegefühl ein, dieses angenehme Schwindligwerden, das dem Haß vorausgeht.

Nun konnte ich sie haben. Ausgesaugt und abgelutscht, klebrig und übelriechend hatten sie sie mir gegeben, wie Sperrmüll, wie ein abgelegtes Kleid. Ich hatte sie ja aufwachsen sehen, ich war ja die einzige gewesen, die es merkte, wie an ihr im Lauf der Jahre Wunder aufgingen, richtige Schönheiten und Talente, eins nach dem anderen, aber klein und leise und unauffällig. Was sie konnte und dachte war so sicher in ihr verborgen, daß ich immer ganz beruhigt war. Man würde sie nicht auseinanderzerren, meinte ich damals – da war sie dreizehn, vierzehn. Sie war so unauffällig, und ihre vielen Farben schienen nicht die richtigen für die Welt, in der sie aufwuchs.

Sie nahm sich selber auch nicht so wichtig. Ich schaute ihr nur zu, wenn sie etwas Neues tat, oder einen neuen Blick in ihren eigenen Augen entdeckte, oder plötzlich sah, wie ihre Hände sich veränderten, oder wenn sie ihrer Stimme erstaunt nachhörte, die bei ihr schon früh tief geworden war, eine Stimme, die jedem an der Seele kratzen konnte. Ich sah ihr immer zu, bei allem, entdeckte sie, wenn sie sich entdeckte, aber ich lobte sie nie und förderte sie nicht. Wenn ihre Mutter sagte, entsetzlich, sie knurrt ja wie ein Kerl, von wem hat sie das nur, gab ich ihr keine Antwort. Ich war sogar listig und machte jeden Abend für das tiefstimmige Kind ein Glas heiße Honigmilch.

Manchmal schaute ich sie an und sah sie, wie die anderen sie sahen: ein dünnes, mittelgroßes Mädchen mit graden Schultern, langem braunem Haar und großen Augen, deren Farbe nicht ohne weiteres zu erkennen war. Sie waren dunkelgrau, dieses gefährliche Grau, das als harmloses Blau beginnt und sich bei manchen Kindern früh verdunkelt. Augen von dieser Farbe sind meist wie von einem Zaun umgeben von sehr dichten, drohend aufgebogenen Wimpern.

So war es auch bei ihr, Zäune, Gitter, Vorhänge, waren ihre Wimpern. Sie sieht wirklich niemandem ähnlich, den ich kenne, sagte ihre Mutter seufzend. Gott sei Dank, dachte ich, Gott sei Dank.

Sie hatten wohl versucht, noch mehr Kinder in die Welt zu setzen. Bis vor kurzem haben sie es noch versucht, als wollten sie sie korrigieren, einen Irrtum, und hinter einem Stall blonder, polternder Ähnlichkeiten verstecken. Aber es gelang nicht, nie. Jeden Monat bekam ihre Mutter Weinkrämpfe, wenn es wieder nichts gewesen war – ein Sohn, ich habe von meinem Mann immer einen Sohn gewollt! Sie bekam einen fast neunwöchigen Weinkrampf, als sie hatte einsehen müssen, daß das Ganze nun endgültig vorbei war. Nein, es war so, als hätte alles, was in dem Mann und der Frau fremd und schön und geheimnisvoll gewesen war, sich ein einziges Mal mit einer großen Kraft zusammengeballt und befreit.

Das war sie gewesen, von der jetzt nichts mehr zu erkennen war und die sie mir deshalb überließen.

Ich erinnere mich hier im Sanatorium, wo ich alles geordnet noch einmal schreibe, daß ich an diesem Aschermittwoch eine ganze Seite in dem dicken Notizbuch nur mit den Worten bedeckte sie schläft, sie schläft, sie schläft, als hoffte ich, sie könnte all ihren Glanz und ihr Leuchten wiederfinden, wenn sie nur lang genug schliefe. Es war ein Gekritzel damals, der Anfang, meine Angst vor ihrem Aufwachen, meine Angst davor, daß sie mich fragen würde und davor, daß sie mich nicht fragen würde.

Nur eine Wand trennte uns, als ich mir die Ereignisse dieser letzten vierzehn Tage zusammendachte, zusammenleimte aus Erzählungen und Heulausbrüchen, aus morgendlichen Brechanfällen, Gekicher und zerrissenen Büstenhalterbändern, einer langen Reihe von Indizien, Farben und Linien der Ereignisse. Ich war ja nicht dabeigewesen. Nur bei wenigen Gelegenheiten, wenn zufällig etwas sich bei uns im Hause statt außerhalb in den Kneipen und den großen Ballsälen abspielte, konnte ich auch die anderen Akteure der Geschichte sehen. Aber das war selten. Ich war nicht dabeigewesen, aber ich hatte zugehört und die Bruchstücke gesammelt und nichts vergessen. Denn ich konnte ja sehen, was mit ihr geschah. Eine ganze Stadt und ihre Lustigkeit gegen das Kind! Und sie nennen es ja auch so: Kampagne.

Der Ausdruck hat was Kriegerisches, es gehört nicht viel dazu, das herauszufinden. Aber er hat auch was von Überzeugenwollen. Die ganze Stadt bemüht sich, einen auf ihre Seite zu ziehen. Die Bewegungen der Leute, das Lachen, die Veranstaltungen, die Kneipen: Alles verfolgt beharrlich den einen, einen Zweck: zu erobern. Manche Jahre dachte ich, sie machen das alles für den letzten, der sich entzieht. Sie kennen ihn nicht, aber sie vermuten ihn in ihren Reihen. Wenn sie erst mal rausgefunden haben, daß ich es bin, ich, diese ältere, ein wenig merkwürdig aussehende Frau, werden sie mich lynchen. Es ist albern, was man so denkt, wenn die Kampagne in den letzten Tagen anschwillt, aber es gehören wirklich alle dazu, die Metzgerin, der Parkwächter, sogar der Bankbeamte, dessen Gesicht ich mir nie merken kann, weil er eigentlich gar keins hat. Alle gehören dazu, haben ihren Platz und an ihren Arbeitsgeräten oder um ihren Hals weht das Zeichen: eine bunte Papierschlange.

Ich habe diese Zeit immer bedrohlich gefunden, in all den Jahren, in denen ich nun schon hier lebe. Ich zog sie trotzdem für die Kinderumzüge und Bälle besonders hübsch an, sie hatte immer merkwürdige Kostümwünsche, die ich sehr gut verstand. Ich kann mich erinnern, daß sie sich in einem Jahr geweigert hat, irgendwohin zu gehen, weil ihre Mutter auf einer Gräfin Mariza bestanden hatte, diesem dummen, grün-weiß-roten Plunder mit den Bändern an den Ohren. Sie ging einfach nicht. Sie hatte Sindbad der Seefahrer sein wollen und wir hatten alles schon besprochen, eine pfauenfarbene weite Seidenhose, meine alte goldene Brokatbluse vor der Brust geknotet und einen Turban aus dem Schal. Der Schal war das wichtigste dabei, denn er gehört zu den wenigen Dingen, die ich von zuhause mitgebracht hatte, damals, nach dem Krieg. Sie war sehr stolz, daß ich ihn ihr leihen wollte, ein zartes, weißes Spitzengewebe mit eingewirkten kleinen Silberplättchen. Ein Säbel hatte uns noch gefehlt. Aber nein: Gräfin Mariza. Und das Kind weigerte sich, das Haus zu verlassen. Keine Kampagne. Sie hatte damals auch ihren Eltern gründlich die Laune verdorben.

Ich weiß eigentlich nicht, ob ihre Eltern die Kampagne mochten oder genossen oder ob sie sich ihr überließen – jedenfalls waren diese vierzehn Tage immer eine Zeit, in der alles andere zurückzustehen hatte. Das Äußere wurde wichtig wie nie, auch bei ihm. Als er schon dick geworden war, hungerte er sich vor der Kampagne immer in seine engsten Hosen zurück, aus denen er dann sofort danach wieder herausquoll. Sie hungerte ja sowieso immer, aber vor der Kampagne aß sie tatsächlich nichts, auch nicht heimlich. Ich genoß es, wie sie mir zusah, während ich aß. Es war wie eine Zeitrechnung, sie datierten Ereignisse in der Stadt nach vorher und nachher, oder sie verschoben notwendige Handlungen oder Reaktionen.

Das hat Zeit bis nach Fastnacht! Wärst du doch vor Fastnacht gekommen. Aber doch nicht jetzt, mitten während der Fastnacht.

Fünfundzwanzigmal habe ich das jetzt schon gesehen. Seit fünfundzwanzig Jahren bin ich in dieser Stadt und ich kann es nicht lassen, auch während des Jahres, wenn die Leute so sind wie überall, daran zu denken, wie sie sich an einem Novembertag zu ihrem seltsamen Feldzug sammeln um dann irgendwann im Februar die Entscheidungsschlacht zu schlagen. Da wo ich hergekommen war, hatte es das nicht gegeben. Vielleicht verlor ich deshalb nie mein etwas ängstliches Staunen. Wie berechtigt war meine Angst! Aber das wußte ich noch nicht, als ich mich mit ihr zusammen über die Stoffkiste hermachte und etwas für sie erfand, für ihre Kinderumzüge, für die Bälle in der Schule und mit den Kindern der Nachbarn, den Bungalowkindern.

Sie wollte fast immer Männerkostüme und man sollte sie nicht erkennen können. Masken, Tücher und Perücken. Nein, bei uns zuhause hatte es zwar Maskenbälle gegeben, meist mit einem Motto – Orientalische Nacht oder Italienischer Hafen –, aber es war doch nur eine Form gewesen, sich etwas anders, unbekümmerter, anziehen zu können.

Ich bin im Osten geboren und habe einen guten Teil meines Lebens dort verbracht, den besten Teil. Dort war ich ein Kind und ein junges Mädchen, eine Frau auch, – ich weiß nicht, ob ich darüber schreiben werde, denn ich will ja von ihr versuchen zu erzählen, mir noch einmal alles erzählen, um das Schreckliche in eine Ordnung zu bekommen, es bis tief in den Kopf zu treiben, dahin, wo die unempfindliche Stelle ist.

Als ich sie kennenlernte, war ich gerade mein Alter losgeworden. Ich hatte keins mehr. Ich war eine Frau, alleinstehend, die einen Beruf brauchte, die daher kam, wo das Wort Beruf völlig unbekannt gewesen war und nie ausgesprochen wurde. Fünfundvierzig bin ich in diese Stadt gekommen. Die Flucht wars nicht gewesen, die hatte mir mein Alter nicht nehmen können. Ich war eine junge Frau von fünfunddreißig Jahren, ziemlich stabil, kann ich mich erinnern. Aber auch neugierig und sehnsüchtig, eitel und kokett, was man auch bleibt, wenn man überlebt hat. Das macht einen ja nicht edel, Gott sei Dank, das nicht. Es macht einen ehrlicher. Nein, es waren die fünf Jahre danach. Diese Art zu überleben konnte ich nicht lernen. Die Jahre zwischen den Zeiten hatten mir mein Alter weggenommen und alles, was dazugehörte. Damals kam ich zu denen, bei denen ich heute noch bin.

Es ist ja oft genug beschrieben worden, wie es damals gewesen ist, nichts als Heldinnen und Märtyrerinnen, phantasievoll, listig, die Legenden wucherten nur so. Schon die Nacht nach einem mäßig erfolgreichen Schwarzmarktgeschäft, nach einem gerade gelungenen Betrug, ließ aus der Miesheit die Blüten des Abenteuers schießen. Natürlich wars die erste Zeit, in der die Frauen sich hatten schadlos halten können. Ein ganzes Weibervolk voller Courage. Wo hatten sie sie bloß vorher gehabt? Ich hatte keine Talente diesbezüglich. Ich hatte zuhause nicht gearbeitet, wenn ich etwas brauchte, ließ ich es mir kommen und irgendwie wurde es auch bezahlt. Ich sah eigentlich nie Geld. Lebensmittel erzeugten wir selber. Natürlich wars während des Krieges nicht mehr so, wie wir es gewöhnt waren, aber von wirklichem Mangel bekamen wir doch nichts zu spüren. Keine großen Soupers mehr. Wir lachten über Bratkartoffeln mit Speck zum Abendessen vom schönen grüngeränderten Limoges. Der Weinkeller hätte noch den einen oder anderen Krieg gereicht. Aber dann mußten wir natürlich weg, ohne Weinkeller und Limoges. Was ich wirklich auf den langen Weg mitgenommen habe, schreibe ich irgendwann noch auf.

Ich sage, wir mußten weg. Aber das stimmt nicht ganz, denn meine Eltern gingen nicht mit. Mein Mann war damals vermißt und von mir fast vergessen. Die Leute, die ich kannte, sperrten sich ein in ihre Decken und Pelze und in ihren Wunsch zu überleben. Meine Eltern waren noch nicht sehr alt, Ende Sechzig, aber der ganze Weg hätte ihnen nicht gepaßt. So wichtig sei es gar nicht, irgendwo anzukommen, hatte mein Vater gesagt, es sei wichtiger, irgendwo zu bleiben. Das tue er und meine Mutter machte es wie er, wie sie es immer getan hatte. Ich weiß nicht, wie sie ihren letzten Abend verbracht haben, da waren die Russen selber wohl schon nah und die Gruselgeschichten waren längst im Haus.

Der Weinkeller hat am letzten Abend meiner Eltern ganz sicher eine Rolle gespielt und auch das Limoges. Ich war da schon weg. Ich hatte kaum versucht, sie zu überreden, obwohl ich ihr Beharren nicht verstand. Aber ich hatte vielleicht schon damals das Gefühl, daß ich sie eines Tages würde verstehen können, sie vielleicht sogar dafür lieben, denn dadurch, daß sie blieben, machten sie mich frei. Ich erinnere mich: Als ich loszog, fast am Ende der Gruppe, auf meinem Duke, der dann so wichtig wurde, war es Abend. Wir hatten uns ohne Tränen verabschiedet, und als ich Dukes Fell roch, spürte ich ein Hochgefühl, eine Neugeburt.

Das wird mir wahrscheinlich noch oft passieren, daß mir die Bilder von damals in diese Geschichte geraten. Sie haben ja auch mit ihr zu tun und mit meinem Weg, der zu ihr führte, noch ehe ich von ihr wußte.

Ich hatte dieses Hochgefühl lang, es hielt den ganzen

beschwerlichen Treck, trotz des schrecklich beiläufigen Sterbens jeden Tag, trotz der Kälte, die ich immer für das Schlimmste gehalten habe, schlimmer als Hunger. Duke war bei mir und schien mich zu verteidigen, obwohl ich es war, die ihn verteidigte. Er hätte Fleisch für den ganzen Treck abgegeben, das muß man sehen, wie es ist. Aber sie schonten ihn, weil ich ihm immer wieder Kranke auflud und kleine Kinder. Ich seh ihn noch vor mir, weiß, bläulichweiß auf den bläulichweiß verschneiten Wegen, wie ein Gespenst mit unförmigen, dunklen Lasten. So ein Pferd kann wie ein Haus sein oder zumindest wie ein großer, ruhiger Ofen. Das haben die andern auch gespürt, aber ich sah sie doch oft nach der Masse Fleisches schauen, die da vor und neben ihnen herging, langsam und unbeirrbar lebendig.

Ich bin, glaube ich, von allen aus dem Zug am weitesten nach Westen geraten. Warum ich es mir in den Kopf gesetzt habe, in die französische Zone zu kommen, weiß ich heute nicht mehr. Vielleicht, weil ich Französisch konnte, sicher dieses alberne Schulmädchenfranzösisch. Ich erwartete etwas Vertrautes. Als ich begriffen hatte, daß es Osten nicht mehr für mich geben würde, wollte ich ganz nach Westen.

Die Stadt war so zerstört, wie ich noch keine gesehen hatte. Weitläufige Verwandte, denen ein Weingut in der Nähe gehörte, hatte ich vor dem Krieg öfter besucht. Es war eine dichtgedrängte, anheimelnde, fast liebliche Stadt gewesen, der Rhein ist breit an der Stelle. Ich erinnerte mich an das laute Lachen in den Lokalen, weil es das bei uns nicht gab und man auch gar nicht in Lokale ging. Ich sah die Stadt wieder und sie war schwarz und niedrig geworden, wie zusammengeschmort. Ich erkannte nichts mehr und nur in Kellern, unter der Erde, gab es ein bißchen Leben. Da hatte ich das erste Mal Angst vor dem, was werden würde.

Ich war allein mit Duke, war noch einigermaßen jung, ich hatte nichts gelernt und selbst wenn ich irgendetwas gekonnt hätte, was hätte es mir genützt in dieser Zeit? Aber ich mußte doch essen, vor allem brauchte ich Futter für

Duke. Auch in dieser zerbrannten Stadt schauten ihn die Leute so begehrlich an. Ich brachte ihn weg, zu dem Weingut, das den Verwandten meiner Eltern gehörte. Da, draußen in den Hügeln am Rhein war das Grauen und die Zerstörung unsichtbar. Sanft und grün umarmten die Weinberge den Strom, sanft und grün wie immer.

Wenn ich sage, das Grauen sei unsichtbar gewesen dort draußen in den Hügeln vor der Stadt, so war es doch spürbar. Zu wenig Menschen waren da und die wenigen, die ich sah, schienen schwerkrank zu sein. Es waren zumeist alte Frauen. Sie, die man vor dem Krieg nie zu sehen bekommen hatte, weil sie in ihren Stuben blieben, kamen jetzt zum Vorschein und übernahmen die verwaiste Landschaft. Arbeiten konnten sie. Sie hatten es ja immer gesagt und taten es jetzt auch. Sie waren besser und zäher als die Jungen. Krumm waren sie wie die Rebwurzeln, aber sie rissen das Kommando wieder an sich, schickten ihre Töchter und Schwiegertöchter in die Häuser und murmelten bei der Arbeit im Weinberg die Namen ihrer toten Söhne vor sich hin. Ein einziger Mann war ihnen geblieben, der Pfarrer. Die Kirchen waren voll mißtrauischer alter schweigender Frauen, die wieder an die Macht gekommen waren.

Die Leute auf dem Hof kannte ich nicht, die Verwandten hatten verkauft und waren während des Krieges irgendwie ins Ausland geraten. Aber man war freundlich zu mir auf dem Hof. Als ich sagte, woher ich gekommen sei, und daß ich den ganzen Weg mit Duke zurückgelegt hätte, schauten sie respektvoll auf den weißen Wallach, dessen Fell matt vor Hunger war und der den Kopf hängen ließ. Er sei ein guter Arbeiter, sagte ich, er leiste etwas für sein Futter, es sei ja auch nicht für lange.

Mer hatte ja immer Gäul gehabt, sagte die alte Frau nachdenklich, de Stall is noch in de Reih. Es schadt nix, Fräulein, sagte sie dann zu mir, es is e anner Sort Awweit un er is es net gewöhnt. Awwer in dene Zeite gehts de Mensche wie de Leut.

Und sie lachte mir ins Gesicht, nicht böse. Ich weiß noch, wie ich mich schämte, daß es bei mir jeder gleich sah. Was es war, weiß ich nicht. Aber jeder sah, daß ich noch nie für mein Essen und alles andere gearbeitet hatte. Der Satz, daß ich etwas nicht gewöhnt sei, lief mir noch jahrelang wie ein Herold vorneweg. Ich hatte nie gejammert und immer versucht, alles so zu machen, wie ich es die anderen tun sah. Aber das half mir nichts. Ob ich Geschirr spülte oder Kupferrohre gradklopfte, ob ich Kohlsämlinge pikierte, Gemüse schnitt oder Armeemäntel in Winterröcke verwandelte – für andere, die dasselbe taten, schien ich auszusehen, als spielte ich die Tätigkeit nur, als nähme ich sie nicht ernst. Auch wenn mir von dem scharfen Kupferblech die Haut an den Gelenken aufriß, auch wenn ich – wie alle anderen auch – Frostbeulen auf den Fingerknöcheln hatte, es half mir nichts, es machte meine Arbeit nicht glaubwürdiger.

Man feindete mich nicht direkt an, dazu waren damals alle zu müde, auch zu erstaunt, man hatte noch keinen festen Standpunkt gewonnen, den man zur Feindseligkeit, zum Konkurrenzkampf, zu einer normalen Streiterei braucht. Aber ich spürte doch, daß man mir keinen Schmerz glaubte und keine Schwäche – sie brachten mich soweit, daß ich mir Schmerz und Schwäche selbst nicht mehr glaubte, daß ich tatsächlich alles tat wie ein Spiel, ohne Plan, ohne Ziel, ohne Zukunft und ohne Vergangenheit.

Damals war es, daß ich mein Alter verloren habe und damit meine ich, daß ich meine Wünsche verlor, meinen Mut und meinen Trotz, und meine Abenteuerlust, die auf dem langen, todgesäumten Weg auf Duke so wunderbar aufgeblüht war. Diese fünf Jahre nach dem Krieg zerrieben in mir alles. Dabei haben gerade diese Jahre so viele andere in Form gebracht, zu sich gebracht. Aber ich konnte nicht organisieren, ich war unfähig, mit hineinzuspringen in diese fröhliche Anarchie. Je besser all die anderen losgelösten Existenzen mit dieser halbverbrannten Welt zurechtkamen, desto schlechter konnte ich es. Ich hungerte, wo andere schon ein bißchen Luxus ausgegraben hatten. Das einzige, was mich rettete, war der Wein, den ich jedes Wochenende von meinen Besuchen bei Duke mitbrachte.

Nemme se, Fräulein, sagte die alte Frau, mir hawwe noch genuch. Der vierunvierziger war en gude Jahrgang. Für de Woi kenne se kriege, was se wolle.

Das konnte man wirklich. Ich erinnere mich, daß ich sogar Freunde damit bekommen konnte, lustige, flüchtigschöne Abende und Nächte in meiner Behelfsstube. Damals dachte ich wahrhaftig manchmal, es könnte doch eine große Zeit werden. Man kann es sich vielleicht heute gar nicht mehr vorstellen, auch ich kanns nicht: Aber vor lauter Hunger und Aufmerksamkeit, und weil sie alle noch nicht wieder irgendwo Wurzeln geschlagen hatten, schienen alle viel klüger, als sie wirklich waren. Worüber wir nicht alles redeten! Lauter große Dinge hatten Platz in unseren Köpfen, große, nicht käufliche Dinge. Existenzialismus und Humanismus, Claudel und Chardin und Gott und die Welt. Mein Himmel, waren die meisten froh als sie endlich wieder eine kleine sichere Arbeit und kleine sichere Gedanken haben durften.

Schon nach drei Jahren war es, als habe es das nie gegeben. Ich war auch da wieder etwas schwerfällig. Meist hörte ich den andern zu, dankbar und mißtrauisch, weil ich nicht begriff, wo all diese Schönheit plötzlich hergekommen war. Ich glaube, daß ich der Zeit, in der alle so tun konnten als seien sie gut, länger nachgetrauert habe als andere. Ich habe mich immer nur langsam an etwas gewöhnen können und trennte mich, war es einmal ein Teil von mir geworden, nur schwer.

Doch ich habe die vierzehn Tage beschreiben wollen, die vierzehn Tage der Kampagne. Meine Befürchtung ist schon wahr geworden, nämlich daß sich mir immer wieder alte Bilder dazwischenschieben. Ich will ja auch beschreiben, wie sie war, ich kann mich wohl nicht mehr länger um ihren

Namen herumdrücken. Es wird schmerzen, ihn hinzuschreiben. Ich weiß auch noch gar nicht, welchen ihrer Namen ich ihr endgültig anheften soll. Jedes Jahr hat sie sich einen neuen ausgedacht oder ausgeliehen. Sie trug sie alle voller Ernst, bis sie verschlissen waren. Ich möchte so gern einmal einen Namen finden, der für immer gilt und mir nicht langweilig wird, hat sie einmal zu mir gesagt. Da war sie vierzehn, kurz nach der Konfirmation, und sie löste sich gerade von »Marion«, der ziemlich lang gehalten hatte. Marion. Den hatte sie sich, glaube ich, ausgesucht, weil es auch ein Männername hätte sein können. Oder René, sagte sie, wie findest du René? Da mußt du dich mit zwei e schreiben, hatte ich gesagt.

In Wirklichkeit hieß sie Rosemarie. Sie war um die Mechthilden-, Friedegunden- und Brünnhilden-Zeit gerade noch herumgekommen. Als sie geboren wurde, hatte man das nicht mehr so gern. Rosemarie, das konnte nichts falsch machen. Und dann war der Name ja auch noch niedlich und mädchenhaft und hatte eine Farbe. Aber sie hatte sich schon mit weniger als zwei Jahren, als sie gerade sprechen gelernt hatte, »Losie« genannt. Und so hatte ich sie auch kennengelernt.

Als ihr Vater mich für sie engagierte, beschrieb er erst sein Geschäft und zeigte mir das Haus, stellte mich seiner Frau vor, betonte immer wieder, daß er mich nicht für einen Dienstboten hielte, zog riesige Kreise um die eigentliche Hauptfigur, die winzig und ruhig in einer Ecke dieses nagelneuen Hauses saß. Das ist nun unsere Rosemarie, sagte er. Die grauen Augen hatte sie schon damals, aber da achtete ich noch nicht drauf. Sie schaute nur kurz vom Boden auf und sagte »Losie«, es klang wie der Name einer Barsängerin, »Losie« mit einer winzigen, rauhen Stimme. Ich habe damals nichts gespürt, ich war fast vierzig und machte mir nichts aus Kindern, mehr noch, ich verstand die Leute nicht, die welche haben wollten. Schwangere Frauen machten mich böse und hilflos; die flach aufgesetzten Füße, der nach innen gedrehte Blick, ich hatte immer das Gefühl, sie verrieten etwas, sie hätten sich aus einer ganz anderen, viel schwierigeren Verpflichtung herausgeschlichen mit ihren dicken Bäuchen.

Dieses Kind Losie war nun nicht mehr so klein, es sah eigentlich fertig und widerstandsfähig aus. Sie paßte nicht in dieses Haus und schien es zu spüren. Wir werden uns schon vertragen, sagte ich, oder irgendetwas ähnlich Blödes. Ich hätte mich mit einem jungen Alligator oder einer Sandviper vertragen, so froh war ich, endlich einen Ort gefunden zu haben, an dem ich bleiben konnte, auspacken, ruhig sein, sitzen.

Die Jahre hatten mich hochmütig werden lassen. Es macht einen nämlich auch stolz, wenn man von dem, was alle können und einer immer besser und erfolgreicher als der andere, gar nichts kann. Wenn man scheitert, wo eine ganze Welt Erfolg hat, macht einen das stolz, wenn man einreißt, wo andere aufbauen, wenn man verschwendet, wo andere anhäufen, wenn man ganz lautlos und ohne große Veranstaltungen sterben will, wo jeder sich mit dem Leben einläßt. An diesem Punkt von Hochmut war ich damals angekommen. Hochmut und auch Hochgemutheit, ich war trotz meiner Lähmungen ganz fröhlich.

Losies Vater hatte ich bei einem Schrottgeschäft kennengelernt, an dem ich kaum was verdiente, wie immer. Ich weiß gar nicht mehr, wie ich damals überlebt habe. Dabei gabs schon längst wieder die ersten frischen Reichen. Sie waren noch staunend und ganz ohne Übung, aber sie hatten doch schon wieder irgendwo eine Halle und eine Bürobaracke und zehn, zwanzig, hundert Leute und ein Band, eine schepprige Verpackungsmaschine, und Aufträge, Aufträge. Es war ja nicht so, daß ichs nicht verstanden hätte, wie das lief: ich hatte nur keine Lust, und ich wußte genau – wenn ich versucht hätte, das Spiel mitzuspielen, hätte es nicht funktioniert. Die Kugel wäre aus dem Rund gesprungen, die Mechanik hätte gestreikt.

So blieb ich eben arm und meine verdorrte Zärtlichkeit konzentrierte sich auf meine Besuche bei Duke, dem es gut ging und in dessen Fellgeruch ich manchmal hineinheulte, aber ohne Tränen. Es ging ihm wirklich gut, denn die alte Bäuerin hielt ihn für ein mythisches Tier und brachte sein Befinden und das des Hofes und der Landwirtschaft in einen direkten Zusammenhang. Es hat so sein müsse, sagte sie oft, en weiße Gaul un vom annern End vom Land. Es is kaan Zufall. Sie hatten gute Ernten, guten Wein. Alles auf dem Hof blieb gesund und Duke stand mächtig und weiß auf der kleinen Koppel.

Losies Vater. Er war Mitte Zwanzig, als ich ihn kennenlernte, ich hatte meinen vierzigsten Geburtstag gerade mürrisch hinter mich gebracht. Aber er kam mir immer viel älter vor, sogar älter als ich es war. Das geht mir manchmal heute noch so. Er war schon damals einer von denen, die alles zu können scheinen. Es muß hierzulande viele von der Sorte geben. Wo hätte das Volk sonst seinen Ruf her, fleißig, strebsam, sauber. Aber das war es gar nicht, auch bei Losies Vater nicht. Er wußte nur immer den richtigen Platz für Dinge und Leute. Man hätte ihm einen ungezähmten Elefanten im Rheingau anbieten können, er hätte einen gewußt, der einen ungezähmten Elefanten braucht.

Als er anfing, war er gerade zwanzig gewesen. Mit Trauer oder verletztem Stolz hielt er sich nicht lang auf. Das Gefangenenlager, in dem er mit den andern zu Tod erschöpften Buben gelandet war, hatte ihm nichts ausgemacht. Er kaufte und verkaufte. Er lernte ein paar Amis und Franzosen kennen. Er besorgte sich Handelslizenzen. Salaud, hatten ihn die Franzosen gerufen, das war ihm geblieben. Noch jetzt nennen ihn die Leute Salo – sie betonen hier immer auf der ersten Silbe –, Salo ruft ihn auch seine Frau, und keiner weiß mehr, woher ihm der Name gekommen ist.

Dabei heißt er Wilhelm. Das war seines Vaters Trotzhandlung, der richtige hatte zum Zeitpunkt seiner – des kleinen Wilhelm – Geburt schon längst die Wälder von Doorn zu Brennholz gesägt.

Also Salo. Was ihn so erfolgreich machte, war, daß der Zustand der Stadt seinen Wünschen geradezu entgegenkam. Alles lag wüst durcheinander, kein Gegenstand erinnerte mehr an seinen ursprünglichen Zweck, die Häuser waren Fundgruben, Steinbrüche, Ausgrabungsorte, man rechnete damals nach Millionen Kubikmetern. Was für eine Lust muß es für diesen Zwanzigjährigen gewesen sein, herumzuwühlen, zu sammeln, zu ordnen, anders zusammenzufügen und abzuwarten. In einem Schuppen trug er Material zusammen, säuberte es, stapelte es bis zur Decke, Röhren und Wannen, Drähte und Herde, T-Träger und Streben. Und dann wartete er. Am Tag als sie alle ihre vierzig Mark bekommen hatten und die Läden sich prächtig im Schmuck ihrer Waren zeigten, heuerte er ein paar Leute an. Jetzt ließ er sammeln und ordnen und stapeln und wartete nicht mehr.

Es hat viele Jahre gedauert, bis ich mir seine Anfangsjahre zusammengereimt hatte, jedenfalls soweit, daß ich ihn besser ertrug, daß ich mir hinter dem Bauunternehmer den in der Unordnung wühlenden, aus dem Niedergang eine neue Welt schaffenden Jungen vorstellen konnte. Denn er erzählte nicht gern von seinen Anfängen. Niemandsland sei das gewesen, sagte er einmal, Niemandsleute auch. Man habe keine Vergangenheit gehabt und keine Zukunft. Deshalb habe er die Gegenwart ausgesogen, jeden einzelnen Tag trockengesogen, bis nichts mehr aus ihm herauszuholen gewesen sei.

Jetzt ist er natürlich unerträglich. Aber ich will gerecht sein, ich will ihn mir selber wieder ins Gedächtnis rufen, das ganze Bild, mit dem verschwommenen und undeutlich gewordenen Hintergrund. Ja, er war mir sehr viel älter vorgekommen damals, als ich ihn kennenlernte. Er handelte das lachhafte Geschäft, das ich ihm vorgeschlagen hatte, in ganz kurzer Zeit ab und machte mir dann sein Angebot. Ich weiß nicht mehr genau, wie er sich ausdrückte. Ich kann mich nur noch erinnern, daß ich ihn nicht verstand, daß ich nur spürte, es könne da eine Ruhe für mich herausspringen, ein Atemholen, etwas wie eine Gruft.

Es ist ja zum Lachen, daß es mir gerade in jener Zeit so begehrenswert erschien, unbeweglich zu werden, starr, unempfindlich. Alle anderen gingen damals mit dem wachsenden Gefühl in der Welt herum, man sei wirklich davongekommen, die Strafe habe einen verschont, der Hurrikan habe einen Bogen gemacht. Ich erinnere mich noch an das hilflose Gefühl, das ich als Kind hatte, wenn irgendeine Missetat nicht entdeckt worden war. Man konnte sich ihrer erst nach einiger Zeit freuen. Und so wars damals. Alle begannen sich zu freuen, fünf, sechs Jahre nach Kriegsende. Man sagte es nicht, aber jeder dachte es: Es ist ja nichts passiert! Und gerade das war es, was mich lähmte. Aber ich war wohl auch ein wenig zu alt, ich hatte ein ganz und gar falsches Alter, männerlos und zukunftslos und traumlos. Deshalb nahm ich Salos Vorschlag an.

Er habe gebaut, erzählte er, das Grundstück habe er gehabt, kein schlechtes Haus, einen Bungalow, ich solle nur sehen. Er wohne da, sein Kind, seine Frau. Sie bräuchten jemand, kein Dienstmädchen, das natürlich nicht, aber jemand, der etwas wisse über den Haushalt, auch dem Kind etwas sagen könne über Manieren, seine Frau käme aus den gleichen Verhältnissen wie er. Verwandte hätten sie wenige. Er zahle nicht schlecht. Ich könne auch sagen, wenn im Hause mir etwas nicht gefiele. Er lachte nicht als er sagte, ich dürfte sie alle ein wenig erziehen.

Viel später, als ich längst dort lebte, begriff ich erst, was er mit mir hatte kaufen wollen: Geschichte. Geschichte für seinen nach nassem Beton und Farbe riechenden Bungalow, Geschichte für die an Pflöcken festgebundenen, schwankenden Bäumchen in seinem Garten, Geschichte für seine Frau, die verzweifelt nach Menschen suchte, vor denen sie keine Angst zu haben brauchte. Ja, er hatte auch für sich

Geschichte kaufen wollen, der Oppenheimer Handwerkerbub. Er spürte wohl, daß er oben auf dieser Zeit herumtanzte wie die Bällchen auf den Springbrunnen in einer Schießbude. Als ich das wirklich begriffen hatte, bewunderte ich ihn fast.

Das war, glaube ich, Anfang einundfünfzig, in einem ziemlich kalten Frühling. Mein Zimmer war in der Nachkriegskälte steckengeblieben. Man darf nicht vergessen, damals fuhren schon die ersten Urlauber nach Italien! Salos Angebot schmeichelte mir, gab mir ein Wertgefühl, über dessen Ursache und Dauer ich nicht nachdenken wollte. Vielleicht spürte ich aber auch nur, daß gerade dieser Mann etwas von mir wollte, das nur ich zu vergeben hatte, trotz meines schäbigen Souterrainzimmers und meines unbestimmten Äußeren. Wenn ich mir heute die wenigen Zufallsfotografien aus dieser Zeit anschaue, fallen mir mehrere traurige Dinge auf: Ich bin immer mit vielen Leuten zusammen auf den Bildern, mich allein zu fotografieren hatte damals niemandem in den Sinn kommen können. Da drückt sich immer eine Gestalt dicht an den gezackten Rändern der Bilder herum, die noch grauer ist als die anderen, nicht schwarz-weiß, grau. Um diese Gestalt – ich – sah einfach nicht aus, sie sah gar nicht aus, nicht häßlich oder verunstaltet, gar nicht.

Ich versuche mir vorzustellen, daß ich wenige Jahre, bevor diese Aufnahmen entstanden waren, auf Duke von Osten nach Westen geritten war, das hieß doch etwas Sieghaftes, Strahlendes, man hätte es mir doch ansehen müssen! Aber nichts. Eine graue Figur am Rand von Bildern. Was dieser junge Spund, dieser muntere Schrotthändler und Franzosenfreund in mir gewittert hatte, weiß ich heute noch nicht genau. Aber ich wußte schon damals, daß ich es hatte, daß ichs auch würde mitteilen wollen.

Wie dumm ich war mit meinem roten Koffer voll hochmütiger Erinnerungen! Viel mehr als diesen roten Koffer, den ich von daheim mitgebracht hatte, mußte ich nicht in das Haus mitnehmen, in das ich damals zog, um zu bleiben. Es war in den Jahren nach dem Krieg kaum etwas an Besitztümern dazugekommen, ein bißchen billiges Geschirr, ein paar farblose Kleider, eigentlich immer dieselben sackartigen Röcke und Jacken, im Sommer dünner, im Winter dicker. Ich weiß heute nicht mehr, warum ich so vollkommen auf mich verzichtet hatte, damals. Aber es war bestimmt eine ganze Menge Trotz dabei, diese billigen Gefallkünste wollte ich gar nicht erst mitmachen. Ich hielt mich an meinen roten Koffer, den Wunderschrein, Aladins Lampe, des Fischers Flasche.

Unsinn. Es waren eben diese paar Sachen von zuhause drin, der Schal mit den winzigen eingewobenen Silberplättchen, von dem ich schon geschrieben habe, eine Elfenbeinminiatur aus dem achtzehnten Jahrhundert. Zuhause hatte sie im Treppenhaus gehangen, weil niemand so recht wußte, wer darauf abgebildet war und man dem schönen, schrägäugigen Mädchen mit der Nelke in der Hand deshalb einen Platz bei den Familienporträts nicht zugestand. Meine Mutter war da eigen. Aber gerade deshalb hatte ich das Bildchen schon als Kind geliebt. Ich hatte in diese schrägen Augen hineingeredet, wenn ich mich einsam fühlte, ich hatte von diesem schweigenden, zu einem winzigen Lächeln gebogenen Mund gelernt. Ich erinnere mich genau, wie ich damals am Tag des Beginns meiner sogenannten Flucht mit dem leeren Koffer durchs Haus gegangen bin. Die Größe des Koffers bestimmte die sinnlosen, weder wärmenden noch nährenden Gegenstände, die ich Duke aufladen wollte. Es war ja eigentlich nur ein Köfferchen, rotes Saffianleder, natürlich. Ursprünglich waren die Taufkleider darin aufbewahrt worden.

Meine schöne Unbekannte – meine Mutter behauptete immer, sie sei die Geliebte irgendeines Ahnen gewesen. Ich habe vergessen, welcher da so mutig seine Liebe im Treppenhaus verewigt hatte. Und beim Temperament der

Frauen in unserer Familie erstaunt es mich noch immer, daß das zarte Täfelchen nicht irgendwann dem Wutausbruch einer Nachfahrin zum Opfer gefallen ist. Denn die Geliebten der Männer, die die Reihe nach dem mutigen Ahnen fortsetzten, glichen der Dame mit der Nelke aufs merkwürdigste. Es waren immer Mädchen mit sehr schrägen Augen und einem winzigen Lächeln auf geschlossenen Lippen. Auch mein Vater, erinnere ich mich, und irgendeine meiner Erzieherinnen waren wohl, angezogen von dieser uralten Ähnlichkeit, heftig ineinander verliebt gewesen. Und des Fräuleins Augen waren in dieser Zeit immer schräger geworden. Ja, diese Vorfahrin hatte ich mitgenommen, gerade weil sie keine war.

Niemand bekam je die Gegenstände auf einmal zu sehen, auch Losie nicht, als sie schon Marion, Rebekka, Marylin und Geneviève geheißen hatte – es nützte ihr nichts. Nur ganz selten packe ich etwas aus dem von Ein- und Auswikkeln schon ganz knittrig gewordenen Seidenpapier aus – und damit auch die Geschichte. Für das Kind habe ich früher noch welche dazuerfunden. Sie war eine kluge, höfliche Zuhörerin, vor allem, als sie noch sehr klein war. Eigentlich, fällt mir ein, weiß sie bis heute noch nicht, daß sie alle Dinge aus dem roten Koffer schon kennt. Ich habe sie immer in dem Glauben gelassen, da sei noch etwas, etwas sehr Geheimnisvolles, sehr kleines, das auf den Tag warte, an dem sie es sehen würde, etwas, das eine ganz besondere Geschichte habe. Aber sie hat in der letzten Zeit nicht mehr danach gefragt und wollte auch nicht mehr die ihr vertrauten Dinge berühren und durch mich zum Reden bringen wie sonst. Ich bot es ihr auch nicht mehr an, nicht einmal das Fabergé-Ei, das sie am meisten liebte. Die Dinge sind jetzt grau und stumm in dem Koffer. Wie schäbig er geworden ist im Lauf der Jahre!

Wie lang ich wohl brauchen werde, bis ich mich durch die Jahre gearbeitet habe, die zu den letzten vierzehn Tagen vor Aschermittwoch führten, manchmal in gradem Galopp, manchmal hinterlistig und verschlungen? Denn sie haben dahingeführt, die Zeit und die Leute in ihr. Und ich muß aufpassen, daß ich mich nicht fortwährend entschuldige, während ich mir vorlüge, ich erklärte nur. Ich werde das Buch, wenns vollgeschrieben ist – und dann muß es auch fertig sein, ich muß am Aschermittwoch angekommen sein – ich werde es doch ihr geben, mitsamt dem Koffer. Den kann sie dann behalten.

Ob wir denn keine anderen Probleme gehabt hätten als kurz vor dem Untergang einen Koffer voll Souvenirs zu packen, hat mich ihre Mutter einmal gefragt. Ich habe ihr keine Antwort gegeben, es ist einer Frau wie ihr schlecht zu erklären, daß ein Rest Sachen manchmal mehr wärmt als jeder Mantel. Und dann: Ich brauchte ja die Beweise. Den Stein, beiläufig im Ruinenfeld aufgehoben, die zwischen Seiten dünn gewordene Blume, die Muschel, nichts als Beweise. Nach kurzer Zeit glaubt man nicht mehr an seine gewesene Existenz, wenn man keine Dinge hat, die aus ihr stammen.

Hätte ich ihr das sagen sollen? Sie hat ja von vornherein nicht verstanden, warum mich ihr Mann gekauft hatte für sein Haus und seine Tochter. Als sie noch jünger war, schwieg sie oft beim Essen und ich sah, wie es in ihr nachdachte und grübelte und ihr richtig weh tat. Später hat sie dann angefangen, alles mögliche zu sammeln, als es Mode wurde, Sachen um sich zu versammeln, eine Wehr aus Kerzenleuchtern, Wände voller Teller wie metallene Schilde, all solche Sachen, harte, kantige, wertvolle Gegenstände, die in den vielen gleichgültigen Händen, durch die sie gegangen waren, ihr Leben gelassen hatten. Aber es half ihr nichts und sie gab es bald auf. Dabei war ihre Frage damals ganz berechtigt, sie ist es eigentlich noch heute – ich hätte schon andere Probleme haben sollen, aber ich hatte sie nicht. Es ist schwer zu erklären, wo man so viel weiß und einen ganz steifen Hals hat vor lauter Wegsehen.

Es ist ganz einfach: Wir dachten, es ginge uns nichts an.

Das müssen wohl alle anderen, mit wenigen Ausnahmen, auch gedacht haben. Mit einem Unterschied: Wo ich herkam, ging einen nie etwas an. Wir waren vollständig ohne Moral, wie ein Baum, oder vielleicht ein Wisent, und ebenso vollständig ohne Gewissen. Ein Drittel Offiziere, ein Drittel Wissenschaftler, ein Drittel Landwirte. Ein Drittel Gold, ein Drittel Grundbesitz, ein Drittel Papiere. Das war unsere Art von sechseckigem Stern. Deswegen haben wir den andern gar nicht zur Kenntnis genommen. Wir glaubten, für alles vorgesorgt zu haben.

Mir ist von daher, nachdem alles zu Ende war, eine gewisse Unempfindlichkeit geblieben. Man begibt sich nicht zu denen, die etwas ändern wollen. Nie. Aber wenn sich herausstellt, daß mans hätte tun müssen, beklagt man sich wenigstens nicht. Einer unserer entfernteren Cousins gehörte zu den Leuten vom 20. Juli. Unser Kreuzritter. Wir bewunderten ihn sehr und wußten haargenau, daß es schiefgehen mußte. Mit Leuten wie uns ist noch nie etwas geändert worden. Ich habe die Russen immer um ihre Fürsten beneidet, diese Kropotkin und Bakunin. Aber das war eine andere Zeit, eine die mehr zuließ und ein anderes Land. Ja, ich hätte schon andere Probleme gehabt als meinen Koffer mit Beweisen zu füllen, während hinter mir mein Leben so schnell unterging wie ein lecker Kahn.

Sie lasen natürlich später in der Schule die Anne Frank. Das war die Zeit, in der sie sich zum Entsetzen ihrer Mutter Sarah nannte. Sie kam mit immer neuen Fragen aus der Schule, sie brachte mich in Verlegenheit, sie setzte mich ins Unrecht. Sie war gründlich. Aber ich konnte ihr nichts sagen. Ich habe darüber in all den Jahren nichts gesagt. Was auch? Ich lebe ja. Salo und seine Frau spielten die Eltern. Sie wollten nicht, daß sie mich kränke und ausquetsche und trauten mir, schloß ich daraus, eine ganze Menge lautloser Gemeinheiten zu.

Sie hatten es gut. Sie waren die weiße Generation, die verführten Kinder, keine Schuld traf sie, und so konnten sie einfach weitermachen mit ihrer Ordnung und ihrem Aufbauen. Was zur Hölle hätten diese ganzen flinken jungen Männer, diese erfinderischen, patenten jungen Frauen gemacht, wenn nicht alles in Klumpen gelegen hätte? Gelangweilt hätten sie sich. Wir haben uns, als ich jung war, ziemlich viel gelangweilt. Das gehörte dazu, und der eine oder andere kam dadurch auf sehr exotische Ideen, für die er vielleicht sogar berühmt wurde. Losies Eltern langweilten sich nie. Es muß immer was gemacht werden, sagte ihre Mutter. Rumsitzen kann ich, wenn ich tot bin. Bewegung, Bewegung. Grübeln führt zu nichts.

Damals, in dieser Anne-Frank-Zeit, war ich ihnen fast dankbar für diese betäubende, betäubte Aktivität. Ich komm schon noch dahinter, sagte Losie – die jetzt Sarah hieß –, aber du darfst nichts gemacht haben. Ich mußte lachen, damals. Gerade das Gegenteil war es, an dem ich manchmal ziemlich zu kauen hatte. Wenn mir nichts mehr einfiel, erfand ich Geschichten.

Als ich ins Haus zog, liebte sie mich sofort, weiß Gott, was sie in mir sah. Dabei hatte ich ihr Duke noch gar nicht gezeigt. Als sie den zum erstenmal sah, wollte sie sofort hinauf, winzig, wie sie war. Sie machte das nicht wie andere kleine Kinder, die einem die Ärmchen entgegenstrecken wenn sie irgendwo hinaufwollen, sie rührte sich gar nicht und sagte: Hoch! Sie hätte eine von uns sein können.

Duke. Jetzt ist sie schon lang nicht mehr bei ihm gewesen, dabei wird er grantig wie ein Mensch, wenn man ihn nicht oft genug besucht. Er ist jetzt über dreißig. Die Leute kommen von weit her, um ihn anzusehen, manche berühren sein gelbliches rauhes Fell, als ob er Glück brächte. Sein Rücken sieht aus wie eine Hängematte und seine Zähne stehen ihm schräg aus dem Maul wie Klaviertasten. In den letzten vierzehn Tagen vor Aschermittwoch bin ich oft hinausgefahren zu ihm. Er stand in seiner Box, denn es hatte noch geschneit. Immer gelber wurde er, in jedem Winter war er um einen weiteren Schimmer nachgedunkelt, man sah es eigentlich nur vor dem gleichbleibenden Weiß des frischen Schnees.

Ich habe keine Zeit, hatte sie mir gesagt, als ich sie fragte, ob sie Duke nicht mit mir besuchen wollte, wo soll ich denn die Zeit hernehmen, mitten in der Kampagne. Sie hatte es in ihren Spiegel hinein gesagt, in dieses alberne, weißgoldene Nuttenmöbel, während ich hinter ihr stand und versuchte, das scharfriechende Klebzeug aus ihren Haaren zu bürsten, mit dem sie sich jeden Abend ihre Lockentürme baute. Ganz und gar hatte sie sich mit fremden Schichten überzogen, ihr Haar, ihre Haut, nur manchmal stahl sich eine Strähne heraus oder eine müd herabhängende Hand zeigte mir, daß sie noch da war, drunter, unter all den Schichten.

Wenn ich sage, sie hätte eine von uns sein können, soll das nicht heißen, daß mich das gewundert hätte. Ich hatte es ja schon damals gespürt, als ich ins Haus kam. Vielleicht bin ich auch nur deshalb geblieben. Ich wollte immer, daß sie, wenn ihr ihre Fremdheit eines Tages aufgehen würde, jemanden hätte, der ihr helfen könnte. Eines Tages mußte sie ja spüren, daß sie ein Wechselbalg war, ein Alräunchen, das Ende einer Geschichte, die mit der ihrer Eltern nichts zu tun hatte. Ich wollte dabeisein, wenn sie diese Tür plötzlich öffnete. Was Fremdsein heißt, hatte ich schließlich gelernt.

Aber es kam anders, oder zumindest war ihre Fremdheit weit weniger mächtig, als ich gedacht hatte. Ich gerate durcheinander. Ich vermische sie und mich, denn ich hatte immer gewußt, daß ich meine Kraft nie würde einsetzen können, weil ich unscheinbar war, nicht schön, nicht strahlend. Aber sie war das alles und ich glaubte lange Zeit, daß ich eines Tages meine Macht, meine ungenutzte Macht zu der ihren noch würde fügen können. Ganz unangreifbar stellte ich sie mir vor, mutig und fröhlich und unwiderstehlich.

Ich denke jetzt oft daran, daß sie das alles als Kind war, damals, als sie vor Duke stand, sich nicht bewegte und »hoch« sagte. Wo hatte sie gelernt, Befehle zu geben? Übrigens wollte sie nie reiten lernen. Ich will nur oben sitzen und er soll gehen, sagte sie. Als sei der Unterricht ganz überflüssig.

Sie schläft die meiste Zeit, ißt ziemlich viel, aber sie redet nicht mit mir. Neben ihr zu stehen, ihr den Teller zu bringen, ihre Kleider wegzuräumen – das, was sich immer wiederholt, wird mir nicht langweilig. Ich versuche, ganz in ihrer Nähe zu sein und mich unsichtbar zu machen, ich suche in ihrem Gesicht nach Spuren, ob sie sich wieder ähnlicher wird. Manchmal denke ich, sie wird sich eines Nachts häuten wie eine Schlange, lautlos, und wenn ich morgens in ihr Zimmer komme, wird sie meinen Namen sagen und mit ihren aufgebogenen Mundwinkeln lächeln wie früher.

Aber es geschieht nichts. Sie kommt nicht mehr zu sich zurück, ihre Augen sind matt und ihre Wimpern borstig. Wie sie hat schauen können, früher! Aber ich hüte mich davor, sie an sich zu erinnern. Ich frage sie nur, was sie essen will und kenne die Antwort schon im voraus. In der Küche des Sanatoriums lachen sie schon über sie. Ich nehme es nicht übel, denen da unten bleibt ja auch nichts anderes übrig, als sich die Leute aus ihren Mahlzeiten zusammenzudenken. Manchmal kommen sie da auf abenteuerliche Ideen. Wenn einer zweimal hintereinander Forelle blau bestellt, ist er ein Jude, und wenn einer die Steaks blutig will, hat er Angst um seine Potenz.

Bei Losie sind sie nicht hinter die Wahrheit gekommen. Sie denken, daß sie alle Zähne verloren hat, denn sie läßt sich ja auch nicht sehen. Sie will Kartoffelpüree, gemahlenes Kalbfleisch, die gelben Rüben bestellt sie geschabt, Erbsen und Bohnen zerdrückt sie selber langsam und konzentriert auf ihrem Teller zu einem grünen Brei. Natürlich weiß ich, daß sie sich in ihre Babyzeit zurückessen will, ich warte nur auf den Tag, an dem sie das Bett naß macht. Nicht, daß ich davor Angst hätte, aber ich weiß, daß es ihr nichts nützen wird. Sie muß springen, stürzen, nach vorn, ins Unsichere, ins Kalte. Durch denselben Dreck wieder zurückkriechen wird ihr nicht helfen. Blut und Schleim und Lüge. Nur um zu spüren, daß es das war, noch einmal durch den engen Gang sich quetschen mit seinen Gedanken?

Aber die Ärzte hier sind über ihr Gemampfe begeistert und denken, sie hätten das erfunden. Wie lächerlich sie sind mit ihrer kläglichen Springprozession! Sie fragen sie auch immer nach früher. Aber da antwortet sie nie, Gott sei Dank. Weinerlich ist sie noch nicht geworden, eher ungeduldig. Aber es ist eine stumme, unbewegliche Ungeduld.

Sie wollte nicht reiten lernen, und es war, jedenfalls mit Duke, auch gar nicht notwendig. Sie setzte sich einfach drauf und er ging. Sie saß von Anfang an richtig, beweglich, weich, und Duke tat, was sie wollte, erst heimtückisch – ums ihr irgendwann zu zeigen! –, dann verblüfft und schließlich voller Liebe. Sie liebte ihn auch. Manchmal fuhr sie schon als Kind, wenn sie sich geärgert hatte, allein mit dem Bähnchen in das Dorf, in dem er stand, und saß stundenlang unbeweglich auf dem Koppelgatter, während er in ihrer Nähe graste und ihr manchmal seinen großen, alten, gelblichen Kopf auf die Schulter legte.

Ich wußte immer, wo sie war. Aber ich sagte es niemandem. Ein bißchen Angst schadet keinem und besonders ihrer Mutter nicht, dieser fremden Frau, die immer nur ganz klein und wenig reagieren konnte, weil sie immer zu lang nachdachte, wie es wohl andere an ihrer Stelle halten würden. Wenn sie Losie vermißte, sagte sie nicht, daß sie sich Sorgen mache, sondern sie fragte mich, ob sie sich jetzt welche machen müsse, ganz so, als gäbe sie sich nur dann irgendwelche Gemütssignale, wenn es sich wirklich lohnte. Ihr Vater schimpfte, wenn sie nicht da war, aber auch so, als wüßte er, daß man die Schimpferei von ihm erwartete und daß es sich so gehörte. Er war nicht er selber in seinen Worten und seiner lauten Stimme, Losie wußte das übrigens, und er wußte, daß sie es wußte.

An einem Sommerabend war ich ihr nachgefahren, es

dauerte mir schon zu lang und ich erinnere mich, daß sie an diesem Tag sehr zornig gewesen war. Um was es ging weiß ich nicht mehr. Sie war damals vielleicht dreizehn, nicht im schwierigen Alter, das hatte sie eigentlich nie, jedenfalls für mich nicht. Sie wuchs so still, ohne Schübe, sie wuchs ruhig und sanft wie ihr Haar, sie bekam keine Pickel, nichts von der kropfigen Halbwüchsigkeit, von der Häßlichkeit des Erwachsenwerdens war an ihr.

Jedenfalls sah ich sie nicht auf ihrem Koppelzaun. Ich schaute in die tiefstehende Sonne hinter den Weinbergen, die schwarzen Silhouetten der Koppelbalken teilten das schöne, glühende Bild. Ich sah Duke, das Märchentier. Der alte Schimmel ging vor der Sonne hin und her, auf ihm saß Losie, und ich sah gar nicht gleich, daß sie keinen Faden am Leib hatte. Mit dem nackten Hintern saß sie auf dem Gaul. Jetzt ist sie verrückt geworden, zwang ich mich damals zu denken, weil man das eben denkt, wenn sich ein halbwüchsiges Mädchen nackt auf einen alten weißen Gaul setzt und im Abendrot herumreitet. Als ich näher kam sah ich, wie sie an ihren Haaren zerrte, abwechselnd links und rechts, mit der einen Hand hielt sie immer Dukes Mähne fest und mit der andern ihre eigene.

Jetzt heißt du wohl Godiva? fragte ich sie.

Woher weißt du das? gab sie zur Antwort, aber so, als habe sie damit gerechnet. Ich war damals ziemlich heftig geworden, zerrte sie weg von Duke, der sich verwundert umschaute und schnaubend den Kopf schüttelte.

Hast du ein Glück gehabt, daß niemand vorbeigekommen ist, sagte ich, während ich ihr Hose und Pullover hinhielt.

Warum? fragte sie.

Ich hab es ihr nicht beantworten können. Aber Godiva nannte sie sich dann doch nicht, anscheinend hatte ich ihr die Freude verdorben. Zum erstenmal war es ihr wohl gelungen, sich ganz in einen ihrer Namen hineinzuschlängeln, sich in dem Namen wirklich anzusiedeln, alles, was sie dazu brauchte, hatte sie sich beschaffen können, und da kam ich und begriff es nicht und behandelte sie wie ein Kind. Sie war lang beleidigt. Vielleicht habe ich damals einen großen Fehler gemacht.

Eigentlich hat es ja auch bei der Kampagne so angefangen, nicht erst in den letzten vierzehn Tagen, sondern im November, wenn sie sich sammeln, diese lauten, versoffenen Kohorten. Immer ist einer wichtig oder ein bestimmtes Fest ist wichtig, weil jemand Wichtiger da ist, den man dort bei Laune halten kann, oder ihm vielleicht Laune machen. Es war ja schon im Jahr vorher beschlossene Sache gewesen, daß sie Fastnachtsprinzessin werden sollte. Sie freute sich wirklich drauf.

Mach nicht so ein Gesicht, sagte sie oft zu mir, du wirst sehen, ich bin ganz anders als die Gänse in den Jahren vorher.

Ich glaube, daß sie wirklich dachte, sie bekäme Macht auf diese Weise, eine Flittermacht, eine Knute aus Katzengold.

Wie soll ich denn sonst gekrönt werden, bei der Herkunft? fragte sie mich und lachte. Ich machs dir noch nach, du hasts mit den Ahnen und ich habs mit mir!

Meinst du, das ist dasselbe? fragte ich sie. – Manchmal! gab sie zur Antwort.

Eine von uns, hatte ich früher immer gedacht, eine von uns. Es war mein Fehler gewesen, daß ich ihr nie etwas beibringen wollte. Sie selbst und ein paar Geschichten um die Dinge aus dem roten Saffiankoffer würden genügen, dachte ich. Ich gab ihr Bücher, das schon. Aber ich habe nie Kanäle graben wollen in ihrem Kopf, diese graden Wasserstraßen im Hirn, die sie in der Schule angelegt kriegen und auf denen dann die Gedanken hübsch ordentlich entlang schwimmen, einer hinter dem anderen.

Ich hatte immer gewollt, daß sie wild bliebe, wild und lieblich – es ist so ein altes Wort, aber für sie fällt mir kein anderes ein. Wild und lieblich. Ich hatte nur vergessen, wo sie aufwuchs. Dieser Hügel vor der Stadt, diese Vierecke aus viereckigen Hecken mit viereckigen Häusern dahinter. Nichts Liebliches war da, wo sie aufwuchs. Am Anfang, als ich gerade ins Haus gekommen war und sie noch klein war, wuchsen da noch Gärten, verwilderte, aufgegebene Gärten. Da konnte sie spielen und sich genug Platz für ihre Geschichten erobern. Aber es ging ja so unheimlich schnell in diesen Jahren. Aus dem Zusammengestürzten, Zerbrannten, aus dem Wuchernden und Regellosen formten sich wie von selbst, in Windeseile, diese Vierecke, Quader von Fabriken, Würfel von Wohnhäusern, in die Mitte von Wiesen gestellt, die nach einem halben Jahr aussahen wie viereckige, glatte Tücher.

Vielleicht hat das alles miteinander zu tun, ihre anfängliche Freude an ihrer Rolle als Fastnachtsprinzessin, ihre Versuche, sich Ausbuchtungen in der Regelmäßigkeit zu schaffen, Inseln und Baumhäuser, irgendetwas, das sie mit ihren eigenen Gedanken bewachsen lassen konnte. Das war es ja, was mich so entsetzt hat, was mich so hilflos mit den schönen, stillen Zeichen aus der Vergangenheit herumfuchteln ließ. Aber die waren nur ein wenig Stoff und Farbe und Metall und halfen gar nichts mehr. Ich hatte nämlich nicht bemerkt, wie ihre Träume und Inseln, ihr Ausdenken von Leben, sich unmerklich dem näherten, was als Traum zugelassen ist.

Für mich, es ist schwer zu erklären, war es wie ein Herzkrampf, ein ungeahnter Hieb, als sie mir von ihrer Rolle in der Kampagne erzählte. Dabei war das ja nur der Schluß von etwas, ein ganz harmloser Wunsch. Es hätte mir doch schon länger zu denken geben sollen, wie sie sich anzog, wohin sie ging, was sie mit ihrer Mutter redete. Ich komm jetzt so gut mit ihr aus, ich versteh sie, und das Kind sagt mir ja alles – das hat die einmal, vor vielleicht einem Jahr, zu mir gesagt. Da hätte ich schreien sollen oder sie auf Duke laden und woandershin reiten, weggehen, sie rausholen sollen aus dem immer frisch gemähten Geviert. Aber ich habe nichts gemerkt.

Oder wollte ich es nicht? Die andern, vor allem ihr Vater, waren gar nicht so ungeschickt. Er hat sich ja selber noch im Dschungel des halbtoten Landes herumgetrieben. Er hat sicher nicht vergessen, wieviel wilden Spaß das gemacht hat, damals. Er ist freiwillig viereckig geworden. Aber er spürte doch, wie seine Tochter wuchs und suchte und sich versteckte in andern Gegenden, die sie sich ausdachte und keinen zu sich ließ, nicht einmal mich. Er spürte das und wußte, daß es dafür eine Antwort gibt, nämlich Gegenstände und Pläne.

Vielleicht wird ein anderer nicht verstehen, was ich damit meine, weil ich doch selber mich durch die Gegenstände in meinem Koffer am Leben gehalten habe. Aber er machte es anders. Er schenkte ihr schon ganz früh Erwachsenes, Schmuck, Parfums. Nur Kleider versuchte er gar nicht erst. Sie hatte immer Hosen an und er redete ihr das nicht aus. Ganz unauffällige schöne Steine in einfachen Fassungen schenkte er ihr. Ich spürte einen Schmerz, wenn ich sie anschaute und sie ihre mageren, hellbraunen Hände vor sich hinstreckte und sie hin und her drehte, immer beide, obwohl sie nur an einer Hand einen Ring trug. Mir tat es weh, wie träge sie das Funkeln beobachtete, aber ich tröstete mich damit, daß ihre Liebe zu Steinen – und auch die zu teuren, schweren Düften – gar nicht schlecht in ihre Geschichten paßte.

Ich habe nicht verstanden, daß sie Losie damals schon bestachen, daß sie sie auf ihre Seite zogen, sachte und unmerklich. Ich selber war wohl auch viel zu stolz und zu blind, ich glaubte an meine Macht. Was können die ihr schon zu bieten haben, dachte ich, und spürte nicht, daß gerade Leute wie sie so gefährdet sind, weil sie so wenig Angst haben, weil sie in Fallen treten und manchmal nicht einmal merken, daß es Fallen sind.

Einmal, das war an irgendeinem dieser schrecklichen Weihnachten, hat sie zu mir gesagt, mach doch nicht so ein Gesicht, ich nehm immer nur das, was mir guttut. Da hatte ihr Vater ihr eine weiße Fuchsboa geschenkt. Sie nahm sie den ganzen Abend nicht vom Hals und ich sah ihr dünnes, schönes Gesicht mit den düsteren Augen wie in einer weißen Blüte mit diesem verdammten Fellkragen. Das ist doch kein Geschenk für eine Fünfzehnjährige, hatte ihre Mutter gesagt und mich angeschaut, als erwarte sie endlich einmal Unterstützung. Ihre Angst vor mir spürte sie schon nicht mehr, ich weiß nicht, wofür sie ihre andauernde Beklemmung in meiner Nähe eigentlich hielt.

Aber ich tat ihr den Gefallen nicht. Natürlich war das kein Geschenk für eine Fünfzehnjährige. Aber was wäre schon richtig in dem Alter? Den einen schenkt man am besten ein Abonnement auf die Bravo oder einen halben Zentner Langspielplatten oder Lollies oder wie all das Zeug heißt. Ihr schenkte man eben eine weiße Boa. Das eine und das andere ist richtig, oder beides ist verkehrt. Das ganze Alter ist schrecklich, heutzutage kommt das ja noch früher. Ich nehm nur immer das, was mir guttut, hatte sie gesagt, um mich zu trösten. Worüber?

Und es fiel mir nicht ein, sie zu warnen vor dem unsichtbaren Geschenk, das an jedem sichtbaren dranklebt, wenn es längst verloren und verbraucht ist. Das Unsichtbare, das was damit erreicht werden sollte, bleibt, die Abhängigkeit, die Eitelkeit, die Lust auf mehr, die Scham, der Neid – so viele unsichtbare Dinge, die sich aufhäufen. Ich dachte damals nicht daran, ich muß wirklich geglaubt haben, sie lebe in einer uneinnehmbaren Festung. Wieviele Weihnachtsfeste waren das, seit ich ins Haus gekommen war? Losie jedesmal ein wenig größer, ein wenig belustigter, mißtrauischer, gelassener. Die ersten Jahre gabs immer mehr zu essen, absurde Mengen von gebratenem Fleisch. Die Erinnerung an diese Abende sind für mich wie verklebt von einem undurchdringlichen Fettgeruch. Dann wurde es mit den Jahren weniger und feiner. Aber die Lachse und Fasanenbrüstchen mochte eigentlich niemand. Das Essen mußte lang dauern, denn man wußte nicht, wie es dann weitergehen sollte. Eigentlich hat doch jede Familie ihren eigenen Abend. Ich kann mich noch an unsere Weihnachten mit Mengen von Gästen und Punsch erinnern, heidnisch und fröhlich, der Pastor durfte zum Mittrinken kommen und ließ das Berufliche beiseite.

Wie wars denn bei euch daheim, hatten mich Salo und seine Frau in den ersten Jahren gefragt, hilflos, aber hartnäkkig. Damals wußte ich schon, daß er mich auch gekauft hatte, damit ich ihm meine Geschichten zur Verfügung stellte, zum Nachspielen, zum sich Hineinmogeln. Diese Nachäffer. Aber ich erzählte ihm nichts. Und als er nicht locker ließ, sagte ich ihm, daß er so etwas ohnedies nicht hinbekäme, er habe nichts von dem, was man dazu brauche. Ich wurde ziemlich laut, gerade das könne man nicht kaufen und verpacken und mit nach Hause nehmen und herausholen, wenn mans grade haben will. Ich weiß gar nicht mehr, warum ich mich damals so aufgeregt habe, ich kannte ihn doch. Er war über meine Ablehnung gar nicht beleidigt, solche Leute sind nie beleidigt, das gibt ihnen eine große Stärke.

Eigentlich schade, sagte er, das stirbt alles so und ihr wollt es gar nicht am Leben halten.

Man kann es auch nicht. Das war eine schwache Antwort und ich wußte das.

Aber was hätte ich ihm sagen sollen. Geschichten und Lieder, die kleinen Weihnachtswitze, jedes Jahr zärtlich wiederholt, die immergleiche lange Reihe der Gäste – manche sah man wirklich nur an diesem Abend, die Wege waren weit bei uns, damals – und immer sagte mein Vater zu einer besonders häßlichen Cousine, du wirst von Jahr zu Jahr interessanter, ganz liebevoll, damit sie wieder ein Jahr davon zehren konnte. Und meine Mutter trug das russische Diamantenkollier, obwohl dessen Echtheit jedes Jahr von einem bestimmten Nachbarn in Frage gestellt wurde. Immer gab es Canapés und Punsch. Der Weihnachtsabend hatte seine immergleichen Szenen, unveränderlich, und machte alle Jahre rund, so verschieden sie waren. Das wollten sie auch haben, aber das ging nicht. Und so langweilten sie sich und machten immer mehr Geschenke, damit sie was zu reden hatten. Und sie tranken viel zuviel. Ein paarmal haben sies auch mit Einladungen versucht, aber anscheinend verlassen in diesem Teil des Landes nur Asoziale und völlig Entwurzelte an dem Abend ihre Familie, ihr Heim.

Ein Geschenk allerdings ließ diese Probleme ein für allemal verschwinden: der Fernsehapparat, den sie Ende der Fünfziger anschafften. Jetzt wußten sie, was zu tun war. Es kam dann jedes Jahr ein neuer, immer das Beste, was es gab. Den alten bekam ich – ich hatte ihn ganz gern. Sie redeten nicht mehr auf mich ein, man mußte ihnen nicht mehr so viel erklären, denn es gab da ja Filme über alles. Sie benutzten das Ding als Lexikon, das fand ich erst gar nicht schlecht. Aber dann merkte ich – sie dachten bei jedem Thema, das genüge nun. Einmal gesehen reicht. Mit der Zeit ging es mir auf die Nerven, was sie alles zu verstehen vorgaben, seit das Ding da war. Säufer und Rothirsche und Einkommensteuerhinterziehung und Shakespeare, zu allem hatten sie was zu sagen und wußten ein für allemal, was davon zu halten war.

Losie mochte das Fernsehen nicht. Es langweilte sie. Die schönsten Abende, an die ich mich erinnern kann, waren die, wo wir zusammen in der Halle saßen – eigentlich war es ein simples Wohnzimmer mit einem Steinfußboden, nur eben, wie alles, was Salo baute, viel zu groß – Losie und ich zusammen in einer Ecke, abgeschirmt und eingebettet vom tröstlichen Gemurmel des Fernsehers, der ihre Eltern bändigte. Ich kann mich gar nicht im einzelnen erinnern, worüber wir uns unterhielten. Es konnten die Letzten Dinge sein oder irgendwelcher Schulärger, aber ich höre noch ihre Stimme von damals, diese rauhe, kleine, wie abgeschabte Stimme. Ihre Stimme hat mich immer an sehr teures, weiches, lang benutztes Leder erinnert.

Ich komme deswegen auf ihre Stimme, weil sie heute zum erstenmal länger mit mir gesprochen hat, ich meine zum erstenmal seit diesem Aschermittwoch, und ihre Stimme hat sich verändert. Natürlich ist sie noch tief und rauh, aber sie hat versucht, etwas wie Niedlichkeit oder Geschmeidigkeit hineinzulegen. Jetzt hört sie sich an wie eine Barfrau, die von ihrer kranken Mutter erzählt, verlogen und abstoßend.

Es sei nett von mir, hatte sie gesagt, daß wenigstens ich sie nicht im Stich gelassen hätte, irgendwie werde schon alles wieder in Ordnung kommen. Eigentlich sei doch nichts passiert.

Ich habe nichts dazu gesagt, weil ich weiß, daß sie noch nichts verstanden hat.

Sie passiert sich ihre Erinnerungen so durch, wie ichs für sie mit dem Essen machen muß: Ganz unkenntlich macht sie sich die Wirklichkeit, einen einförmigen, ungefährlichen Brei. Vielleicht ist das ganz gut so. Vielleicht kann sie die festen Stücke einfach noch nicht vertragen. Aber ihr Mangel an Entsetzen hat mich doch enttäuscht, obwohl ich ja weiß, daß sie als Kind schon nicht mochte, wenn man ihr Angst oder Leid ansah.

Ich weiß noch, wie wir einmal in den Rheingau gerufen wurden, weil Duke eine Kolik hatte. Ich hatte das in unseren Ställen oft genug gesehen, ich wollte sie gar nicht dabeihaben. Duke war damals schon ziemlich alt, es hätte ja sein können – aber das mag ich nicht hinschreiben. Jedenfalls stand sie vor dem schreienden, dem Zusammenbrechen nahen Tier, das ich hin und her über die Koppel zerrte, bis der Tierarzt kam. Ich sehe noch ihr Gesicht immer kleiner und weißer werden, ihren Mund, der sich förmlich hinter die Zähne verkroch. Und ganz langsam, zögernd, liefen ihr Tränen über die Backen, wie Blut aus einer Wunde, so langsam. Sie weinte fast nie, und ihre Mutter, die bei jeder Gelegenheit förmlich auslief, nannte sie herzlos. Das war es ja, was mich so an sie gebunden hat – daß sie sich so schwer tat mit dem Herzeigen dessen, was ihr geschah. Du mußt eben mein Hellseher sein, hatte sie oft zu mir gesagt, das war in ihrer Fatima-Zeit.

Ich habe keine eigenen Kinder, meine Ehe war zu kurz, vielleicht auch zu belanglos gewesen, als daß ich je bedauert hätte, meinen Mann nie mehr in einem neuen Menschen vorfinden zu können. Ich glaub nicht sehr an die Art von Vererbung, die Losies Eltern meinen, wenn sie sich über die mangelnden Ähnlichkeiten aufregen. Aber ich glaube an etwas, das schwer zu beschreiben ist, eine andere Art von Erbe. Das hat zu tun mit der Art, wie jemand etwas anschaut, eine Handbewegung, etwas wie Anmut vielleicht, alte, vergrabene Dinge. Die Leute, die das an sich haben, erkennen einander, unbewußt, unwillig manchmal. Das ist auf der ganzen Welt so, das ist wie eine machtlose Brüderschaft. Ich will gar nicht sagen, daß ich zu ihnen gehöre. Aber ich kann sie erkennen, ich habe mein Leben lang sehnsüchtig nach ihnen gesucht. Nur eine, dachte ich, sei mir sicher, die bliebe mir, die sei mir immer nah, fraglos: Losie. Dennoch schau ich jetzt auf eine geschlossene Tür. Wie weit das nächste Zimmer weg ist! Es ist etwas Merkwürdiges mit dem, was ich die Brüderschaft nenne – auf unbegreifliche Weise scheint man diese Eigenschaften gefährlich zu finden, sonst würde man nicht so leidenschaftlich daran arbeiten, sie auszurotten.

Die Sanften, ein wenig Spöttischen, diese Gesichter, die mit Macht nichts anzufangen wissen oder mit Geld, solche Leute, die ziemlich leise sind und gern nutzlose Dinge tun: ich habe mich immer gewundert, wieviel Haß und Mißtrauen ihnen folgt. An Losies Eltern konnte ich es ja sehen – das war es doch, was sie vor ihrer Tochter hilflos machte, was ihr Vater versuchte, zu verändern, was ihre Mutter in so eine armselige Traurigkeit versetzte. Wenn man von dieser Art von Menschen in der Zeitung liest, etwa wenn sie einen großen Betrug gemacht haben oder eine kleine Revolution, dann denke ich immer, daß sie dazu sicher keine große Lust gehabt haben. Aber man drängt sie ja überall weg und hinaus, man zerrt an ihnen herum und will ihnen Leistung beibringen und daß ein Beruf etwas ist, was mit Vergnügen nichts zu tun hat, und daß man leiden muß und andere dafür verantwortlich machen, – mit alldem stellt man sie zu und preßt sie ein, bis sie dann sozusagen nach oben hin entweichen.

Manchmal seh ich ein Gesicht, auf der Straße oder auf einem Fahndungsfoto, ich erkenne den Ausdruck immer, er hat was Erstauntes, aber Heiteres, fast etwas Entschuldigendes. Das Gesicht scheint zu sagen, ich finde ja auch nicht, daß das unbedingt hätte sein müssen ...

Vielleicht werd ich mir jetzt selber etwas unverständlich. Aber ich habe das Gefühl, daß ich es unbedingt herausbekommen und beschreiben muß, diese Sache, diese Besonderheit, deren Namen ich nicht kenne und die vielleicht nicht einmal einen hat. Ich weiß nicht, ob mir das, dieses Erbe, jemals so wichtig geworden wäre, wenn ich nicht mit ihr zusammengetroffen wäre. Ich hatte es zwar schon immer gespürt – auch mein Vater gehörte zu diesen Menschen –, aber ich hatte wohl immer gedacht das sei eine Eigenart, die nur denen gehört, die am Ende von etwas stehen und das auch wissen. Das hat mit dem Alter nichts zu tun, es ist halt nur, daß man weiß, in dieser langen, bunten Kette bist du das letzte Glied.

Es wäre mir nie in den Sinn gekommen, daß ein solcher Mensch auch das erste Glied einer neuen Kette sein könnte, der Anfang von etwas. Und das spürte ich auf einmal, als ich Losie zum erstenmal wirklich sah, genau sah, das war ziemlich lang, nachdem ich ins Haus gekommen war.

Die Sonne war bedeckt an diesem Nachmittag, das weiß ich noch genau, aber es war heiß und feucht im Garten. Damals waren die Bäume noch ärmliche Pinsel an Pflöcken, sie gaben noch keinen Schatten. Ich hatte schläfrig dagesessen, zu faul zum Lesen, das Kind – sie wird damals vier gewesen sein, viereinhalb vielleicht – sah ich nicht. Ich überlegte noch, ob ich aufstehen und nach ihr suchen sollte, da kam sie von draußen durchs Gartentor. Das war ihr streng verboten, obwohl es damals noch nicht so viel Verkehr in dieser neuen Siedlung gab. Sie kam grade auf mich zu und hatte einen Strauß in der Hand, abgerupftes Unkraut, das die Köpfe hängen ließ. Sie drückte ihn mir in die Hand, ich spüre bis zum heutigen Tag die laue, schlaffe Feuchtigkeit der Stiele. Sie hatte damals grade »ich« sagen gelernt.

Ich habe hinausgehen müssen, sagte sie nachdrücklich und schaute mich an, hier habe ich nämlich keine Blumen für dich gefunden.

An diesem Nachmittag habe ich sie zum erstenmal richtig gesehen, begriffen noch nicht, aber ich hab sie gespürt. Sie ist eine von denen, den Gesetz-Losen, dachte ich, aber bei ihr hört nicht etwas auf, da fängt etwas an. Es war eigentlich dasselbe Gefühl, wie wenn einem klar wird, daß man sich verliebt hat – vor einer Sekunde saß da noch ein nett aussehender Herr mit ein bißchen wirren grauen Haaren und einer Brille, nach der er umständlich gräbt, und in der nächsten Sekunde sitzt da Gott selber und Apollo und Einstein, alles auf einmal – man kennt das. Und so ging es mir mit Losie an diesem Nachmittag, nur war das Gefühl sanfter, aber es war ebenso blitzartig. Damals, glaube ich, habe ich beschlossen sie zu beschützen, das heißt, sie wachsen zu lassen, bei ihr zu sein und ihr nicht dreinzureden. Ich habe das ja auch gehalten und getan bis zum heutigen Tag, ich bin mir nur nicht mehr sicher, ob das genügte. Die anderen waren stärker als ich gedacht hatte, auch schlauer, auch phantasiereicher. Sie sind gar nicht so stupide, wenn es ihnen darum geht, jemand in ihr Lager zu ziehen!

Nachdem heute der Arzt bei ihr gewesen war, hörte ich sie aufstehen und im Zimmer herumgehen. Wie es schmerzt, wenn jede Faser des Körpers aufstehen will, wenn jeder Nerv dich in eine Richtung zerrt, dennoch ruhig sitzenzubleiben, zum Fenster zu gehen und hinauszustarren, während dir die Ohren am Kopf zu riesigen Schalltrichtern zu wachsen scheinen, die jedes kleinste Geräusch aufsaugen und verzweifelt zu identifizieren versuchen. Es ist Folter. Aber ich bewegte mich kaum und hörte ein schwaches Rascheln, ein zartes Kratzen, dann Stille. Ich verließ das Zimmer, ich wollte ihr Gelegenheit geben, mir eine Nachricht zu senden. Tatsächlich lag später auf meinem Schreibtisch einer ihrer weißen Zettel. Ich erkannte ihre Schlängleinschrift und daß wenig draufstand. Ich sah es schon von der Tür aus. Wer hat eigentlich je behauptet, Liebe mache blind? Sie ist nur, als ob man dauernd in die Sonne sähe. Ich war aufgeregt, ich konnte die vier Zeilen nicht gleich lesen. Ich ging vom Schreibtisch zur Tür und hörte nichts, ich öffnete das Fenster, ich versuchte ruhiger zu atmen. So stand es da:

Sieh zu daß du meinen Schmuck hierherkriegst
wenn sie nicht alles hergeben wollen nur die ungefaßten
ich brauch was zum spielen
sagt der Arzt auch

Ich habe sofort telefoniert. Ob ich wahnsinnig sei, hat Salo mich gefragt, er brauche mir wohl nichts über Werte und Gefahren zu erzählen. Gegen das, was in diesem Sanatorium spazierengetragen werde, seien Losies Sachen Kinderklunker, sagte ich, das könne er sich nicht vorstellen. Außerdem sei der Arzt der Meinung, die Dinger würden irgendetwas in ihr auslösen, ich stellte mir das wie eine Art seelischen Durchfall vor. Aber das sagte ich nicht. Das Argument mit dem Schmuck der anderen Patienten machte ihn still.

Ich laß ihn mit dem Chauffeur vorbeibringen, sagte er, es ist auf deine Verantwortung. Was denn sonst, dachte ich, während ich auf dem Bett saß, den stummen Telefonhörer und ihren Zettel noch in der Hand, was denn sonst.

Der Arzt hatte auch mit mir schon ein paarmal gesprochen. Ich mochte ihn eigentlich gern, weil man ihm so anmerkte, wie mühsam es für ihn war, seine spröde Kunst in ein nettes Gesellschaftsspiel für gut zahlende Gäste umzuformen. Daß ihm das so schwerfiel, machte ihn mir sympathisch.

Er ist etwas kleiner als ich, einer von den Männern mit dünnen Beinen und schmalen Hüften, auf denen dann ein gedrungener, sich immer mehr verbreiternder Oberkörper mit einem sehr kurzen Hals sitzt. Männer mit dieser Gestalt wirken oft bedrängt, mühsam sich zurückhaltend, immer kurz vor der Explosion. Er mag Anfang Vierzig sein. Seine Düsterkeit wird durch einen viereckig geschnittenen, graublonden Bart noch unterstrichen. Über seiner Nasenwurzel ist eine tiefe Kerbe, wie von einer schweren Brille eingeschnitten. Aber ich habe ihn nie mit Brille gesehen. Eigentlich spricht er Dialekt, ein schweres, gaumiges Fränkisch mit rollendem R. Aber wenn er medizinische Dinge zu erklären versucht, seufzend und stockend, dann treibt er sich Satz für Satz seine Sprache aus, bis nur mehr das R übrigbleibt. Er sagt oft Sätze wie »Wenn Sie in Erwägung ziehen wollen« oder »Unter Berücksichtigung all dieser Faktoren«. Einmal hat Losie gefragt, ob der Schrat heute wiederkäme, ich wußte sofort, wen sie meinte.

Wenn ich ihn recht verstanden habe, ist er kein richtiger Psychiater, irgendetwas fehlt ihm da noch, irgendeine Anerkennung von irgendwem. Das scheint ihn stark zu kränken, denn er hat schon öfter davon erzählt. Unser Fall interessiere ihn, sagt er. Es sei ganz sicher ein Wohlstandssyndrom. Du meine Güte. Aber ich widerspreche ihm nicht, obwohl er fast immer Sachen sagt, die ich mir auch hätte denken können. Mir ist er auch deshalb recht, weil er Losie nicht zu stören und zu beunruhigen scheint. Es ist dies hier zwar ein ziemlich teurer Privatladen mit einem eisern verteidigten Anstrich von Hotelhaftigkeit, also Freiwilligkeit, aber sie haben, als wir hierherkamen, doch ein paar Tests mit ihr gemacht, und da hat Losie geschrien und war schwer wieder zu beruhigen.

Ich habe sie genau verstanden, obwohl es vielleicht gar

nicht leicht zu erklären ist, was am Ausdeuten irgendwelcher Bildchen oder am Ergänzen irgendwelcher Sätze so qualvoll und demütigend sein soll. Ich wußte genau, warum sie schrie. Man hat sie danach auch nicht mehr damit geplagt. Es ist hier wie überall, man vertraut der Zeit und der Ruhe, und manchmal scheint das ja auch zu genügen. Der Schrat glaubt jedenfalls auch nicht so fest an seine Pillen und Tropfen, wie er immer behauptet. Sie sei eben übersensibel, hat er gemeint. Als ob ich das nicht wüßte. Was heißt schon sensibel, jede Gans, die einigermaßen nah ans Wasser gebaut hat, nimmt das für sich in Anspruch, jedes Mannsbild, das keinen Nagel in die Wand und keinen Vertrag unter Dach kriegt, ist sensibel.

Laudin heißt der Arzt, Doktor Justus Laudin. Ich weiß seinen Vornamen, weil der das einzige war, wonach Losie ihn gefragt hat. Und wie heißen Sie mit Vornamen, hat er zurückgefragt – er wollte so gern lässig sein, und unauffällig und modern, denk ich mir, aber er war eigentlich nur verlegen – und Losie drehte den Kopf weg und sagte, im Moment gar nicht. Im Moment habe ich grade keinen Namen.

Er konnte ja nicht wissen, daß diese verrückte Antwort ganz vernünftig war, wenn man sie verstand. Diese Psychiater warten immer auf irgendetwas Verqueres, und wenn mans ihnen dann sagt, strengen sie sich an und tun so, als wäre das alles ganz normal. Ich habe nachher mit ihm gesprochen und ihm Losies Namen erklärt, daß sie Namen trägt wie ihre Steine. Da hat er irgendetwas von Identität gefaselt. Er solle nicht so albern sein, habe ich ihm gesagt, bei mir könne er sich das alles sparen, seinen ganzen Werkzeugkasten voller Wörter könne er zuhause lassen, er und ich wüßten, daß man damit nicht an einem Menschen herumreparieren könne. Er solle nur dafür sorgen, daß wir Ruhe hätten. Er könne auch mit ihr reden, aber nicht mit diesem Wissens- und Hilfegetue, für das er sich hier bezahlen lasse. Wir bräuchten das nicht, es störe uns nur.

Ich muß ziemlich laut gewesen sein, denn er schaute mich ganz verwundert an, der Herr Doktor Justus Laudin, der kein ganz richtiger Psychiater war. Aber als ich fertig war, glaubte ich ein Lächeln in seinem Bart zu sehen und er schien erleichtert, fast entspannt. Ich glaube, daß er sie, wenn er sein ganzes professionelles Gehabe vergaß, einfach gern hatte. Selbst jetzt, wo sie nicht mehr so aussieht wie früher, wo einem ihre Zartheit wie Dürre vorkommt und ihre Haselnußhaut wie leberkrank, sieht einer, der sie nicht gekannt hat, Spuren ihres Reizes. Ich bin eigentlich nie eifersüchtig gewesen. Die Leute, die sie reizvoll fanden, die auf sie neugierig waren, die sie erobern wollten, waren mir meist nicht unangenehm, sie konnten ja nicht ganz ohne Gefühl und Träume sein. Dumme Leute fanden Losie fade und gerieten, wenn sie sie anschaute, in geschwätzige Verlegenheit. Ich habe das bei Einladungen ihrer Eltern oft erlebt. Dumm ist dieser Justus Laudin nun sicher nicht. Denn heute hat er etwas Wunderbares gesagt. Er hat gesagt, vielleicht häutet sie sich. Sie wissen ja, wie anstrengend das ist.

Vielleicht habe ich deshalb jetzt das Gefühl, als schwänge in mir etwas aus, als hätte ich einen angenehm schmerzlosen, leeren Raum in mir. Nun kann ich warten, ohne zu verzweifeln. Ich habe wieder irgendeinen Fetzen von Vertrauen.

Der Chauffeur hatte den Schmuck direkt zu ihr ins Zimmer gebracht. Als ich aus dem Park zurückkam, war er schon wieder weggefahren und ich fand sie stumm und gelb auf ihrem Bett sitzen, die Hände um einen großen Aquamarin gebogen, als wollte sie ihn nie mehr loslassen. Dabei schien er sie zu schmerzen, die scharfen Kanten machten rote Rillen in ihre Haut. Ich hatte es befürchtet. Ich hatte den Schmuck erst durchsehen wollen. Einiges durfte ihr jetzt nicht in die Hände kommen. Ich wußte ja nicht, was geschah, wenn sie in den Steinen die Abende wiedererkennen würde, an denen sie sie zum letztenmal getragen hatte, die vierzehn letzten Abende der Kampagne.

Aber genau das war passiert. Sie hatte mit dem Aquamarin angefangen, obwohl ich nicht glaube, daß sie die Reihenfolge noch weiß. Es war ein Dienstag gewesen, ein Ball im Schloß. Sie sollte sich zum erstenmal vor so vielen Leuten als Prinzessin zeigen, zusammen mit ihrem dämlichen Prinzen. Sie war aufgeregt gewesen, ausgerechnet sie. Den ganzen Tag hatten wir noch an ihrem Kleid herumgenäht, ein cremefarbenes Kleid. Ich fand die Farbe scheußlich und den Schnitt auch, es war eins von diesen üblichen Ballkleidern, schulterfrei und weiter Tüllrock.

Du siehst aus wie eine saure Gurke in Schlagsahne, sagte ich. Bis zu dem Tag, an dem sie sich vor dem Spiegel hin und her drehte und sich nicht an sich satt sehen konnte, hatte ich die ganze Geschichte eigentlich nicht geglaubt. Ich wollte vielleicht auch einsehen, daß sie diese Prinzessin spielen mußte, diese wenigstens, die Auswahl ist ja heutzutage nicht mehr so groß.

Sie hatte vorher kaum mit mir gesprochen, nur hingeworfene Wörter: fliegen, oder: wenn sie dann alle aufstehen und klatschen, oder: man kann ganz anders tanzen, wenn sie einem Platz lassen. Das sagte sie, die sich noch vor vier Jahren kategorisch geweigert hatte, in die Tanzstunde zu gehen. Niemals, sagte sie, würde sie sich mit lauter albernen Schneekühen in eine Reihe setzen und warten, bis irgendein halberwürgter Trottel sie abholen käme. Ich hab ihr dann Tanzen beigebracht. Man brauchte ihr nur ein paar Schritte zu zeigen und sie verflocht sich ganz mühelos mit der Musik. Sie hatte das, trotz ihrer Schlaksigkeit. Aber sie wollte dabei, wie bei fast allen Dingen, nicht das Gefühl haben, daß außer ihr noch andere Leute dasselbe täten. Sie hatte ja auch in der Schule immer nur in den Fächern Erfolg, die die anderen nicht leiden konnten, wo sie sich allein fühlte mit einer Sache. Nicht, daß sie dadurch irgendwie auffiel. Ich wußte es, weil ich sie kannte. Ihre Eltern wunderten sich, daß sie in Englisch miserabel war und in Chemie sehr gut. Deutsch war sie beides, miserabel und gut, je nachdem, ob sie einen Lehrer mochte oder nicht. Ich hielt alle Vorwürfe von ihr fern. Ich kannte sie ja, ich wollte sie wachsen lassen, wie sie war.

Ich habe ihr manches verboten, und ich habe ihr auch nur selten begründet, warum ich es tat. Ich ließ sie bei manchen Sachen gegen eine Mauer laufen. Dann rannte sie ein paarmal dagegen, aber sie kannte mich ja auch, und gab es dann auf. Ich hätte ihr auch die alberne Prinzessinnengeschichte verbieten sollen, aber da war ihr Vater stärker, die andern waren überhaupt schon stärker geworden als ich. Sie ging an dem Abend ins Schloß wie zu einer wirklichen Regierungsübernahme, begleitet von diesem Prinzen, einen Laffen, der wie ein verkleideter Schimpanse aussah und der ihr völlig gleichgültig war. Sie behandelte ihn wie einen Hofnarren. Er trottelte immer zwei Schritte hinter ihr her, und ich bin sicher, daß sie ihm gar nicht gefiel.

Ich hatte mich ja schon bevor das alles anfing gewundert, daß man ausgerechnet Losie für diese Rolle ausgewählt hatte. Dralle, kirschenkußmündige Honoratiorentöchter hätte es genug gegeben, warum also sie, die wirklich wie eine Prinzessin aussah? Ich hatte Salo das gefragt, schon im November, als es klar war. Er war ziemlich böse geworden. Das wagt er bei mir eigentlich selten.

Bild dir nicht ein, daß du sie allein kennst! hatte er mich angebrüllt, ich hab meine Möglichkeiten! Ich hab meine Pläne!

Man muß eben mit der Art Kinder auskommen, die man hat – oder man macht sie sich, wie man will! Ich kenn ihn.

Worum gehts dir eigentlich wirklich? Soll sie am Ende den Prinzen heiraten?

Da fing er an zu lachen und nahm mich um die Schultern. Gell, sagte er, so hawwe se's bei dir dehaam gemacht! Des is dir doch gar nix neues! Es war schön, wenn er zwischendurch in seiner Sprache redete, das kam ganz selten vor, im Lauf der Jahre hatte er sichs ziemlich abgewöhnt, allein der Tonfall war geblieben. Aber den Prinzen soll sie nicht heiraten, sagte er dann noch, den nicht.

Salo war dick geworden in den Jahren. Er hat so einen Römerschädel, wie es dort in der Gegend viele gibt. Ein bißchen Verfettetsein schadet da gar nichts, die dunklen Augen und die schönen Nasen bleiben durch den Speck noch auffallend und sichtbar. Er ist so groß wie ich. Seine Wampe ruht in den breiten Gürteln, die er immer trägt. Von hinten sieht man noch, daß er ein schöner Mann war, breites Kreuz und ein kleiner Hintern. Es wundert einen nicht, daß sie fett geworden sind, wenn man sie essen sieht, beide, auch Losies Mutter. Sie sind hastig. Er stöhnt, wenn er ißt, und ihr läuft immer die Nase.

Er wird jetzt so fünfzig Leute haben, mal mehr, mal weniger. Ich bin nur ein kleiner Fisch, hat er immer wie drohend gesagt, nur ein ganz kleiner Fisch. Da gibts ganz andere. Piranhas sind auch nicht groß, hab ich ihm mal geantwortet.

Schulen baut er, Schulen und Gemeindehäuser, natürlich auch irgendwelche Sachen für die Kirche. Es ist alles voller Gemeindesäle und Glockentürme und Kindergärten in dieser Gegend. Gräßliche, graue Würfel, man sieht ihnen das verwaltete und ausgenutzte Alleinsein ihrer Schäflein förmlich an. Solches Zeug baute er. Ich weiß nicht, an welchem Tag er aufgehört hatte, der Beste sein zu wollen – auf mei Häuser kannst e Bomb werfe, die halte! –, sondern der Mächtigste werden wollte. Die fünf Finger der Hand hatten nach ihm gegriffen, Machtgier, Verlogenheit, Herzlosigkeit, Eile und Angst. So heißen für mich die fünf Finger.

Aber das ist sicher nicht mit einemmal passiert, sondern allmählich, wie es bei allen war, bei fast allen. Das war auch die Zeit, wo er seinen Freundeskreis änderte. Nicht mehr die Kumpel, nicht mehr die Verwandten aus dem Rheingau. Salo hatte die Politik entdeckt und natürlich die Politiker. Wie einfach die Zusammenhänge des wechselseitigen Wohlergehens waren, das machte ihn ganz atemlos. Nette Abende, bequeme Plaudereien, die Frauen sprachen gehorsam an den Männern vorbei, und keiner erwähnte auch nur einen Bau oder etwas Ähnliches. Und trotzdem gabs den Bau, und es gab Benutzungsarten, die vorher ganz anders gelautet hatten. Die Dächer waren plötzlich ein bißchen höher, die Garagen ein bißchen näher am Zaun. Zu Anfang konnten sies ja noch nicht so elegant, da habe ich oft lachen müssen, wie sie sich in ihren begreiflichen kleinen Miesheiten herumtasteten. Es machens ja alle, hieß der meistgesagte Satz dieser Jahre.

Sie, das muß ich ihr lassen, schien sich nicht wohl zu fühlen in alldem. Ich weiß nicht, ob sie eine gewisse Art Anstand oder Klarheit einfach nicht loswerden konnte oder ob es sie anstrengte, immer so ungenau zu bleiben, nirgends wirklich hinzuschauen. Ich weiß es nicht, weil ich ihr gegenüber immer ungerecht war. Sie hat das auch gespürt, aber ich glaube, daß es sie gar nicht stört. Sie gehört zu den Menschen, die ich nicht einmal ein Glas in die Hand nehmen sehen kann, ohne daß es mich schüttelt.

Gelbblond ist sie, rundlich, eine Mischung aus Rechthabenwollen und Angst vor Fehlern. Sie geht in kleinen hackenden Schritten und spricht meistens zu laut. Sie hat eine Art, einem beim Sprechen auf den Mund zu schauen, die auf mich schwachsinnig wirkt. Manchmal, wenn sie sehr entspannt ist, wenn nichts auf sie lauert, was sie zu Fehlern verführen könnte – und so etwas wittert sie überall – manchmal also kann sie sanft und sogar witzig sein. Außerdem hält sie sich für hübsch, und das bekommt vielen Frauen, es gibt ihnen so etwas Heiteres, das sie sonst nicht hätten.

Salo, der sein Leben lang Freundinnen gehabt hat, ist aufmerksam zu ihr und macht ihr Geschenke und Komplimente. Sie führen wohl eine glückliche Ehe. Der Warenverkehr zwischen beiden scheint zu klappen, eine etwas weinerliche Zufriedenheit von ihr, eine polternde von ihm – es scheint noch immer alles in schönster Ordnung. In Abständen, natürlich, war auch sie unzufrieden. Das muß wohl sein, um den Erhalt des Erreichten zu sichern. Sie wolle arbeiten gehen, sagte sie dann, sie fühle sich nutzlos. Das hätten sie doch nicht nötig, antwortete Salo dann erwartungsgemäß, und alles blieb beim alten.

Sie war – nein, ist, warum sollte sie es nicht geblieben sein man wird sie sicher nach wie vor besuchen! – eine recht gute Gastgeberin, und das ist mein Verdienst. Ich habe ihr ein paar Tricks von damals beigebracht. Ich weiß, daß sie deshalb von ihr begeistert sind, diese Architekten und Weinhändler und Kommunalpolitiker, an denen ich sie ihre Künste ausprobieren ließ.

Unser Verhältnis war eigentlich von Anfang an klar, obwohl sie sich keineswegs über den Grad meines Abscheus bewußt war. Wie sollte sie auch, es gab dafür ja keinen ihr verständlichen Grund. Sie respektierte mich – auch wegen des Altersunterschiedes. Ich war eine Entscheidung von Salo gewesen, das vertrug keinen Widerspruch, nicht einmal einen inneren. Außerdem nahm ich ihr das Kind ab und brachte etwas ins Haus, das sie wohl nicht benennen konnte, das es aber in den ganzen anderen weißfeuchten, teuren Kästen, die in den fünfziger Jahren sich um ihr Haus versammelten, nicht gab.

Ich hab oft darüber nachgedacht, was eigentlich bei Menschen ursprünglich der stärkere Wunsch ist – sich den andern anzugleichen oder sich von ihnen zu unterscheiden. Denn es kann doch nicht sein, daß wir unsere Umgebung zu einem Wald von Spiegeln, zu einer Ödnis von Vertrautheit haben machen wollen, es muß doch anders gedacht gewesen sein. Deshalb habe ich ja die Brüderschaft, die andern, sanften, skeptischen, die Losies und vielleicht auch mich selber, immer für das Althergebrachte gehalten. Das ist ein Irrtum. In einer Welt, der man das Verwundern und die Unordnung ausgetrieben hat, sind sie etwas ganz Neues. Aber es wird sie keiner verstehen, denn sie müssen das Bequeme wegbringen und das Grade, das Überschaubare und das, was einen ruhig schlafen läßt. Da meinen doch viele, daß das lauter angenehme Dinge seien, daß mans ausbauen müßte und sicherer machen. Aber man bekommt Atemnot und muß es auflösen. Ich habe nicht die geringste Idee, wie. Jedenfalls war meine Person das einzige, bei dem ich einen Unterscheidungswillen, eine Unterscheidungslust, bei Losies Eltern gespürt habe.

Übrigens habe ich nie herausbekommen, ob Irma – ich hab den Namen vermieden, sooft ich konnte! – von Salos Verhältnissen wußte. Ich habe einmal mit ihm geschlafen oder vielmehr er mit mir. Ich erinnere mich ganz genau dran, obwohl es bald nicht mehr wahr ist, so lang ist es her. Das ist eigentlich eine alberne Redensart, das mit dem Bald-nicht-mehr-wahr-Sein, so viele Sachen werden erst wahr, wenn sie lang her sind. Das ist auch bei dieser Nacht mit Salo so, damals hat es einfach sein müssen, von ihm aus und von mir aus auch. Keiner von uns beiden, er nicht und ich nicht, hätten jahrelang aufeinander neugierig sein mögen. Wozu auch, wenn mans so leicht und ohne Schmerz herausfinden kann, wie jemand ist. Er hat schon hinter meine Unscheinbarkeit geschaut, sonst hätte er mich damals ja nicht gekauft für sein Haus und seine Tochter. Er wollte das, was er sich da gekauft, geliehen, geraubt hatte, auch auf diese Weise besitzen. Ich sah es ein, warum auch nicht. Ich war so viel älter als er, keine Liebe stand zu befürchten. Es war eine so schöne, heftige Nacht geworden – das gabs damals schon noch, daß ich die Beine in die Luft stieß als fiele mir der Himmel auf die Fußsohlen!

Es hat sich nie wiederholt, er dachte, daß ers ein für allemal wüßte und ich hatte keine Lust, ihm zu zeigen, daß ich noch anders war, noch ganz anders. Aber wir hatten eine Ruhe dadurch, ein Sich-Verstehen, manchmal sogar etwas Listiges. Ich habe später oft gedacht, daß eine Frau einen Mann besser und gelassener kennen kann, wenn das, das Begehren, in einer Nacht verbrennt, mit einer üppigen Flamme, als wenn mans immer wieder anschürt, bis auch das letzte bißchen Wärme noch weg ist. Aber vielleicht hab ich mir das auch nur so zurechtgedacht, weil es besser in mein Leben paßt.

Irma hat nichts gewußt davon. Losie hats vielleicht gespürt, ohne daß es ihr wichtig war. Sie wußte nur, daß ihr Vater und ich Macht zwischen uns aufgeteilt hatten, daß es nichts nutzte, wenn sie uns gegeneinander ausspielte, weil wir eben gleichstark waren.

Ach – der erste große Ballabend. Ich war ja nicht dabeigewesen, ich sah sie alle nur das Haus verlassen, vorneweg Losie. Aus dem Operncape, das sie übers Kleid geworfen hatte, wuchs ihr dünner brauner Hals wie ein Pflanzenstengel. Sie ging schnell und ließ Atemwolken hinter sich, die sie in einen Nebel hüllten. Sie ging so schnell als könnte sies nicht erwarten. Den Prinzen hatte sie längst vergessen, und Irma und Salo gingen zum Wagen wie ein Duodezfürstenpaar zur Kutsche.

Was für eine greuliche Maskerade, dachte ich. Ich haßte all die Gruppen, die sich einer Form bedienten die nicht zu ihnen gehörte – Freimaurerlogen und Karnevalsvereine und Parlamente und Tennisklubs und Militär und Sonntagsabonnementsvereine – alles geliehene, zerschundene, verwässerte Formen. Man hat so wenig Dingen ihre eigene Form geschaffen, so müssen jetzt die Leichen derer herhalten, deren Inhalte unter Jubel zerschlagen worden waren. Gegen das Zerschlagen habe ich ja nie was gehabt, aber es schüttelt mich, wenn irgendein Demokrat mit Schwalbenschwänzen und wie zum Almauftrieb bebändert, irgendetwas eröffnet. Vereine und Corps und Ausstellungen werden eröffnet wie im Ancien régime, es wimmelt von Handküssen und Knicksen und hierarchischem Getue. Aber nichts von den Dingen, um die es geht, gehört zu den Formen, in die man sie verpackt. Zum Handkuß gehören trockene Lippen, fast keine Lippen, die Idee eines Mundes, nicht die glückliche, satte Feuchtheit des Herrn Unterstadtverordnetenvorstehers.

Das alles hab ich Losie nicht gesagt, ich war so sicher, daß sie es selber spüren würde. Ich habe überschätzt, was in einem Menschen von allein entstehen kann. Ich hätte ihr ruhig mehr erzählen können, besser, sie spinnt sich ein bißchen zurück ins Vergangene, ins Gestorbene, als sie sucht ihre Form des Lebens im Jetzigen, im Lebendigen.

So kam sie am frühen Morgen nach dem ersten Ball nachhause wie verwelkt. Sie hatte nicht dieses strahlende Zerzaustsein, das das Ende eines leidenschaftlichen Fests zeigt, auch nicht diese atmende Müdigkeit, sie sah einfach aus wie etwas, das man vergessen hat ins Wasser zu stellen. Der Aquamarin an ihrem Hals war grau. Sie hatte ein bißchen was getrunken, natürlich, ich merkte es daran, daß sie wattig sprach und Mühe mit den Füßen hatte.

Erzähl mirs später, sagte ich zu ihr, wir haben ja Zeit. Hast du nicht, sagte Salo mit dicker Stimme, morgen ist Frühschoppen und wenn sie da nicht gebügelt erscheint, kannst du dich auf was gefaßt machen.

Dumm Kuh. Denk bloß net, du bist was Besseres. Dumm Klaakinnergetu. Du hast was darzustelle und du stellst es aach dar, des sach isch der!

Losie schaute von ihrem Vater weg, aber nicht zu mir, sie mochte in meinem Gesicht nicht irgendein Hab ich dir ja gleich gesagt vorfinden. Sie schaute zu ihrer Mutter. Manchmal konnte sie die gut brauchen, wenn sie sich nämlich nicht anstrengen wollte und nicht nachdenken. Wie jetzt, an diesem kalten dunklen Februarmorgen. Es mag halb drei gewesen sein, keiner wollte ins Haus gehen, Losie ließ sogar das Cape fallen. Du spinnst wohl, sagte ich. Aber ich kenn das. Große Kälte hat manchmal die gleiche moralische Wirkung wie sehr viel Wasser. Sie nimmt was weg. Sie macht einen innen anders, meint man.

Sie waren doch alle sehr nett, sagte ihre Mutter, das Kleid hat auch gefallen. Bestimmte Sachen gehören doch dazu, es ist doch net die Zeit für so Empfindeleie! Ich an deiner Stell . . .

Aber Losie schaute sie weiter an, fast verwundert. Ich bin

doch kein Stück Seife, sagte sie, an dem jeder sich die Hände waschen kann! Ich bin doch die Prinzessin!

Sie hat mir an diesem dunklen Morgen nichts mehr erzählt, sie rollte sich ins Bett. Ich kannte die Endgültigkeit dieser Bewegung, so rollt man sich in die Decke, wenn man nicht mehr weiter weiß. Ich kannte es von mir selber. Es war nichts Besonderes gewesen. Ihre Mutter hat mir nachher den Abend geschildert, so wie sie ihn sah, und ich konnte es mir dann zusammenreimen. Sie war nicht bewundert worden, sondern betastet, sie konnte sich nicht unterhalten, sondern nur plappern, das ewige brüllende duff-daaa war ihr auf die Nerven gegangen, der Walzer war kein Schweben gewesen, sondern ein geiles Getrampel des Vereinsvorsitzenden, mit dem sie den Ball eröffnen mußte. Oh ja, ich sah alles vor mir, genauso hatte ich es mir gedacht und sie tat nun so, als fiele sie aus allen Wolken.

Recht geschieht dir, hab ich zu ihr gesagt, als sie aufwachte, recht geschieht dir.

Ich steh nicht auf, sagte sie, ich geh nicht zu dem Frühschoppen. Ich geh überhaupt nirgendwo mehr hin. Laß sie die Klamotten abholen.

Ich war dann gar nicht erstaunt, als ihr Vater in ihrem Zimmer auftauchte. Das tut er alle fünf Jahre einmal. Steh auf, sagte er, es wird sonst zu spät. Sie hat, das fiel mir damals zum erstenmal auf, nie versucht, ihn von irgendetwas zu überzeugen, sich ihm zu erklären. Sie sagte nur nein, wo er ja sagte, sie probierte nur Kraft aus. Nicht irgendein Begreifen war zwischen den beiden und doch etwas wie Liebe, eine dumme Liebe, das eigene Bild im Auge des andern.

Ich geh nicht, sagte sie.

Und wie du gehn wirst, sagte er, so schnell guckst du gar nicht, wie du gehn wirst.

Nein, sagte sie.

Laß sie in Ruh, sagte ich. Ich hatte seine Antwort eigentlich schon erwartet, beide sprachen aber gleichzeitig.

Na gut, sagte Losie, einmal noch.

Halt du dich da raus! sagte er zu mir.

Ich wunderte mich, daß sie so schnell nachgab.

Heute weiß ich, warum. Sie mißtraute einfach ihrem ersten Eindruck, das Wunder käme noch, dachte sie, der Glanz, der Zauber, das Besondere. Ihr Lächeln gefiel mir nicht an diesem Morgen. Wo sind ihre Ansprüche geblieben, dachte ich. Ich brauch dich doch, Mädchen, hatte Salo noch zu ihr gesagt, bevor sie aufgestanden war, es ist gar nicht so unwichtig, es ist nicht bloß ein Spaßvergnügen!

An dem Tag hatte ich meine erste Panik, als ich ihr die Haare bürstete und zu dieser blöden Prinzessinnenfrisur aufsteckte, ihre fröhlichen Haare. Was brauchst du denn so lang, fragte sie. Ich konnte ihr die Wahrheit nicht sagen, daß ich sie an ihren Haaren festbinden wollte, festhalten. Ich wollte sie nicht zurücklassen in diese dreckigen kleinen Heiterkeiten, in die organisierte Geilheit und Großtuerei. Sie hatte doch nicht gelernt, wie man sich dagegen wehrt. Ich hatte ihr nur Leben beigebracht, nicht Kriegführen. Das war zu wenig, jetzt sah ich es.

Heute hat sie mir wieder einen Zettel hingelegt als ich auf meinem Spaziergang war. Es ist ein fast sommerlicher, festlicher dunkelblauer Tag, ich spürte, daß er mir irgendetwas Angenehmes brächte. Auf dem Zettel stand:

es stimmt nicht das von damals
wenn man was ganz genau anschaut
kann mans nicht totmachen
ich sag dir das stimmt nicht

Die Erinnerung an die Geburt dieses Gedankens kam mir nur sehr langsam. Er war ein Bestandteil von uns beiden gewesen, dieser Gedanke. Aber während ich auf das Blatt schaute und hinaus in den rötlichgrünen, keimenden Park, fiel es mir wieder ein, wie wir auf ihn gekommen waren. Sie hatte bei mir in der Küche gesessen, im warmen Geruch eines langsam kroß werdenden Apfelstrudels. Also muß es an einem Samstag gewesen sein, Frühherbst. Wie hieß sie damals? Ich weiß es schon nicht mehr, viele ihrer Namen sind mir versunken und manche waren auch schlicht und einfach albern. Losie. Ich weiß sogar noch, was sie anhatte. Sie war vielleicht sechzehn, einen rauhen, blauen, kurzen Rock, der ihre bräunlichen knubbeligen Knie sehen ließ, und eins von diesen rührenden Baumwolldingern, wo immer ganz verkehrte Sachen draufstehen, bei ihr an diesem Tag *every inch a woman*. Es hätte wirklich nichts unpassender sein können. Neben ihr stand auf dem Küchentisch ein brauner weithalsiger Krug mit einem großen Strauß Wiesenblumen, Gräser und die, die so nach Herbst riechen mit den vielen gelben Knöpfchen, noch ein paar späte Margeriten, Kuckucksnelken und blasse Glockenblumen. Ich könnte den Strauß noch malen, wir hatten ihn am Tag zuvor gepflückt.

Die Küche und natürlich mein Zimmer, waren die einzigen Orte in diesem Haus, wohin ein solcher Strauß überhaupt paßte, ansonsten war es nämlich ein Gladiolenhaus. Vielleicht auch ein Nelkenhaus. Und natürlich eins für diese Strohblumen, die man zum Einstauben an die Wände hängt. Die Bodenvasen mit den Binsenkolben habe ich vergessen. Also jedenfalls keins für Tonkrüge mit Wiesenblumen.

Die Küche hatte ich mir im Laufe der Jahre so einrichten lassen, daß ich nicht mehr fror, wenn ich sie betrat. Ich kochte zwar durchaus nicht immer, aber es hatte sich so eingebürgert, daß ichs an den Wochenenden tat. Dann kamen immer alle nachschauen was es gäbe und Salo stöhnte über seinen Bauch. Ich hatte einen Holztisch verlangt, weil ich behauptete, daß ich nur darauf Strudelteig machen könnte, und einen richtigen Spülstein, und Tontöpfe. Mit den Jahren sah es wirklich wie in einer richtigen Küche aus.

Losie schwatzte und wackelte auf der Tischkante und sah

mir zu, wie ich die roten Rüben und die Kartoffeln, die Äpfel, Zwiebeln und Heringe für den Rossol in kleine Würfel schnitt. Dann langweilte sie sich und schaute den Strauß an und wurde still. Ich ließ meine rote Hand abtropfen und folgte ihren Blicken. Viele winzige Fliegen und Falterchen krochen auf dem Strauß herum, flügelten direkt über den Blüten wie Kolibris. Sie waren wirklich hübsch. Ihre Verschiedenartigkeit begann mich zu interessieren. Ich goß uns einen Becher Saft ein und wir setzten uns schweigend an den Tisch, einander gegenüber, und starrten auf den Blumenstrauß. Ein Tierchen, ich weiß es noch genau, war weiß mit dunklen, riesigen Augen seitlich am Kopf. Weiß und unendlich dünn zitterten zwei Fühler, aber das schönste waren seine Flügel, die wie winzige Daunenfedern geformt waren. Ein anderes schimmerte grüngolden und hatte braune, scheinbar aufmerksame halbkugelige Augen und hauchfeine flirrende Flügel. Wieder eins war bläulich wie angelaufenes Eisen, es sah aus wie aus ganz feinem Draht gemacht. Damals sagte Losie nachdenklich und vielleicht wußte sie nicht wie richtig das war: wenn man was ganz genau anschaut, kann mans doch nicht mehr totmachen.

In diesem Moment wäre es mir unmöglich gewesen, physisch unmöglich, eine von diesen perfekten Winzigkeiten zu erschlagen. Wenn mans genau durchdenkt, ist es nicht auszuhalten. Jede Windschutzscheibe verwandelt Schönheit, Genauigkeit, wirkliches Funktionieren in Dreck, den einer mit Wischer und Wassereimer so schnell wie möglich beseitigt. Man kanns nicht mehr totmachen, wenn mans einmal ganz genau angeschaut hat.

Losie sah an jenem Nachmittag aus, als hätte sie nicht besonders viel Freude an ihrer Entdeckung. Vielleicht spürte sie den Schmerz, der auf sie zukommen würde, schon dumpf heranziehen, wie Zahnweh, dem man nicht ausweichen kann, so sehr mans auch möchte.

Ich hatte mir in den Kopf gesetzt, nicht an ihr herumzuerziehen, nichts zu bewerten, nur zu beobachten und wenn möglich zu begreifen. Sie war da auf etwas gekommen, vor dem sogar ich Angst hatte, mit meinen bald sechzig Jahren. Es gibt Gedanken, die kann man nicht mehr dahin zurückstopfen, wo sie hergekommen sind, die bleiben und überziehen alles mit einem zähen, dünnen Film, die Farben der Dinge ändern sich. Wenn man was genau anschaut, kann mans nicht mehr zerstören. Ich schämte mich damals an diesem warmen, apfelduftenden Nachmittag, daß mirs bei diesen Insekten sofort einleuchtete, und daß es so schwer war, Menschen genauso sorgfältig zu betrachten.

Vielleicht meint sie das mit ihrem Zettel, mit den paar armseligen Sätzen, für die ich so dankbar bin. Sie beginnt sich selbst wieder ähnlicher zu werden. Tatsache ist ja, daß sie auf Elsbächer geschossen hat, obwohl sie ihn »genau angeschaut hat«. Oder weil sie es getan hat? Ich weiß es nicht. Bisher hat noch niemand darüber gesprochen. Ich bin mit ihr angeblich deswegen hier. Sie müsse übergeschnappt sein, die Belastung, der Druck, die Aufregungen der Kampagne, hieß es. Dabei war dieser Schuß, den ich nicht gesehen habe und der auch bloß in irgendeine Zimmerdecke gefahren war, das einzig normale, was sie in diesen ganzen Tagen getan hat. Aber das ist meine Meinung und ich werde mich hüten, sie zu sagen. Salo weiß das.

Hast du ihr das Zeug reingedacht, hatte er mich in der Aschermittwochnacht angeschrien, ist es auf deinem Mist gewachsen? Aus ihr kanns nicht kommen! Was weiß man, was euereiner denkt?

Keine Ahnung hast du, hatte ich ihm geantwortet, während Losie zwischen ihm und einem mir fremden Mann, der eine Mütze aufhatte und drunter ein bleiches, dickes, verkniffenes Gesicht, hin und her baumelte wie eine Sofapuppe.

Zu dem Zeitpunkt wußte ich überhaupt noch nicht, worum es eigentlich ging. Ich zog meine Bademantelschnur um mich wie ein Pistolenhalfter, drehte mir die Haare aus dem Gesicht, als erwartete ich einen Helm, machte mich bereit zum Kampf für das betrunkene, schlechtriechende Stück Mensch, das da herumhampelte, die Prinzessin, Losie, Godiva, Sarah. Jetzt, glaubte ich, war sie Rosemarie geworden, ein für allemal. Mein Kind war verschwunden.

Ich weiß noch, wie atemlos ich war, atemlos vor Erleichterung, als ich von dem Schuß hörte. Was hat sie getan, fragte ich Salo, der auf den anderen Mann geradezu flehentlich einredete. Ich hörte aber in seiner Stimme immer wieder die Spitzen der Drohung. Er konnte gar nicht anders sprechen als mit Drohungen, schon seit Jahren nicht mehr.

Wenn Sie nicht Ruh geben, flüsterte er dem Mann zu, gibts einen Skandal, der reißt noch ein paar Sachen mit, Leut auch, da soll sich bloß keiner sicher fühlen.

Es hat ja kaum einer gehört, sagte der andere mit einer überraschend hellen, scharfen Stimme, es waren ja wohl alle hinüber.

Das Loch in de Deck is heut nacht noch fort, sagte Salo und geriet unaufhaltsam wieder zurück in seine Sprache, de Mann is schon unnerwegs, es is einer von meine Leut. Da siehste innere Stund nix mehr.

Während sie das unsinnige Zeug redeten, schaukelte Losie zwischen ihnen hin und her wie ein Gehängter am Galgen.

Das können Sie nicht machen, Beweismittel unterschlagen, ich kann da nicht mitspielen. Ich... er traute sich tatsächlich, zu Salo »ich« zu sagen. Er wußte nicht, daß es Situationen gab, in denen Salo alle andern ichs totzubeißen und zu verspeisen pflegte.

Da, schon hatte er es. – Sie könne net? brüllte Salo.

Sei doch ein bißchen ruhiger, dei Herz! flüsterte Irma, die ich bisher überhaupt noch nicht gesehen hatte.

Sie könne net? Sie wern müsse. Sonst reiß ich Ihne de ganze Stadtrat un noch e bissi Domkapitel dezu in de Abgrund. Säuerei macht mer zusamme! Unn wenn eine passiert, an die mer net gedacht hat, erst recht.

Es war Zeit, ihnen das Kind abzunehmen. Ich muß ziemlich komisch ausgesehen haben, aber ich fühlte mich für Minuten stark und mutig. Sie hatte irgendwas getan, sozusagen als Abschluß dieser ganze Narretei, irgendwas, was zu ihr paßte, was ich verstand, irgendwas, das mich an meine Liebe zu ihr erinnerte, wenn auch nur schwach und kurzatmig.

Hat sie wirklich auf den Elsbächer geschossen? fragte ich nochmal.

Halts Maul, sagte Salo – und das hat er weiß Gott in all den Jahren nicht zu mir gesagt.

Ich schaute ihn nur an, ihn und den andern, der jetzt ruhig war. Dann nahm ich Losie unsanft aus den völlig steifen Männerarmen und schleppte sie in ihr Zimmer. Es war eine eklige Arbeit, sie auszuziehen, ich fuhr mit einem nassen Waschlappen auf ihr herum wie auf einem Fußboden. Dann schüttete ich – das Ekelhafteste, was es gibt! – Eau de Cologne über das ganze Elend und ging in mein Zimmer.

Die Nacht werde ich nie vergessen, die Nacht, an deren Ende ich mit diesen Aufzeichnungen angefangen habe. »Das Entsetzliche«, hab ich damals geschrieben. Das Entsetzliche war ja eigentlich vorher gewesen, und der Endpunkt, der Schuß in die Decke, war vielleicht ein Anfang. Aber das kann man jetzt noch nicht wissen.

Ich muß jetzt den Elsbächer beschreiben. Auch damals habe ich die ganze Nacht versucht, mir den Mann ins Gedächtnis zurückzurufen. Sie hat ja offensichtlich nicht einfach in der Gegend rumgeballert, sondern ihn auch gemeint, ihn, den Dr. Gundolf Elsbächer, Chef der Halsnasenohrenklinik der Uni, Fraktionsvorsitzender, Ritter vom Goldenen Licht, wöchentlicher Gast bei Irmas besseren Abendessen. Er war die Blüte unserer Gäste – und natürlich auch irgendwas Wesentliches in der Kampagne. Ich bin nicht geübt in den diesbezüglichen Titeln.

Gundolf Elsbächer – lieber Elsbächer, sagte Salo. Ich

glaube, Irma hätte gern was mit ihm angefangen, so was Melancholisches, bei dem Frauen wenn sie sonst nichts zu tun haben sich wunderbar vorkommen. Ich werde wieder bös. Dabei hätte der mir früher wahrscheinlich auch gefallen. Es gibt ja eine verblüffende erotische Wirkung des schlechten Charakters. Und den hatte er, er war Monsieur Malheur, wie meine Mutter gesagt hätte. Einen Schleimnikkel, hätte mein Vater ihn genannt. Er war eben einer der widerlichen Sorte, bei denen Frauen immer mit einem gewissen Schaudern denken, daß gerade sie den Brillanten aus dem Schmutz graben könnten. Das miese an ihm war, daß er all die Dinge, an denen er teilnahm – die Ämter, die er gewissenhaft versah, die gesellschaftlichen Begegnungen, von denen er sieben am Tag zu haben schien, ja, auch seine Praxis und seine Patienten – schrecklich verachtete. Nichts von dem, was er tat, bedeutete ihm auch nur das geringste. Deswegen war er in allem sorgfältig und pünktlich, er hatte keinen einzigen Traum, keine wunde Stelle, keinen Schmerz, keine Sehnsucht.

Deswegen zog er Frauen an. Ja, auch mich, ich gebe es zu, wegen dieses Vakuums hinter seinen Funktionen. Diese leere Stelle, die man findet, wenn man Macht und Stellung zur Seite schiebt wie einen Vorhang, diese dunkle Höhle tiefster, fühllosester Einsamkeit – die saugt an, die ist unwiderstehlich. Vielleicht hat Losie das auch gespürt. Gerade jemand, der warm und zuversichtlich ist wie sie, ohne Eitelkeit und ohne Getue, wird von dieser Kälte angesaugt, Menschen wie Losie glauben, die Welt sei heizbar. Manchmal erfrieren sie.

Elsbächer war oft bei uns im Haus. Wir alle waren auch bei ihm in Behandlung. Er war gar kein schlechter Arzt. Offenbar bekommt diesem Beruf ein Quantum Verachtung ganz gut. Ich begleitete Losie immer, wenn sie hinging, und saß mit im Behandlungszimmer. Wenn man mich gefragt hätte, warum, mir wäre nichts eingefallen. Er war korrekt zu ihr, ein bißchen väterlich. Daß er ihren Kopf in beide

Hände nahm, dagegen war nichts zu sagen, es war schließlich sein Metier. Damals hat sie mir mal einen Zettel geschrieben, es war nicht lang vor der Kampagne, sie hatte irgendwas an der Stirnhöhle. Der Zettel hatte mich erschreckt.

es war zwischen seinen Händen
heute wie sich eine Walnuß
fühlen muß wenn sie noch
alle ihre Schalen hat
die weiche grüne und die harte braune

Ach du lieber Gott, hatte ich da gedacht, jetzt hat sie sich doch in dieses Ekel verschossen. Natürlich war mir klar, daß das dazugehört, zum Erwachsenwerden. Aber ich hatte mir den unausweichlich herannahenden Schmerz ein wenig kalkulierbarer gewünscht.

Irma hat es übrigens gespürt. Sie war damals zu mir ins Zimmer gekommen, einen sehr klaren genauen Ausdruck von Verzweiflung auf ihrem verwischten Gesicht. Wenn man sie eine Zeitlang unglücklich bekäme, dachte ich, könnte sie fast schön werden. Sie hatte Mühe, mit mir zu reden, und ich machte es ihr ja auch nicht leicht. Ob tief in den verborgensten Gräben meines Stammhirns ein Neid aufs Geborenhaben herumkriecht, ein Neid auch auf ihre Ungenauigkeit, ihr Weibchenhaftes, ihre verfügbare, unschwierige, leicht sichtbare Attraktivität? Es nützt mir ja nichts, mich zu belügen, aber ich weiß es einfach nicht. Ich brauchte, bildete ich mir ein, Losie nicht im Bauch gehabt zu haben. Als Irma da in meinem Zimmer stand, Schatten von Sehnsucht auf den Backen, ihre milchblauen Augen grau vor verschwiegener Angst, sah sie zum ersten- und letztenmal ihrer Tochter ein wenig ähnlich. Das machte mich wütend, wütend und hilflos. Und ich wollte ihr noch weher tun.

Es hat sicher nicht viel Sinn, wenn ich zu dir komme,

sagte sie mit tieferer Stimme als sonst. – Losie! Losies Stimme! – Aber ich bitte dich, daß da nichts passiert. Du bist die einzige, die vielleicht was verhindern kann.

Du meinst, wenn du ihn nicht kriegen kannst, soll ihn deine Tochter auch nicht haben, sagte ich und schämte mich im gleichen Moment. Aber nicht sehr, ich sah sie gern leiden, diesen Weiberpudding, der immer alles so leicht gehabt hat.

Sie machte kehrt, wie ichs mir gedacht hatte, aber sie blieb doch an der Tür stehen, als wollte sie mir zeigen, daß ich mich überschätzte, und sagte etwas sehr Gescheites. Sie sagte es zur Tür, leise und tief.

Erstens, sagte sie, kriegst du ihn auch nicht und möchtest es doch gern, das merk ich, halt mich nicht für blöd. Von uns kriegt ihn überhaupt keine, dabei tät er uns ganz gut und wir ihm auch. Aber Rosemarie würde ihn kriegen, nur ihr tut er nicht gut, das schwör ich dir.

Am nächsten Tag war sie eineinhalb Stunden beichten. So ist sie. Dabei haben wir, wie ich heute glaube, damals alle gesponnen. Wir haben etwas hochgeplustert, was gar nicht so wichtig war. Jedenfalls damals noch nicht. Vielleicht haben wir diesen Boden erst zusammengemengt, haben aus Unausgesprochenem, verwesten eigenen Wünschen, halben Gedanken, Verschweigen und Verstehen ein widerliches Gebräu gemischt, kurz, den Boden auf dem Katastrophen gedeihen, die Sorte von Katastrophe, bei denen man sich hinterher fragt, was denn eigentlich los gewesen sei. Damals war das schon so. Hausgemachte Exotik, dumpfe Gefühle, so ein Psychotreibhaus. Eine schreckliche Mode, heute hat mans allenthalben.

Ich muß herausfinden, was zu dem Schuß geführt hat. Das Übliche, Trauer oder Abgewiesenwerden, Enttäuschung oder Eitelkeit, das ganze langweilige Szenario kleiner Lieben, das kann es nicht gewesen sein. Nicht bei ihr.

Ich weiß das erst seit einigen Tagen, denn kurz nach dem Ereignis und in den Wochen davor war sie mir ja verlorengegangen mit ihrer ganzen Besonderheit. Ich hatte sie in meinem Inneren von der Geheimen Brüderschaft getrennt, ich hatte sie aufgegeben. Damit hab ich mich jetzt herumzuschlagen. Die Nachricht von dem Schuß war wie ein Zeichen gewesen, ein schüchternes Zeichen noch. Denn so spektakulär war das ja gar nicht. Vielleicht hat sie sich nur wichtig gemacht, diese Gans in ihrem Suff, dachte ich in jener Nacht.

Aber ich dachte es nicht lange. Es war ein Schritt zu mir zurück. Ich habe mich sehr mit meinen Fehlern geplagt in dieser Nacht. Zum erstenmal hatte ich nämlich eine Ahnung von dem, was ich ihr mit meinem Freiheitsgefühl, mit meinem Hochmut, mit dem Gedanken ans Anderssein angetan hatte. Sie hatte sich ins Normale, die Schule, den Schmuck, die Freunde, die kleinen Dummheiten geworfen, weil ich sie so allein gelassen hatte. Man kann nicht gut leben, wenn man alles sieht, wie es ist, wenn man nicht nett ist und gefällig und manchmal albern. Auf schnurgraden Wegen fällt man oft hin und zerschneidet sich auch noch die Füße.

Mir war klargeworden, zäh und langsam – und ich bin bis zu diesem Tage noch nicht damit fertig geworden –, was ich da schweigend von ihr verlangt hatte, das Alleinsein, das Stehenbleiben, immer offene Augen, lauter solchen heroischen, erkältenden Mist.

Ich hatte nicht begriffen, daß man auch besonders sein kann, wenn man mit andern teilt, wenn man nicht auffällt, wenn man klein und sanft und liebenswürdig ist. Selbst jetzt, wo ichs hinschreibe, sträubt sich etwas in mir. Etwas daran ist nicht wahr und doch muß es stimmen. Ich war mir in den letzten zwanzig Jahren nie so unsicher über das, was ich tat, was mir noch zu tun blieb, wie in diesen letzten Wochen.

Sie war also allein – durch mich. Ich hatte jahrelang das Gefühl, sie litte überhaupt nicht drunter, und sie tat es auch nie. Nur nach der Pubertät, da hatte sie manchmal einen

Ausdruck im Gesicht, vor allem wenn sie mit anderen in ihrem Alter sprach, einen Ausdruck wie ihn vielleicht jemand hat, der sich an der Stille der Welt gefreut hat und dem jemand sagt, in Wahrheit sei er taub. So hat sie geschaut, unverständig, ungläubig, wenn man ihr irgendwas erzählte von einem Fest oder von einem Liebeskummer, von der Schule, von den üblichen Schwierigkeiten mit den Eltern. Was sie sich halt so erzählen mit fünfzehn, sechzehn. Es war ja nicht so, daß sie eine Eigenbrötlerin gewesen wäre. Im Gegenteil, sie war ziemlich beliebt. Ein paar aus der Gegend oder aus ihrer Klasse trieben sich immer bei uns herum. Losies Eltern waren da großzügig, es machte sich auch so gut wenn man sagen konnte, der Kleine von Dr. X ist ja mehr bei uns als daheim, oder das Töchterchen von Professor Y macht sich wirklich nett.

Sohn und Tochter Müller oder Meier kamen bei uns erst vor, als Losie das aufgefallen war. Ihr waren Unterschiede schlecht klarzumachen, sie war alles auf einmal, Parvenu und alter Adel. Es gibt Leute, die sind ihr eigener Unterschied. Die uralte Elternfrage – ich kannte sie noch aus meiner Kindheit! – was macht denn sein oder ihr Vater? wurde von ihr meist mit einem völlig gleichmütigen: weiß ich nicht! beantwortet.

Aber ich erinnere mich, daß ich immer den Eindruck hatte, man besuche sie gar nicht wirklich, die Jungen kämen eher ins Haus, in den Garten, an einen Ort und nicht zu einem Menschen. Es waren fast immer mehrere, selten sah ich sie allein mit jemandem sitzen. Ich hörte mal, wie sie sich über sie unterhielten im Garten, hinter der Pergola.

Sie ist irgendwie komisch, sagte ein Mädchen, man kommt nicht richtig an sie ran.

Ach ich find sie eigentlich ganz gut, antwortete ein Junge, sie ist nicht so hektisch, das ist ganz gut gegen die andern. Ich glaub, sie ist arrogant, sagte eine. Bist du doch selber.

Und so weiter. Eigenartig unbestimmt waren sie in ihren Aussagen, nichts von der normalen Feindseligkeit oder

Schwärmerei, die sie sonst für alles und jedes übrig hatten. Losie gegenüber waren sie vorsichtig.

Wenn ich mich mit ihr unterhielt, fragte ich sie manchmal, wen sie am liebsten möge, wer sie am meisten von allen interessiere.

Am liebsten? sagte sie einmal langsam, den kenn ich noch gar nicht. Oder die. Es sind so Anfänge dabei . . .

Nein, sie war keine Einzelgängerin. Aber da war immer was wie ein Abwarten, ein nicht ganz drin sein. Sie spielte Normalsein, weil es für sie so am bequemsten war. Und später geriet sie dann vom Spielen ins Wirkliche. Was ich ihr zu geben hatte, war zu starr und zu alt. Mein Gott, sie ist ja jetzt erst neunzehn, ich muß es mir wirklich manchmal vorsagen, neunzehn. Als ich so alt war – das waren diese schönen, weiten, ruhigen Jahre, die wir »nach dem Krieg« nannten und die in Wahrheit vor dem Krieg waren, vor dem, an den wir da noch nicht dachten. Ich hatte auch Freunde gehabt, wie sie jetzt, es hatte Feste gegeben, wir waren schnippisch gewesen und mutig und verletzbar, wie sie, und doch anders.

Eigentlich, denke ich in den letzten Tagen öfter, ist dieses Sanatorium ein Ort, an dem man sich ganz wohl fühlt. Die Stille, die langen, französischen Fenster und der Park erinnern mich ein bißchen an daheim. Ich gehe viel spazieren, eigentlich mach ich mir nicht so viel daraus, irgendwo ohne Ziel und Aufgabe herumzulaufen, aber hier gewöhnen sie einen ganz unmerklich an eine sanfte Zwecklosigkeit der Tage. Unsere Zimmer sind in diesem unbestimmten, nicht störenden Hotelbarock eingerichtet, alles hat krumme Beine, sogar der Kühlschrank. Meines ist in Blau gehalten und Losies in einem blassen Gelb. Sie hat es noch nicht verlassen, nicht einmal das Fenster wollte sie in den ersten Tagen öffnen, sie verließ auch ihr Bett nicht, nicht einmal um zu baden. Jetzt höre ich sie schon manchmal hin und her gehen, jeden Tag ein wenig länger. Aber ich gehe nicht hinein, nur wenn sie mich ruft und wenn ich ihr das Essen bringe. Einmal, glaube ich, habe ich sie weinen gehört. Ich bin nicht hinübergegangen und hatte ein Gefühl, als wenn mir das Herz wie ein Schwamm zusammengedrückt würde und alles Blut herausliefe. Ein ganz trockenes, ausgewundenes Herz hatte ich. Aber es vergeht, auch das vergeht. Ich darf sie jetzt nicht verschrecken, ich habe ihr ja nichts mitgegeben, um mit dem fertig zu werden, was sie getan hat. Sie weiß nicht, wie man sich arrangiert. Deswegen hat sies ja auch so dumm angefangen, als sie es versuchte.

Der Park, ich wollte ja vom Park schreiben. Er mag an die zweihundert Jahre alt sein, hügelig, schön verteilte, sehr üppige dunkle Baumgruppen, Blutbuchen die den Himmel verdunkeln, Ulmen und die größten Magnolienbäume, die ich je gesehen habe. Wie pelzige Nüsse sitzen die Knospen an den Blattspitzen. Ich habe diese Jahreszeit gern, diesen gerade beginnenden Frühling, weil man so schön sehen kann, wie die Bäume gemacht sind, die unterschiedliche Zeichnung der Zweige im hellen Himmel. Es gibt auch schon Schneeglöckchen, sie duften wie sauberes Wasser, und große gelbe Seen von Winterlingen. Ich würde ihr so gern welche bringen, aber ich wage es nicht. Vielleicht würde das alles verderben, sie darf sich meiner auch nicht zu sicher sein, sie muß zu mir kommen. Das habe ich ihr auch nicht beigebracht. Vielleicht ist sie auch deshalb so verwirrt. Ich glaube, sie fand es ganz wunderbar, daß sie einer Gesellschaft dieses Geschenk gemacht hat, das Geschenk ihrer Person. Nicht, daß sie eitel wäre – sie wußte nur, ganz still und unerschütterlich, was sie wert war, eine runde, ausgeformte, unverwechselbare Person. Das mußten sie doch lieben, mag sie gemeint haben.

Woher sollte sie denn wissen, daß diese Leute das gar nicht sahen, daß sie, wenn sie etwas davon spürten, es zuschmierten, im wahrsten Sinn des Wortes zuschütteten, damit es nur ja nicht weiterwachsen konnte, dieses gefährliche Pflänzchen Ichsein. Ich glaube, bis jetzt ist sie nur einfach enttäuscht, fast dumm enttäuscht. Sie weiß wahrscheinlich noch nicht, wie ihr eigentlich geschehen ist. Die Prinzessin.

Ja, der Park heilt mich, auch ich brauche Heilung. Dabei dachte ich, ich hätte im Lauf der Jahre eine ganz schöne Seelenschwarte angesetzt. Man geht auch anders, wenn man so elend ist, fällt mir auf. Man denkt zärtlich an seine Füße und setzt sie vorsichtig auf die Kieswege, man wärmt den Hals, man verstaut die Hände liebevoll in den Taschen, alles tut einem leid und tut einem weh, jede Faser des Körpers nimmt die Schmerzen auf, die die Seele ihm gesendet hat.

Ich mußte wieder an den Blumenstrauß denken, weil man in diesem Zustand auch alles so genau sieht, die zarte Bildung einer kleinen gelben Blume, wie säuberlich Blätter zu Knospen gerollt sind, gut geschützt mit ihrem braunen Harz, wie die Färbung des Grases sich da und dort ändert, wie eine Amsel mit fest gegen den Boden gestemmten Füßchen einen Wurm wie einen widerspenstigen Spaghetti aus der Erde zieht. Der Wurm tut einem leid, und das Blatt und auch die kleine gelbe Blume. Diese gefährlichen kleinen Rührungen, das sind die scheußlichsten Schmerzen. Ich kann meiner Erinnerung an sie nicht entgehen. Die kleine gelbe Blume, gerollt und beschützt und dann doch gefressen! Ich versuche mich zu disziplinieren. Es gelingt mir nicht.

Als ich aus dem Park zurückkam, fühlte ich mich ziemlich zerfleddert und erschrak, als da einer ihrer Zettel lag.

Wie lang läufst du um den Park herum
mehr als eine Stunde
wenn du magst zeichne ihn mir auf
können wir Duke kommen lassen

Da war es wieder. Mein Kind, da war es wieder. Aber ich durfte mich nicht täuschen, ich habe mich genug geirrt. Sie wollte tatsächlich Duke bei sich haben. So lang hatte sie nicht mehr nach ihm gefragt, nach meinem unsterblichen Pferd, als habe sie sich vor ihm geschämt. Ich ging zu ihr.

Ich will dir den Park aufmalen, sagte ich, aber Duke – das geht nicht, denk doch, wie alt er ist.

Sie schaute die Wand an, die gelbe Wand hinter ihrem Bett.

Mich wundert, daß sie das Eingesperrtsein erträgt, dieses Zimmer, in dem ihr ja nicht einmal die Gegenstände vertraut und lieb sind, stumme Möbel, tote Teppiche. Sie verlangt auch keine Blumen oder irgendetwas, das ihr gehört. Aber das hat schon früher angefangen, diese Gleichgültigkeit hängt mit ihrem Überlaufen ins feindliche Lager zusammen. Früher war ihr Zimmer im Elternhaus so ähnlich wie meines gewesen, eine Schachtel voller sichtbarer Gedankenspuren – Spuren eines Nachmittags, eines Lachens, einer Reise, einer Sehnsucht – alles zu Gegenständen geronnen, einem Zettelchen, einem Krug, einem Bild, einem Zweig. Man mag das kitschig finden. Aber das war uns immer egal.

Wir haben oft über ihre Mutter gelacht, die so schreckliche Angst vor Kitsch und Unordentlichkeit hatte, die sich mit ihrer Einrichtung fast aushungerte. Nur gesichertes durfte bei ihr an den Wänden hängen und auf den Böden liegen, nur Dinge, die jeder andere auch hätte haben können. Es war da nichts häßlich, nur leblos. Ich spürte immer eine Art Mitleid, wenn ich solche Zimmer sah. Losie hatte sich schon als Kind bei mir abgeguckt, daß man sich seine kleinen Opferstellen, Altäre, Hünengräber auf zwanzig Quadratmetern machen kann. Vielleicht hing das auch mit meinen Sachen von daheim zusammen, mit dem roten Koffer und den Geschichten, die an den Dingen hingen. Es war ihr als Kind sehr wichtig, daß sie ihre eigenen Geschichten erlebte, und daß sie sie einfing in etwas Sichtbarem. Ihr Sammeltrieb war noch ausgeprägter, als er bei kleinen Kindern sowieso ist.

Ihre Mutter meinte, sie sei habgierig – nichts konnte

dümmer sein als der Gedanke, Losie gehe es um den Besitz einer Sache. Sie wollte sich selber besitzen, sich sichtbar machen in Gegenständen, sich spüren in Sachen, in weichen oder glänzenden, schönen kleinen Sachen. Vielleicht wollen das alle Kinder. Soviel ich weiß, ist die Liebe für kleine Sächelchen, Winzigkeiten, Einmaligkeiten allen Kindern eigen. Magische Phase, hat Elsbächer einmal sehr geringschätzig über meinen Koffer gesagt. Sie haben die magische Phase nicht überwunden.

Ich finde, das ist ein sehr guter Ausdruck, denn ich weiß daß ich diese Phase nicht nur nicht überwunden, sondern weitergegeben habe. Auch das gehört zu denen, die anders sind, zu denen, die ich die Brüderschaft genannt habe: daß man die magische Phase nicht überwindet. Wir waren da einander ähnlich, sie zeigte mir ihre Dinge und ich ihr die meinen. Wir schenkten uns auch gegenseitig Sachen, von denen wir uns nur deshalb trennen konnten, weil sie so in der Nähe blieben. Einmal, da war sie vielleicht sieben, hat sie zwei Tage und Nächte gekämpft bis sie mir ein leeres Vogelei gab. Es war gepünktelt und ich fühle noch jetzt die runde, glatte Zartheit in meiner Hand.

Es gab keinen Spaziergang, keinen Weg im Wald oder am Fluß entlang, von dem wir nicht etwas mitbrachten. Mit den Jahren wurden wir ebenso wählerisch wie findig, auch die Blumen und Zweige, die unsere Spaziergänge immer begründeten – man muß einen Grund zum Weggehen haben, sagte Losie – waren bei uns schöner, kostbarer zusammengestellt als bei anderen Leuten. Ihr habt eine Rumpelkammermentalität, sagte ihre Mutter zu uns. Irma beneidete uns und strafte sich dafür mit einer mörderischen Wegwerfdisziplin. Sie hätte so gern eine Schachtel voll Plunder gehabt, eine einzige wenigstens.

Aber – äh, sagte sie, gräßlich, wenn Leute kein Ende Bindfaden und keine angeknackste Tasse wegschmeißen können! Wie meine Großmutter, ein ganzes Leben voller Resteschachteln!

Und sie schüttelte sich und warf alles weg und hatte immer Ordnung. Aber eines Tages machte Losie einen Schritt auf sie zu und dann noch einen. Ein wenig war ich erstaunt, aber nicht alarmiert. Die Kinder müssen ja neu werden in dem Alter, dachte ich, ein paarmal sogar. Ich habe Losie doch nicht auf die Existenz einer souvenirsammelnden alten Jungfer festnageln wollen, wirklich nicht.

Sie ging mit Irma einkaufen. Ich war ganz stumm vor Wut als sie mit einem Jungmädchenzimmer heimkamen. Ein Jungmädchenzimmer, daß es das Wort wahrhaftig noch gab, aber da stand es klar und deutlich auf dem Bestellschein. Hat das wirklich sein müssen, fragte ich Losie, du mußt dir doch verrückt vorkommen.

Irgendwie finde ich es schön, sagte sie und war böse auf mich, ich habe das alte Zeug nicht mehr sehen können und das ist ganz neu, es sieht wie in einem Schloß aus.

Das »wie in einem Schloß« entpuppte sich als diese schreckliche Art von Kaufhallenrokoko, weißgold und überall was Gerafftes. Ich war verzweifelt, weil ich dachte, ich hätte ihr Geschmack beigebracht.

Aber ich hätte wissen müssen, daß dieses Zimmer ein Weg sein sollte ins Normale, ein Beweis für Gutwilligkeit. Ich will ja sein wie ihr, ich gebe mir Mühe. Sie liebte ihre Besonderheit nicht, weil sie sie gar nicht kannte. Sie wußte nichts damit anzufangen. Nur in den Augen der andern sah sie etwas und das war ihr lästig. Hab ich einen Fleck auf der Nase? sagte sie oft, wenn sie in der Stadt jemand anstarrte. Es starrten sie oft Leute an, Männer vor allem, als sie so sechzehn, siebzehn war. Aber es waren nicht die Blicke netter, normaler Geilheit, nicht der Na-Fräulein-Blick, man schaute sie wilder an, intensiver, düsterer. Das paßte ihr oft nicht, weil sie nicht wußte, wie sie sich verhalten sollte. Und so lief sie mir weg, wollte sein wie die andern. Und ich begriff das nicht.

Es gab in dieser Stadt ohnedies etwas wie eine schwer durchschaubare Wildheit, die mit einer offenen, lustig erscheinenden Behäbigkeit und einer Fremdenfreundlichkeit sorgfältig geschminkt war. Sie ließ sich nicht schnell erkennen. Jeder kannte jeden und alles in der Stadt. In einem engen, regellosen Knäuel drängte sich die Altstadt zwischen Kirche und Strom, der breit, träg und schmutzig unter den Brücken lag. Ich habe nie verstanden, warum gerade dieser Fluß soviel Gefühl auf sich vereinigt. Er ist schön und mächtig an manchen Stellen, auch lieblich, aber ich hatte auch immer den Verdacht, daß die laut geäußerten, gesungenen und geweinten Gefühle gar nicht echt sind und daß man, um sie zu empfinden, ziemlich viel getrunken haben mußte.

Mir fällt auf, daß ich über die Stadt schreibe wie über meine Heimat, aus weiter Vergangenheit, als hätte ich jetzt auch diese Stadt verloren und sei aus ihr vertrieben worden. Dabei werden wir dorthin zurückkehren, denke ich. Um die Altstadt franst sich der Ring von neugebauten, nach und nach üppigeren Häusern, die sich bis auf die sanften Hügel vorgeschoben haben. Man muß sehr weit weg und ziemlich hoch oben sein, um den Anblick schön zu finden. Die Altstadt ist rüde, von einer selbstbewußten Zerstörtheit, nicht schön, es war ja so viel zerbombt gewesen. Aber sie hat sich in ihrer Form wieder hochgestreckt, schief und eng. Mir hat sie immer gefallen. Meinetwegen und auch Losies wegen hätten sie diese Anpinselungsversuche lassen können, die dummen Verbrämungen, die sie für Sanierung halten, dieses häßliche Gewurstel aus Kupfer und Glas, das aus jeder vergammelten deutschen Kleinstadt eine Art Lebkuchen-Las Vegas macht.

Aber das hat ja erst in den letzten Jahren angefangen. Früher sind Losie und ich schweigend durch die kühlen Gassen mit dem knolligen Pflaster gelaufen, haben durch die kleinen Höfe mit den grünen Klohütten in die Hinterhäuser geguckt, haben den mörderischen Zankarien der Frauen und dem hohen scharfen Kindergeschrei zugehört. Ein paar Kneipen gab es, da saßen, durch die ewig halboffenen Türen sichtbar, immer die gleichen Leute, gebeugt und zusammengeschart, als warteten sie, und der Wein wurde in großen, dickwandigen Glasbechern serviert. Manchmal nahm ich sie dorthin mit. Dort schaute uns keiner an, wenn man sich zum drittenmal in die gleiche Ecke geschoben hatte, gehörte man dazu. Losie bekam einen Süßgespritzten und ich trank das erdige Zeug, das dort wuchs, wo Duke auf seiner Koppel stand, ein Symbol des Glücks, der unsterbliche Wächter des Hofes.

Die Stadt vertrug Einzelgänger ganz gut. Manchmal dachte ich, sie habe eine ganz bestimmte Sorte erst hervorgebracht. Da waren Studenten, die tagein tagaus in den dunklen Lokalen hockten und einem die ganze Kritik der reinen Vernunft erzählten, wenn auch mit schwerem Rülpsen. Gott weiß, wo sie davon gehört haben mochten. Einen lernten wir kennen, der trug immer ein seltsam pompöses, dunkles Kleidungsstück mit Tressen und einem Koller. Es sei ein ungarischer Magnatenmantel, erklärte er uns.

In diesen Jungen war Losie ganz verliebt. Er war blond und charmant, mit einem verzwickten Gesicht, Augen, als sähen sie dauernd in die Sonne und einer unbestimmten Prinzenhaftigkeit. Samstags konnte man ihn vor der Kirche sehen, wo er mit sanfter, einschmeichelnder Stimme räudige Topfblumen von einem Lastauto herunter an hingerissene Hausfrauen verkaufte. Wenn es Mittag geworden war, traf man ihn dann im Kirchencafé, wo er elegant und beiläufig eine beachtliche Menge von Geldscheinen zählte. Lenny. Er hatte wunderbare Manieren, eine unüberwindliche Scheu vor regulärer Arbeit und freute sich, wenn wir ihn besuchten. Ich hätte Losie bedenkenlos mit ihm alleingelassen. So hätte ein Bruder für sie aussehen müssen. Aber da war ja eben diese Brüderschaft und ich bin sicher, daß er dazugehörte.

Na, Prinzessin, sagte er zu ihr, was machen die geheimen Königreiche? Welche Herzen haben wir heute besiegt?

Losie kicherte und machte die Päckchen auf, die er ihr

gab, eine Gemme war es einmal – gar keine schlechte! – und ein Feuerzeug mit einer langen bunten Schnur, das man anpusten mußte, damit es brannte. Einmal brachte er mir Rosen mit.

Ich hab lang gesucht, ehe ich sie fand, es sind die einzigen Rosen, die zu Ihnen passen.

Ein voll aufgeblühter Strauß, fast schon im Zerblättern, in müden, goldroten Farben.

So bin ich leider nie gewesen, sagte ich zu ihm.

Kann noch werden, meinte er, Sie haben sich nicht die Mühe gemacht, sich zu kennen.

Was wußte er schon, der Junge. Aber so jung war er gar nicht, sondern gelassen. Er durchschaute viel, aber er sprach nicht drüber.

Warum machst du das mit den Topfpflanzen? fragte ihn Losie einmal, sie sind doch schon ganz kaputt, das siehst du doch.

Die kaufen ja nicht die Blumen, Prinzessin, sagte er, die kaufen ja sich und mich und werden sie so lang pflegen, bis sie wunderbar blühen.

Efeu kann gar nicht blühen! antwortete Losie. Sie war nämlich ziemlich vernünftig manchmal.

Wenn du lang genug wartest, blüht alles, Herzchen, du mußt es nur glauben.

Von wo sind Sie eigentlich übriggeblieben? fragte ich ihn. Dann lächelte er und erzählte jedesmal etwas anderes, lange schöne, erfundene Geschichten. Ja, er war Losies erste Liebe und das konnte ich verstehen.

Sie war fünfzehn, da wird es langsam Zeit, aber sie war in vielen Dingen wie man so sagt spät dran. Ich war froh darüber, es tut den Gefühlen gut, wenn sie langsam und zögerlich wachsen dürfen und sich Zeit lassen können, bis die Haut und der Mund und die Augen auch mitgewachsen sind. Ich wußte auch, daß es so einer sein würde wie dieser Lenny mit seinem pompösen Mantel und seiner ganz unzeitgemäßen Courtoisie. Das weiße Pferd brauchten wir nicht dazu, das hatten wir ja schon. Aber er schien nicht mitzuspielen. Sie trafen sich wohl ein paarmal und eines Nachts fand ich einen Zettel auf meinem Schreibtisch, da hatte sie etwas auf verheultes Papier geschrieben.

du hättest mir sagen müssen wie ich
das machen soll daß er nicht dauernd
über mich lacht Angst soll er vor mir
haben aber mir fällt nichts
ein wie man die macht
wie findest du
Laura?

Ganz naß und verlaufen war die Schrift. Ich hätte mitheulen können und hatte doch nur dieses abscheuliche alte Gefühl, daß sie den Schmerz überwinden würde, daß noch mehr solche Schmerzen in ihr aufgehen würden, und blühen, und verwelken. Zum Kotzen war ich mir, ich erinnere mich genau, in den sicheren, knochentrockenen Mantel meiner Abgeklärtheit gewickelt.

Ich war damals Mitte Fünfzig. Die Wechseljahre, kurz und ohne größere Probleme, mein unmerkliches Verwelken beobachtete ich mit einer gewissen Genugtuung. Ich brauchte nicht mehr zu warten. Es war vorbei, ich konnte endgültig hinuntersteigen in den Zuschauerraum, und – aber so habe ich mir das nie ausgemalt, niemals – Losie stand für mich auf der Bühne, für mich ganz allein. Jetzt kann ich das ziemlich genau sehen und beschreiben, in der Stille dieses fremden, bezahlten Zimmers, vor diesen ordentlich gebundenen Blättern. Jetzt läßt sich das ganz einfach hinschreiben.

Lenny, ich will von ihm erzählen. Immer schiebt sich mir etwas zwischen meine inneren Bilder, macht sie verschwimmen wie Spiegelungen in bewegtem Wasser. Dabei erinnere ich mich genau an seinen letzten Tag in der Stadt. Ich hatte ihn zufällig getroffen und wir gingen ein Stück durch den Park. Es war ein blaugoldener, warmer Septembertag, der nach Holz und Wein roch. Ich finde, das ist der Geruch des Herbstes, und an dem Tag spürte ich ihn besonders. Ich war selber auch so ein bißchen angeherbstelt und hatte dieses wohltuende Marschallingefühl, ein schöner junger Mann an meiner Seite und ich so angenehm aus dem Spiel. Man kann gar nicht mißtrauisch genug sein gegen sich selbst. Aus was für merkwürdigen Quellen man Lust trinken kann, sogar aus dem Gefühl der Unfähigkeit!

Warum lassen Sie Losie nicht an sich ran, hab ich ihn damals gefragt, sie mag Sie doch und ich habe es nicht gern, wenn sie leidet.

Er lief neben mir her, unhörbar und ewig lächelnd, als habe er mich vergessen.

Sie haben sie ganz schön in Unordnung gebracht, sagte er eine Zeitlang später – eine ganze Zeit später –, Sie haben sie an die Hand genommen und gehen mit ihr durch die Welt wie durch ein Museum. Und wenn ihr wo stehenbleiben wollt, tut ihrs. Und wenn euch was nicht gefällt, dreht ihr euch einfach um und schaut was anderes an. Und ich bin nichts weiter, als das erste Möbel in dieser leblosen Bude, das die Prinzessin mal ausprobieren will. Und dann kommt einer und bindet mir wieder eine rote Kordel vor und die Prinzessin geht. So nicht, meine Gnädigste. Ganz bestimmt nicht. Ich wollte Ihnen auch noch sagen, daß ich heute nacht losfahre. Ich hab mir ein Boot gekauft. Sagen Sie der jungen Dame einen schönen Gruß. Ich habe ihr nicht den Hof machen können wie ich es gern getan hätte und wie sie es verdiente. Die Umgebung paßt nicht. Und sie paßt mir nicht. Deswegen geh ich auf ein Schiff, da kann ich wenigstens nicht verbrennen. Und geben Sie acht, daß die Prinzessin nicht eines Tages aus Versehen die Tür nach draußen aufmacht – es könnte sein, daß sie stirbt.

Wir trennten uns am Ende des Parks, dort, wo die große Volière ist. Die Sonne stand tief, auf dem toten Baum in der Mitte des Käfigs saßen die Pfauen und schwiegen. Es roch nach Säure. Alle gefangenen Tiere haben diesen Säuregeruch. Ich sah ihn nie wieder. Losie bekam nach ein paar Monaten ein Päckchen mit türkischen Briefmarken. Drin war ein Skarabäus, aber es stand nichts dabei, keine Zeile. Sie hatte übrigens nicht so sehr gelitten, ihre Wut hatte ihr geholfen.

Was bildet der sich eigentlich ein, sagte sie schon zwei Tage und ein paar Tränen später, mit mir kann er das nicht machen.

Sie war wirklich nicht jemand, den man einfach verließ. Die Prinzessin. Ja, vielleicht war es damals und durch Lenny ins Spiel gekommen, dieses unselige Wort. Ich war auf sein Gerede böse gewesen an diesem letzten Tag. Ich habe es immer gehaßt, wenn man mich belehren wollte, und ich spürte ein Mahnen in seinen Worten. Eine vertraute Wunde, ein sorgfältig bedeckter Fehler, er hatte drangefaßt und ich nahm es ihm übel. Ich wußte, daß da eine Gefahr drohte, eine Gefahr, die aus ihrer Unberührbarkeit kam. Es konnte sein, daß sie arrogant und langweilig würde.

Es konnte sein, daß sie unempfindlich würde, weil sie nicht gelernt hatte, an Schmerz auch nur zu glauben. Aber was bildete er sich ein, dieser Straßenhändler? Als hätte ich mir nicht selbst diese Gedanken schon gemacht, als wüßte ich nicht, wie aufmerksam ich sein mußte, um sie nicht zu einer Kunstfigur werden zu lassen. Ich war ihm böse und bedauerte nicht, daß er sich von uns getrennt, daß er die Stadt verlassen hatte. Wie dumm ich war. Mit fünfundfünfzig Jahren hatte ich immer noch nicht begriffen, daß man solche Menschen wie ihn festhalten muß, zumindest etwas von ihnen, ihre Zweifel, ihre Ironie, ihr unmerkliches Kopfschütteln. Man braucht sie. Aber ich dachte damals noch, ich könnte alles allein. Wenn man sein Lebtag wenig Freunde gehabt hat, kommt irgendwann der Moment, wo man sich sehr stark fühlt, unverletzbar. Dabei ist man nur kurzsichtig und starr geworden. Hinter dem Nebel aufgegebener Wünsche sieht man keine klaren Umrisse mehr.

Da ich dies schreibe, denke ich an diesen Jungen, der jetzt ein Mann wäre, er wars ja eigentlich damals schon. Jetzt laß ich das Leiden auch ganz ungehindert durch mich hindurchfließen, das Leiden um ihn – ich glaube nicht, daß er noch lebt. Das Leiden um das Mädchen nebenan, von der ich seit Stunden keinen Laut gehört habe. Aber sie lebt wenigstens. Vielleicht häutet sie sich nur, hat dieser Doktor Laudin gesagt. Auch das Leiden um mich. Etwas in mir bröckelt wie schütteres Eis, es rutscht in sich zusammen, und ich weiß, daß ich nicht nachgeben darf, nicht ein einziges Mal. Ob sie noch an ihn denkt? Gesprochen hat sie eigentlich nicht mehr von ihm. Nur einmal, Jahre später, hat sie zu mir gesagt, warum eigentlich alle Leute so langweilige Mäntel anhätten, das sei doch komisch, gerade das was man zuerst sähe, sei das häßlichste. Ich wußte, warum sie mich das fragte. Ich antwortete nicht, sondern dachte an den reichbetreßten, ein wenig schäbigen Magnatenmantel, der wie für seine Schultern gemacht schien.

Es ist nicht so, daß mich ihre erste Gefühlsgeschichte aus irgendeiner Identifikation heraus so angerührt hätte. Die allgemeine Ansicht ist doch, daß einen beim Anschauen solcher Gefühle Rührung überkommt, weil man sich zurückversetzt fühlt, längst vergangene Süße noch einmal nachschmecken kann. Alles nichts. Unsinn. Es war immer ganz anders, und ich erinnerte mich an meine erste Liebesgeschichte mit Fremdheit, Neugier und einer großen Leidenschaft. Mit der Leidenschaft, die ich mir damals gewünscht hatte, die ich nicht empfand und von der ich so genau wußte, daß es sie irgendwann geben würde. Der Junge hieß Wenzel, ein schöner, stämmiger Balte, dessen Lettisch ich kaum verstand, weil bei uns nur Deutsch gesprochen wurde. Er war im Stall beschäftigt, als ich mich in ihn verliebte. Ich war wohl auch fünfzehn, aber eher jünger, auf dem Land kriegt man früh Lust auf die Liebe. Was Standesgemäßes in Gestalt irgendwelcher hungriger Cousins oder melancholischer Onkel war damals gerade nicht greifbar, so traf es den Wenzel, der anmutig war und an dem mir so gut gefiel, daß er keine Angst vor meinem Vater hatte oder sie wenigstens nicht zeigte.

Eigentlich war das gar keine richtige erste Liebe, denn ich bekam ja, was ich wollte. Ich blühte auf und lief rosig und immer drei Zentimeter über dem Boden herum. Das Gut schien nur auf uns gewartet zu haben mit den Ställen und Feldern und Heuschobern. Das ganze Gut ein einziges Bett. Und ich litt nicht, als es vorbei war. Wir langweilten uns wohl ein bißchen mit den paar Brocken, die wir miteinander reden konnten. Ganz ohne Schmerz trennten wir uns, und ich blieb zuversichtlich und auf die große Liebe vorbereitet zurück. Leiden hab ich später erst gelernt, viel später.

Ich merke, wie gern ich jetzt weiter zurückginge in das, was war, einen Weg, der immer schöner und gemächlicher würde, je weiter er mich führen würde. Es war gar nicht alles gut und einfach damals, das nicht. Aber es gab so viel Zeit, so unendlich viel Zeit. Man kann sich ja gar nicht mehr vorstellen, wie lang ein Jahr sein kann wenn man es so wie wir auf sich zukommen ließ, Monat für Monat mit Dingen, die getan werden mußten und andern Dingen, die man bekam. Alles, was man tat, kam zu einem zurück. Das fehlt den Leuten jetzt. Sie tun irgendetwas, und es verläßt sie und sie bekommen nichts zurück.

Nicht nur Geld, das meine ich gar nicht. In einer Fabrik, hab ich gelesen, produzieren die Arbeiter jetzt keine Einzelteile mehr, sondern jeder macht ein komplettes Radio, damit er das Gefühl hat, daß er mit seiner Arbeit etwas zu tun hat. Die Produktivität habe sich gesteigert, stand dabei. Das brauchten sie eigentlich gar nicht dazuzuschreiben, denn sonst hätten sie das nicht erfunden, und einer, der sich für das interessiert, was er tut, arbeitet meistens mehr als einer, der sich langweilt. Aber da haben sie die kompliziertesten Studien nötig gehabt, um das rauszufinden. So wie ich es von damals kenne, würde es vielleicht heute wirklich nicht mehr gehen. Aber ich gebe meine Sehnsucht nach dieser bunten Gemächlichkeit zu. Immer im Februar wurde das erste Gemüse angesät, immer im April die Blumenpflanzen geholt und immer nach den Eisheiligen der große Steinkübel auf der Terrasse mit roten Verbenen bepflanzt, und immer im September wurden die Äpfel aufgehürdet, und es war gar nicht langweilig. Jedenfalls erinnere ich mich nicht an Langeweile, sondern an eine angenehme Trägheit an sehr heißen oder sehr kalten Nachmittagen, an eine Trägheit, die einen fühlen ließ, man habe unendlich viel Zeit.

Aber ich bin nicht ehrlich, nicht ganz jedenfalls, denn diese schöne Trägheit wurde ja bezahlt, wenn auch nicht von uns. Wenn es die vielen baltischen Arbeiter und ihre Frauen und Kinder nicht gegeben hätte, deren Häuschen so nett und beschützend um das Gut herum sich aufreihten, dann hätte es auch die langen, langsamen Nachmittage nicht gegeben. Das weiß ich natürlich. Ich versuche, ein schlechtes Gewissen zu haben. Es gelingt mir nicht immer. Ich habe auch nie Angst vor den Arbeitern gehabt. Nicht in den zwanziger Jahren, als ich erlebte, wie eine Abordnung von ihnen auf meinen Vater eindrang und auf ihn einredete, bösäugig und stumm, ihre Frauen hinter ihnen, in große Tücher gewickelt. Es ging damals wohl um irgendein Deputat, das ihnen nicht genügte. Es ging natürlich um mehr, aber was wußte ich schon. Und es gab auch wieder Ruhe, und sie begrüßten einen wieder freundlich. Wie schön diese Sprache klang! Ich habe lang kein Lettisch mehr gehört. Auch später hatte ich keine Angst vor ihnen. Aber das war ziemlich blöde von mir, es hätte allen Grund dazu gegeben, daß sie uns in kleine Scheiben geschnitten hätten. Manchmal taten sies auch, aber ich habe es nicht erlebt.

Es ist schwer zu beschreiben, warum grade wir, die wir absterben, so überlebensfähig sind, aus welchen Quellen sich diese ganz besondere Zähigkeit speist, die viele von denen haben, die von dort gekommen sind, wo ich zuhaus war, nicht nur aus der Gegend, sondern auch aus der

Klasse. Das ist ein Wort, das ich früher nicht benutzt habe. Ich gehe nicht mehr zur Schule, hatte mein Vater einmal gesagt, was habe ich mit einer Klasse zu schaffen.

Losies Schulfreunde, einer besonders, haben sich sehr bemüht, mir diesbezüglich was beizubringen. Das ist gar nicht so lang her. Natürlich sprachen sie viel über die Dinge und Aufbrüche, die in letzter Zeit passiert sind. Losie immer neugierig, aber mit einer gewissen Kälte. Während die, die sie kannte, sich ihrer Eltern zu schämen begannen und irgendwelche respektablen Großmütter oder Großväter hervorholten – mein Opa hat noch selber auf dem Feld geschafft – war Losie das alles ziemlich egal. Sie interessierte sich nicht besonders für ihre Eltern. Es war ihr fremd, wenn sich jemand aus seinem Herkommen erklärte. Sie war es auch von mir nicht so gewohnt, weil ich nie so von meiner Familie gesprochen habe.

Aber den Hochmut hatte sie von mir, den schon. Und dann – aber das kam viel später, das ist mir eigentlich jetzt erst klar – wenn sie die einzige auf den Straßen gewesen wäre, wenn sie allein einen Kampf hätte aufnehmen können, wenns nicht in den beiden letzten Jahren alle getan hätten – die jeansblauen, parkagrünen Heerscharen, mir gefielen sie ja ganz gut –, dann wäre sie auch nicht so lautlos auf ihre Anpassungsschiene geglitten, in ihre Jungmädchenzimmerästhetik, in ihre Loslösung von sich selber. Sie wäre nicht Fastnachtsprinzessin geworden, sondern die Meinhof. Oder eine von den Jüngeren, für die Meinhof war sie noch nicht weit genug. Es war kein bewußter Gedanke, kein Wunsch, keine Entscheidung in ihr. Deshalb habe ichs nicht gleich gemerkt: Wo alle sich in eine Richtung auf die Strümpfe machen, pflegte sie sich umzudrehen und sich durchs Gewühl in die Gegenrichtung vorzukämpfen, obs ihr da gefiel oder nicht, ob sie dahin wollte oder nicht.

Das ist diese Zähigkeit, die ich auch habe. Aber bei mir hatte es nicht die Angst vor dem gegeben, was alle tun. Es waren nicht so viele, mit denen man zusammenkam, und es gab so merkwürdige Wege, die man gehen konnte. Bis kurz nach dem Krieg konnte man sich ziemlich viel Verrücktheit, ziemlich viel eigenes leisten, ohne gleich aufzufallen. Es war halt weniger Angst da, so absurd das auch klingt.

Zum erstenmal habe ich sie in ihrer Rolle agieren sehen an einem Donnerstag. Sie hatte erst keine Lust mehr gehabt und ging dann doch zu der »Sitzung«, weil sie sich von diesem Traum nicht so rasch verabschieden mochte.

Ich sah sie im Fernsehen, schon früher hatte ich mir diese Sendung angeschaut und war traurig darüber gewesen, wie da Reste von Geselligkeit hervorbefördert wurden. Sie machten ein richtiges Fest draus, mit Sekt und so vorbereitetem Zeug, das man ohne hinzuschauen in den Mund stecken konnte.

Als noch nicht so viele Leute einen Fernseher hatten, lud man die unbemittelten Bekannten und Verwandten ein. Ab Viertel nach acht brauchten sie nichts mehr zu sagen und in diesem kleinen Apparat begann das mächtige Getöse der alljährlichen Fröhlichkeit. Bei einem bestimmten Lied wurde geweint. Ein dicker, sich sacht in den Hüften wiegender Mann mit einer Schürze sang. Er ließ die Leute warten, sang andere Dinge, und wenn er sie alle atemlos hatte und sie in all dem Jubel Lust auf ein paar Tränen hatten, dann sang er es, ein kindliches, einfaches, albernes Liedchen. Und der Komponist saß strahlend am Klavier, ein kleiner blinder Mann. Ich habe auch geheult, wenn ich diese schrecklich zusammengebackene Geschichte aus Gefühlen und Tragik und Widerlichkeit und Unzulänglichkeit sah. Ich weiß bis heute nicht, was mir da das Wasser in die Augen trieb. Losie lachte, wenn sie es sah.

Du hast ja doch Gefühle, hatte Irma einmal an einem solchen Abend gesagt, da bin ich richtig froh, manchmal kann man ja Angst kriegen vor dir.

Daß ich welche hatte, war mir nicht unbekannt. Aber daß ich so schmuddlige hatte, daß ich auch auf solchen vorauskalkulierten Mist hereinfiel, erschreckte mich. Und trotzdem sehe ich noch immer dieses kleine, strahlende, blinde Männchen vor mir.

Dieses Jahr, wie in den letzten davor, war ich am Abend dieser Sendung allein im Haus. Gott sei Dank. Salo und Irma gingen, seit sie Mitglieder in diesem Verein geworden waren, immer zu den Sitzungen, wie sie das nennen. Prunksitzung, heißt es genau. Was war das für ein Hin und Her gewesen, bis sie endlich dazugehörten. Man muß da Anträge stellen, und zahlen, natürlich. Und dann braucht man Bürgen. Ich habs nicht so genau verstanden, aber Salo legte mehr Wert drauf als auf die Industrie- und Handelskammer oder den Unternehmerverband oder weiß der Teufel was für Männerclubs. Als sie endlich drin waren haben sie gefeiert.

Ich komm doch vom Land, hatte Irma zu mir gesagt, du verstehst das nicht, was es heißt, wenn eins endlich Wurzeln geschlagen hat und wenn man nicht mehr denkt, jeder lacht hinter einem her. Da hilft kein Kleid und kein Schmuck. Aber das kennst du nicht. Es ist so ungerecht, du hast es und fängst nichts damit an und wir müssens kaufen und uns die Beine danach in den Bauch stehen! Deswegen ist der Club so wichtig, und es ist wichtig, daß es der Club ist und nicht die Liga. Aber das verstehst du nicht. Und wenn wir den Elsbächer nicht gehabt hätten, täten wir immer noch warten.

Manchmal, wie an diesem Tag, mochte ich sie. Ich mochte sie wirklich. Ich verstand auch, was sie wollte. Menschen sind manchmal wie diese Überraschungspakete, sie machen eine Hülle ums Innere und noch eine und noch eine, was Gelerntes und einen Beruf, ein Haus und Ansehen und Fremdsprachen und Tischsitten und Hobbys und Wohltätigkeit, eine Hülle nach der andern. Seitdem also waren sie immer prunkvoll zu den Prunksitzungen gegangen. Damals hätte man Losie noch nicht mit zehn Pferden dahingebracht. Sie und ich, wir sahen uns die Fernsehsendung zu zweit an, tranken Wein und lachten und suchten aus den winzigen, bunten Punkten die Köpfe ihrer Eltern heraus.

Ich hatte es gern, mit ihr zu sitzen und fernzusehen. Gerade weil wir es so selten taten, war es festlich. Wir füllten das, was uns da vorgeführt wurde, mit unseren eigenen Ideen auf, unserem Gelächter, unseren kleinen, unausgesprochenen Übereinstimmungen. Es kamen ja immer wieder die gleichen Figuren vor und wir mochten auch die gleichen und lehnten andere ab.

Zwischendurch schrie Losie, da sind sie! Er sieht doch gut aus, oder? Aber sie muß nicht immer so friseurig sein!

Alle Frauen hatten die gleiche Frisur, starre, kanariengelbe Lockenmützen über gepuderten Schultern. Es war schwierig, wirkliche Unterschiede zu sehen. Alle hatten das gleiche, schnelle Zähnefletschen, das Einhängen in den nächsten, den fixen Blick, wo eine Kamera ist, noch mehr Lächeln, und der Griff zu den lackierten Haaren.

Warum beschreibe ich jetzt diese früheren Abende, die leichte, angenehme Albernheit? Warum schleiche ich herum um den Abend, den ich vor mir sehen will, in meiner sauberen Schrift, eingesperrt zwischen den ordentlichen schwarzen Deckeln? Ich mag nicht schreiben, was ich wissen will. Vielleicht will ichs auch nicht wissen. Ich starre auf die graden blauen Gardinenfalten. Es ist Abend, der runde gelbe Lampenfleck liegt genau über meinem Buch. Ich bin eingesperrt in eine Schachtel aus Stoff, nachgiebig und unzerreißbar. Es ist still draußen, die Teppiche fangen das Geräusch der Schritte weg. Aus Losies Zimmer dringt kein Laut. Die Stifte heutzutage sind auch so schrecklich leise. Federn kratzten.

Natürlich wartete ich an jenem Abend ziemlich aufgeregt, daß sie auf dem Bildschirm käme. Sie war gar kein wichtiger Programmpunkt in dem ganzen Spektakel, aber ich war doch aufgeregt wie manchmal, ganz früher, vor den Ritterschaftsbällen die immer mit irgendwelchen Verlobungen zu enden pflegten.

Das Komitee saß oben auf diesem hohen Podium, massige, in Schwarz gekleidete Männer, die aussahen als verstünden sie es glänzend, Geld zu machen. Sie waren ernst wie die Scharfrichter und so selbstbewußt, daß nicht einmal ihre albernen Mützen sie entstellten. Sie trugen sie wie Kronen. Salo unterschied sich nicht von ihnen. Schwarz und schwer saß er da, sein massiger Hals untadelig umfaßt von einer weißen Fliege. Ich dachte mit einer plötzlichen, schrecklichen Aufwallung von Geilheit daran, wie ich sie ihm ein paar Stunden vorher gebunden hatte. Ich spürte seine feuchte Halshaut unter meinen Fingern, diesen Geruch nach stundenlang Badezimmer und Zigarillos. Ich wollte ihn plötzlich wieder haben. Wie erotisch Macht ist, selbst die albernste Art von Macht!

Die Nummern spulten sich ab: die Begrüßungen, immer die gleiche rundgrüßende Handbewegung, die Fanfare, die falkenförmige Tonne, in die die Vortragenden stiegen, mit einer überkippenden, jede Silbe betonenden Sprache, die einen, elegant, beiläufig, und wie professionelle Kabarettisten die andern. Das Ganze erschien mir endlos. Mein Kopf dröhnte von der ewigen Fanfare, ich hörte sie auch wenn sie gar nicht gespielt wurde. Ein Ballett kam, diese armselige Beineschmeißerei, die aus Mädchen so was macht wie Heuschrecken und die Männern so gut gefällt. Aber ich bin vielleicht nur neidisch. Obwohl die Beine das beste an mir waren, oder auch noch sind. Ich sehe, daß man von oben nach unten altert.

Ich hatte gar nicht mitbekommen, wie sie reinkam, ihren dämlichen Prinzen mit seinen Pumphosen am Arm. Er torkelt ja, dachte ich erschrocken.

Sie spielten einen Marsch. Die Leute an den langen weißen Tischen klatschten im Rhythmus und lachten. Die Männer schwenkten ihre Mützen, und sie ging puppengroß aber ganz unverkennbar im gleichen Schritt und Tritt, wie an einer Schnur gezogen. Sie ging den langen, unerträglich langen Mittelgang an den sich hin und her bewegenden

Leuten vorbei. Sie warfen Papierschlangen, und dann war der Marsch zu Ende und sie waren immer noch nicht vor dem Richtertisch angekommen. Die Kapelle prustete nur noch die Fanfare heraus, ein übers andere Mal, diese dumme, langweilige Fanfare. Sie war es, Losie war es, ganz eindeutig, nur erkannte ich sie nicht mehr unter ihrem Haarhelm, mit den glitzernden Steinen. Vor allem ihr Lächeln erkannte ich nicht wieder.

Wie konnte sie das so schnell gelernt haben? Wer hatte ihr beigebracht, sich wie auf Rädern nach rechts und links grüßend und nickend zu bewegen? Puppengroß war sie auf dem Bildschirm. Plötzlich merkte ich, wie sehr ich mit diesem Kameramann verbunden war, der die Bilder zu mir schickte, ganz allein zu mir. Es waren böse Bilder, aufgerissene Münder und schwitzende Bäuche und Rollschinkennacken. Alle hatten sie riesige Hornbrillen anstatt Augen. Und manchmal tauchte diese Kamera tief in ein feistes Dekolleté, bis man dachte, man könnte es riechen – und in der Kette dieser Bilder tauchte, erschreckend nah, Losies Lächeln auf und störte nicht, war nicht anders als die Nacken und Dekolletés.

Sie gehört mir nicht mehr, dachte ich und trank langsam und ohne abzusetzen meinen Wein, lauter kleine, tröstliche Schlückchen. Das wars nun, von da hol ich sie nicht mehr zurück.

Sie verbeugte sich jetzt, erst zum Publikum hin, dann sah ich kurz ihren Rücken, diesen dünnen, bräunlichen Rücken über dem Blau des Kleides, als sie sich vor dem hohen Richtertisch verbeugte, von dem aus das Komitee wohlwollend auf sie herunterschaute. Ich sah genau, wie sie ihren Prinzen eisern festhielt, der mit einer sehr komisch wirkenden Bewegung immer wieder mit der Hand an seine Mütze fuhr und sie nie richtig erwischte. Dann begrüßten sie sie. Wieder quälte mich diese Fanfare. Ich sah in den Großaufnahmen immer mehr aufgerissene Münder, rosige Schlünde, Plomben und scharfe Eckzähne, ein ganzer Saal wollte sie fressen.

Ihre Lieblichkeit, sagte einer der Schwarzen da oben, Ihre Lieblichkeit und dann noch irgendwas anderes. Ich merkte, daß ich gern geheult hätte und nicht konnte. Ihre Lieblichkeit! Das war sie gewesen. Ein Leben lang war sie langsam und still und geduldig zu Ihrer Lieblichkeit aufgewachsen, und als sie fertig war, nahmen die Feinde sie für sich. Und sie ließ es sich gefallen, wie sich eine Blume abschneiden läßt.

Meine Schuld, hab ich an dem Abend gedacht, das ist alles meine Schuld. Ich habe sie nicht gelehrt, wie man sich zur Wehr setzt, ich habe sie nicht einmal gelehrt, sie selber zu sein. Sie war es ganz einfach, weil sie nie dabei gestört worden war. Deshalb konnte jeder sie benutzen, ein paar Farben, ein bißchen Glitzer und Nervenkitzel, eine dumme verlogene Festlichkeit, das Besondere, die Ausnahme, das hatte genügt. Als ich sie da präsentieren sah, hätte ich viel dafür gegeben wenn ich sie stattdessen aus irgendwelchen trüben Studentenspelunken hätte holen müssen. Hätte sie doch Flugblätter abgezogen und sich in diese grünen Mäntel gewickelt. Das hätte doch auch Gefühle gegeben, besondere, vielleicht sogar festliche. Ich kanns nicht beurteilen, aber ich habe mir Widerstand immer als etwas Sinnliches, Erregendes vorgestellt.

Nein, da stand sie, die Teepuppe, die Unvergleichliche. Ihr Kopf senkte sich vor ihrem erhöht sitzenden Vater. Das war eine schöne Einstellung, die sie da sendeten, Gottvater, der feiste Bauunternehmer Salo mit einem Heiligenschein aus Faschingsseide und Golddraht, der gnädig auf seine Magd und leibliche Tochter herabschaut – im blauen Kleid! – und dazu die sich ewig wiederholenden Posaunen des Jüngsten Gerichts.

Ich war wohl ziemlich betrunken, denn ich hatte, während all diese Bilder an mir vorbeizogen, nicht aufgehört zu trinken. Ich setzte das Glas gar nicht ab, ich trank immer weiter in winzigen, verzweifelten Schlückchen. Das hat die gleiche Wirkung, wie wenn man Wein mit einem Suppenlöffel ißt. Ich wars ja auch sowieso nicht gewöhnt und der Kopf schien mir zu platzen. Nachher, dachte ich die ganze Zeit, auch als sie längst in das bunte Getümmel des Saales eingetaucht waren, nachher wird sie mit all diesen schwarzen Richtern tanzen. Einer nach dem andern wird sie anfassen und ihr seinen Schwitzbauch in den Magen schieben und ihr seinen Wein und Zigarrenatem in die Nasenlöcher blasen. Ich konnte mir einfach nicht abgewöhnen, an diese haarigen Hände mit den Siegelringen auf ihrem dünnen Rücken zu denken. Es war an dem Abend so etwas wie Eifersucht in mir, ich gebe das zu. Etwas hatte sich miteinander vermischt und ich bekam es nicht mehr auseinander, das Gefühl, als ich Salo die Frackschleife band und meine Hilflosigkeit, wie ich da mein verkleidetes Kind in diesem Affenzirkus sah. Wie sie es mitmachte, wie sie hineinpaßte, wie sie sich überhaupt nicht wehrte!

Ich muß eingeschlafen sein. Denn ich wachte auf, halb von der Couch gerutscht. Der Apparat flimmerte und zischte, und mein Glas hatte ich nicht aus der Hand stellen wollen, ich hatte den dünnen Stiel im Schlaf zerbrochen. Es war noch keiner zuhaus. Ich ließ alles liegen, räumte nicht auf und ging ins Bett.

Eigentlich kam es nie vor, daß ich nicht auf sie wartete, wenn sie ausgegangen war. Aber an diesem Abend konnte ich es nicht. Ich war müde und leer wie nach einem Todesfall. Es war diese Müdigkeit, bei der man nicht einschläft, sondern erst zittert und dann brunnentief fällt, ohne Angst, aber auch ohne einen Gedanken ans Aufwachen. Morgens fand ich eins ihrer Briefchen in meinem Zimmer, ein bißchen wacklig, auf einem Festprogramm den Rand entlang gekritzelt.

Ich bin sauer daß du nicht gewartet hast
aber ich wüßte gar nichts zu erzählen
ich sag dir die Alten sind ganz lustig
es war alles ganz einfach aber es macht nicht
soviel Spaß wie ich dachte

Damit konnte ich nicht viel anfangen. Mit den Alten meinte sie sicher die schwarzen Komiteeherren, ihren Vater dazu. Ich mußte lachen, weil der viel jünger ist als ich und doch so viel älter. Aber das mit dem Einfachsein verstand ich überhaupt nicht. Gott sei Dank nicht, denn das hätte ich nicht ertragen. Als ich aufstand, war es später als sonst.

Wie fandst du die Sendung, fragte Irma mich in der Küche.

Sie war noch ganz zerlaufen, in den Poren um die Nase klebte ein bißchen zerbröseltes Make-up. Ihr Haar war in der starren Ordnung geblieben, in die es ein erbarmungsloser Friseur gedreht hatte, nur wars jetzt matt und zerdrückt. Sie sah aus wie Gottes Zorn.

Ich hab Kopfweh, sagte sie noch, man sollte sich den Wein wirklich von daheim mitnehmen.

Ich fand es schrecklich, sagte ich vorsichtig, ich weiß nicht warum, aber dieses Jahr fand ichs besonders schlimm.

Du kannst die Rosemarie bei so was einfach nicht sehen, gell? antwortete sie.

Merkwürdig, dachte ich, manchmal begreift sie mehr, als man denkt. Aber ich gab ihr keine Antwort. Was ging es sie an, mit welchen Gefühlen ich mich da herumzuschlagen hatte, wie ich mich ekelte vor mir selber und vor ihrem Mann und daß ich nicht mehr wußte, wie ich das Kind beschützen sollte.

Ich habs auch nicht gemocht, denk mal, wie sie da reinkam war mir das irgendwie peinlich, sagte sie.

Warst du eifersüchtig? fragte ich.

Sie dachte nach und wärmte sich die Hände an der großen Kaffeetasse, eine schöne Bewegung der Hände, wie eine Bäuerin.

Sie ist doch ganz anders als ich, ich hab da nie eifersüchtig sein können. Ich versteh sie ja eigentlich auch erst die letzte Zeit. Und da hab ich sie irgendwie nicht mehr so gern wie vorher.

Ich schaute sie an, die dickliche, blonde, übernächtigte

Frau, die ich immer für ziemlich dumm gehalten habe und dachte, daß sie rings um mich herum scheints alle gescheiter werden und nur ich immer dümmer.

Ich muß doch mitmachen, sagte Irma, und manchmal find ichs ja auch schön. Man gehört dazu, weißt du. Und dem Salo ist es noch wichtiger, als du und ich zusammen uns vorstellen können. Aber mir ist was unheimlich, und ich weiß nicht was. Wenns nur schon vorbei wär.

Aber dann lachte sie und sagte, Quatsch, ich hab einen Kater. Es ist doch die schönste Zeit im Jahr, ich weiß gar nicht, was ich hab.

Da kam Salo in die Küche und füllte sie ganz mit seinem Mannsgeruch und seinem Gebrüll nach Kaffee. Man sah richtig, wie es dieser blonden Ehefrau schwach in den Knien wurde. Sie ließ mich ihm nicht einmal die Tasse einschenken und ich ging, ich konnte an diesem Morgen dieses ganze Fleisch nicht aushalten. Ich war neidisch, ich war allein. Ich ertrug sie nicht, diese merkwürdige Misthaufenwärme, so lebendig und anziehend sie war.

Ich sagte niemandem, daß ich wegginge. Ich ging erst langsam, spürte jeden Schritt. Dann lief ich hinunter in die Stadt, durch steile, holprige Gassen, auch sie von der Kampagne gezeichnet. Auf der Straße mußte ich im Slalom an den Säufern vorbei, die selig auf dem Bordstein saßen oder an den Hauswänden entlang die nächste Kneipe ertasteten. Sie störten mich nicht, an diesem Tag nicht, ich fühlte mich aufgehoben zwischen ihnen, sicher wie unter einer Tarnkappe. Einer hängte mir eine Luftschlange um, so wie man einem Kind einen Schal umbindet, als hätte ich sie nur zuhaus vergessen. Ich ließ ihn, sie machte mich nur noch unsichtbarer.

Es war, erinnere ich mich, ein schöner, heller, kalter Tag, und mit jedem Schritt fühlte ich mich ein bißchen sauberer, nicht mehr so verwickelt und verquält. Merkwürdig, daß man immer denkt, man sei nicht gewaschen, wenn was in der Seele weh tut. Alles gefiel mir, die Gassen, die bunten Tupfen Konfetti auf der Straße, die Leute, der Bahnhof, der hübsch gelb und einladend in der Sonne lag. Es war alles, wie es sein sollte. Der Zug, den ich haben wollte, fuhr tatsächlich ein paar Minuten später. Er war leer und ich schaute die halbe Stunde aus dem Fenster, auf den Strom. Auch ihn sah ich freundlicher als sonst, die Burgen und die Dörfchen, das ästige, kahle Braun der Weinberge, manchmal ein paar Rauhreiflichter. Schön war alles und ich dachte an Losie, die ich hätte dabeihaben mögen.

Duke war auf der Koppel, nicht im Stall.

Mir führn en ab un an raus, wenns so schön is wie heut, hatte die junge Frau zu mir gesagt. Und mir war es ganz recht, daß ich ihn draußen hatte, die helle Kälte machte ihn munter wie ein Fohlen. Er rieb seinen alten Kopf an mir und schubberte sich, sogar etwas wie ein Wiehern brachte er fertig. Ich war zu ihm gekommen, damit er mir helfen sollte. Vielleicht hatte ich gedacht, er würde zu sprechen anfangen wie Fallada im Märchen. Dieses Pferd – eigentlich hat es ja nur ein einziges Mal in seinem Leben etwas Ungewöhnliches getan, sich angestrengt über sein Vermögen hinaus. Der Rest seines Lebens ist Ruhe gewesen. Nachdem er mich hergebracht hatte, mußte er nicht mehr arbeiten. Vielleicht ist es gut, dachte ich, während ich die Arme um seinen Hals legte, wenn man nur einmal was zu tun braucht, etwas ganz Schwieriges, und dann viel Zeit hat drüber nachzudenken. Ich beneid dich, sagte ich zu ihm und er schaute mich an mit seinen großen dunklen Augäpfeln, die noch rund und glänzend waren, ohne die Ringe des Zorns oder des Alters.

Ich weiß nicht, was mit mir los ist, sagte ich weiter. Und ich erzählte ihm leise die ganze Geschichte. Von Zeit zu Zeit schnaubte er, als sei er nicht einverstanden oder als bäte er um genauere Erklärung. Ich erzählte sie ihm, weil ich nicht logisch zu sein brauchte. Ich sagte ihm, daß das Mädchen nicht mehr dieselbe sei, die wir beide liebgehabt hätten, daß man sie jetzt aber verstehen müßte, ich sagte ihm, wie sehr ich mich körperlich vor alldem, in dem sie sich jetzt bewegte, ekelte und daß ich trotzdem immer ein Verlangen spürte, dessen Richtung zu ergründen mir noch nicht gelang. Ich erzählte ihm auch von den Männern, von Elsbächer und Salo, und daß ich nicht wüßte, was sie von dem Mädchen wollten und das Mädchen von ihnen.

Der Himmel veränderte sich nicht, gelb stand mein Pferd vor dem weißgrauen Himmel und mir tat der Nacken weh, weil ich die Arme nicht von Dukes Hals lösen mochte. Er bewegte sich kaum, mahlte nur ein bißchen mit seinen Zähnen. Ich spürte die Bewegung der Muskeln unter dem zarten, dünnen Fell auf seinen Kinnbacken. Ab und zu schaute er zur Seite, als sei ihm etwas peinlich. Vielleicht haben die vom Hof ihm auch immer was erzählt, dachte ich auf einmal, er macht ein Gesicht wie ein alter Pfarrer, der schon ganz unbeweglich geworden ist vor lauter Geschichten.

Aber wem hätte ich sagen können, daß ich selber nicht wußte, warum mir ein paar Bälle und übertriebene Kleider und alberne Posen so bedrohlich erschienen, warum ich sie verloren glaubte, das Kind, dem ich soviel stumme Sorgfältigkeit gegeben hatte, so stumm, daß sie es nicht merken mußte und ganz frei hätte sein können. Ich verstand ja selber nicht, daß mir diese Kampagne, die losgebundenen vierzehn Tage, die ich doch kannte, daß sie mir jetzt erschien wie die Zeit zwischen Urteilsspruch und Vollstreckung. Dabei geschah doch nichts, gar nichts. Das Mädchen spielte ein bißchen Prinzessin und brachte ein paar Erwachsene in Wallungen. Sollte sie doch ihre Kraft ausprobieren, was hatte ich dagegen! Aber obwohl ich so dachte, weinte ich die ganze Zeit in Dukes Fell und er ertrug es höflich.

Natürlich hab ich vor mir meine Eifersucht nicht geleugnet. Ich versuchte ihr auf den Grund zu gehen, sie freizulegen, sie von allen Schalen zu befreien. Auch das ließ sich an diesem Nachmittag dem Pferd besser mitteilen. Ich fand harte Ausdrücke für mich. Ich machte auch vor den schlimmsten Verdächtigungen meiner selbst nicht halt, keinen Pardon gab ich mir. Ich spüre noch jetzt, Wochen später, daß die Stelle, an der ich mein Skalpell angesetzt habe, noch nicht verheilt ist. Aber ich wußte damals und weiß auch jetzt, daß ich mit diesem Arsenal von Üblichkeiten meinen Gefühlen für Losie nicht beikomme.

Auch heute, da ich diese Zeilen schreibe und alle Tage die ich noch erlebe, wird dieser Schmerz dasein, der deshalb so schwer auszuhalten ist, weil sich die Gründe, bis sie an der Oberfläche angekommen sind, fast aufgelöst haben. Wenn ich alles – das spür ich jetzt schon – Wort für Wort aufgenommen, ausgebreitet, ausgestellt habe, Stück an Stück, Wort an Wort, Farbe an Farbe, wird kein Grund mehr übrig sein von den vielen. Ich werde mich auf nichts mehr berufen können, aber der Schmerz wird geblieben sein, lautlos und unaushaltbar.

Ich laß mich gehen. Manchmal tu ich das, hab es früher schon getan, aber abgeschirmt und abgesichert, ganz für mich, keiner sollte etwas gegen mich in der Hand haben. Einmal hab ich gelesen, daß man einzig nur da geliebt werde, wo man Schwäche zeigen könne ohne Stärke zu provozieren. Wenn das stimmt, hab ich mich nie geliebt gefühlt. Aber das geht vorbei. Ich kann mir vorstellen, daß Touristen, wenn sie irgendwo im tiefen Italien einem schlafenden Priester ihre Beichte, die er nicht verstehen kann, ins Ohr murmeln, danach ein ähnlich befreites, matt glückliches Gefühl haben wie ich nach meinem Gespräch mit Duke.

Noch immer schien mir der Himmel weiß, aber es war Abend geworden und die junge Frau kam vom Haus her auf uns zu, um ihn in den Stall zu führen. Sie hielt den Hafersack in der Hand, und mein Pferd machte einen langen Hals und schien der Meinung, daß es sich eine ordentliche Mahlzeit verdient hatte. Dies war nun längst die Tochter der Frau, die mir damals Duke abgenommen hatte, aber ich redete sie manchmal immer noch mit dem Namen ihrer Mutter an und sie sagte Fräulein zu mir, wie es ihre Mutter getan hatte.

Komme se noch mit rein, sagte sie zu mir und es klang nicht wie eine Frage, sondern so, als hätte ich mich verletzt und müßte verbunden werden. Es gibt schöne, stämmige, dunkeläugige Frauen in dieser Gegend. So sah sie aus, angenehm rund und kleiner als ich. Wie ein Kind ließ ich mich führen.

Die Häuser der Weinbauern in dieser Gegend sind nicht schön, die weißen, gekachelten Küchen und die kalten Wohnstuben ermuntern nicht zum Reden. Und wenn man aus dem Fenster sieht, steht irgendwo in einer Ecke des Grundstücks verfallen und grau, als schäme es sich, das eigentliche, das wirkliche Haus, verlassen und leer. Vielleicht wäre es bei uns zuhause jetzt genauso, aber ich kann es mir nicht vorstellen. Die junge Frau führte mich in die Küche. Ihre sonstige kalte, ein wenig schüchterne Ehrerbietigkeit war einer knappen, rauhen Freundlichkeit gewichen. Viele Dinge werden einfacher, wenn es einem schlecht geht. Sie füllte den Wein aus einer Flasche ohne Etikett in dicke Senfgläser.

Keine Umstände, sagte ich, weil es sich so gehört, und sie achtete nicht darauf. Natürlich war sie neugierig, sie kannte ja die Familie und Losie. Es sprach sich leicht mit ihr. Ich weiß genau, daß der Grund dafür etwas Ähnliches wie Hochmut war. Jeder kennt das: Man erzählt Leuten im Zug oder in einem Wartezimmer die persönlichsten Ereignisse und Gedanken. Je einfacher die Leute erscheinen, desto leichter ringen wir uns im Erzählen zur Wahrheit durch – weil wir ihnen die Erkenntnis der Wahrheit nicht zutrauen. Es ist möglich, die Wollust der Ehrlichkeit auszukosten, wenn jemand, der uns nicht sehr nahe ist, sich anschickt uns zuzuhören.

Ich sprach lang und ausführlich mit der Weinbäuerin. Ich setzte sie an Dukes Stelle, denn sie konnte etwas, das meinem Pferd nicht möglich war: sie konnte mich bestätigen, sie konnte mir sagen, ich hätte in allem recht getan, meine Liebe und mein Abscheu seien gerecht und richtig verteilt, man habe mir Unrecht getan, wie man allen selbstlosen Menschen Unrecht tue. Manchmal ist man unersättlich im Aufspüren und Hinunterschlingen solcher Sätze.

Aber die Frau tat mir den Gefallen nicht. Sie hörte nur zu bei meinen wirren Erzählungen, in die ich noch irgendwelchen pädagogischen Kram packte, damit das Ganze logischer wäre. Manchmal schaute sie mich an mit ihren runden, dunklen Augen, ganz ohne Ausdruck. Als ich mich ein wenig unsicher verabschiedete, sagte sie nur, komme se halt wieder, jetzt im Winter ist nicht viel zu tun. Da kam ich mir vor, als sei mein innerstes Leid so etwas wie Sticken oder Häkeln, etwas, das man sich nur in den leeren Monaten gestatten durfte, weil sonst die Zeit dafür zu schade war. Ich schämte mich ein wenig, als hätte ich jemanden zum Lachen gebracht, ohne es zu wollen.

Jetzt weiß ich längst, womit ich mich damals herumschlug. Zumindest glaube ich es zu wissen. So viele Jahre war ich stärker gewesen als Losie, war der dürre, kahle, feste Pflock gewesen, an den man ein Bäumchen bindet. Aber sie war mir davongewachsen, sie trug andere Früchte als ich gehofft hatte, sie war nichts Kostbares, kein Fremder im eigenen Land. Und ich merkte gar nicht, wie ich ihr in Gedanken wütend alles abriß, was ihr gehörte und was jahrelang an ihr gewachsen war. Ich versuchte sie zurechtzustutzen, bis sie mir wirklich so schien, wie sie für die Kampagne geworden war. Sie war immer so gewesen, dachte ich. Das Schöne, das Kostbare hab ich in sie hineingedacht, ich habs von zuhause mitgebracht und ihr geliehen. Es hatte ihr nie gehört. Man kann ja so dumm werden, wenn man liebt und es sich nicht eingestehen will.

Leibliche Mütter haben vielleicht so etwas wie ein Organ, eine geheime, kleine Drüse, oder so was, die ein Sekret absondert, das sie die Trennung von ihren Kindern aushalten läßt. Wie hätte sonst je eine Frau ertragen können, ein Kind zu haben und es gehen zu lassen. Nun empfand ich die Trennung, aber ohne das Organ, das mir den Schmerz hätte nehmen können. Ich begann, Angst vor meiner Gewalttätigkeit zu bekommen. Dabei merkte man mir aber nie was an. Losie zog sich immer weiter zurück ins Normale, vielleicht fühlte sie irgendwas in ihrer Tierchenhaftigkeit. Niemand hätte sie je belügen können.

Es ging jeden Tag weiter mit dieser Kampagne. Nachmittags kam das Fernsehen und machte ein Interview mit ihr, drei Stunden vorher hatte sie schon mit ihrer Mutter herumgegackert und überall flusige Berge von Kleidern und Schals hinterlassen. So was war ihr doch früher gleichgültig gewesen, dachte ich und sah nicht, daß sie Angst und Enttäuschung in den Augen hatte, daß ihr am Rand der Tage, die vor ihr lagen, schon ein Gespenst erschienen war, das Gespenst des Irrtums. Sie wollte sich nicht geirrt haben, aber sie spürte es, daß es nicht Glanz war, in den sie da geraten war, sondern Katzengold und Vulgarität.

Sie hätte mich vielleicht mehr denn je gebraucht in diesen flachen Tagen, aber ich war nur noch körperlich in ihrer Nähe. Ihre kleinen Zettel rührten mich nicht, denn ich verstand sie nicht, ich entzifferte das Falsche, nicht die Gedanken hinter den Wörtern. Eigener Schmerz macht einen blind, ich saß in ihm wie in einer Schachtel. Ich schmollte, ich fühlte mich nicht gebraucht. Wie leicht hätte ich sie noch herausholen können aus der immer schnelleren rollenden, abwärtsrollenden Bewegung dieser Tage. Ein Wort, ein Spaziergang, ein wenig Heiterkeit und die Schminke wäre von ihr abgefallen. Oder bilde ich mir das nur ein? Will ich sie noch immer nur von außen in die Wirklichkeit hineinschauen lassen?

Dieser Reporter, der sie da für eine Faschingssamstagssendung interviewte: Mein Gott, dachte ich, bei uns zuhause hätte so was draußen serviert bekommen. Ich weiß es noch genau, es war ein dicker, hellhäutiger Mensch, der Locken hatte wie ein Pastor und so eine aufgequollene Haut, als habe man ihn gekocht. Er wippte immer auf den Fußspitzen und dirigierte ein paar mürrische Männer mit Apparaten ins Wohnzimmer, er sagte zu Irma gnä Frau und zu Losie, na was macht denn unsere Süße. Nebenbei tranken sie eine Flasche Cognac aus und Irma kicherte. Er stellte enorm dumme Fragen, wie ihr der Prinz gefalle und ob sie schon wisse, wen sie heiraten wolle. Ich war ganz erleichtert als ich Losies Stirn sich falten sah und an ihrem Mund merkte, daß sie frech werden würde. Aber dieser Kerl merkte es auch. Er war nicht dumm, er ließ ein paar nachlässige Sätze fallen über Salo und die Firma, daß es ja ziemlich schwierig sei für die Baufirmen im Moment, jede Art von Werbung sei da nicht zu verachten. So ein Schwein, dachte ich. Aber ich war ja faul und konnte mir leisten, Leute mies zu finden, die immer irgendwo durchkriechen müssen und denen man ein paar gegeben hat, bei denen sie anschaffen dürfen und zeigen, daß sie auch Macht haben.

Es ist immer wieder dasselbe – immer wenn ich es spüre, dieses Durchgleiten durch alle möglichen Engpässe, wenn ich an jemandem diese Glitschigkeit merke, die scheints notwendig ist, wenn man sich nicht weh tun will, werde ich hochmütig. Dabei benutze ich diese Dinge jeden Tag, die Angepaßtheit, das Gleiten und Durchkommen. Ich sitze schließlich an einem gedeckten Tisch. Ich weiß schon gar nicht mehr, wie Kälte sich anfühlt oder Angst, wirkliche Angst, die ums Leben. Meine einzige stumme, harte Rechtfertigung vor mir selber und den Schatten, die um mich sind, war Losie. Ich hatte sie wie ein Findelkind betrachtet. Sie war es nicht. Aber sie hatte doch Zornfalten im Gesicht und böse Sätze auf den Lippen angesichts dieses geschleckten Fernsehreporters. Warum gab sie sich nicht preis, warum schwieg sie?

Abends schaute ich sie wieder an. Sie war selber längst schon auf einem Ball. Wenn man einen Menschen, den man liebt, auf dem Bildschirm sieht, spürt man so was wie Scham. Da ist er so klein und langweilig, aber eben doch wichtig oder berühmt oder so etwas. Ich merkte, wie ich dauernd nach ihren Händen sah, die sie merkwürdig ruhig hielt. Ich versuchte sie bei Fehlern oder Dummheiten zu ertappen, aber sie schien ganz ruhig und ein bißchen gelangweilt. Sie hatten auch Stücke Film hineingesetzt, man sah sie durch Tischreihen gehen in ihrem starren Kleid, den vertrottelten Prinzen an der Hand. Ich brachte beide nicht zusammen, Losie und die Prinzessin, ihr Zimmer und die geschmückten Säle, das Kind und die Erwachsene.

In der Nacht nach dem Fernsehinterview wartete ich, bis sie nachhaus kam. Ich saß in meinem Zimmer und trank Tee. Vor mir hatte ich den Inhalt des roten Köfferchens ausgebreitet. Sanft lag das Lampenlicht auf dem Gesicht der Dame mit der Nelke und schimmerte im Gold und Email des schönen Eies, das die Zarin Elisabeth einem meiner Vorfahren geschenkt haben soll. Ich fuhr wie unter einem Hieb zusammen, als ich das Geräusch eines Schlüssels hörte, mit dem jemand nach dem Schlüsselloch stocherte. Ich hatte Zeit, mich zu beruhigen, denn ich hörte den Schlüsselbund fallen und auf dem Boden hin und her rutschen, als fliehe er vor unsicher suchenden Händen. Die Tür, endlich geöffnet, polterte. Ich merkte sofort, daß Losie nicht allein war.

Ich konnte mich nicht rühren, die vertrauten Gegenstände vor mir sahen plötzlich armselig und aufdringlich aus, trostlos wie die bunten Dinge bei den Souvenirverkäufern, und ich raffte alles zusammen und schloß hastig das Köfferchen. Es war mir entfallen, was ich mit den Sachen gewollt hatte. Wahrscheinlich hatte ich sie ihr, die mich nicht mehr sah, entgegenhalten wollen, so wie Blinde ihre weißen Stöcke ins Dunkel stoßen, voller Vertrauen darauf, daß einer da ist und sie sieht. Ich hörte sie schluchzend lachen. Sie ist betrunken, dachte ich, sie ist jedesmal ein wenig betrunkener, jeden Abend der Kampagne.

Als ich die Tür meines Zimmers öffnete, sah ich sie, wie

sie sich an jemandem festhielt, der seinerseits dringend einer Stütze bedurfte und im Begriff war, den Garderobenständer herunterzureißen.

Was willst du mit dem Döskopp, fragte ich sie und rechnete nicht mit einer Antwort.

Stör uns nicht, sagte sie langsam und ein bißchen kratziger als sonst, stell dir vor, er ist auch ein Mensch. Da staunst du, was? Morgen früh mußt du dich eine halbe Stunde schämen, weil du immer nicht glaubst, daß die andern auch Menschen sind. Und sie lachte wieder mit diesem eigenartigen Schluchzlaut, den ich noch nie bei ihr gehört hatte.

Angenehm, gnädige Frau, sagte dieser unsägliche Clown in seinen seidenen Pumphosen und versuchte, seinen Federhut zu ziehen, der längst auf dem Boden vor der Garderobe lag. Erstaunlicherweise hielt der Garderobenständer, er hatte sich drangehängt und haute mit der anderen Hand Losie auf den Hintern, oder jedenfalls dahin, wo er unter all den Röcken einen vermutete.

Ich wußte nicht recht, was ich tun sollte. Solche Situationen bringen mich in Verwirrung. Eine ganze Jugend lang bin ich dazu erzogen worden, daß es solche Situationen eben nicht gab, jedenfalls nicht bei Leuten wie uns. Ich wußte ja, was sie vorhatte. Ich kannte sie doch, und ich erinnerte mich, während ich das schwankende Pärchen anschaute, wie ich erschrocken war, als ich festgestellt hatte, daß Losie mit jedem, der es gern wollte, ins Bett ging.

Sie hatten es natürlich mir überlassen, vor Losie diese Albernheiten aufzuführen, die man Aufklärung nennt. Du warst ja immerhin mal verheiratet, hatte Salo gesagt, schamlos und gemein, als ob es irgendetwas mit dem zu tun hätte, was ich diesem Kind erzählen sollte. Das eine oder andere war ja schon vorgekommen im Lauf der Jahre, bei irgendwelchen Fragen, und ich vertraute darauf, daß sie es nicht vergessen hatte.

Was hängt ihm da raus? hatte sie gefragt und Duke angeschaut – da war sie acht. Oder: Tut es weh? Können sies nicht andersrum machen, dann ist die leichtere oben? Das war in der Altstadt gewesen, als sie ein stöhnendes Paar durchs Fenster gesehen hatte. Ich hatte immer pflichtschuldigst Erklärungen abgegeben.

Viel später fiel mir erst auf, wie lästig wir Erwachsenen Kindern fallen. Wir erzählen immer zuviel und nicht das, was sie hören wollen. Ich hatte also versucht, nicht so zu tun, als wüßte ich, wovon ich rede. Tatsachen des Lebens, hatte Irma es genannt. Wahrhaftig.

Nein, ich sagte ihr, was da technisch vor sich geht, daß es Vergnügen machen kann. Aber was sollte ich einer dreizehnjährigen über Leidenschaft oder Blindheit, über ein Erdbeben und ähnliches erzählen? Was sollte ein mürrisches Fohlen damit anfangen, das gerade erst ihre schlechte Laune über die allmonatliche Bluterei an mir ausließ? Als hätte ich das erfunden! Für das Kinderkriegen interessierte sie sich auch nicht besonders, sie fragte nur eingehend, wie man es vermeiden könnte. In der ordentlichen Umgebung von Hygienebinden, samstäglicher Zurückgezogenheit der Eltern, angesichts unbewegter Küsse im Fernsehen oder zweier verschlungener Hände auf einem Bild, mit, wenn auch seltenen, erschreckenden Einsprengseln von ineinander verkrallten Katzen im Garten oder eines wirklichen Schreis aus einem Hinterhausfenster in der Stadt konnte ich ihr nichts sagen. Ich konnte nur hoffen, daß sie es selber finden würde, das unterirdische Reich, und daß es mir gelingen würde, sie bis dahin vor Angst zu bewahren.

Als sie tatsächlich anfing auf Entdeckungsreisen zu gehen, tat sie es so diskret und so ohne jede verlegene Verschleierung, daß nicht einmal ich es merkte. So weiß ich bis heute nicht, wann sie irgendwem dieses Vermögen, den Thronschatz, den traumhaften Kaufpreis überlassen hat, dieses einzige angeblich unendlich wertvolle Kapital, das mit einem Schlag hinüber ist, wenn mans auch nur einmal berührt. Sie wird wohl um die vierzehn, fünfzehn gewesen sein, und ihre Eltern hätten vermutlich sie und mich auf den

Knien bis in den Vatikan gepeitscht und anschließend erschlagen, wenn sies gewußt hätten. Ich habe im nachhinein oft drüber gelacht, obwohl es mir, als ich es endlich gemerkt hatte, doch einen Schlag von Eifersucht verpaßt hatte.

Ich weiß noch, wie sie es mir gesagt hat. Wir unterhielten uns nachmittags in der Küche über einen der Jungen, mit dem sie in die Klasse ging und der ihr manchmal bei den Aufgaben zu helfen vorgab. Das war ein hübscher, stämmiger Junge. Ich erinnere mich an seine schrägen Teufelchenaugenbrauen, an ein etwas anmaßendes Wesen und an einen durchdringenden Geruch nach Rasierwasser. Ich hatte sie im Zimmer mit ihm immer alleingelassen, erstens hätte ich mich albern und alt gefühlt, wenn ich sie kontrolliert hätte, zweitens glaubte ich immer genau zu wissen, was sie tat und warum sie es tat. Wie verblendet ich war! Aber ich büße meine Verblendung, ich zahle ab, jeden Tag, jeden Tag, den ich jetzt erlebe. Wie winzige Blutstropfen läuft mir ein kleiner scharfer Schmerz nach dem andern aus dem Kopf in die Feder, aus meinem für alle Zeiten aufgeschürften Kopf.

Der ist ganz nett, hatte ich an dem Nachmittag in der Küche gesagt, fummelt ihr eigentlich? Ich meine, magst du ihn?

Ich war immer etwas verlegen, wenn ich mir welche von ihren Wörtern lieh. Aber es ging manchmal nicht anders. Ich dachte oft darüber nach, was in aller Welt wir damals, vor dreißig Jahren, statt fummeln gesagt haben. Denn getan haben wirs, so mußte es wohl auch ein Wort gegeben haben. Oder gerade nicht? Ich weiß es nicht mehr. Sie schaute mich nur verwundert an und gab nicht gleich Antwort.

Ich wollte schon drüber weggehen, verlegen und mit ein wenig schlechtem Gewissen meinem unschuldigen Kind gegenüber, da sagte sie ganz nachdenklich, nein, nicht nur. Wir vögeln auch.

In einem Knäuel ballten sich jetzt die Mißverständnisse zusammen. Ein Wort, und noch eins, in einer kreiselnden

Drehbewegung spinnen sie sich zusammen. Sie hatte »vögeln« gesagt. Ich knallte ihr eine. Ich entschuldigte mich. Sie wurde hochmütig. Ich wurde gerührt, pathetisch und ausgesprochen blöde. Sie war irritiert, weil sie über ein Wort nachdachte. Vergeblich, hätte ich ihr sagen können, wir haben euch dafür keine Wörter gegeben.

Ich wollte sie umarmen – mein armes Kleines, wars wenigstens schön, das erste Mal? Sie war immer noch sauer über den Schlag. Nicht, daß sie ihn besonders übelgenommen hätte, aber sie fand den Anlaß unbegreiflich. Und ich hau ihr eine runter! Ich saß am Küchentisch und knatschte in irgendeinem Teig rum. Sie sagte gar nichts mehr. So brauchte ich noch eine ganze Zeit, bis mir klar war, daß es mit diesem hübschen Knaben namens Lothar keineswegs das erste Mal war, daß es ihr Spaß machte – etwa wie schwimmen – und daß es sie immer wieder von neuem faszinierte, wie unbedingt die Jungen und die Männer es wollten. Das war es nämlich, der Schlüssel zu ihrer gelassenen Bereitwilligkeit, die sich – das wundert mich noch heute – nicht herumsprach. Sie fand es rührend und wunderbar, daß sie etwas hatte, das ein anderer so dringend begehren konnte. Sie begriff es nicht ganz. Einmal hat sie mir einen Zettel geschrieben, da verstanden wir uns zwar wieder, aber sie war doch ein bißchen vorsichtiger mir gegenüber.

Manchmal kommts mir vor wie die mit den
Briefmarken, so kleine bunte Papierchen und
die rennen danach und freuen sich. Ich
meine es ist schon schön aber es ist
doch nicht so wichtig. Oder findest du?
Aber ich mag nicht drüber reden wie Mama
und Frau Schubert. So wichtig ist es nicht.

Das war ein langer Zettel, er liegt vor mir. Wir sprachen tatsächlich nicht drüber. Man darf das jetzt aber nicht so verstehen, als sei sie jeden Nachmittag mit jemand anderem ins Bett gestiegen oder in die Uferauen gegangen, bei geeignetem Wetter. Es mußte ihr einer schon auf irgendeine Weise auffallen. Das konnten seine Fingernägel sein oder seine Art, am Telefon »ja bitte« zu sagen, sein Geruch oder wie er seine Füße setzte – irgendetwas mußte schön sein und anders als bei andern. Aber wenn sie an jemandem etwas entdecken wollte, das ihn vom Rest der Menschheit unterschied, dann entdeckte sie es auch. Sie war fünfzehn damals, und ich war völlig hilflos. Ich hatte keine Sätze, mit denen ich sie bei Bedarf ins Kindsein zurückschicken konnte. Wenn ich ihr Vorhaltungen machte, dann kamen sie gar nicht bis in ihre Nähe.

Ich versteh dich gar nicht, sagte sie einmal, du wirst doch nicht wegen so was nein sagen, wenns einer unbedingt will und du machen kannst, daß er sich freut? Und es freut mich ja auch, sagte sie noch dazu, wie jemand der gern kocht und zugibt, daß er sein Selbstgekochtes gern ißt.

Ich war ratlos. Das mit der Moral funktionierte überhaupt nicht. Es war nicht die ihre, von der ich sprach. Und als ich ihr sagte, daß ihr das nicht guttue, in ihrem Alter, meinte sie freundlich, da müsse ich mich irren. Es verändere gar nichts. Aber es sei doch immer anders. Und als ich es mit dem Wort »Liebe« zuzuriegeln versuchte, lachte sie.

Wenn das zusammengehört, könnte mans ja nur ein- oder zweimal im Leben tun! sagte sie, du mußt zugeben, daß das Quatsch ist!

Was sollte ich sagen?

Ich habe auch an diesem Abend nichts gesagt, als sie ihren Prinzen wie eine Stoffpuppe hielt, mir entgegenhielt, und ich in ihrem Gesicht etwas Hämisches sah, das ich sonst nicht bei ihr kannte. Sie ging mit ihm an mir vorbei in ihr Zimmer und mir war klar, daß sie ihn nur mitgenommen hatte, weil sie nicht wußte, was sie mit ihm reden sollte, weil er ihr auf eine nachlässige, ungenaue Art leid tat. Mir tat er übrigens nicht leid, auch nicht an diesem Abend, auch nicht, wenn ich mir ausmalte, was ihm bevorstand.

Ja, ich habe es mir ausgemalt. Es ist schwer, sich von einem einmal begonnenen Schmerz zu trennen. Ich starrte auf den dünnen Lichtfaden unter ihrer Tür, ich sah, wie er matt wurde, sie hat ein Tuch über die Lampe gehängt, dachte ich. Sie geht jetzt zum Bett. Sie zieht sich aus und kümmert sich nicht um ihn. Ich hörte sie nicht, ich habe sie nie gehört, obwohl ich weiß, daß sie sich nicht um Lautlosigkeit bemüht. Nur ihn hörte ich atmen, dann ein abgehacktes Gegluckse und ein Poltern. Jetzt ist er über was gefallen, der Idiot. Ich wünschte, er wäre schon nackt. Nackt, weiß und madenhaft sollte er auf dem Boden herumkriechen. Ich wünschte, daß sie herauskäme – zu mir, weil sie sich vor ihm ekelte. Sie kam nicht. Ich sah nichts als das Stückchen Licht unter ihrer Tür.

In dieser Nacht bin ich nicht ins Bett gegangen, sondern habe versucht, Losie aus mir herauszudenken, alles von ihrer Kinderzeit bis heute hintereinanderzudenken, so wie damals, als ich mit diesem Heft anfing. Schmerzlosigkeit durch Ordnung. Die winzige unempfindliche Stelle irgendwo in meinem Kopf. Als ich da in meinem Zimmer neben dem verschlossenen roten Saffianköfferchen saß, in die Nacht hineinhorchend bis die Lautlosigkeit in meinen Ohren zu singen begann, hat meine Ordnung nichts genützt. Er blieb mir, dieser dürre, sinnlose Schmerz, ein Wechselbalg von Leiden, der kein Recht auf irgendein Verständnis hatte.

Liebeskummer oder der Verlust von Geld und Macht und Heimat, all diese Häutungen sind der aufmerksamen Teilnahme der Umgebung gewiß, schon weil alle es kennen und froh sind, daß es sie gerade nicht getroffen hat. Tote und Kranke, Verletzte und Zerschmetterte, die in unserm Leben aufgetaucht sind, nimmt einem keiner übel. Aber was mich da getroffen hatte, paßte nicht in die Wohnungen des Mitleids. Es war lächerlich und unverständlich und sicher auch ein wenig anrüchig. Ich hatte gefälligst damit allein zu bleiben. Ich dachte dankbar an meine Erziehung, die es mir möglich machte, das alles auszuhalten ohne laut vor mich hinzujammern. Allein saß ich stundenlang auf dem Bett und hörte nichts. Meine Gegenstände, die vertrauten Bilder und Möbel hatten sich ins Dunkel verkrochen.

Irgendwann muß ich doch eingeschlafen sein, denn ich wurde von einem Geräusch wach und hörte mit diesem schrecklich geschärften, durch eine Nacht der Lautlosigkeit geschliffenen Gehör die Eingangstür klappen, ein winziges dumpfes Plopp, dann nichts, und dann das leise Schnappen von Losies Türschloß. Er ist weg! Es mag sieben oder halb acht gewesen sein. Ich fühlte mich plötzlich kräftig und mutig, als hätte ich wer weiß wie lange tief und ruhig geschlafen. Es fiel mir nicht ein, mir selbst zu gestehen, daß meine ganze scheue, armselige kleine Euphorie nur daher kam, daß ich gehört hatte, wie die Tür sich hinter dem dummen Prinzen schloß. Ich mußte lachen, wenn ich mir vorstellte, daß er jetzt unrasiert, klebrig und verwirrt – denn wie hätte er glücklich sein sollen? – mit seinen seidenen Pumphosen und seinem Federhut die Straße entlanggehen mußte, eine unerbittliche helle, frische Straße. Sicher hatte er auch Angst, gesehen zu werden. Seine Strümpfe hingen bestimmt grau und ziehharmonikaartig herunter, und bestimmt strebte er verlegen zu seinem Auto wie zu einer Schutzburg.

Ich beschloß, sie schlafen zu lassen. Es war ja wieder irgendein Empfang am Nachmittag. Erst ein Drittel dieser Kampagne war vorbei.

Sie büßt es ziemlich hart, sagte ich zu Irma, die in der Küche aufgetaucht war.

Was büßt sie! sagte die böse, du hast ja keine Ahnung. So was kann wichtiger sein als Namen oder so.

Sie schaute mich dabei nicht an und wandte ihr fleckiges Gesicht so, daß ich ihr nicht in die Augen sehen konnte.

Hast du irgendwas gehört heute nacht, fragte sie.

Was soll ich gehört haben? fragte ich zurück. Ich wollte ihr nichts ersparen, sollte sie büßen, sie wenigstens. Irgendjemand außer mir sollte auch Schmerzen haben, es war mir egal, wer.

Ich meine ja bloß, sagte sie. Es ist nur gut, daß Salo so fest schläft. Man könnte ihm ein Regiment Soldaten über die Bettdecke jagen, sagte sie stolz, er würde nicht aufwachen.

Merkwürdig, daß Frauen oft so stolz sind, wenn sie vom tiefen Schlaf ihrer Männer erzählen. So, als sei deren Betäubung eine ganz besondere Leistung, ein strategischer Sieg über ein ganzes Geschlecht, das allnächtlich wehrlos und ohnmächtig unter den aufmerksamen Augen der Gemahlinnen in den Doppelbetten röchelt.

Ja, es ist gut, daß er so fest schläft, sagte ich und verkniff es mir, hinzuzufügen: Ich erinnere mich.

Sie hatte also was gemerkt. Wahrscheinlich schon, als Losie und der Prinz den Ballsaal verließen.

Sie hat sich ein bißchen merkwürdig benommen, gestern, sagte Irma. Keiner hat begriffen, warum sie so früh ging. Dabei war es besonders gemütlich.

Ich flüchtete aus der Küche, hielt meinen Kaffee in der Hand und ging in mein Zimmer. Ballgeschichten hätte ich jetzt nicht hören können.

Irma hat ein furchterregendes Gedächtnis für alles, was ihr im Lauf eines solchen Abends gesagt wird, über ihr Kleid und ihre Haare und ihren Mann und ihr Haus. Eine rührende, unermüdliche Sammlertätigkeit, bis es möglich ist, aus den Steinchen farbloser Artigkeiten ein buntes Bild der eigenen Liebenswürdigkeit zusammenzufügen. Sie sah das ganz unironisch. Sie brauchte sie wie Essen und Friseur und Einkaufsbummel, die kleinen, kostenlosen, folgenlosen Anbetereien. Sie registrierte jede einzelne sorgfältig und ernst und fügte sie zu den andern. Salo förderte das, er rief seine Freunde auf, ihren Tribut zu zollen.

Sieht sie nicht lecker aus, sagte er, wie sie das wieder gemacht hat – beim Essen oder wenn sie Wein einschenkte –, es gibt keine, die einen Pelz so tragen kann wie du.

Nicht, daß sie den ganzen Schmus glaubte, dazu war ihre

Bauernklugheit noch zu grade und stark. Sie brauchte es nur. Manchmal dachte ich, daß ich es vielleicht auch hätte brauchen können, da hätten es zwar poetischere Sätze und ausgefallenere Gedanken sein müssen, aber ob sie gelogen wären, hätte mich auch nicht gekümmert.

Spät am Vormittag ging ich zu Losie ins Zimmer. Ich hatte eine große Tasse Tee in der Hand. Ich kannte den Nachdurst, den sie jetzt haben mußte, ein Gefühl, als sei der ganze Mund mit alten Socken ausgepolstert. Aber sie rührte sich gar nicht. Auf einem Bügel am Schrank hing wie verwelkt ihr Ballkleid. Sie hatte einen Arm quer übers Bett gestreckt, in einer einsamen Bewegung. Ihre langen bräunlichen Finger hielten ganz leicht eine unsichtbare Hand und an ihrem Zeigefinger leuchtete ein Rubin wie ein wachendes Auge. Der Stein war das einzig Wache in diesem Zimmer. Alles andere schlief, die Stühle und die Strümpfe und die gestorbenen Prinzessinnensträuße in Cellophanpapier.

Steh auf, sagte ich, du mußt dich anziehen. Es geht weiter. Deine Reise durch den Blödsinn geht weiter.

Es war mir egal, ob sie mich haßte. Aber sie bewegte sich gar nicht, sie würdigte mich keiner Reaktion, obwohl ich genau wußte, daß sie nicht mehr schlief.

Ich will nicht aufwachen, sagte sie – das Gesicht in den Kissen und ich sah einen feuchten Fleck neben ihrem Mund –, bring mir was zu trinken.

Ich hielt ihr die Tasse hin, sie konnte sie gar nicht gesehen haben, weil sie noch immer ins Kissen atmete.

Keinen Tee, sagte sie, Champagner. Kalten, schönen sauren Champagner.

Bist du verrückt, sagte ich, wo hast du denn das gelesen? Sie kam mir vor, als wollte sie nun nacheinander alles so machen, wie es am plattesten ist, herumschlafen mit irgendwelchen dummen Männern, Champagner im Bett.

Willst du auch einen Spiegel an die Decke, fragte ich ihren schönen, braunen, dünnen Rücken.

Heute nicht, sagte sie, heute bestimmt nicht.

Dann fing sie an zu lachen, vielleicht auch zu weinen, das ist manchmal dasselbe, und setzte sich auf. Sie saß im Bett, wie sie schon als Kind gesessen hatte, die Knie am Kinn und die Arme drumherumgebunden, wie ein Päckchen Reisig, dünn und braun.

Ich bekomme meinen Champagner, sagte sie böse zu mir, ich bekomme alles von ihnen, was ich will. Sie haben viel zuviel Angst daß ich aussteige. Aber das tu ich gar nicht – und jetzt lächelte sie mich an mit ihrer nachlässigen, flatternden Freundlichkeit –, ich will wissen, worauf sies eigentlich abgesehen haben. Sie reden über alles mögliche, nur nicht über die Kampagne.

Meinst du, daß es deinem Vater paßt, wenn du zu genau zuhörst, fragte ich sie.

Was gehts dich an? sagte sie. Muß ich mir den Champagner nun selber holen?

Allerdings, sagte ich. Ich ging hinaus und war böse, beleidigt, neugierig, was weiß ich. Zu dem Zeitpunkt glich sie sich selber noch.

Übrigens wars an dem Morgen ihre Mutter, die ihr den Champagner brachte. Es ist doch gut für den Kreislauf, sagte sie zu mir, als ich sie mit der Flasche sah, so ein Schlückchen Sekt morgens, es ist ja auch alles ziemlich anstrengend.

Ich sah durch die halboffene Tür, wie sie im Bett saß und das Zeug hinunterschüttete. Ich sah deutlich die Schauer auf ihren dünnen Armen. Sie trank kein Schlückchen, sie trank eine halbe Flasche. Ich verstand nicht, was sie wollte. Sich betäuben oder sich deutlicher fühlen, es auskosten, worauf sie sich da eingelassen hatte oder dem ausweichen. Ich glaube, daß sie es selber nicht wußte.

Seit sie hier ist, bekommt sie nichts zu trinken, sie hat kein einziges Mal um etwas gebeten.

Gestern sind zwei Dinge passiert, mit denen ich noch nicht gerechnet hatte. Sie hat lang mit Laudin gesprochen –

zusammenhängend, sagt er – und sie wollte anschließend mit mir durch den Park gehen. Beides läßt mich nichts hoffen. Es gibt eine Art Erschrecken, wenn man auf etwas lang gewartet hat und es tritt ein. Ich bin auch nicht eifersüchtig auf Laudin. Ich hatte von Anfang an gewußt, daß er ihr gut bekommen würde, weil er so ungeschlacht ist und gar nicht so sämig redet wie sonst die Ärzte hier in dieser Komfortklapsmühle. Er darf mir ja nicht erzählen, was sie ihm gesagt hat. Aber sie selber hat mir kleine Fetzen hingehalten, als wir durch den Park gingen.

Es war ein kühler Tag gestern, ein Tag ganz ohne Farben. Ich war so eifrig, daß ich mir selber auf die Nerven ging, entschuldigte mich fürs Wetter, lobte den Park – als hätte ich beides gemacht und zu verantworten. Ich konnte mir grade noch verkneifen sie anziehen zu wollen, in wollene Decken zu wickeln wie ein Baby, das man zum erstenmal ausfährt. Sie war geduldig mit mir und freundlich. Aber es fiel mir auf, daß sie, die ich ja wochenlang nur im Liegen gesehen hatte, gewachsen war. Sie ist eindeutig größer geworden, nicht dünner. Sie gehört zu den Leuten, die ihre Gestalt ein für allemal haben, ob sie schlingen oder fasten. Ihre Haut ist durch das Liegen und das Babyessen wieder feiner geworden, aber noch immer kränklich gelb. Und ihre Augen sind immer noch ausgelöscht, in ihrem Blick ist noch der Aschermittwoch, wie auf einem Kalender. Seit diesem Tag ist nichts weitergegangen.

Sie hat sich sorgfältig angezogen, alles, was ich ihr sagte, tat sie, und wir gingen hinaus, langsam wie frisch Operierte. Paare kreuzten unseren Weg, in derselben Zeitlupenbewegung wie wir, auf den breiten, gefegten Wegen, unter dem Himmel ohne Farbe. Wie eine Idiotin suchte ich den Boden ab nach Blumen, die ich ihr zeigen könnte. Ich machte all die hilflosen Versuche des Brückenschlagens. Es ist ja gar nichts da, das uns trennt. Ich könnte aufs Schweigen vertrauen und tu es nicht.

Ich hab versucht, Laudin die letzten Tage daheim zu

erzählen, sagte sie nach einer Weile, aber er versteht mich noch nicht. Er hört nur, was ich sage. Ich habe ihm von Elsbächer erzählen wollen, aber es ging nicht. Du weißt, daß ichs nicht kann. Ich will es auch nicht. Aber irgendwas muß ich denen ja sagen, sonst kann ich mich hier einsalzen lassen. Ich will nicht, daß sie mich hierlassen. Das könnte ihnen so passen. Laudin muß kapieren, daß ich gesund bin, daß ich rauskann, wann ich will. Er muß Angst vor mir bekommen. Das verstehst du doch?

Ich verstand sie. Ich verstehe sie noch immer, obwohl sie heute wieder stumm ist. Einen von ihren Zetteln habe ich heute morgen gefunden. Als ich aus meinem Schlafzimmer kam, klebte er an der Fensterscheibe. Sie muß ihn mit Spucke festgemacht haben.

du hörst *auch* nur was ich sage
du brauchst keine Angst zu haben ich
bleib dir noch eine Zeitlang erhalten
fürchte ich. Es war falsch mit
Laudin zu reden, jetzt will
er mehr haben die sind doch alle gleich.
Er leiht mich aus, denkt er.

Ich werde Laudin nichts von dem Zettel erzählen, es würde ihn unsicher machen. Aber sie hat natürlich recht. Er leiht sie sich aus, das tun sie wirklich alle. Wir sollen dafür bezahlen, daß so einer tausend Leben haben darf. Ich weiß also nicht, was sie ihm über Elsbächer erzählt hat, aber als ich vorhin bei ihr war, spielte sie still mit einem runden Malachit. Ich kenn den Stein, er sieht feucht und waldig aus wie ein Stück Moos. Sie hat ihn von Elsbächers Sohn zum Geburtstag bekommen. Ja, er hatte einen Sohn, ich habe bisher um ihn herumerzählt, es war mir zu anstrengend, über ihn zu schreiben. Aber ich komme nicht ohne ihn aus, wenn ich alles in eine Ordnung bringen will, in meine Ordnung zwischen den harten Heftdeckeln.

Irgendwann hatte es also eine Frau gegeben, mit der Elsbächer zusammengelebt hat, aber es war in einer andern Stadt, und er hat sie wohl auch nie geheiratet. Jedenfalls war da ein Kind, und Elsbächer nahm diesen Jungen, als er zwölf oder dreizehn war, zu sich. In unserer Stadt gibt es eine glatte, sozusagen rutschfeste Version, nämlich eine Frühehe mit einer schönen, aber leichtfertigen Dame, einen Lungentod, und den hilflosen, durch Schicksalsschläge vergnügungssüchtig gewordenen Vater mit dem kleinen Jungen. In dieser Stadt hier läßt man sich nämlich nicht scheiden. Eher erschlägt man seine Gattin oder läßt sie dezent bei einer Ausschabung dahinscheiden. Die Frau ist wohl wirklich gestorben, jedenfalls lebte Elsbächer mit seinem Sohn und wechselnden Hausdamen. So was wie mich hätte er wohl haben wollen, er hat früher öfter versucht, mich abzuwerben.

Als Losie André kennenlernte, war sie um die sechzehn und er Anfang Zwanzig, drei- oder vierundzwanzig. Er mochte sie und sie war geschmeichelt, weil er so unendlich viel älter war als sie. Mit mir versuchte er charmant zu sein, aber es gelang ihm nicht, denn ich war ihm noch nicht auf die Schliche gekommen und blieb ihm gegenüber mißtrauisch. Als ich dann herausbekommen hatte, was mich an ihm irritierte, mochte ich ihn sehr gern. Er war ein sehr groß gewachsener Junge mit einem eleganten, ein wenig schlenkrigen Gang, einem kleinen, gutgeformten Kopf mit anliegenden, schönen Ohren. Er trug die Haare sehr kurz, einen festlockigen, dichten, braunen Pelz. Zum Schluß hatte er sich ein Bärtchen stehen lassen, das seine rote Oberlippe ein wenig verdeckte. Wie waren eigentlich seine Augen? Ich habe sie freundlich in Erinnerung, nicht sehr groß, aufmerksam. Nur die Farbe weiß ich nicht mehr. Ich könnte Losie fragen, aber ich will es nicht. Zu der Zeit, übrigens, hieß sie nicht Losie sondern Adriana, ich dachte in meiner Kurzsichtigkeit, daß sie den Namen genommen hätte, weil es ein wenig wie André klang. Adriana. Hadrian. Das war mir nicht in den Sinn gekommen. Und ihr war die Bedeutung lang nicht klar, weil sie so wenig wußte.

Er war homosexuell, auf eine sehr verängstigte, anstrengende, lauernde Weise. Sein Vater wußte zu diesem Zeitpunkt nichts davon. Niemand wußte es. André ging mit Losie aus, machte allen Damen Komplimente und wob ein Netz von unverdächtigen Verabredungen, ein schwarzes Netz aus Schulden und heimlichen Telefonaten, aus Reisen in die nächste Stadt und geschwänzten Seminaren. Später konnte man es sehen, dieses traurige Netz, das er sich hatte machen müssen, damit er in unserer Mitte bleiben durfte. Je steiler die Karriere seines Vaters wurde, desto emsiger und listiger wob André an diesem Netz, an seiner Tarnkappe, unter der er sich und seinen Vater verstecken wollte.

Jeder wußte, wer er war. Er konnte in keins dieser Lokale gehen, man hätte in ihm sofort das Opfer gewittert. Wie sich später herausstellte, hat es ihm nichts genützt, in eine andere Stadt zu fahren. Dabei, glaube ich, sehnte er sich danach, daß sein Vater es endlich wüßte. Er wollte entdeckt werden. Ich reime mir das aus den Geschichten zusammen, die nach seinem Tod in der Stadt umgingen, aus dem, was Salo über Elsbächer und seine Reaktion erzählte.

Adriana – Losie – schien nicht erschüttert, als ich mit ihr über Andrés Homosexualität sprach. Damals war ich wahrscheinlich die einzige außer seinen Liebhabern, die davon wußte. Nein, Losie kümmerte es nicht. Sie hielt es für eine Art Irrtum, etwas Unbegreifliches, nicht besonders Interessantes. Es irritierte sie nur, daß André nicht auch mit ihr Liebe machen wollte, daß aus seinen Küssen nichts wuchs, daß es so eine Mauer gab. Sie hatte erobern ja nicht gelernt, hatte es nicht nötig gehabt. Um ihn warb sie, sichtbar, rührend, zum erstenmal in ihrem Leben. Aber natürlich wußte sie nichts von ihrer Rolle in seinem eiligen, angstvollen Spiel. Sie ahnte nicht, daß sie ein wichtiger Teil seiner Arbeit war, die da hieß, seines Vaters Karriere nicht zu gefährden, sie im Gegenteil zu fördern, seine Achtung zu behalten und das, was der arme Junge für Liebe hielt. Er sprach mit niemandem über seine Probleme, nur manchmal mit mir, weil er mich für ungefährlich hielt.

Ich war zu dem damaligen Zeitpunkt in einen Zustand geraten, der mir heute nicht mehr ganz verständlich erscheint. Ich erwartete ständig, daß sich etwas Unerhörtes ereignen würde. Dafür wappnete ich mich mit Unsichtbarkeit. Ich weiß nicht, was ich erwartete, es scheint mir so lang her, dabei sind es nur vier Jahre. Und so sprach auch André mit mir. Weil ich immer da war, aber unsichtbar, ungefährlich eben. Meine Lautlosigkeit erweckte Vertrauen. Dabei denke ich jetzt, daß ich damals doch hätte mit seinem Vater reden sollen.

Vielleicht bin ich mit meinen Selbstvorwürfen nur in der widerlichen Gesellschaft derer, die sich wichtig machen. Wenn einer sich umgebracht hat, gibt es immer einen Haufen Leute, die sich und andern ihre Versäumnisse aufzählen. Man hätte doch noch mal reden sollen, wenn ich nur gewußt hätte, auf mich hat er doch immer gehört ... es ist Wichtigmacherei. Man räumt sich einen Platz in einem Menschen ein, der sich nicht mehr dagegen wehren kann. Man setzt sich ihm noch im nachhinein auf die Schultern. Anstatt zuzugeben, nichts damit zu tun zu haben, nichts ändern zu können, es nicht einmal sehen zu können, ob einer gehen mag oder bleiben. Und doch denke ich noch heute, daß ich mit Elsbächer hätte reden sollen, ihn auf seinen Sohn aufmerksam machen.

André hatte alles zu tun versucht, wie sein Vater es wünschte und genügte doch nie seinen verschwiegenen Forderungen. Es war etwas so Verächtliches in diesem Elsbächer. Manchmal schaute er drein, als wüßte er genau Bescheid und sei nur zu angeekelt, um eine Bemerkung darüber zu machen. André studierte Medizin, obwohl es ihn schauderte vor allem möglichen, was damit zusammenhing. Er machte seinen Kram mit schrecklichen, tagtäglichen Überwindungen. Er trug ähnliche Sachen wie sein Vater.

Obwohl er eine Neigung zu Farben und weichen Stoffen hatte, sah ich ihn nie anders als in strengem Tweed oder in hoffnungslosem Blau. Er sprach wie sein Vater, begegnete Frauen wie er es tat. Beharrlich verteidigte er den grausamen Einrichtungsstil, den sein Vater für das einzig Wahre hielt und in dem der Junge sich gefühlt haben muß wie eine Schnecke auf einem Nadelkissen.

Er war ja bereit alles zu tun, wenn ihm nur das eine nicht verwehrt würde, sein stummes, wuseliges, anstrengendes anderes Leben. Ich habe ja nicht viel Ahnung davon, wie ein solches Schattenleben abläuft, aber ich hatte bei André immer den Eindruck schmerzhaftester, anstrengendster Vorbereitungen. Keine Entspannung, keine Gelassenheit war je auf seinem Gesicht. Er erzählte mir auch immer, wie verliebt er sei. Einmal sah ich ihn mit einem Jungen in einem Café. Es war ein schnippischer, ein wenig pickliger Junge, und André schaute ihn an, als läge die ganze griechische Sonne in seinen Augen. Vielleicht mußte er sich so ein großes Gefühl zurechtmachen, sonst hätten die ganzen kleinen Elendiglichkeiten nicht ertragen werden können. Er brauchte wohl auch sehr viel Geld. So kam es dann heraus, als seine Schulden wuchsen und die Kredithaie sich nicht immer wieder mit dem Namen abspeisen lassen wollten.

Ich schreibe, merke ich grade, gar nichts über Losie, weil sie eine ungewohnt stumme Rolle in diesem Spiel hatte. Sie beobachtete André, nachdem sie begriffen hatte, daß sie ihn nicht aufregte, neugierig und freundlich. Ich glaube sogar, daß sie die Tragödie gespürt und sich auf sie fast gefreut hat. Vielleicht hatte sie das Gefühl, daß André ihr eine stumme Macht über Elsbächer dadurch gegeben habe, daß sie mehr wußte als der Allwissende, daß sie ihn hätte verletzen können, wenn sie nur gewollt hätte.

André war eigentlich oft mit ihr zusammen und sie lernte viel von ihm. Er war sprachsüchtig, je pfauenfedriger eine Literatur war, um so begeisterter war er. Vathek und Alexander und der Blaue Kammerherr und solche Sachen.

Du hast einen Straßgeschmack, habe ich mal zu ihm gesagt, es ist nicht nötig, daß du sie damit ansteckst.

Das kann ihr nur guttun, sagte er zu mir, die Adriana wird sonst zu trocken. Sie hat noch nie Schmerzen gehabt, da soll sie wenigstens schöne Schmerzen lesen.

Er erzählte ihr auch viel über Studentensachen. Politisch war er, wie alle damals, ein bißchen gegen den Vater, aber nicht so sehr.

Eigentlich ist es mir egal, sagte er einmal zu mir, auch wenn sie die Gesetze abschaffen – wer weiß, obs mir dann noch Spaß macht.

Ich fand ihn frivol, obwohl ich ihn mochte, und trotz meines verständnisvollen Getues war mir doch alles, was mit seinen Gefühlen zusammenhing, sehr weit weg. Ich sage nicht, bei uns hats das nicht gegeben. Sicher hat es das, aber es muß noch einsamer, noch stummer gewesen sein, obwohl ich mir eine größere Einsamkeit wie die Andrés neben diesem Vater, in dieser Stadt kaum vorstellen kann. Elsbächer hatte, so sagte er später, immer größere Summen Devisen in einer Schreibtischschublade, auch Goldmünzen. Da lag das wie ein Köder, eine glänzende Falle, und es blieb André gar nichts anderes übrig, als immer wieder zuzugreifen, bescheiden erst, dann dreister.

Ich habe Elsbächer nie geglaubt, daß er nichts von diesen Berührungen gemerkt hat. Denn das waren Andrés Diebstähle, Berührungen, Rufe. Ich nehme dir etwas weg, willst du mir nicht etwas anderes dafür anbieten! Er machte teure Geschenke, Losies Malachit war eins davon. Er schenkte sich in ihre Nähe. Wenn er gewußt hätte, wie wenig Eindruck das auf sie machte, hätte ihn gefroren. Wie war er eigentlich? Ich erinnere mich, daß er immer gern adlig ausgesehen hätte, daß er auch so sprach, sorgfältig männlich, aber sehr leise. Sein Gesicht begleitete seine Wörter immer mit einem kleinen Lächeln, das hochmütig alle Welt um Verzeihung zu bitten schien. Er entschuldigte sich oft für Belanglosigkeiten. Wenn er einmal wirklich beleidigend gewesen war, tat er es nicht. Losie erlaubte ihm, ein Prinz zu sein.

Da er seine Mutter kaum in Erinnerung haben konnte, umkleidete er sie nach und nach mit allen nur denkbaren Geheimnissen der Herkunft, der Eigenschaften und des Aussehens. Er nutzte seine Chance, Halbwaise zu sein. Nachmittagelang saß er in der Dunkelheit des Winters, bis in die Nacht hinein ohne Licht und erzählte Losie Geschichten über das kurze, farbenprächtige Leben der Gräfin, seiner Mutter. Ich amüsierte mich darüber, bis mir eines Tages kalt wurde, als ich merkte, daß seine Geschichten Fortsetzungen der meinen waren. Ich glaubte mich bei einer Lüge ertappt, der ich auch durch meine Sachen von zuhause nicht mehr auf die Beine helfen konnte. Er hatte eine Lüge entlarvt, meine Lüge.

Ach, sei nicht dumm, sagte Losie nur, als ich es ihr anzudeuten versuchte, er leiht es sich vielleicht einfach aus. Es gehört dir doch nicht allein, das mit den Geschichten!

Aber sie glaubte ihm, vielleicht mehr als mir. Er war ihr näher.

Der Skandal, als Andrés Diebereien aufkamen und sich die Begründungen und die Gründe für Begründungen anschlossen in einem häßlichen Nacheinander, war lautlos und unmerklich. Wie ich es mir gedacht hatte, spielte Elsbächer Verwunderung, Empörung. Er hatte sich sorgfältig vorbereitet. Ich reime mir das aus Andeutungen zusammen, und viel gehört nicht dazu, sich den Rest zu denken.

Er ließ seinem Sohn einfach keinen Ausweg mehr, indem er selbst behauptete, keinen zu haben. Damals begann ja grade die Planung für dieses Ärztezentrum, aus der sich dann so vielfältige ineinander verflochtene Widerlichkeiten ergaben. Es ging um seine Berufung an die Universität. Sein Gebäude aus Reputierlichkeit, das so fugenlos errichtet war, stellte er seinem Sohn als Trümmerhaufen vor Augen. Er hat ihm wohl auch nahegelegt, den Mädchennamen seiner Mutter anzunehmen, der bekannte Auslandsaufenthalt wurde erwogen, die psychiatrische Behandlung, das ganze trübe Arsenal der Eltern.

Nur war es bei Elsbächer nicht Hilflosigkeit, oder Torheit, was ihn gewalttätig werden ließ: Es war sein klares Wissen, daß es ihm wirklich an den Kragen gehen konnte, daß es für ihn lebensnotwendig war, seinen Sohn zu eliminieren. Es kam ihm wohl nur darauf an, die Gefahr in einen Gewinn umzumünzen, Abscheu in Mitleid zu wenden, für sich, nur für sich.

André handelte, wie es von ihm erwartet wurde. Aber er fügte seiner Tat noch ein paar zusätzliche, dramatische Elemente hinzu, er erschoß sich nämlich nicht zuhause sondern im Speisesaal des teuersten Restaurants der Stadt, nachdem er den Oberkellner liebenswürdig gebeten hatte, ein wenig zur Seite zu treten und die Rechnung für den Champagner an seinen Vater zu schicken. Noch eine Woche später sah man dort auf dem Boden die zu braunen Sternen zerplatzten Blutstropfen.

Aber es ging, trotz des Skandals, alles nach Wunsch des Dr. Elsbächer. Gefaßt nahm er die Fassungslosigkeit von Freunden und Kollegen entgegen und sagte immer wieder, daß ihm jetzt nur Arbeit helfen könne. Ich weiß übrigens, daß er an einen der rattigen kleinen Liebhaber seines Sohnes lange Zeit Schweigegelder gezahlt hat – so lang, bis er gegen ihn etwas in die Hand bekam.

Jetzt, da ich die Geschichte für mich noch einmal erzähle, beginne ich einen Gedanken auszuprobieren, nämlich ob sich Losie diesen Zeitpunkt ausgesucht hat, um sich zu verändern. Ob Andrés Selbstmord sie hat flacher werden lassen und härter, sie zugesperrt hat, zunächst unmerklich, aber immer dichter, bis zum heutigen Tag, bis zur jetzigen Stunde? Und ob nicht trotz allem ihr Schuß auf Andrés Vater in der Nacht zum Aschermittwoch ein ebenso lautloser, zaghafter Beginn eines Sichöffnens gewesen sein könnte? Ich habe mir vorgenommen, meine Zeit nicht mit Hoffnung zu vertun. Schon vor dreißig Jahren hab ich mir das vorgenommen, aber die Hoffnung wächst irgendwo immer wieder raus. Dabei ist sie so hinderlich.

Losie war nicht zu trösten damals. Nicht weinend oder verzweifelt war sie, nur wütend. Sie rannte immer wieder gegen das Ereignis an und warf sich dieser Unabänderlichkeit förmlich entgegen, immer und immer wieder. Es war ihr erster Tod, da war ich mir sicherer als bei der ersten Liebe, ein junger Tod mit viel Theater. Ich hatte gehofft, daß sie das von dem trockenen Schmerz abbringen könnte. Aber sie litt wahrscheinlich am meisten unter ihrer Unfähigkeit, Elsbächer zu hassen. Ich sprach nicht mit ihr über Zusammenhänge. Das war nicht nötig, sie wußte alles. Aber sie konnte nicht damit umgehen, sie wußte nicht, wie man trauert und wie man die Wut von der Trauer trennt. Ich beneidete sie fast darum, aber sie rannte gegen ihre eigenen Gefühle. Blind war sie ihrem Traum von einer Tat ausgeliefert.

Vielleicht war ich, was sie betraf, nur deshalb immer so zuversichtlich gewesen, weil ich an ihr nicht schuld war. Ich habe sie nicht gemacht, wir hatten uns, bildete ich mir ein, einander frei genähert. Aber weil ich diese Urschuld nicht spürte, hatte ich auch keine Ahnung, was wirklich mit ihr geschah, als André sich erschossen hatte und als sie sich eine Antwort überlegte. Eine Tat.

Sie hat wahrhaftig lang gebraucht, um sie auszuführen, aber das bedeutet nichts. Die meisten tun es nie, sie fühlen nicht einmal, daß Taten die von ihnen geforderten Antworten sind. Es ist nur so mühsam, herauszufinden, welche. Deshalb ist sie jetzt gelähmt, deshalb hat sie sich zerstören lassen und liegt wieder schweigend in dem gelben Zimmer und sieht nicht hinaus auf die Bäume des Parks. Sie meint, sie sei ganz kurz davor gewesen, vor dem leuchtenden Moment, der die Trauer um André – die Trauer und die Wut, daß es so etwas überhaupt gibt – aus ihr heraustreiben würde mit einem einzigen Ruck. Meine Charlotte Corday. Sie hat sich damals gar keine Namen mehr gegeben. Warum hätte sie sonst auf Elsbacher geschossen? Warum, wenn nicht um ihn zu sich zu bringen und zu seinem toten Sohn, für den sie sich verantwortlich fühlte? Was muten wir den Jungen zu mit dem Erwachsenwerden! Jeden Tag erklären wir ihnen neue, notwendige Verletzungen und nehmen ihnen gleichzeitig jeden Trost. Ihr Trost war die Tat gewesen. Vielleicht. In allem war sie geworden, wie die andern sie haben wollten. Sie strengte niemanden an, sie lebte ohne Geschrei und ohne sonderlich auf sich aufmerksam zu machen. Und in der ganzen Zeit hat sie über eine Tat nachgedacht, die zeigen sollte, daß man ihnen nicht ungestraft jeden Trost wegnehmen kann.

Aber ich mißtraue mir. Ich komme mir auf die Schliche. Ich träume von meiner eigenen Tat, die noch immer in mir schläft und nur manchmal den Kopf hebt. Ich bin schließlich immer davongelaufen, habe mich totgestellt, bin verstummt, ertaubt, erblindet, wenn man von mir wollte, was nützlich und angemessen schien. Ich habe so lang schon kein Alter mehr, keinen Schmerz um einen Mann oder eine Liebe. Ich meinte, daß Schmerz und Liebe ihre Gipfel, ihre Ruhe in diesem Kind gefunden hätten. Das ist nicht wahr. Ich habe vorgegeben das Kind großzuziehen und habe in Wirklichkeit meine ungetane Tat genährt und gehätschelt.

Als André sich erschoß, war sie sechzehn. Erstaunt sahen wir in der Stadt nette junge Leute zu Zügen formiert in Wäldern von Parolen. Damals fings an. In einer Stadt, die Umzüge exotischster Art gewöhnt war, hatten sie es zunächst schwer, ernst genommen zu werden. Man hatte ihnen doch alles schon vorgemacht, dachten die Mittelalten. Das hatte seine Zeit in der Stadt. Wollten sie es jetzt am Ende das ganze Jahr haben? Was auf den Spruchbändern stand, weiß und rot gegen den leuchtenden Himmel, interessierte keinen. Wenn sie es überhaupt lasen, verstanden sie es nicht. Eine ganze Zeitlang schien die Stadt die Demonstrationen unachtsam hinzunehmen, ein wenig verblüfft aber ohne Aggressionen. Wie sollten sie ihnen klarmachen, was sie wollten? Wie sollten sies in diese wohlwollenden, grinsenden Gesichter tun, wie die Hände von Einkaufsbeuteln befreien, um ihnen Flugblätter hineinzustopfen, die sie nicht lesen würden?

Das fing an, als André aufhörte, aufhörte zu leben. Und Losie war sechzehn und kam jetzt oft spät zum Essen, weil sie sich das eine oder andere ansah. Manchmal erzählte sie mir davon. Ich habe es schon zu beschreiben versucht: Sie war deshalb so wenig daran interessiert, weil es etwas war, dem alle anhingen, mehr oder minder. Es hatte sie noch nichts verletzt. Die sprachen immer nur über die Verletzungen anderer Leute und in einer Sprache, die keinen die Verwundung spüren ließ. Der Terror in Persien? Losie spürte ihn nicht. Keiner konnte sie ihn spüren lassen, auch ich nicht, ich gebe es zu. Dabei hatte ich wenigstens noch Schrecken gesehen und eingeatmet und gelebt. Aber nicht um alles hätte ich Wörter daraus machen können. Wie beschreib ich Kälte einem, der noch nie gefroren hat? Es ist eine alte Geschichte.

Ich ging unsichtbar durch die Trauben junger Leute, die sich allsamstäglich vor dem Theater sammelten, und bewunderte sie. Sie schienen etwas zu können, was mir nie gelungen war: Sie schienen etwas zu empfinden, das sie nie erfahren hatten. Das Ausdenken, die Bilder genügten, die Wut zu speisen, den Kampf aufzunehmen. Ich bewunderte und beneidete sie. Aber Losie gehörte mir, und sie war wie ich. Sie konnte es nicht.

Das erste, was sie spürte, als die andern sich noch von fern herantasteten, war der Tod Andrés. Keinen Moment lang wollte sie eine Kundgebung ihrer Wut, eine Erläuterung ihrer Trauer. Sie wollte die Tat, sie wollte sie tun, allein und frei und ganz verantwortlich. Sie war sechzehn und jünger als die jungen Leute. Und sie war älter als sie. In ihrem stummen, wütenden Wunsch war sie ihnen genau drei Jahre voraus. Und drei Jahre hat es ja gedauert, bis sie es tat. Bis sie es geschafft hatte, die Hand zu heben. Ich wüßte gern, ob sie das Ganze jetzt als Fehlschlag empfindet.

Ach, sie hat einfach im Suff, aus Langeweile und zäh

konserviertem, schlampigem Zorn auf jemanden geschossen, in eine Zimmerdecke geschossen, wenn mans genau nimmt. Warum kann ich nicht damit aufhören, eine Heldin aus ihr zu machen, eine von denen, die hier alles in Bewegung versetzt haben, eine von denen, die ein ehernes Prinzip umgewendet zu haben schienen, das Prinzip, daß die Reaktion der Aktion notwendig zu folgen habe? Das war sie doch gar nicht. Sie gehörte nicht zu denen. Und ich kann nicht damit aufhören, aus ihr eine von denen zu machen. Ich verstünde sie dann besser. Kommt es aber darauf an? Von wem darf eine wie ich das Recht zu verstehen einfordern? Ich habe die Welt jahrelang glauben lassen, ich verstünde alles. Dabei habe ich mich nur nicht wirklich für die Welt interessiert. Wie leicht es ist, Unempfindlichkeit mit Weisheit zu verwechseln.

Auch Laudin meint, ich sei die einzige, die Losie verstehen könnte. Er kommt jetzt jeden Tag und freut sich auf seine verquetschte, sparsame Art über die Erfolge, die er bei ihr zu erzielen glaubt. Sie habe sich gekämmt, hat er mir vor ein paar Tagen erzählt, das spreche für ihr erwachendes Interesse an ihrer Umgebung. Sie habe eine Stola umgehabt und sei sogar aufgestanden. Auf ihrem Nachttisch habe er Obst bemerkt und nicht nur die Breie wie sonst. Soll ich ihn enttäuschen? Soll ich ihm sagen, daß all dies nur beweist, wie sehr sie sich für sich, nicht für ihre Umgebung, interessiert? Sie behandelt Laudin wie einen Spiegel, der reden kann. Oder wie einen Zimmervogel. Und er freut sich auch noch drüber und meint sie aufschließen zu können. Vielleicht wälzt er irgendwo hinten in seinem Kopf schmuddlige Vorstellungen über eine Dankbarkeit, die sie eines Tages für ihn empfinden würde. Es ist gut, daß es ihn gibt, weil sie sich an ihm nicht verletzt. Aber ich habe gar nicht drüber nachgedacht, daß er sich an ihr verletzen könnte. vielleicht sogar tödlich. Wieder hänge ich ihr eine Fähigkeit um, von der ich gar nicht weiß, ob nicht ich sie für sie erfunden habe. Ich möchte mich zwingen, sie zu sehen, als sei sie wie alle. Aber sie ist nicht wie alle. Angeblich ist niemand wie alle.

Heute schneit es, einen späten fussligen Schnee, der auf den Wegen liegt und nur langsam von ihnen aufgesogen wird. Die Flocken fallen rasch, wie ausgeschüttet, sie schweben nicht. Mir tun die Blumen leid, die wenigen weißen Blumen im Park, man wird sie gar nicht mehr sehen. Es macht ihnen wahrscheinlich gar nichts aus, aber es tut weh, wenn man etwas nicht beschützen kann. Auf den weißen Wegen gehen nur wenige Patienten, vorgebeugt mit im Wind geschlossenen Augen. Sie nennen sie hier Gäste, aber man sieht an ihrem Gang, was sie haben. Die meisten haben den durch Tabletten verlangsamten Schritt. Es sieht immer so aus, als müßten sie durch Gelee waten. Ihre Gesichter sind angestrengt, man sieht, daß sie jeden Moment Mühe haben sich daran zu erinnern, wo ihr Ziel ist. Sie denken vielleicht gar nicht darüber nach, wo sie sind.

Es ist übrigens merkwürdig, wieviele Verrückte es in den guten Familien gibt und wie freundlich sie sind. Aber das war schon immer so, nur waren die Verrückten früher viel aktiver und viel kostspieliger. Ich kann mich erinnern, daß es immer wieder Geschichten von irgendwelchen Onkeln oder Cousinen gab, deren Gewohnheiten lang als bizarr hingenommen wurden, bis es ein bißchen zu weit ging und man sich zögernd zu einer medizinischen Erklärung entschloß. Aber was durfte ihnen bis dahin alles einfallen! Expeditionen, üppige, melancholisch-schöne Orgien, Todes- und Lebensspiele. Und wir hatten was von unseren Verrückten, wir hatten ihre Geschichten und malten unser eigenes Leben ein bißchen damit an. Ich habe den Eindruck, da ist heute nicht mehr viel übriggeblieben. Sie waten durch diesen Park, haben cremefarbene und blaue Zimmer, fade Ärzte und fades Essen und werden nicht gebraucht. Es ist schade, aber was täten die heutigen Familien auch mit Geschichten. Sie würden ja nur stören.

Der Schnee fällt dichter, aber die paar dunklen vorgebeugten Gestalten auf den weißen Wegen scheinen es nicht zu spüren. Es sieht aus, als ob es um sie herumschneit. Aus Losies Zimmer höre ich ein Rascheln wie von Buchseiten. Ich wage nicht hinüberzugehen und zu schauen, was sie liest. Wahrscheinlich eine von diesen Weiberzeitungen, die sie früher nicht angerührt hätte. Aber sie ist jetzt sehr erfinderisch darin geworden, sich vor Schmerzen zu schützen. Die Bilder, die Ordnung der hübschen Leiber, das fotografierte Essen scheinen ihr gutzutun. Wenn ich nur wüßte, was sie da ausheilt und ob sie es überhaupt tut. Vielleicht ist sie doch so, wie ihre Mutter sie haben wollte. Vielleicht ist sie wie ihr Vater. Vielleicht hat sie überhaupt nie gewußt, wer ich bin.

Ich habe vor ein paar Tagen die Sache mit dem Ärztezentrum aufgeschrieben, dessen Plan zu dem Zeitpunkt auftauchte, als Elsbächers Sohn André sich getötet hatte. Ich spüre meiner eigenen Erinnerung nach und versuche, die Lücken auszufüllen. Von derlei Planungen und Projekten habe ich nie etwas verstanden. Nicht weil ich zu dumm wäre, um etwas davon zu begreifen, sondern weil mir da die väterliche Verachtung noch in den Knochen sitzt. Außerdem hatte ich, wenn ich Gesprächsfetzen über Projekte mitbekam, immer ein sehr vages, ungreifbares Gefühl von Schäbigkeit und Illegalität. Natürlich bin ich mir meiner Lebensuntüchtigkeit bewußt. Ich habe nicht das Sportive, das für das Große Geld wichtig ist. Aber ich partizipiere. Ich habe Nutzen davon, daß andere so sind. Sie bezahlen mich für meine Verachtung. Das war schon von Anfang an so. Es ist auch gar nichts Neues, daß man von der Verachtung gut und ruhig zu leben vermag, wenn man ihr nicht die Tat folgen läßt, ja auch nicht davon träumt. Ob sie da ganz sicher sein können, das spüren die Verachteten. Ich will nicht sagen, die Verächtlichen oder die Verachtungswürdigen, denn ich war mir da eben nie so sicher und habe gerade deshalb von Taten nicht einmal geträumt.

Ich erinnere mich an eine Nacht in meinem Zimmer, André war grade begraben und ich saß da, trank einen Sherry und noch einen, las und spürte die Sicherheit dessen, der als einziger in einem Haus noch wach ist. Aber ich hatte mich getäuscht. Meine Tür öffnete sich, Salo kam herein, ruhig, aber nicht betont leise. Ich erschrak nicht. Er tat das so gut wie nie, ich wußte, daß er einen Grund hatte und daß er Zeit brauchen würde, um auf seinen Grund zu kommen. Das hatten sie ihm beigebracht, die Leute, mit denen er jetzt umging, die Offiziellen, daß er niemals gleich sagte, was er wollte. Er baute sich immer erst ein paar Wortgitter, hinter die er verschwinden konnte, wenn irgendwas schieflief.

Ich bot ihm was zu trinken an. Er nahm es, setzte sich in den Sessel, bewunderte meine sparsame Einrichtung. Ein bißchen schmal, sagte er, deutete mit dem Kinn auf mein Bett, auf dem ich saß, und wußte dabei wohl nicht, daß diese kleinen Witze in einem bestimmten – meinem – Alter ziemlich schmerzhaft sind.

Kein Grund, daß es breiter sein müßte, sagte ich vielleicht zu böse. Er lächelte fast scheu.

Du hasts de Männer ja nie leichtgemacht, sagte er entschuldigend, bei dir hat mer immer Angst, es Hemd tät rausgucke oder mer sacht e falsch Fremdwort!

Jetzt kriegte er die Kurve, ich sah es, wie auf seinem fleischigen Gesicht die Linien von der Nase zum Kinn plötzlich tiefer wurden, wie er das Kinn an den Hals zog und die Augenbrauen sich in einer Falte über der Nasenwurzel trafen, kurz: Er wurde bedeutend.

Deshalb käme er eben auch zu mir, sagte er und wurde leider wieder hochdeutsch, ich sei eine kluge Frau und es gäbe ein paar geschäftliche Entscheidungen, mit denen er sich ein bißchen allein fühle – nicht, daß er Angst hätte, dazu kennte ich ihn ja wohl zu gut. Aber er wolle einfach einmal alles erzählen, die ganze Geschichte, jemand Neutralem, damit er selber einen Überblick gewinnen könnte.

Ich wand mich ziemlich, glaube ich. Berechnungen und

Abläufe dieser Art schläfern mich unweigerlich ein, wenn mich nicht so ein ganz bestimmter Ekel oder mein Mißtrauen wach hält. Das habe ich ja schon gesagt.

Warum redest du nicht mit deiner Frau drüber, fragte ich ihn, eigentlich ist die doch die richtige Adresse?

Ich habe ihn noch nie so aus dem Stand wütend werden sehen.

Bild dir ja nicht ein, schrie er, daß ich mich zwischen den Weibern hin und her schicken laß, nur weil ihr alle zu faul seid, drüber nachzudenken, wo euer Fressen herkommt und euer Klamotte. Von nix isses net. Wieviel Jahr soll ich mich noch wegschicke lasse, wenn ich erklärn will un wisse, ob ichs noch derf oder schon net mehr?

Er machte uns nach, hämisch und im höchsten Maß verzweifelt. Er machte mich nach und seine Frau, vielleicht auch seine Tochter. Er zerrte alle Frauen der Welt in seine zerquetschte, verzweifelte Stimme.

Erzähl mirs ein andermal, Liebling, höhnte er – und ihm stand Wasser vor Anstrengung in den Augen –, du weißt doch, daß ich nichts davon versteh! Ich krieg Kopfweh! Daß du dich aber auch mit all dem schwierigen Kram herumschlagen mußt! Bitte, Schatz, ich bring so Sachen immer durcheinander!

Immer schneller preßte er die vertrauten blödsinnigen Angstsätze heraus. Er lieh sich unsere Münder, unsere Angst- und Abwehr- und Faulheitssätze. Ich schämte mich ziemlich in der Nacht, während er mich ganz außer sich anstarrte und anschrie.

Jetzt sitz ich hier, sagte er auf einmal ganz ruhig, in meinem eigenen Haus und bettel, daß man mir mal zuhört, dabei lebst du von mir wie die andern, wie die andern. Oder willst du auch sagen, daß du zu blöd bist um zu verstehen, wenn man was für drei Mark käuft, für fünf Mark aufmöbelt und dann für fuffzig verkäuft? Verstehste des aach net? Eigentlich versteht des jed Schulkind!

Da war es wieder, das Schäbige, von dem ich immer

dachte, es habe irgendetwas mit Verbotenem zu tun, aber der Art von Verbotenem, die alle machen, mit der sozusagen schon gerechnet wird. Ich ließ ihn jetzt einfach reden und erwiderte nichts, ich schaute ihm zu, wenn er erzählte, und eigentlich war das wirklich alles ganz einfach und auch genau so widerlich, wie ich mirs gedacht hatte.

Wer alles dazugehörte, weiß ich heute nicht mehr. Sie hattens nur so eingerichtet, daß jeder, der in dem Zusammenhang mit dem Ärztezentrum irgendwas zu genehmigen oder zu erlauben hatte, gleichzeitig auch mit dem Ding selber zu tun haben mußte, ob das der Mann vom Bauamt oder vom Ordnungsamt oder sonst irgendeiner Behörde war. Zwischendurch wunderte ich mich, wie selbstverständlich Salo darüber sprach und wie ruhig er annahm, ich wüßte davon. Das war wohl kein Bauland, wo das Ding hinsollte. Und dann wurde es, oh Wunder, doch Bauland, nachdem sie es ganz billig gekauft hatten, das Konsortium, wie Salo immer ganz hochtrabend sagte, als würden sie davon anständiger. Irgendwie sind diese Vorschriften schon so gemacht, daß sich derart mit ihnen umgehen läßt, glaube ich. Aber eins hörte ich schon damals raus und begriff es nicht. Sie wußten alle, daß niemand so ein Ding brauchte. Aus Gründen, die mich damals nicht interessierten und über die ich nicht nachdachte, kam es nur darauf an, das Ding so groß wie möglich zu bauen. Elsbächer hat sich oft drüber ausgelassen, mit seiner schönen Stimme, die einen so viel glauben ließ von dem, was er sagte.

Irgendwie hatten sie alle damit zu tun, die schwarzen Herren des Komitees, die einander so glichen. Einer machte tausend Kloschüsseln und ein anderer tonnenweise Bettwäsche. Sie hatten das Ding ordentlich unter sich verteilt, noch bevor ein Stein auf dem andern stand. Jetzt – aber jetzt erst und das ist immerhin fast vier Jahre her – lugt hin und wieder das Wort Millionenpleite, und in einer andern Zeitung sogar Millionenschwindel, hervor. Dabei hatten sie alle so einig und sicher und würdig ausgesehen an ihrem hohen Tisch mit ihren Kronen auf dem Kopf. Wie sie sich aufgerichtet hatten in ihrer Fanfare! Jedesmal, wenn die Bläser loslegten, wuchsen alle mit einem Ruck. Sie waren nicht lächerlich, obwohl sie den Verein doch der alljährlichen Lustigkeit geweiht hatten, sie waren eher furchteinflößend. Unsichtbar stand hinter ihnen ein riesiges, in seiner Nutzlosigkeit fast beeindruckendes Gebäude.

Manchmal habe ich überlegt, ob das ihre Ersatzgebäude sind für Tempel oder Pyramiden, diese riesigen, leeren unbrauchbaren Steinhaufen. Ich glaube gar nicht, daß sie nur geil aufs Geld sind. Man kann auch mit weniger großen, störenden, sichtbaren Sachen viel Geld machen. Ich glaube, daß sie auch jetzt, wo einige von ihnen ins Rutschen kommen, einige schon gefallen sind – aber tief fallen die nie – daß sie auch jetzt noch immer stolz sind auf den Saurier von Gebäude, der da leer und brüchig in der Landschaft steht. Auch Elsbächer, der sie alle hingerissen und beredet und mit Wissenschaft gefüttert hat, bis ihnen die eigene Wichtigkeit und Weisheit aus den Ohren quoll, auch er ist noch stolz auf das Ding mit den schweigenden Apparaten und den leeren Kabelbündeln, durch die nie etwas fließen wird.

Von alldem wollte Salo reden, in der Nacht, als sie noch am Anfang waren. Ich ließ ihn, aber ich hörte nicht zu. Ich war plötzlich so ekelhaft weiblich. Die Sache machte mir Angst und ich überließ sie gern ihnen, den Männern. Ich habs nicht dabei bewenden lassen, das war ich mir schuldig, aber auch jetzt noch kostet es mich Überwindung, das alles zu durchdenken. Es sei alles ganz einfach, sagte Salo in jener Nacht, ihm sei nur flau von der Höhe der Summen, die von allen Seiten in das Projekt flössen. Wie einfach es sei Geld aufzutreiben habe er immer noch nicht verstanden. Unter dem festen Fett seines Römergesichts wurde für kurze Zeit Salaud sichtbar, der magere kleine Schrottschieber und Franzosenfreund.

Geld? Ich glaube, daß es ihm noch immer nicht wichtig ist. Sachen sind ihm wichtig. Sachen und Eigenschaften. Er weiß so genau, daß er was er liebt nicht kaufen kann. Deshalb kauft er alles drumherum, bis er das, was er liebt, eingekesselt hat. Er liebt seine Tochter und weiß, daß sie ihm nicht gehört. Aber er hat dafür gesorgt, daß ihm alles um sie herum gehört, ihre Steine, ihre Wege, das worauf sie Blicke wirft, ihre Gesundheit, selbst ihre Ausbrüche, selbst ich und meine Geschichte. Salo versuchte in der Nacht auch, mit mir über Andrés Tod zu reden. Aber da wurde ich feindselig. Vielleicht hat meine Feindseligkeit eher mit seinen Projekten zu tun gehabt als mit seiner flachen, trockenen Betroffenheit über Andrés Tod, eine Betroffenheit, die ich ihm nicht glaubte. Aber ich begriff, daß die Art der Projekte dieser Männer etwas mit solchen Gefühlen zu tun haben muß.

Ich hab das nicht wie eine Erleuchtung in dieser mühsamen Nacht erfahren. Es kam ganz allmählich, immer wieder. Zum Beispiel wenn ich sah wie die Stadt und der Fluß von diesen grauen Sauriern unaufhaltsam beengt und bedrängt wurden. Als sie ihre Tadj Mahals, Pyramiden und chinesischen Mauern bauten, haben sie Menschen in diese schrecklichen Projekte hineingemischt wie Sand. Keiner hat sich drum gekümmert, keiner getrauert. Zorn oder Ekel vor dem Entstehen von Größe wird überlagert von Schönheit und Maß. Es kann sein, daß diese Monumente beides haben, weil man sie aus Liebe gebaut hat und aus Sehnsucht, nach einem Gott oder einer toten Geliebten.

Sie haben auf jeden Fall über sich gegriffen, die das gebaut haben. Der arme Elsbächer aber mit seinem Ärztezentrum! Nicht einmal der dümmste Modernist wird in zweihundert Jahren, wenn er es anschaut, die Gemeinheit der Entstehung übersehen können. Es wird genau so gemein aussehen, wie es entstanden ist. Was hätten sie von sich auch hineintun können, in die Pläne und in die Steine? Immer nur den Zwang. Dabei weiß ich, daß Salo einmal etwas Schönes hätte bauen mögen. Deswegen hat er sich ja an den Klerus gehalten. Aber die bauten ja auch nur noch Dinger, die aussahen wie Lastwagengaragen.

Vielleicht habe ich in dieser Nacht Salo den entscheidenden Stoß gegeben, als ich mich weigerte, ihn zu verstehen oder seiner seltenen Nachdenklichkeit zu folgen. Er war danach, als hätte er ein für allemal etwas aufgegeben, als hätte er beschlossen, niemanden mehr zu schonen und über niemanden mehr nachzudenken.

Irma hat gemerkt, daß mit ihm etwas anders geworden war. Aber sie konnte nicht auf die Gründe kommen, sie sah die Gefahr nicht, sie paßte sich ihm an und bemühte sich, die Dame zu werden, die er zur Frau haben wollte. Sie arbeitete wirklich daran. Sie wußte, daß ich sie nicht ernst nahm, und sie fragte mich trotzdem immer wieder. Sie setzte sich meiner Verachtung aus wie einem Regen, immer und immer wieder.

Dabei konnte ich ihr gar nichts sagen, was sie hätte brauchen können in diesem Kreis, der jetzt immer enger wurde, der sich Lokale und Sportarten und Urlaubsorte und Modegeschäfte zulegte, als könnten sie damit Väter und Urgroßmütter und Landschaften ersetzen. Ich hab mir damals oft gesagt, daß sie nichts dafür können, wenn sie es nicht haben, man sucht sich das ja nicht aus.

Es sind übrigens ziemlich alle im Komitee des Clubs, die seit damals, seit Andrés Tod, seit dem Beginn des Projekts, seit dem Anfang der Unruhen in den Straßen, zu einer gewissen Gemeinschaft geworden sind, diese Männer, die alle in irgendeiner Art mit Bauen zu tun haben und ihre Frauen, von denen Irma noch eine der Angenehmsten ist. Alle haben sie Kinder. Ich kenne sie kaum, sie haben ihre eigenen Ecken. Aber Losie sollte einbezogen werden und wurde es auch. Und ich sitze jetzt hier und begreife nicht, daß ich nicht gemerkt habe, wie sie sie langsam in ihr Lager dirigierten. Ich verstand nicht was diese Männer dachten, wenn sie sie sahen, und warum sie sie zur Prinzessin haben wollten und auch machten. Schmücken und anziehen wollten sie sie, wie eine Kunstfigur sollte sie vor ihnen stehen. Man darf solche Männer wie Elsbächer und Salo und Reininger und Wertmann und wie sie alle heißen nicht für dumm halten.

Eigentlich habe ich keine Lust, die Männer zu beschreiben. Ich kenne sie auch nicht alle. Aber ich darf nicht so tun, als seien sie alle gleich, das sind sie nämlich nicht. Losie hat, glaube ich, damals viel deutlicher als andere gespürt, daß diese Männer nicht nur Väter waren, sondern auch Fürsten oder Henkersknechte, Peitschenschwinger, Drahtzieher und an Drähten gezogene. Die Herrschenden nannten die jungen Leute sie. Ach die hatten bisher ja nur Väter kennengelernt, dabei gab es viel Schlimmeres.

Ich versuche die ganze Zeit, mich an die Gespräche zu erinnern, die ich mit ihr über die Demonstrationen und die verschiedenen Gruppen hatte. Ich hatte sie wohl gefragt, wen sie bewunderte, ob sie es überhaupt tat und warum sie sich einer Rolle in diesem neuen Spiel entzog. Denn es waren ja wohl die mehr oder minder unsichtbaren Kinder dieser Männer um Salo und Tausende von anderen ähnlichen Vätern, die sich da auf den Weg machten. Von einigen wußte ich es sogar. Man flüsterte drüber, Irma erzählte mir im Ton des Unverständnisses davon. Ich glaube aber, daß es ihr lieber gewesen wäre, Losie hätte auch so etwas mitgemacht und sie hätte sich an dem besorgten Gequatsche der Frauen und der aufgeplusterten Kampfhaltung der Väter beteiligen können. Losies Lautlosigkeit, ihre unauffällige Rundumneugier, ihre Ausweichtaktiken, wenn man sie etwas fragte, waren ihrer Mutter unheimlich. Losie war ja, sagte sie mir einmal, schon immer irgendwie anders.

Aber die brütet was aus, du wirst schon sehen. Auf einmal gehört sie zu denen, und wir haben gar nichts gemerkt.

Ich lachte sie aus, aber das Lachen wurde nichts Rechtes, weil ich nicht wußte, was ich lieber wollte. Mein Kind behalten, so leise und überraschend wie es war, wie es all die Jahre gewesen ist? Oder wollte ich eine Heldin, eine Weiße Rose für irgendeine Sache, egal welche? Wollte ich eine die hinausgeht und unerbittlich ist und immer recht hat, weil sie noch so jung ist und wir so schuldig? Ich habe es schon gesagt: Ich dachte an meine ungetanen Taten.

Meine Generation war da nicht besonders rege gewesen, weil das einzige, was sie wußte, die Tatsache war, daß da nicht gespielt wurde. Man war nicht heldenhaft, weil schnell gemordet und ekelhaft gestorben wurde. Die wissen ja heute immer noch nichts davon, haben nie etwas gewußt. Das habe ich nie verstanden. Wenn sie alle den Hitler verabscheut haben, von KZs und Morden aber gar nichts wußten, also auch keine Angst zu haben brauchten, warum haben sie ihn dann nicht zum Teufel gejagt? Wenn ich das frage, schauen sie, die ich frage, immer ganz verdutzt und anklagend auf die Falten in meinem Gesicht. Ich verletze die Spielregeln. Sie glauben, daß ich zu ihnen gehöre. Warum rede ich dann wie eine Feindin? Ich habe, fällt mir auf, eigentlich nie wirklich irgendwo hin gehört, nach meiner Kindheit und Jugend, die mir so weit weg erscheint, ein winziger leuchtender Punkt am Horizont. Deswegen habe ich auch nie jemanden wirklich gestört.

Letzte Nacht muß sie hier im Salon gewesen sein. Ich habe so fest geschlafen, daß ich sie nicht gehört habe. Der Zettel lehnte an einer Vase auf dem kleinen Tisch. Ihre Zettel werden übrigens länger, ihre Schrift hat sich aufgerichtet, sie kriecht nicht mehr so übers Blatt. Ob das an Laudin liegt, daß sie doch wieder zu sich kommt? Ich kann es mir nicht vorstellen, ich glaube viel eher, daß so etwas von allein geschieht. Ein Schorf setzt sich drüber und fällt ab, ein neuer kommt, und jedesmal sieht die Haut drunter ein wenig mehr aus wie früher. Die Psychiater haben ja auch nur Wörter und Tabletten und ihre eigene Angst, wenn sie ihren Kunden immer ähnlicher werden. Laudin lacht über mich, das tut er ganz selten, mit starren Lippen hinter dem Bartvorhang. Er denkt wohl, daß sich Lachen nicht gehört in seinem Beruf.

Sie sind die theoriefeindlichste Frau, die ich je gesehen habe, hat er neulich zu mir gesagt. Glauben Sie denn, daß alles von allein geht, daß man nichts beeinflussen kann oder erkennen?

Das hätte er mich nicht fragen sollen. Ich war es ja, die das Mädchen hat wachsen lassen. Und ich mache mir dauernd darum Gedanken, ob wir deshalb hier sind. Aber ich denke, daß sie nicht zuviel in Ruhe gelassen worden ist, sondern zu wenig. Daß sie nicht zu wenig Widerstand gefühlt hat, sondern zuviel. Ich habe das Land, in das ich sie habe hineinwachsen lassen wollen, ja selber nicht gesehen. Das Sichtbare war mein Feind. Ich konnte nur immer auf mein Wissen vertrauen, daß es nicht so bleiben müsse, wie es ist, daß es leuchtender und leidloser werden könnte.

Als sie noch jung war, hat sie es ja gefühlt wie ich. Aber ich habe das Sichtbare unterschätzt. Es war viel stärker, als ich geglaubt hatte, es hatte Schönheiten, die ich nicht begriff, es zog ihre Neugier an. Ach, der Zettel:

> ich glaub langsam mir faulen die Beine ab
> oder der Kopf, ich komm mir vor wie ohne
> Knochen, eigentlich habe ich Lust, von einem
> Ort zum andern zu fahren ich will Duke reiten,
> meinen alten Gaul, sag nicht es ist Deiner.
> Was sollen wir tun? Bestell mir ein richtiges
> Frühstück, irgendwas muß passieren, irgend-
> was muß passieren. Ich mag auch nicht dauernd
> dich im Nebenzimmer merken. Ich

Aus irgendeinem Grund hat sie aufgehört zu schreiben. Seit diesem Aschermittwoch bringt sie gar nichts mehr zu Ende. Keinen gesprochenen Satz, keine Mahlzeit. Sie raucht keine Zigarette zu Ende, sie trinkt kein Glas aus, sie ißt keinen Teller leer, sie sagt keinen Satz zu Ende. Nicht, weil sie die Kraft verließe oder die Lust oder der Mut, sondern weil sie sich die Mühe nicht machen will, als lebte sie von allerletzten Reserven, als nähe sie einen ringsum verschlissenen Stoff immer wieder. Sie erscheint mir so alt wie ich es nie war. Und trotzdem kommt unter der Grobheit, die sich in den letzten Wochen und Monaten über ihr Gesicht gelegt hat, nach und nach wieder sie selber hervor.

Eigentlich ist jetzt der Moment, wo ich aufhören müßte, über das was war nachzudenken. Als ich mit diesem Heft anfing, habe ich mir vorgenommen, es zu unterbrechen wenn ich glaubte, daß sie mich wieder brauchen kann. Ich wollte es sofort beenden, wenn ich das Gefühl hätte, daß sie weitergeht, daß wir diese Zeit der Kampagne hinter uns gebracht haben, diese vielen Kampagnen. Aber nun ist es vielleicht soweit, und ich kann nicht, ich kann mich nicht lösen und den Kopf wieder in eine neue Richtung wenden ohne mich umzuschauen.

Ich habe das Gefühl, ich sei bisher erst ans Ufer der Gefahren gekommen, von denen sie umgeben ist. Ich beginne zu spüren, daß nicht nur sie bedroht ist und ich sicher sein kann, sondern daß es vielleicht umgekehrt ist. Meine Unscheinbarkeit schützt mich nicht mehr so wie früher. Je mehr ich spüre, daß Losie dieses Haus und diesen Park verlassen will, desto enger klammere ich mich an die matten Farben, an den ewig gleichen Blick aus dem Fenster, an die Lautlosigkeit und die wunderbare Langeweile.

Ich verstehe gar nicht, was da plötzlich mit mir los ist. Ich müßte es eilig haben, mich um Losies Schule kümmern und um Elsbächers Schweigen. Ich müßte dafür sorgen, daß sich der Aschermittwoch seines Namens würdig erweist, daß, wie es in diesem schönen albernen Schlager heißt, alles vorbei sei. Ich müßte Losie helfen, einen Schlußstrich zu ziehen. Aber ich kann es nicht. Ich stehe in einem halbdunklen Haus mit unendlich vielen Räumen. Ich kann nicht aufhören, in einen nach dem andern hineinzuschauen, hastig und voller unstillbarer Neugier. Ich renne in meinen Erinnerungen hin und her und will aus ihnen ein Netz machen, ein zähes, unzerreißbares Gewebe.

Will ich Losie damit schützen? Oder will ich sie darin fangen? Ich weiß nur, daß ich im Moment Angst habe vor den Zeichen ihrer Gesundung, vor dem Aufkeimen ihrer früheren Eigenschaften. Dies ist ein Ort, der ganz dazu gemacht scheint, mich vergessen zu lassen, daß Zeit vergeht. Im Park sind genügend immergrüne Bäume, so daß die Winterfarben nie ganz deutlich werden. Eine gleichbleibende Wärme hüllt alle, die hier leben, ein und macht sie einander ähnlich. Und auf den Himmel braucht man ja nicht zu achten. Mein ganzes Leben im Haus meines Arbeitgebers war darauf eingerichtet, das Vorbeigehen der Tage nicht schmerzhaft wahrzunehmen. Mein Leben, nicht das der andern, die da wohnten und denen das Haus gehörte. Mein Körper hat da immer mitgespielt und tut es noch. Mein Gewicht ist seit bald vierzig Jahren das gleiche, ich bin auch jetzt nicht kleiner als früher, die Verwitterung meiner Haut nehme ich kaum wahr, weil ich die Hilfe ihrer Schönheit schon seit langem nicht mehr benötige.

In diesem vermeintlichen Stillstand der Zeit sind meine Gedanken in eine rasende Bewegung geraten, ich komme ihnen kaum nach und zwinge sie immer wieder auf das Papier, ein Stillstand auch für sie, ein Ort der Bewegungslosigkeit. Es ist mir ganz recht, daß Losie neben mir verharrt. Es macht mich ängstlich, daß mich seit kurzem aus dem lautlosen Nebenzimmer etwas erreicht, das ich mir nicht erklären kann – wie Wellen eines Bewegungswillens, Vorzeichen des Wunsches nach einem Aufbruch. Ich möchte ja, daß sie wieder lebendig wird, nachdem ich sie schon ausgesaugt geglaubt hatte. – Aber ich mißtraue der Lebendigkeit immer mehr, wenn ich mir auch die Art des Mißtrauens nicht vorstellen kann. Es ist nicht die Angst, etwas Neues könnte sich ereignen, eher das Gefühl, daß etwas Neues nicht möglich ist und daß mein Kind, wie vorher, mit dem Kopf ans Banale rennt, ans schon Dagewesene, ans Ergebnislose.

Ich sagte, das Zimmer neben mir ist lautlos, aber das

stimmt nicht mehr, denn wenn ich mich anstrenge höre ich etwas. Ein unbestimmbares Rascheln, ein Gehen auf bloßen Füßen, ein Geräusch wie Flügelschlag an einer Fensterscheibe. Wenn ich hineingehe, liegt sie im Bett, manchmal sitzt sie am Fenster, aber sie rührt sich nicht. Wenn ich nur wüßte, was ich da höre. Vielleicht ist es das Geräusch ihres Abschieds von mir. Habe ich wirklich ernsthaft gehofft, sie ganz frei und unbeeinflußt in meine eigene Bewegungslosigkeit hineinwachsen zu lassen, eine Gefährtin zu haben für meine Leblosigkeit und meine hochmütige Langeweile? Ein kleines Fräulein Freitag auf meiner mit Fabergéeiern, Spitzenschals und Familienbildern bewachsenen Insel?

Heute kam Laudin, um uns eine Einladung zu überbringen. Er hatte dafür ein fremdes Gesicht aufgesetzt. Er bemühte sich, lässig und lächelnd jede mögliche Angst vor Veränderung, vor Aufregung im Keim zu ersticken. Es sei im Sanatorium üblich, die Gäste einander behutsam ein wenig nahezubringen. Man habe in früheren Jahren die Erfahrung gemacht, daß eine Geselligkeit, die der im normalen Leben gliche, den Rehabilitationsprozeß fördere. Ich habe mir die Bemerkung verkniffen, daß ohne die Geselligkeit im normalen Leben ein paar von denen, die hier sind, gar nicht hierhergekommen wären. Aber ich habe es nicht gesagt weil ich glaube, daß er das selber weiß. Es ist wohl an ein gemeinsames festliches Abendessen gedacht, mit Tanz anschließend. Das Verhältnis, er meine natürlich das zahlenmäßige zwischen Herren und Damen, sei zur Zeit besonders günstig. In der letzten Zeit seien doch sehr viel mehr Herren gekommen, Herren, von denen man es gar nicht annehmen würde, daß sie Patienten seien. Es fehlen sicher noch ein paar, dachte ich. Aber es ist schon gleich, ob sie draußen oder drin sind. Die gefährlichen sind eher draußen.

Wir sind zusammen in Losies Zimmer gegangen. Sie sah aus, als hätte sie uns erwartet. Im Schneidersitz saß sie in dem großen Sessel am Fenster. Sie hatte sich, wann, weiß ich nicht, angezogen, Hosen und Pullover, dunkel. Ihr Haar sah lebendig und schön aus auf der Wolle des Pullovers. Sie lächelte, eine Sonderanfertigung von Lächeln für Laudin, dessen Bart ins Zittern geriet als er sie anschaute. Sie kanns noch, dachte ich, sie hats nicht verlernt. Wie einer im Gefängnis Stickereien aus Haaren oder Kathedralen aus Streichhölzern macht, so hatte sie sich dieses Lächeln gemacht. Normalerweise wäre es ihr nicht der Mühe wert gewesen.

Es sei gut für sie, so fing er an sie zu überreden, ein kleines Fest, ein wenig Tapetenwechsel. Sie müsse sich doch wieder ein bißchen in die Welt begeben.

Da lachte sie zum erstenmal seit Monaten richtig laut, ihr Taubenlachen, ihr schönes, tiefes, trockenes Lachen. Nennen Sie das hier Welt, Sie Armer, sagte sie zu ihm – und ich bangte um Laudins Leben, so wehrlos geriet er in ihren Sog –, aber wenns nichts anderes gibt, gehen wir eben in Ihre Sorte Welt morgen abend!

Sie hat mich nicht gefragt, ob ich einverstanden bin. Deshalb fing ich an zu maulen, aber nur deshalb. Sie soll sich nicht einbilden, daß sie über meinen Kopf hinweg alle Fäden wieder zusammenknoten kann als wäre nichts geschehen. Und dann gab sie mir eine andere Sorte Lächeln aus ihrem Repertoire. Ich erkannte es wieder, es war das »Ich weiß, was du jetzt denkst«-Lächeln.

Komm, sagte sie, du hast doch auch Lust. Und wenn er sagt, es ist gut für die Therapie, kannst du gar nicht nein sagen.

Ich konnte nicht aufhören. Der Karneval ist vorbei, sagte ich, willst du ihn wieder anfangen?

Er fängt doch von ganz allein immer wieder an, antwortete sie nach einer Pause, wenn er überhaupt je aufhört. Du hast es mir nur immer eingeredet, daß ich es selbst bestimmen kann. Das ist ja gar nicht wahr. Er geht immer weiter, auch wenn ich in einer Ecke sitze oder eingesperrt bin. Irgendwo geht er immer weiter. Warum nicht hier? Hier kann doch nichts passieren. Hier ist doch alles schon passiert. Das ist ein Karneval im Karneval. Nicht wahr, Justus, sagte sie zu Laudin, ein therapeutischer Karneval im kranken Karneval.

Wie sie Justus zu ihm sagte, bekam er rote Augen und machte ein Gesicht, als müsse er aufstoßen. Erst jetzt sah ich, daß sie während des ganzen, langen Gesprächs mit ihren Steinen gespielt hatte, die offen vor ihr auf dem Tischchen lagen, ein glitzerndes, leise klirrendes Hügelchen. Auch Laudin schaute jetzt hin, er konnte seinen Blick gar nicht mehr von dem bunten Hügelchen wenden, in dem einige seiner Jahresgehälter versteckt waren.

Also Sie kommen? fragte er.

Wir kommen, sagte ich. Wenn es ihr nicht bekommt, können wir ja früher gehen.

Das Fest ist vorüber. Etwas ist geschehen, aber vielleicht bilde ich mir das auch nur ein. Ich konnte den ganzen Abend nicht aufhören, an andere Feste zu denken, und so haben sich mir die Bilder übereinandergeschoben. An die Ritterschaftsbälle vor dem Krieg mußte ich denken und an die letzten Fastnachtsbälle, durch die sie schon ganz blind und zerzaust hindurchgeirrt ist. Dabei hatte dieses bunte, leise Verrücktenfest mit beidem nichts zu tun.

Kleine Tische standen im Foyer, Kerzenlicht, und die obligatorische Tanzfläche, an deren Stirnseite einer mit so einem elektrischen Instrument saß, das ein ganzes Orchester nachmachen können soll und doch nicht wie etwas klingt, wie was, das mit Musik zu tun hat, klingen sollte. Nach einer gewissen Zeit stört das Gedudel nicht mehr, und wenn man tanzt, hilft es, die Schritte in Ordnung zu halten. Sie hatten ein kaltes Buffet aufgebaut. Das war das einzige, womit sie die Leute zum Aufstehen zwangen. Und manchmal begannen zwei miteinander zu reden, weil ihre Teller über der Lachsplatte oder dem Rehrücken aneinandergeklirrt waren.

Losie schwieg. Als ich sie bat, etwas anderes anzuziehen, schaute sie mich an.

Ich geh so, sagte sie. Das kannst du nicht verstehen, aber ich möchte es und ich werds auch tun. Ist das hier eine Klapse oder nicht? Und wenn es eine ist, kann ich so schön sein, wie ich will.

Sie war wirklich schön, das sah ich auch. Aber eben anders. Über einem langen dunklen Unterrock hatte sie ein Seidentuch um die Brust geknotet, so daß die Fransen wie ein Vorhang um sie schwangen. Sie hatte sich dicke schwarze Strümpfe angezogen und hohe Stöckelschuhe. Auf ihrer fahlen Haut leuchtete alles, was sie an Schmuck besaß. Aber sie hatte nichts dahin getan, wofür es gedacht war. Ihre Perlen lagen eng um die Mitte des Unterrocks, das Aquamarinkollier hatte sie sich in die Haare gewickelt. Der mittlere Stein leuchtete wie ein drittes Auge von der Stirn. Ihre Ringe trug sie an einer dünnen Kette um den Hals und eine Kette hatte sie sich um die Finger geschlungen. Sie war wirklich schön, leuchtend wie eine Zigeunerprinzessin. Aber sie schien mir selber ängstlich wegen ihres Aufzugs.

Soll das eine Mutprobe sein, fragte ich.

Es sind doch Verrückte, antwortete sie mit ihrer kratzigsten Stimme, das heißt doch, daß ich hier frei bin und daß sie mir nichts tun wollen. Findest du, daß ich mir ähnlich sehe?

Ja, sagte ich. Ziemlich. Mehr als in der letzten Zeit. Kannst du dich übrigens immer nur als Prinzessin denken?

Sie hat mir nicht geantwortet. Sie sollte sich doch nie schämen müssen, dachte ich. Und nun tut sie es doch. So stark waren die andern. Nun denkt sie, daß nur die Verrückten sie aushalten können.

Aber sie fiel gar nicht so auf, wie ich befürchtet hatte. Da waren merkwürdige Toiletten. Es begann mir zu gefallen, als ich merkte, daß viele sich mit dem umgeben hatten, was sie schön fanden, sie und nicht andere oder eine Zeitschrift oder eine Verkäuferin, sondern nur sie. Eine ältere blonde Dame trug den Kopf voll kunstvoll in ihre Locken gesteckter Taubenfedern, Funde einsamer Spaziergänge, und um den Hals hatte sie, zu einem sehr eleganten Seidenkleid, eine Efeuranke, die ich erst für ein besonders raffiniertes Schmuckstück hielt. Ein junger Mann trug zu einem weißen Dinnerjacket burgunderrote, prächtige Pyjamahosen. Es war ein sehr schöner junger Mann. Wenn man ihn ansah, begriff man nicht, warum zu Dinnerjackets nicht ausschließlich Pyjamahosen getragen werden. Es war nicht wie auf einem Kostümball, ganz und gar nicht. Die Gäste hatten sich nicht verkleidet, sie hatten sich angezogen, wirklich sich angezogen und nicht die Puppen, die man draußen aus ihnen gemacht hat.

Woher hast du das gewußt, fragte ich Losie, als wir das Foyer betraten. Du mußt das doch irgendwoher gewußt haben.

Sie lächelte nur in den Raum und antwortete nicht. Im Kerzenlicht funkelte sie wie ein Weihnachtsbaum, schön und nicht überladen. Der Schmuck hatte keinen Wert mehr außer seiner Leuchtkraft und seinen Farben.

Ich fing an, mich für verkleidet zu halten, so blödsinnig versteckt war ich in meinem Kleinen Schwarzen. Ich schaute mich um und in mir wuchs der Wunsch, noch einmal schön zu sein, so schön, wie ich es gekonnt hätte, wenn das in mir nicht seit Jahren schon getötet und begraben wäre. Es kommt mir jetzt merkwürdig vor und ich schäme mich ein bißchen, aber ich ging noch einmal ins Zimmer zurück und machte mir die Haare auf. Kein Mensch kennt mich mit offenen Haaren. Sie sind jetzt noch immer offen, und ich habe ein weiches, zärtliches Schwingegefühl auf der Backe.

Die Musik streute kleine quäkende Töne in den summenden warmen Raum. Manchmal erkannte man den Schatten einer Melodie. Die Bestecke klirrten auf den Tellern. Alle sahen sich um und drehten die Köpfe zueinander und wieder voneinander weg. Später tanzten ein paar und Losie ging funkelnd und ziellos durch den Raum, ganz aufrecht und scheinbar ohne Angst. Sie unterhielt sich ein wenig mit der

Efeudame. Es war etwas spürbar in diesem Raum. Jeder versuchte sanft zu sein, ohne Kanten, ohne Messer in den Blicken.

Ich weiß nicht, was ich denken soll und meine Gefühle zerren nach zwei verschiedenen Richtungen. Wie schön diese Sanftheit war, wie bekömmlich sie mir schien! Losie wie ein hellerleuchtetes Schiff durch all die freundlichen Leute segelnd. Aber wie soll sie kämpfen und um sich beißen lernen und widerstehen, wenn sie in dieser Sanftmut bleiben will? Sie wollte raus und ich hatte Angst davor. Jetzt, nach dem Fest, habe ich Angst, daß sie mit ihrem Befreiungswunsch schon in der Halle des Sanatoriums am Ziel ist.

Es fällt mir so leicht, zu sagen, daß diese Verrückten bessere und freundlichere Leute sind als die draußen. Vielleicht sind sie aber auch nur listiger. Vielleicht drücken sie sich um die Ekelhaftigkeit, die man braucht, wenn man leben muß. Ich vergleiche: Die Herren mit den Kronen, das Konsortium mit seinen Sitzungen und Besprechungen, mit den fortwährenden Paniken der Wichtigkeit und der Macht, mit dem Schrecken, daß man jeden Morgen von neuem beweisen muß, kein armes übergewichtiges und uninteressantes Männchen zu sein, sondern imponierend und bedeutend und furchteinflößend.

Vielleicht wären die ganz gern hier, in geblümten Bermudas und mit einem Kochlöffel hinter dem Ohr. Sie können doch nicht so sein wollen, wie sie sind. Nicht einmal in ihrer Hochburg der Lustigkeit, in ihren alljährlich verordneten zwei Wochen, können sie vergessen, daß sie furchteinflößend sein wollen, umgeben von einer raschelnden Rüstung aus Geld, die den Nachteil hat, daß man sie fortwährend dicker und dicker machen muß. Warum denke ich immer an sie? Habe ich geheime Wünsche, ihnen zu gleichen in ihrer Unangreifbarkeit und ihrer von allen gespürten, von allen verschwiegenen Lächerlichkeit?

Hier sind nur solche, bei denen man sich nicht vorstellen

kann, daß sie draußen überleben könnten. Ich weiß jetzt, was das hier ist, eine Art Museum für angenehme, sanfte Leute. Es ist wie mit kostbaren Möbeln. Sie halten sich am besten in einer gleichbleibenden Kühle mit hoher Luftfeuchtigkeit. Also kann man nicht mit ihnen leben. Diese Leute hier halten sich in einem Klima gleichbleibender Sanftmut mit viel äußerer Schönheit. Aber Losie! Sie kann doch nicht zu ihnen gehören, darf nicht zu ihnen gehören. Was soll ich tun? Wohin kann sie gehen, um zu leben ohne sich zu verraten? Menschen wie sie werden so leicht aufgespürt und umgedreht oder liquidiert. Ich weiß ja immer noch nicht, ob ihnen das mit ihr nicht doch schon gelungen ist. Aber als ich sie auf dem Fest sah, ihren Kopf zur Efeudame geneigt, habe ich sie wiedererkannt, das kleine Kind und das ältere Kind und das junge Mädchen. Sie war plötzlich wieder ihre eigene, richtige, schöne Fortsetzung.

Ich glaube, daß sich Losie auf dem Fest verliebt hat. Das hat bei ihr nicht viel zu bedeuten. Aber es ist hier anders, alles ist anders. Ich kann mir vorstellen, daß Lieben hier oft vorkommen und immer schwierig sind. Bei Laudin habe ich es ja schon ganz am Anfang gesehen, aber bei ihr mußte dieses Fest kommen, damit sie nicht mehr über ihn spotten konnte, sondern ihn anders anschaute als noch am gleichen Nachmittag.

Es war eigenartig: Je unsicherer sie wurde, je erstaunter sie immer wieder in Laudins Richtung schaute, desto leichter und freier bewegte er sich. Sie tanzten schön miteinander, obwohl er nicht größer ist als sie. Die andern Paare, die sich um sie herum bewegten schauten mit dem friedlichen Wohlwollen, das man Liebespaaren entgegenzubringen pflegt, auf die beiden. Sie muß sich beschäftigen, hatte ich erst gedacht, einen schütteren Skalp an den Gürtel heften. Es ist ja nicht viel Auswahl hier, und sie hatte wochenlang ihr Zimmer nicht verlassen. Aber das ist es gar nicht. Vielleicht hat sie gespürt, daß ihre Geschichten in ihm aufgegangen sind. Er weiß zuviel von ihr, als daß sie ihn nicht lieben müßte. Sie waren ein elegantes vierfüßiges Tier auf der Tanzfläche, sie verschränkte ihre dünnen Hände hinter seinem Hals und er schaute nicht ein einziges Mal zum Tisch des Chefarztes. Ich weiß nicht, ob das hier verpönt ist, solche Geschichten zwischen Patienten und Ärzten, oder ob man es aus therapeutischen Gründen duldet, wenns nicht zu weit geht. Es wäre beiden wohl auch egal. Ich hoffe, beiden.

Sie ist nebenan. Wie immer, wie früher, höre ich nichts. Aber es ist ein anderer Klang in dem Schweigen. Ich fühle keine Eifersucht. Als ich sie während der Kampagne mit ihren Ballkleidern in so verschiedenen immer schwarzen Armen gesehen hatte, war ich ja auch nicht eifersüchtig gewesen. Es gibt so wenig, was ich ernst nehme und dessen Gefahr ich rechtzeitig erkenne. Ich habe vor Laudin keine Angst, vielleicht verachte ich ihn sogar ein bißchen. Ich hatte vor der Kampagne auch keine Angst gehabt, weil ich sie verachtet hatte. Dennoch wäre Losie beinahe drin untergegangen. Vielleicht glaube ich wieder einmal nicht an das, was ich sehe. Oder legt sie mir mit ihrer plötzlichen Offenheit und Weichheit eine falsche Spur? Ich behaupte schon lange nicht mehr, sie zu durchschauen. Das kann niemand. Ausgerechnet ich habe ihr beigebracht, wie man verschwindet hinter selbsterfundenen Nebeln.

Das Fest ist schon verblaßt. In den wenigen darauffolgenden Tagen ist es warm geworden, ein beängstigender Wind legt die Bäume im Park waagrecht, aber von meinem Fenster aus sehe ich Losie mit Laudin hin und her gehen, wie gegen eine unsichtbare Mauer gelehnt, auf dem Rückweg fast davongetragen.

Ein oder zwei Tage nach dem Fest fand ich einen ihrer Zettel, diesmal in unserem gemeinsamen Badezimmer. Ich hätte ihn fast nicht gesehen, weil er sich zwischen Klo und Wand verklemmt hatte. Es hat mir nicht gepaßt, ihn dort zu finden. Das habe ich ihr auch gesagt. Aber sie hat bloß gelacht, er passe da wohl ganz gut hin, meinte sie. Das war, glaube ich das einzige Mal, daß wir über ihre Zettel auch nur ein Wort verloren haben. Schon als sie ganz klein war, gab es dieses ungeschriebene Gesetz zwischen uns. Ich erinnere mich an das Ereignis, was dazu geführt hat. Einmal, sie konnte grad schreiben, hat sie mir was mitgeteilt. Das ist ja fast ein Gedicht, das ist schön, hatte ich zu ihr gesagt.

Wenn man was schreibt an dich, muß man doch nichts mehr sagen. Sie weinte fast in ihrer Kinderwut, die bei ihr so stark und furchterregend gewesen ist. Man kanns ja sagen, wenns nicht so wichtig ist. Aber wenn mans schreibt, braucht man es nicht sagen!

Ab diesem Zeitpunkt habe ich ihre Zettel nie wieder erwähnt, bis eben auf diesen und den auch nur wegen seines Fundorts. Meine Hoffnung, auf diesem Umweg doch mit ihr über den Inhalt reden zu können, hat sich nicht erfüllt.

Er war schön an dem Abend, ich hab
Freude an ihm gehabt am Tag
sehen sie ja wieder aus wie alle nur
ein paar bleiben Abende verstehst du
aber die sind selten und Laudin
gehört nicht zu ihnen.

Ich kann nicht sagen, auch jetzt noch nicht, ob mich das beruhigt. Daß sie mit Laudin zusammen ist, macht mich nicht besorgt, vielleicht, weil ich Ärzten kein Geschlecht zutraue, obwohl ich weiß, daß das albern ist. Eine solche blöde Hochachtung habe ich vor denen, die an unseren Leibern sich zu schaffen machen, daß ich sie mir ähnlich vorstelle wie Engel, deren Geschlecht auch nur von sehr vager und eher ungefährlicher Männlichkeit ist. Und bei dem Fach, das Laudin sich ausgesucht hat, ist meine Vorstellung geschlechtsloser Engelhaftigkeit eher noch ausgeprägter.

Losie ist diese Wahnvorstellung völlig fremd. Und doch

muß sie etwas Ähnliches fühlen. Ich sehe es an der Art, wie sie ihn anschaut, wenn sie mit ihm spricht, ohne Angst aber auch ohne Spannung. Sie legt ihm die Hand auf den Arm, sie kniet vor einer Blume nieder, sie lacht, aber sie spielt das Spiel nicht, ich sehe es ihr an. Und Laudin, denke ich, merkt es auch, ohne sichs erklären zu können. Er geht eingesperrt in seine Unschuld, eingeschweißt in seine professionelle Geschlechtslosigkeit wie in eine Plastikhülle. Aber er weiß es nicht und fühlt nur, daß niemand sendet und niemand empfängt. Deshalb gönn ich ihn ihr. Manchmal graust mich vor meiner als Vernunft verkleideten Erbarmungslosigkeit.

Ich habe darüber nachgedacht, was jetzt mit ihr wird, wann sie das Abitur machen kann. Sie ist spät damit dran, aber das schadet nichts. Ihr selber scheint es nur recht zu sein, wenn noch nichts von ihr gefordert wird.

Einmal sagte sie, die dümmste Frage die sie kenne sei, was man denn werden wolle. Schon kleine Kinder würden mit dieser Frage den Erwachsenen gegenüber mißtrauisch und höhnisch gemacht; als könnte man sich ein Werden denken, das sich in ein Wort pressen läßt.

Salo versteht seine Tochter. Er bedrängt sie nicht, sie kann, sagt er, drei Sachen gleichzeitig studieren, er habe es ja. Nur, daß sie vielleicht gar nicht studieren will, daran hat er noch nicht einmal gedacht. Obwohl ihm die Universitäten im Moment wie ein leibhaftiger Krater der Hölle vorkommen – sogar unsere harmlose – kann er sich nicht vorstellen, daß es für Losie einen andern Platz geben könnte als eben diesen.

Ich fühle, daß er recht hat. Aber ich will es mir nicht zugeben. Ich sehe sie nicht vor mir als Erwachsene, die man auf einen Weg setzt, der man anderes ausredet um das eine zu tun. Irgendwas mit Kunst, dachte ich früher, sei das Richtige für sie. Aber ich hatte da zur Kunst ein ziemlich vages, gleichsam unordentliches Verhältnis. Ich hielt Losies Eigenschaft, so zu sein wie sie war, ihr Funkeln und ihre vielen Farben für etwas, das sie in eine Form würde gießen können, eine Form außerhalb ihrer selbst. Wie unsinnig dieser Gedanke war! Jetzt glaube ich, daß sie viel zu vollkommen ist, um irgendeine wirkliche Begabung zu haben. Sie ist ihre eigene Begabung. Sie hat, das beweisen eben auch die Scheußlichkeiten der letzten Monate, ein Talent zu sich selbst. Natürlich setzt sich das zusammen aus vielen kleinen leuchtenden Punkten. Sie kann zeichnen und schauen, natürlich, sie kann singen und sich bewegen und wunderbare kleine Zettel schreiben. Aber das alles gehört nur zu ihr und geht an keiner Stelle über sie hinaus. Sie ist einer von den Menschen, die so lange leben wie noch ein anderer lebt, der sie gesehen hat.

Es dringen ja immer mal Zeitungen hierher, nicht mit gewöhnlicher Regelmäßigkeit, eher in homöopathischen Dosen und meist solche Blätter, denen größere Aufregungen nicht entnommen werden können. Eigentlich habe ich nichts dagegen. Es hat immer was Beklemmendes, wenn man sich durch die üblichen Papierberge wühlt, um über das immer wieder gleiche immer weniger zu erschrecken. Wieviel Angst könnte man haben, wenn man weniger wissen und hören würde! In einer von diesen harmloseren Dingern hat etwas über das Ärztezentrum gestanden. Ist es soweit, habe ich mir gedacht. Andere Zeitungen beschrieben es böser, ich habe sie mir besorgen lassen.

Laudin versteht, daß ich so gut es geht auf dem laufenden bleiben will. Er hat aber mit mir nicht über die Sache gesprochen. Seltsamerweise scheint es keinen von diesen Journalisten besonders aufzuregen, wie scheußlich das Ding aussieht, das da jetzt schon seit über drei Jahren tot und groß herumsteht. Sie schreiben nur über die Finanzierung. Ich verstehe ja leider wirklich nicht viel davon, aber soviel ist mir klar, daß sich die einzelnen Beteiligten an diesem Bau die Forderungen und Zinsen dafür zugeworfen haben müssen wie heiße Kartoffeln, immer schneller und schneller und irgendeiner oder mehrere haben sich dann die Hände verbrannt.

Es kommen noch keine Namen vor in den Zeitungen. Aber das läßt sicher nicht mehr lang auf sich warten. Ich habe das dumme Gefühl, daß Salo da ziemlich weit hineingegangen ist, daß vielleicht sogar er es ist, bei dem alles zusammenkracht. Wahrscheinlich ist es bei solchen Geschichten immer mehr oder weniger Zufall, wem das Ganze endgültig aus der Hand fällt. Oder? Warum glaube ich dann so genau zu wissen, daß Elsbächer nichts geschehen wird, daß er mit seinem undurchdringlichen Panzer aus Wissenschaftlichkeit und sozialer Verantwortung unverwundet aus solchen Geschichten herauskommt? Aber das ist wirklich nur so ein Gefühl. Es ärgert mich, aber ich sehe ihn ganz genau vor mir, während ich dies schreibe. Ich kann mich seinem Zauber nicht entziehen und dabei graust mir vor ihm. Es gibt solche Leute wie ihn ja öfter und ich kann mich aus meiner Kindheit erinnern, daß diese ostelbischen Familienmephistos einen großen Reiz für mich hatten, diese satanischen Onkel und Cousins, die fast immer auf Reisen waren und nur manchmal zu großen Festen auftauchten, erschöpft von Geldverlusten und Liebeshändeln.

Meine Mutter war immer ganz entsetzt von der Beharrlichkeit meines unseriösen Geschmacks, ohne daran zu denken daß kein kleines Mädchen sich einen braven Gutsbesitzer oder einen Postboten zum Geliebten wünscht.

Perlchen, sagte meine Mutter zu mir, willst du denn mit Gewalt unglücklich werden?

Das wächst sich noch aus, sagte mein Vater damals. Es hat sich ja nun leider nicht recht ausgewachsen bei mir. Ich bin nur alt geworden mit meinen mumifizierten Träumen. Übrigens hat mich, wenn ich mich richtig erinnere, auch meine Ehe nicht am Träumen gehindert. Ich habe die teuflischen Prinzen gerettet über Kindheit, Ehe und Flucht bis in mein Alter. Albern eigentlich! Aber Elsbächer profitiert davon, ihm dichte ich Eigenschaften an und Reize, mit denen ich diese gefährlichen Helden meiner Kindheit ausgestattet sah. Dabei ist er wahrscheinlich nur ein einfacher

Gauner mit ganz guten Tricks und einer Tünche von Salondiabolik.

Ich hatte schon während der Kampagne drauf gewartet, daß sich irgendwas ereignen würde, mit ihm und Losie. Ich hatte mir natürlich etwas ganz anderes vorgestellt als das, was dann wirklich geschah – oder nicht geschah. Habe ich die geschäftliche Verbindung zwischen Salo und ihm eigentlich je durchschaut? Ich weiß es nicht. Wahrscheinlich bin ich nicht einmal an den Rand des Netzes gekommen mit meinen Gedanken, des Netzes, das die beiden geknüpft haben. Elsbächer wird davon gehalten und Salo zappelt drin.

Es ärgert mich immer noch, daß nirgendwo steht, wie häßlich das Ding ist. Wenn ichs bedenke, finde ich das an der Sache am schlimmsten, denn das mit den Finanzierungen läßt mich eigentlich kalt. Ich habe an den Machenschaften, die man darf und an denen, die man nicht darf, noch nie Unterschiede feststellen können. Es geht mir da wie mit dem Fernsehen, ich verstehe nicht, wie es funktioniert. Losie begreift solche Zusammenhänge mühelos, sie steigert sich, das habe ich oft beobachtet, in Wut, Knöpfe gehen ihr auf und sie beginnt zu funkeln vor Zorn. Für Zorn braucht sie immer Begründungen. Liebe hat sie von allein. Da will sie nichts wissen, da meidet sie Fragen. Sie wollte nie spüren, was es mit etwas Geliebtem wirklich auf sich hat. Heute glaube ich, daß sie recht hatte, daß sie ihre Fraglosigkeit wiederfinden muß, um weiterzuleben. Ich weiß jetzt auch, warum sie Elsbächer während der Kampagne so widerstand, instinktiv widerstand. Er war der einzige, der in dem Komitee lächerlich wirkte und das durfte er nicht.

Man muß sich solche Rollen ja glauben, sie müssen passen wie ein Handschuh, sonst wirds komisch. Das habe ich oft gesehen. Ich kann mir immer noch nicht vorstellen, wie sie es aushalten Tag für Tag, die Machtmänner, wie sie es durchhalten ohne ein einziges Mal zu lachen, gravitätisch und wichtig. Elsbächer hat da nie ganz hineingepaßt. Er hat sich Ironie erlaubt, feige und hinterhältig, aber das half ihm nichts. Auf die Bühne mußte er wie die andern. Was die Kampagne betrifft kann man das ja ganz wörtlich nehmen und da hat sichs dann gerächt. Da saß alles nicht richtig, er konnte einer dünnen Verlegenheit doch nicht entgehen. Ich habe im Fernsehen genau hingeschaut, wie unwillig sich sein Arm bog, wenn sie sich einhängten, die Herren mit ihren Kronen. Das muß Losie auch gespürt haben, trotz ihres Suffs, trotz ihrer Sturheit, mit der sie das heillose Spektakel schön und traumhaft finden wollte. Er hat ihr Bild gestört, nicht weil er es wollte – gerade das nicht – sondern weil er aufgehört hat sich ganz und gar zu glauben.

Wie anders war da Salo. Ich seh ihn auch jetzt vor mir in dieser Pose, ein massiger strahlender Fürst mit einer bunten Krone. Eigentlich waren sie alle ganz eindrucksvoll, wenn man einmal nicht darüber nachdenkt um was für einen Blödsinn sichs da handelt. Sie waren eindrucksvoll, weil sie an sich glaubten, so unbegreiflich das auch ist. Sie müssen sich auch geglaubt haben mit ihren Baugeschichten, und da hatten sie in Elsbächer nun wieder den Richtigen, den Einbläser, den Begründer. Denn sie müssens immer begründen, was sie tun, sie holen sich von überallher Sätze für ihre Notwendigkeit und Güte, für die Beglückungen, die erst durch ihre Produkte möglich würden. Ich habe noch keinen in all den Jahren sagen hören, daß er reich werden will und sonst nichts. Nur Salo nicht, daß er es sagte, aber er ödet einen wenigstens nicht mit Geschichten über seine soziale Unumgänglichkeit an. Mein magerer kleiner Schrottschieber! In meinem Kopf oder vielleicht auch in meinem Herzen nähert er sich manchmal sehr seiner Tochter.

Ich habe mit Losie über diese Zeitungsgeschichten noch nicht gesprochen, obwohl ich sehr neugierig bin, was sie sagen wird und ob sie etwas gewußt hat, etwas, das sie so in Zorn gebracht hat, daß es mir die Nacht zum Aschermittwoch erklären könnte. Immer wieder diese Nacht, nicht einmal so sehr wegen des Schusses als wegen der totalen Zerstörung, in der ich Losie gesehen habe. Nein, auch wegen des Schusses! Das gehört zusammen. Ich weiß immer noch nicht wie. Ich will in sie dringen und weiß doch, daß sie es nicht zuläßt. Das hat sie schon als Kind nicht getan, sie besaß da so ihre Tarnkäppchen. Ich hab das auch immer respektiert und meine Schadenfreude tanzte in mir, wenn Irma über die vollständige Abwesenheit ihrer Tochter außer sich geriet. Dabei war Losie nie obstinat, nichts von diesen traurigen entnervenden Klein- und Großkämpfen, die die meisten Kinder auszuhalten haben und die sie so unausstehlich machen. Sie saß da, freundlich, mit ihren dunkelgrauen Steinaugen, von Wimpern beschützt, schaute einfach nirgendwohin und sprach mit niemandem. Das würde sie jetzt wieder tun, wenn ich versuchte, über diese Zeitungsnotizen was aus ihr rauszuholen. Wimpern wie Gitter.

Auch Laudin habe ich gesagt, daß er mit ihr nicht drüber sprechen soll. Der Arme, er ist wie verwandelt. Ich habe Wichtigeres zu tun als sie mit irgendwelchen Skandalen zu beunruhigen, meinte er ganz entrüstet. Mit dem Wichtigeren meint er wahrscheinlich, daß er jede freie Stunde die er sich erschleichen kann mit ihr durch den Park tappt und ihr die Blätter an den Bäumen vorzählt. Es hat ihn erwischt. Man müßte blind sein, ums nicht zu sehen, und selbst dann merkte mans noch an dem gerührten Ton, den erfolglos Verliebte immer an sich haben. Eine Sprache wie ein Beerdigungsunternehmer hat er bekommen.

Er ist im Irrtum, der Doktor Justus Laudin. Man muß bei ihr nämlich nicht gerührt sein, man darf es nicht einmal, sonst bringt sie einen um, ohne auch nur die Hand zu bewegen. Er denkt, er hätte das alles im Griff, der Herr Psychiater oder Psychologe – ich schmeiß das immer durcheinander. Dabei ist er grün im Gesicht, sein Bart ist vor lauter Kummer ganz matt geworden. Ich denke mir, daß gerade solche professionellen Menschenbeurteiler und -einsortierer es besonders schwer haben, mit den Symptomen fertig zu werden. Aus ist es mit seiner Wissenschaft. Und Losie, diese Salome – so hat sie sich auch mal genannt, fällt mir ein, aber mit zwölf – diese Salome also weiß das alles ganz genau und trampelt mit ihren kleinen Schuhen auf der Seele des Herrn Doktor herum.

Langsam merke ich, was sie tut. Sie fängt an sich zu rächen. Sie rächt sich bei allen, die sie schwach und außer sich gesehen haben. Sie verzeiht es nicht, wenn man sie kennt. Nur ich habe nichts zu befürchten, weil ich die einzige bin, bei der sie Vertrautheit zuläßt. Nein, nicht aus Liebe, ich weiß, ich muß es mir immer wieder sagen. Sie ist mich nur gewöhnt, wie man einen Mantel gewöhnt ist oder ein Bett. Wenn ich dachte, daß sie sich auf dem Fest in Laudin vergafft hat, weil er so viel von ihr weiß, habe ich mich gründlich getäuscht. Sie ist nicht mal geschmeichelt. Sie haßt ihn, weil er sie ein bißchen kennt.

Ich habe mehr und mehr das Gefühl, etwas zieht sich über unseren Köpfen zusammen, es ist ein unsicheres, gleitendes Gefühl, als ginge man über eine schwankende Brücke oder einen dünn überfrorenen See. Ich gestehe mir ungern ein, daß ich Angst vor einer Änderung der Verhältnisse habe. Angst ist vielleicht nicht das richtige Wort, eher Unwillen. Wenn Salo Konkurs macht oder so etwas, wird er nicht irgendwo ein paar nette Sicherheitskonten haben. Das ist nicht seine Art. Er hat auch soweit ich weiß nie etwas auf Irma überschreiben lassen. Dazu ist er wieder zu sehr Ehemann, zu wenig gerissen, zu unmodern. Also wird es bedeuten, daß wirklich alles sich ändert, mein Leben und das Losies.

Vergeblich male ich mir die Flucht aus. Vergeblich denke ich an die leeren ärmlichen Jahre nach dem Krieg. Das hatte ich doch auch gekonnt und organisiert, wenn auch nicht besonders glanzvoll. Immerhin habe ich überlebt und nicht schlecht. Elsbächer würde mich sofort als Hausdame nehmen. Er hat so was ja immer gewollt und ich könnte bei ihm eine Stellung haben wie eine Mutter oder eine sehr geachtete, kultivierte Verwandte.

Es erschreckt mich dennoch, daß mir eine Situation überhaupt denkbar erscheint, die mich von Losie trennen könnte, die Salo seine Macht wegnehmen würde, den runden, sicheren ausgepolsterten Platz, den er sich geschaffen hat. Jetzt interessiert es mich gar nicht, mit welchen Mitteln er sich – uns – diesen Platz geschaffen hat, ich will nur, daß alles so bleibt, daß sich nichts verändert. Mein Wunsch, daß etwas Losie zum Kampf zwingen möge, hat sich in nichts aufgelöst. Meine Verachtung der Machtmänner läßt mich im Stich. Mein Weg auf Duke, meine schweigende Schar der Vorausgegangenen gibt mir keinen Halt mehr. Ich bin wie die, von denen ich glaubte sie verachten zu können, ich bin ganz genau wie sie. Wenns an meine Bequemlichkeit geht, an die Lautlosigkeit und angenehme Unbeweglichkeit, mit denen ich mein Leben eingerichtet habe, kümmert mich keine Moral mehr.

Daß ich so tatenlos bin, ärgert mich. Es ärgert mich, wenn ich Losie mit dem Doktor durch den Park gehen sehe. Hat sie nichts Besseres zu tun, denke ich. Irgendwas müßten wir doch tun! Ich schiebe meine Gelähmtheit auf sie, dabei weiß sie ja von nichts. Oder doch? Oder denkt sie, wie ich, unter der glatten, friedlichen Maske der Genesung die ganze Zeit über mögliche Katastrophen nach? Es ist manchmal schlimm, wenn man jemanden zu lang, zu genau kennt. Man mischt sich selber so lang in den andern, bis man ihm Ähnlichkeiten unterschiebt, die er gar nicht hat.

Was ist denn schon los? Wir, das Mädchen und ich, erholen uns in einem komfortablen Sanatorium. Das Mädchen hatte durch gesellschaftliche Überlastung einen kleinen Nervenzusammenbruch. Der Vater des Mädchens hat mit geringfügigen geschäftlichen Schwierigkeiten zu kämpfen. So könnte man es auch beschreiben und es wäre nicht gelogen, nicht wirklich gelogen, wenn auch nicht die Wahrheit. Die Wahrheit, die ist ein Dschungel, undurchdringlich und feindselig, eine Hölle mit mehr als sieben Kreisen, eine Schlangengrube.

Das Mädchen geht herum, als sei ihr das alles völlig gleichgültig. Sie paßt sich an, nicht opportunistisch, im Gegenteil. Sie paßt sich an, weil sie alles wahrnimmt und wenig kommentiert. Sie ist angenehm, auch den andern. Sie kann aber doch nicht einfach da wieder anfangen, wo sie vor der Kampagne aufgehört hat? Sie gleicht sich selber zum Verwechseln, und trotzdem bin ich mißtrauisch. Sie kann mich nicht beruhigen, trotz all ihrer Glätte und Freundlichkeit, trotz der Bereitwilligkeit, mit der sie das Richtige ißt und einnimmt und redet. Ich lauere auf etwas, das tief in ihr verborgen ist und auf dessen Hervorbrechen ich zu jeder Zeit gefaßt sein muß. Manchmal lacht sie, als wüßte sie genau, wie argwöhnisch ich bin. Salos vermeintliche Pleite, die vermeintliche Genesung seiner Tochter – alles macht mich im höchsten Grade unruhig. Unruhe fällt in dieser Umgebung auf wie eine ungewöhnliche Hautfarbe oder eine Verletzung. Sie ziehen dann sofort ihr Sorgfalts- und Pflegenetz über einem zu.

Auf meinem Spaziergang heute habe ich die Efeudame getroffen. Ich weiß ihren richtigen Namen nicht, aber das ist in diesem Hause auch nicht so wichtig. Eigentlich wollte ich erst nicht neben ihr gehen, ich hatte in einiger Entfernung zwei Pferde gesehen, die Müdigkeit ihres Gangs tat mir weh, aber ich wollte doch näher zu ihnen, nur um zu schauen, wer sie ritt. Die Efeudame blieb freundlich an meiner Seite, sie zwang mich zu einem zögernden Tappen, wie es Kranke haben. So zu gehen ist mir ein Greuel. Ich schaute sie an. Kein Efeu heute, ein reizendes, etwas schwächliches blondes Profil. Sie ist kleiner als ich und viel eleganter. Frauen wie sie haben die Fähigkeit, mit ihren Bewegungen anzudeuten, daß sie fortwährend frösteln. Mäntel ziehen sie sich eng um die Brust, Schals halten sie anmutig mit beiden Händen fest, sie machen kleine, hastige Schritte. Aber ich habe gelernt, daß sie oft überraschend schlau und schnell sein können, diese zarten Damen.

Man ist auf Sie aufmerksam geworden, sagte sie und schaute mich im Gehen kurz an, Sie werden es ja schon gemerkt haben. Sicher haben Sie sich bei der Pflege Ihres Schützlings ein bißchen übernommen. Ihr geht es ja, wie ich höre, immer besser. Aber Sie wirken ein wenig unruhig, ein wenig nervös. Das bleibt nicht unbemerkt, meine Liebe.

Von Anfang an hatten mich die flauen, weichen Übergänge von den Ärzten zu den Patienten erstaunt. Ihre Ununterscheidbarkeit war mir angenehm, ich hielt das für fortschrittlich. Aber jetzt hatte ich Angst. Was ist sie, die Efeudame? Eigentlich habe ich keinen Beweis, daß sie Patientin ist. Sie könnte genausogut Therapeutin sein, eine von denen, die sich einschleichen bis man denkt, daß man ohne sie nicht mehr leben kann und daß alles vorher Lug und Trug war.

Ich spürte, während ich schneller zu gehen versuchte, eine vertrackte Art von Angst. Das bin ich eigentlich gar nicht gewöhnt. Es fiel mir schwer, sie nicht anzuschreien oder ihr einfach davonzulaufen, durch den weiß und rosa blühenden Park, zu den Pferden die ich immer noch sehen konnte.

Ich weiß nicht, wie Sie darauf kommen, sagte ich und hoffte, daß mir wenigstens in der Stimme eine glaubwürdige Ruhe gelang. Ich merke nichts von Nervosität. Ich bin nur ein Mensch, dem das Nichtstun nicht bekommt, versuchte ich witzig zu sein, ich bin eben Beschäftigung gewöhnt.

Auf Losie ging ich gar nicht ein. Was ging sie mein Kind an, diese janusköpfige Person?

Das ist es ja, antwortete sie, daß Ihnen das Nichtstun nicht bekommt. Sie sind krank!

Jetzt will sie mir wahrscheinlich diesen ganzen Mist von der Flucht vor sich selber und dem blinden Aktionismus und der Selbsterfahrung erzählen, dachte ich. Ich werd ihr die gleichen Sachen um die Ohren hauen, schließlich habe ich wahrscheinlich die gleichen Bücher gelesen.

Aber sie sagte nichts davon, schien darauf zu vertrauen, daß mir das Ganze von allein in den Kopf kam.

Nach einer gewissen Zeit kann man hier einfach austauschen, sagte sie dann ernst – sie hielt einen weißblühenden Zweig in der Hand, ohne ihn abzubrechen –, Sie werden es schon noch merken. Dann sind die Patienten so weit und so stark, daß sie Ärzte werden können und die Ärzte brauchen die Patienten, um wieder zu Kräften zu kommen.

Es war ein makabrer Witz. Ich antwortete nicht darauf, weil ich die Idee trotz allem auf melancholische Weise amüsant fand. Ich ging schneller, aber trotz ihres Getrippels hielt sie mühelos mit mir Schritt, nicht einmal ihr Atem wurde kürzer. Die Pferde blieben anscheinend immer gleich weit weg. Ich gab es auf, sie erreichen zu wollen.

Der Park hatte noch nie so schön ausgesehen. Mir fiel ein, daß ich doch nun schon stundenlang in ihm herumgelaufen war, ohne je an einen Zaun oder ein Gitter zu stoßen. Er muß märchenhaft groß sein, dachte ich. Ich hätte die Efeudame fragen können, aber dazu hatte ich keine Lust. Es ist jetzt die weißrosa Jahreszeit, die Gott sei Dank kurz ist. Etwas so Liebliches wird nur dadurch erträglich, daß es schon im Aufblühen anfängt kaputtzugehen. Ein weißrosa Schleier abgefallener Blütenblätter auf den Wegen.

Die Efeudame störte mich nicht mehr. Natürlich ist sie eine Patientin, dachte ich, wie kann ich denn daran zweifeln. Ich hatte doch in den langen Wochen hier genug Zeit gehabt, diese sanftmütig beharrliche, ein wenig verquere Logik und Phantasie kennenzulernen. Sie tat mir ein bißchen leid. Ich weiß, daß ich grade auf solche Frauen ein wenig unfreundlich und karg wirke. Das ist meine Art von Eitelkeit, wenigstens fürchten sollen sie sich vor mir, wenns schon keinen Grund gibt, mich zu beneiden. Sie lief so hübsch neben mir her, sie drängte mir gar kein Gespräch mehr auf. Wahrscheinlich hat meine Unwilligkeit sie verstummen lassen. Sie hats nur gut gemeint, dachte ich, diesen blödesten aller Sätze, mit dem Gedankenlosigkeiten zugeschmiert werden. Aber bei ihr stimmte er. Sie hatte es wahrhaftig nur gut gemeint.

Ich geriet in eine sanfte, träumerische Stimmung. Solche Lieblichkeit hatte es bei uns daheim nicht in dieser Form gegeben, unser Park war rauher gewesen, schön, aber nicht so märchenhaft. Bei uns konnte man von fast allen Bäumen essen.

Sie hatte wieder angefangen zu sprechen. Ich hörte sie sagen, deshalb machen wir ja das Fest. Es ist am schönsten, wenn man sich auf einem Fest vertauscht. Alle waren ganz glücklich! Haben Sie denn nicht bemerkt, wie Ihr Kind – Ihr Kind, sagte sie! – mit Laudin getauscht hat?

Noch jetzt, Stunden nach diesem Gespräch im Park zittert etwas in mir. So fühlt sich Grauen an, Grauen und Neugier. Ich habe zu lachen versucht in ihr hübsches, sanftes Gesicht hinein, aber es wollte mir nicht gelingen.

Sie meinen, Losie ist jetzt Laudins Ärztin und er ihr Patient? sagte ich.

Während ich es aussprach fühlte ich, daß sie recht hatte. Plötzlich erschien es mir in dem grenzenlosen Park ganz logisch, daß ich Zeuge eines lautlosen Wechsels von Täter und Opfer geworden bin. Nur ich, dachte ich neben der Efeudame, ich störe. Ich stehe dazwischen. Wer sollte mich austauschen?

Das Hinschreiben hilft wieder einmal, ich habe es nicht anders erwartet. Etwas in mir schwingt aus und kommt zur Ruhe. Das alles sind Hirngespinste, leichte, durchsichtige Konstruktionen, die Kapriolen eines unbeschäftigten Gehirns.

Vielleicht ist das ein ganz kluger Teil der Therapie in diesem Laden, daß man die Patienten selbstbewußter macht indem man sie wohlkalkulierte Schwächen der Ärzte sehen läßt. Wie war das auf dem Fest? Laudin hatte sich doch gar nicht getraut, den Chefarzt richtig anzuschauen. Oder gehörte das dazu? Ich frage mich seit dem Fest, ob Losie mit Laudin doch schläft, hin und wieder. Irgendwo in den Tiefen dieses Hauses wird er ja auch ein Zimmer haben. Sie ist jetzt oft unterwegs, ohne mir zu sagen, wohin sie geht.

Eigentlich glaube ich nicht, daß sie es tut, aber ich weiß ja längst, daß nicht einmal ich es ihr anmerke. Es ist für sie etwas so Selbstverständliches, daß sie niemanden braucht, um drüber zu reden. Ich habe es ihr nie exotisch und dunkel gemacht, dieses Thema, aber ich ahnte nicht, daß es dann überhaupt kein Thema mehr für sie sein würde. Ich weiß bis heute nicht, welche Rolle die schwarzen Herren in der Beziehung bei ihr gespielt haben. Ich habe auch, außer ihrer Nacht mit dem Prinzen, nichts mitbekommen, was zu Vermutungen Anlaß gegeben hätte. Schließlich saß Salo mitten unter ihnen, dachte ich. Das jedenfalls habe ich mir während der Kampagne immer wieder vorgesagt, wenn meine Gedanken mir wegzurutschen drohten und ich unter meiner Phantasie litt. Mir hatten die Bäuche schon gelangt, die ich im Fernsehen sah, während sie sich beim Tanzen gegen sie drängten. Ich war nicht eifersüchtig, ich bin sicher, daß ich es nicht war. Nur verzweifelt. Will sie denn auf diese Art aus Krokodilen freundliche Menschen machen, dachte ich. Sie überschätzt sich, sie überschätzt auch die Männer.

Ihren unerschütterlichen Glauben daran, daß niemand ganz leer ist, kenne ich. Bei ihr hat das nichts Moralisches. Es ist nur ihre wunderbare Neugier, die sie dazu veranlaßt, an Walderdbeeren in der Antarktis zu glauben. Sie hat immer alle Mittel, die sie besaß, eingesetzt, vollkommen ohne Hemmungen und ohne Arg. Aber ich zögere, sie für mißbrauchbar zu halten. Sie hat eigentlich nie etwas getan, was sie nicht wollte. Sie mußte wollen, dann war bei ihr alles möglich. Deshalb fällt es mir ja so schwer, ihre Rolle in der Kampagne zu begreifen.

Es ist völlig klar, daß sie es am Anfang wollte, bewußt und freiwillig. Der Schmarren mit dem Jungmädchenzimmer, ihr dummes Gerede mit ihrer Mutter, ihre Ballkleider, ihre Geschmeidigkeit und Verfügbarkeit – das hat sie alles gewollt. Keiner hat sie dazu gezwungen. Nur muß irgendwann mittendrin der Gedanke in ihr aufgegangen sein, daß sie eben doch nicht will. Oder nicht mehr will. Sie hat es ja ganz am Anfang schon einmal gesagt. Damals hatte Salo sie gezwungen. Aber auch das hat sie wahrscheinlich gewollt, damit sie sich dann unterwerfen konnte. Wann hat sie wohl gemerkt, daß es Schlamm war, in dem sie sich bewegte, und nicht Glanz? Wann hat sie gesehen, daß die Kröte auch nach dem Kuß nichts weiter ist als eine Kröte?

Ich überlege jetzt ganz anders als früher. Ich frage mich wieviel sie mitbekommen hat von dieser Baugeschichte, die ja während der Kampagne schon kurz vor dem Auffliegen war. Wieweit hat man sie wissen lassen, daß es notwendig sei, Einigkeit nach außen zu zeigen, Seriosität und Macht, garniert mit einem Schuß Lieblichkeit, ihrer Lieblichkeit. Jedenfalls hat sie es zwischendurch gemerkt, schleichend oder schlagartig, das weiß ich nicht. Deswegen hat sie wahrscheinlich auch solche Mengen getrunken und nur deswegen hat man das bei ihr geduldet, vielleicht sogar noch gefördert. Die Idee mit dem Austauschen der Funktionen, merke ich, läßt mich nicht los. Vielleicht haben die zum Schluß auch so etwas versucht. Die Unschuldige als leuchtende Wehr vor Schuld und Schulden!

Solche Leute wie die schwarzen Herren mit ihren Geschäften haben auch eine gewisse Art von Kindlichkeit. Es wird schon nichts rauskommen, denken sie noch, wenn alles längst rausgekommen ist. Man macht sie ihnen ja auch leicht, diese Kindlichkeit, denn es kommt ja wirklich nicht alles raus, wahrscheinlich sogar sehr wenig. Eine Welt wie ein Monopoly-Spiel, mit ganz kindlichen Wünschen. Ein großes Haus am Meer. Ein Schiff und ein Flugzeug und eine schöne Puppe. Mama, ich mach alles, wenn ich das kriege.

Und sie können sich nie austauschen. Sie dürfen nicht kraftlos werden, sie müssen fortwährend an sich glauben. Eigentlich will niemand so sein wie sie, auch sie selber nicht. Vor dem Gedanken laufen sie weg. Oder sie versuchen, die ganze Welt so zu machen, wie sie selber sind. Aber das alles führt zu nichts. Ich weiß immer noch nicht, warum sie auf Elsbächer geschossen hat, vor allem, warum sie danebengeschossen hat.

Wir haben einen Anruf bekommen, der mich ein wenig nervös gemacht hat, obwohl das eigentlich unverständlich ist, denn dieser Anruf war zu erwarten gewesen. Salo will kommen, hierher, schon in den nächsten Tagen. Losie schwieg, als ich es ihr sagte. In ihrem Gesicht konnte ich nichts sehen, keine Besorgnis, keine Angst, auch keine Freude. Sie saß am Fenster und las irgendetwas, irgend so ein schmerzloses Buch. Sie schaute nicht einmal richtig hoch. Ich hätte gern gehabt, daß sie mich auf diese Bauaffäre bringt. Jetzt, wo etwas von außen auf uns zukommt, wollte ich unsere Informationen einander angleichen. Je mehr sie weiß, umso weniger kann ihr einer weh tun. Aber sie fragte nichts.

Ich habe sie vielleicht genug Freiheit gelehrt, aber zu wenig an die Angst gedacht, die man dazu lernen muß. Es gibt ein altes Märchen, in dem ein Bauer sich vom lieben Gott das Wetter wünschen darf, das er für richtig und fruchtbringend hält. Er macht ein wunderbares Programm von Schnee und Sonne und Regen, immer wie ers braucht. Aber zum Schluß ist die ganze Ernte nichts geworden. Der Bauer hatte den Wind vergessen, der das Korn befruchtet.

Diese Freiheit, die Losie hat, sie sieht ja ganz tragfähig aus, aber ich habe die Angst vergessen, wie der Bauer den Wind. Losie taumelt nur deshalb nicht, weil sie nicht weiß, wie schmal ihre Wege sind. Sie ist nur deshalb so aufrecht und ohne Schmeichelei, weil sie es noch nie nötig gehabt hat, Angst zu haben. Nie war sie bedroht. Ich glaube jetzt hin und wieder, daß ich ihr das Bedrohtsein auch hätte beibringen müssen. Sie ist heiter wie eine Blinde und sanft wie eine Taube. Sie merkt nichts. Sie begreift nichts.

Vielleicht kommt ihr Vater, um uns zu sagen, daß er das Sanatorium nicht mehr bezahlen kann, daß er das Haus verkaufen muß, daß Losie nicht studieren kann – was weiß denn ich.

Der einzige Zusammenbruch, den ich erlebt habe, war der eines ganzen Reiches, einer ganzen Welt. Da fiel es nicht so auf, wie der einzelne sich dabei benahm. Und schuldig zu fühlen brauchte sich da auch keiner. Aber jetzt ist es anders. Ich gebe zu, daß ich Angst habe, wie immer, Angst vor der Veränderung. Aber sie ist ein eigentümlich süßes Gefühl, diese Angst. Ich kann so genau spüren, was ich mag, wonach ich mich sehne, was ich nicht vermissen will. Liebe bekommt wohl ihre ganze schöne Schärfe erst, wenn am Horizont der Abschied auftaucht. Sogar das Haus, der Bungalow, das dumme, rechtwinklige Nelkenhaus bekommt, wenns mir weggenommen werden soll, ein paar verborgene Schönheiten.

Ich habe ein bißchen was gespart. Ich brauche nicht mehr zu arbeiten. Wobei ich sehr genau weiß, daß das, was ich in den Jahren bei Losie und ihrer Familie getan habe, nicht Arbeit genannt werden sollte. Oder? Ich habe heute Lust, freundlich mit mir selber umzugehen. Ist es Arbeit, was ich da getan habe? Oder war es ein Untertauchen, bei dem ich die Nehmende, die Beschenkte war? Natürlich war ich nicht tatenlos gewesen in all den Jahren. Es ist sicher sein Geld wert, wenn man jemanden wie mich hat, meine Geschichte lautlos und vertraut immer hinter mir. Von meiner Geschichte haben sie schließlich alle profitiert. Aber was hätte ich sonst machen können? Bei dem Gedanken, in einer Fabrik oder in einem Büro auf ewig eingesperrt zu werden, mit so einem winzigen Eckchen Ichsein, einem Blumentopf und einem Kaffeetopf und einem Kunstkalender, mein Blick fällt aus immer der gleichen Richtung in immer die gleichen Winkel mit anderen Blumentöpfen und Kaffeetöpfen und vielleicht einem Kalender über Hunde. Nicht, daß ich diese Arbeit verachte! Aber ich habe nie begriffen, wie man sie tun kann, wie man es aushalten kann, eingesperrt zu sein in einen sehr kleinen Bereich mit ganz fremden Vorgängen.

Man sollte denken, daß so etwas meinem Wunsch nach Ruhe, nach Unbeweglichkeit entgegengekommen wäre. Aber das ist nicht so. Ich hätte es nicht aushalten können, ein Rädchen zu sein. Da fehlt es mir an Bescheidenheit. Immer die gleiche Naht, die gleiche Schraube, die gleiche Zusammenfügung, der gleiche Brief. Es ist mir einfach zu unwichtig. Ich weiß, daß das hochmütig ist. Aber ich hätte, wenn ich so gelebt hätte, nie an etwas schuld sein können, nie mich selber in einer Sache oder einem Menschen spiegeln können.

Ich habe das wohl schon damals gespürt, als alles noch wüst herumlag, lauter fremde Länder, die nach Eroberung riefen, und als die Leute sich nach den kleinen Aufgaben sehnten, den netten, kleinen, überschaubaren Aufgaben. Für Eroberungen hatte ich nicht die Kraft. Ich hielt sie wohl auch für sinnlos. Die kleinen, sozial wichtigen demütigen Aufgaben waren mir ein Greuel. Was hätte ich tun sollen? Es war wie mit dem Tausch zwischen Patienten und Ärzten. Auch da blieb ich mir überlassen. Ich war nicht das demütige Schräubchen – und sie sind doch so wichtig und Gott liebt sie und sie kriegen, wenn sie dumm genug waren, den gleichen Unsinn fünfzig Jahre lang zu machen, einen Orden – aber ich war eben kein Eroberer wie Salo. Auch dazu war ich zu hochmütig. Ich tat das einzige, was ich konnte. Ich teilte mich einem, einem einzigen andern Menschen mit, mich und meine Geschichten. Das tu ich immer noch, ob sie mich annimmt oder nicht. Sie weiß, daß ich sie nicht verlasse. Aber unsere Beziehung ist auf Sturm und Regen nicht eingerichtet. Und davor habe ich Angst, und hoffe, daß sie sie auch hat.

Das ist übrigens das einzige, womit ich mich je in die Mäuler der Leute begeben habe. Man sah mir Angst immer an. Ob ich glücklich war oder traurig, verliebt oder einsam, ruhig oder zitternd, ich sah immer gleich aus und ließ keinen in mein Gesicht. Nur wenn es um die Angst ging, die das Mädchen mir beibrachte, diese lauernde Angst die keine einzige Erklärung im Schlepptau hatte – da sah man plötzlich durch die Haut meines Gesichts, wie die Nerven aufglühten und die Adern einfroren. Jedenfalls fühlte ich mich so, als sähe man es. Einmal, das war kurz vor der Kampagne, hat Losie mir einen Zettel hingelegt – auch er liegt vor mir – auf dem war ihre Schrift noch huschend und hüpfend, aber leserlich:

wenn du mich so anschaust wie
heut mittag mit deinem Landkar-
tengesicht dann fängt in mir was an
wie Wut oder gefangensein. Also
schau mich nie so an du hast das
Recht nicht, keiner hat es nein
du auch nicht.

Sie hat es Landkartengesicht genannt, weil Landkarten und Schnittmusterbogen für sie ein Sinnbild des Unverständlichen waren. Aber ich sah, wenn sie das sagte, sofort die blauen Flüsse meiner Adern und die roten Straßen meiner Nerven, offen und sichtbar unter der Eisdecke meiner Haut. Angst. Ich habe die ganze Angst aufgebraucht, die für uns beide vorgesehen war, für sie und mich zusammen. Ich habe sie allein aufgebraucht, weil ich nicht wollte, daß sie sie spürt. Nein, weil ich eifersüchtig war auf die Angst. Sie sollte ahnungslos sein, ungerührt und unerfahren.

Wie dumm ich war. Es ist ja nicht möglich, jetzt mit ihr einen Schnellkurs im Überleben anzufangen, schon gar nicht hier. Meine diesbezüglichen Fähigkeiten sind wahrscheinlich auch etwas eingerostet. Es könnte doch sein, daß Salo jetzt kommt und uns unversehens ins Leben schickt, vor dem er uns immer bewahrt hat, er, tief im Graben vor unserem Schloß stehend, schmutzig und gefährdet, der Ritter!

Wir haben in Wirklichkeit im Gefängnis unserer Borniertheit gesessen, im Dunkeln. Wir haben alles gewußt und nichts gesehen. Was immer da geschehen sein mag und noch geschehen wird, ich habe da auch meinen Teil Schuld daran, und wenns nur mein Hochmut ist und meine Gleichgültigkeit. Es langt eben nicht, daß man was verachtet und den Kopf zur Seite dreht, um es nicht zu sehen.

Und nun will Salo hierherkommen, schon in den nächsten Tagen. Ich sage mir vor, es sei normal, daß ein Vater seine Tochter besucht, sein angegriffenes Kind. Gerade ein Vater, der sich in Schwierigkeiten gebracht hat – oder den andere dahin gebracht haben – sucht den Halt in seiner Familie. Schmarren. Ich denke mir, daß er uns entweder hier rausholen will, oder daß er endlich genau wissen will, warum seine Tochter in der Nacht zum Aschermittwoch auf Elsbächer geschossen hat. Vielleicht schlägt ihm das Gewissen darüber, daß er sie verbannt hat. Vielleicht spürt er den Wunsch, es ihr gleich zu tun. Nur würde er sicher treffen.

Wir hören nichts von Irma, das wundert mich ein wenig. Wahrscheinlich ist sie sich noch nicht über die Haltung im klaren, die sie hier einnehmen will. Krankenhausbesuche waren ihr schon immer entsetzlich bis zur körperlichen Übelkeit. Nun gar eine Klapsmühle, auch wenns eine von den feinsten ist. Das, denke ich mir, überfordert sie vollkommen. Ihr Kind war ihr fast immer fremd. Vielleicht liegt sie jetzt in der Nacht wach und überlegt, wie fremd sie ihr erst wäre in dieser Umgebung, daß es besser ist sie zu vergessen, bis sie wieder in ihre Nähe gelassen wird. Eigentlich tut sie mir leid. Ich glaube es geht vielen Müttern wie ihr. Da müssen sie was lieben, was unendlich Fremdes, eine Alraune, einen Wechselbalg, und sie lieben es ja auch, dafür gibt es ja extra Drüsen. Aber es bleibt so eine traurige, trockene Liebe, die sich aus keiner Quelle speist, nur die paar Hormontropfen halten sie am Leben. Ob sie es spüren, die Mütter? Bei Irma hatte ich manchmal das Gefühl, daß sie vor lauter Schmerz fast klug wurde. Die einzige Hürde vor ihrer kuhartigen Zufriedenheit war dieser schleichende Schmerz. Nein, es sollte mich vielleicht nicht wundern, daß ich nichts von ihr höre. Dabei weiß ich eins ganz genau – wenn jetzt alles zusammenbricht, wird sie es sein, die am leichtesten in ein einfaches Leben zurückfindet. Vielleicht wird sie uns alle retten, mit ihren praktischen Rheingauer Händen und ihren weinberggewohnten Beinen.

Ich fang schon wieder an, Schönheit ins Scheitern zu packen. Ist es mir denn unmöglich einzusehen, daß wir alle vor einer ziemlich widerlichen Situation stehen, nicht nur vor den Verlusten unserer Bequemlichkeit, was schon schlimm genug wäre? Es wird da auch Sanktionen geben, die Polizei, die Steuerfahndung, die Nachbarn. Tausendmal kann ich mir vorsagen, daß mir das gleichgültig ist, daß ich mich dem stellen werde, gelassen soweit es mich betrifft, daß alle um mich herum, würde man ihr Leben aufklappen, mit den gleichen Sanktionen zu rechnen hätten. Es nützt nichts. Ich spüre eine Scham, die reicht für Losie noch mit, denn Scham kennt sie auch nicht, ebensowenig wie Angst. Vielleicht wird es ihr helfen, daß sie nichts von alldem zu fühlen gelernt hat, was man von ihr erwartet.

Zur Zeit ist so ein Wetter, das schon mit dem Sommer droht. Man hat das trügerische Gefühl, alles zu können. Losie wollte einkaufen gehen. Wie eine Explosion war es, als ihr auffiel, sie hätte ja monatelang nichts gekauft. Als sei man nicht auf der Welt, wenn man sie nicht stückchenweise zu sich holt. Sie hat richtig gezittert, als sie mich beschwor, das Parkgelände mit ihr zusammen zu verlassen. Es müsse doch hier irgendwo eine Stadt geben, eine Stadt oder auch nur ein Dorf, irgendwelche Läden aber doch auf jeden Fall. Keiner bräuchte es zu merken wenn wir weggingen, die andern täten das auch, sie sei ganz sicher.

Es hat mich ganz unvorbereitet getroffen. Ihr Ausbruch von Ungestüm machte mich mißtrauisch, denn so war sie nicht wirklich. Sie lebte nicht so stark in den Dingen die man kaufen kann wie andere es tun, zum Beispiel ihre Mutter. Einkaufen als Trost und Hilfe. Wie oft hatten wir darüber gelacht, wenn Irma mit ihren Langeweile- und Trotzpäckchen nach Hause kam. Tausend Sachen die schon im Moment des Bezahlens fad geworden waren. Und nun hatte Losie den gleichen Wunsch, oder wollte sie mich auf eine falsche Fährte locken?

Sie hat mich schon lange um nichts mehr gebeten. Sie hat lediglich meine Anwesenheit geduldet und mir nur die Almosen ihrer kleinen Zettelchen gegönnt. Dabei ist es vielleicht ein Zeichen für ihr Gesundwerden, wenn sie ausbrechen und diesen Park verlassen will, der einem das so schwer macht, weil er keine Mauern hat. Als ich sagte, daß ich Laudin fragen wollte, ob er einen Ausflug für gut hielte, erschrak ich vor ihrem Blick. So habe ich sie schon lang nicht mehr schauen sehen, so verächtlich und fern und böse. Ich brauche dich nicht um wegzugehen, sagte mir dieser Blick, ich habe dich nur aus Höflichkeit gefragt. Ich werde jederzeit wenn ich will allein gehen, wann ich will und wohin ich will. Ich zeigte mein Erschrecken nicht, aber sie weiß schon zu lange, wie sie mir weh tun kann.

War nur eine Frage, sagte sie, du hast dich auch ziemlich verändert hier. Vielleicht mehr als ich.

Und wieder hatte ich das Gefühl, als habe man mich hier in diesem sanften Sanatorium überlistet. Die Efeudame fiel mir wieder ein und der Austausch. Ich hatte das Gefühl, daß Losie längst über alles Bescheid wußte, auch wenn sie nichts sagte. Weil mir nichts anderes einfiel, lenkte ich sie ab mit dem bevorstehenden Besuch ihres Vaters. Sie hat kaum reagiert. Sie hat mich nur gefragt, wovor ich eigentlich Angst hätte. Er sei doch ganz handzahm, sagte sie, man könne ja verstehen, daß dies alles für ihn ein bißchen schwierig gewesen sei. Wovon sie spreche, fragte ich sie mißtrauisch. Was weiß sie eigentlich und woher? Aber sie gab mir keine Antwort.

Jetzt ist Nacht, und ich habe beide Fensterflügel zum Park hinaus geöffnet. Aus der Ferne höre ich in regelmäßigen Abständen Schreie. Aber sie sind so weit weg, daß sie mir natürlich erscheinen und nicht bedrohlich. Es muß in einem andern Flügel des Hauses so etwas wie eine unruhige Abteilung geben. Auch die feinsten und wohlversorgtesten Leute sind wohl zuweilen unruhig. Losie war ja in den ersten Tagen ihres Hierseins auch dort. Man hat mich damals nicht zu ihr gelassen und ich habe auch keine Schreie ertragen müssen, obwohl ich jetzt nichts dagegen hätte, wenn die Lautlosigkeit aus dem Nebenzimmer durchbrochen würde. Es ist ein anderes Schweigen als zu der Zeit, als es ihr noch schlecht ging, trotziger, verächtlicher, selbstbewußter.

Was will sie? Ich denke manchmal, daß sie drauf und dran ist, hier abzuhauen mit ihren neu geordneten Kräften, in die Stadt zu fahren und Elsbächer wirklich den Rest zu geben. Weiß der Himmel, warum ich von diesem Gedanken nicht wegkomme. Es ist, als ob ich es selber wollte, als ob diese Tat sich mir eingepflanzt hätte, erst als eine betrunkene Verrücktheit, dann als etwas Denkbares, dann als Notwendigkeit. Ob er immer noch die andern von seiner Lauterkeit zu überzeugen in der Lage ist?

Ich stelle mir vor, wie Elsbächer vor dem Staatsanwalt – auch einer von den schwarzen Herren – die Notwendigkeit seiner Machenschaften verteidigt. Ich stelle mir vor wie sie zusammen rauchen und einen Cognac trinken und einander auch ohne Worte verstehen. Das einzig lästige sind ein paar Bestimmungen und das Finanzamt. Aber da wird einem schon was einfallen. Und dann wird er sanft und nachdrücklich die Schuld umverteilen. Je platter und ehrlicher gewinnsüchtig einer war, umso fetter wird der Teil sein, den Elsbächer ihm zuschiebt. Und Salo gings nur ums Gewinnen, soviel ist klar. Das ganze Menschheitsbeglükkertum ist nicht seine Sache. So wird eben er vor allen andern dumm dastehen, und Elsbächer und der Staatsanwalt werden die Köpfe wiegen und werden bedauernde Worte murmeln.

Ich weiß schon, daß ich mir derlei Zusammen- und Übereinkünfte ein wenig naiv vorstelle. Das liegt auch daran, daß man mir nicht beigebracht hat, wie feinfädig und unbekümmert geschäftliche Säuischkeit in Wirklichkeit ist. Man liests ja immer nur, und dann sind es nur die Ereignisse, die sie einem beschreiben und nicht, daß da eben Leute sitzen, die die Ereignisse machen, und an ihnen fett werden. Schmierkäse aus durch drei Länder geschubstem ranzigem Fett und das Ganze dann noch subventioniert nach Südamerika und überflüssige Betonschuppen für Hunderte von Millionen, das sind die Ereignisse. Dafür gibt es Zeitungen, daß einem das erzählt wird und man sich aufregen kann und sich ordentlich schauert. Ich danke dir Herr, daß ich nicht bin wie diese. Es ist einfach, Ereignisse widerlich und unverständlich und des Bekämpfens wert zu finden. Aber was einem nie klar wird, ist, daß es Leute sind, die sie machen und die ganz genau wissen was sie da tun.

Mag sein, daß Losie das während ihrer betrunkenen Prinzessinnenzeit geahnt hat – daß sie mitten unter solchen war, die Ereignisse machen und sich deshalb feiern, und sich nicht im mindesten widerlich finden. Vielleicht war sie von der Unverfrorenheit fasziniert, vor der dicken Erotik, die mit der Macht Hand in Hand gehen kann. Vielleicht hat sie sich geschämt über das, was sie fühlte. Spekulationen, das alles. Aber ich bin sicher, daß alles bei ihr in eine Art Mitleid zu münden droht, Mitleid mit den Machtmonstern, die ihr kränklich erschienen sein mögen und unbeweglich und weit vom Glück entfernt. Sie wird mit ihrem Vater Mitleid haben. Er wiederum wird das nicht ertragen. Sie wird vielleicht nicht einmal spüren, wie viel sich für sie verändert. Der schützende Mantel ihres Hochmuts, von mir so viele Jahre lang gewoben, wird nicht versagen.

Wie soll ich sie noch durch die Schule hindurchjagen? Sie wird, wenn wir dieses Haus verlassen, ein halbes Jahr versäumt haben, mindestens. Eigentlich hatte mir das gar nichts ausgemacht. Ich schob Veränderungen gern vor mir her. Aber ich habe jetzt doch ein schlechtes Gewissen. Wenn alles zusammenbricht wird sie irgendwo arbeiten gehen müssen. Sie wird eine Entscheidung treffen müssen, und ich habe ihr nie beigebracht, wie man das macht. Es kann sein, daß ich mir das Bevorstehende viel zu dramatisch vorstelle.

Vielleicht werden Befürchtungen in solch lautlosen Umgebungen wie dieser von allein etwas schrill. Aber ich habe die Wirklichkeit so lang für überflüssig und uninteressant gehalten, daß ich jetzt ganz beflissen und eilfertig versuche, ihr gerecht zu werden.

Nebenan schläft Losie, nehme ich an, und kümmert sich einen Dreck um meine verzweifelten Versuche, in die Zukunft zu schauen und mich auf sie einzustellen. Sie würde sicher lachen, wenn sie es wüßte. Was soll schon sein, würde sie fragen, es kann doch passieren was will, du bleibst wer du bist und ich bleib wer ich bin. Eben das hab ich sie gelehrt. Und nun trau ich meinen Lehren nicht mehr. Sie weiß nicht, wie es ist ohne Komfort. Die Tatsache, daß ichs ausgehalten habe, seinerzeit, hat nichts zu sagen, beweist nichts. Sie wird ohne das alles auskommen. Aber sie wird nichts mehr tun, sie wird durch die Welt gleiten wie eine Amöbe. Ob das meine Angst ist, eine meiner Ängste, daß sie wird wie ich? Ein Einzeller, der ohne Schmerz durch freundliche Elemente schwänzelt und unfreundliche meidet, ein Ding, das kein Organ hat, womit es sich wichtig nehmen könnte.

Ich horche in die Stille. Die Schreie haben aufgehört, oder sie sind so in die Nacht eingefügt, daß ich sie nicht mehr hören kann. Wie stark der Park duftet, fast unangenehm, ein übertriebener, unruhiger Nachtgeruch der einem den Schlaf raubt. Zum erstenmal seit ich hier bin habe ich große Lust auf eine Flasche Wein. Aber ich wage nicht, jemanden zu wecken. Ich wage auch nicht das Zimmer zu verlassen, um in den entfernten Teilen des Hauses nach etwas Trinkbarem zu suchen. In dieser Nacht kommt es mir vor, als seien alle Flure bevölkert von Leuten die nur darauf warten, daß ich hinausgehe und Losie alleinlasse. Ich spüre, daß mich die Ruhe und das Alleinsein langsam verrückt machen.

Es sollte mich eigentlich kaltlassen. Da, wo ich herkomme, war es immer ruhig und keiner wurde davon zapplig. Vielleicht, weil wir uns einbildeten sehr viel Arbeit zu haben. Dabei haben wir sie ja nur verteilt, getan haben sie andere. Das war halt so. Aber wenn ich denke, wieviele Nächte ich in einen dunklen starkduftenden Park hinausgehorcht und hinausgeatmet habe ohne daß mir das Herz schneller geschlagen hätte. Was ist dazugekommen? Was ist hier anders? Ist es nur der schlafende Leib im Nebenzimmer, dieses Mädchen und seine Zukunft, die ich in meinem Kopf hin- und herwälze? Ich bin ganz und gar nicht fähig zu ergründen, was eigentlich geschehen soll. Manchmal sehnt man sich ja nach einem großen Krach, nach einem Skandal, nur damit sich was ändert, damit man das Gefühl hat zu leben. Und manchmal wird man zum Verräter an allem, nur damit jedes Ding am gleichen Platz bleibt und sich nichts verändert.

Er ist da. Schon als ich ihn von weitem durch den Park kommen sah, zu Fuß wie ein Geschlagener, ohne den Schutz seines Autos, seiner silbernen Rüstung, habe ich gespürt, wie sich von mir etwas ablöste und zu ihm hin sickerte. Die Wunde meiner Liebe hatte sich wieder geöffnet. Dabei hab ich immer gedacht, daß es zwischen uns nur ein bißchen schnell erloschene Geilheit gegeben hätte. Aber als er da näherkam, dick und weichfüßig auf den schönen Wegen des Parks, merkte ich, daß was übriggeblieben war. Wieviel wahres Gefühl? Ich weiß es nicht. Aber es war ein angenehmes, sanft schmerzliches Empfinden, ihn da vorsichtig näherkommen zu sehen auf ungewohntem Gelände, in feindlicher Umgebung.

Männer wie er werden sehr hilflos, wenn man ihnen ihre Rüstungen wegnimmt. Sie haben so viele Jahre und so viel Arbeit drangehängt, um sie sich zu schmieden. Sie brauchen Aktenkoffer und Sekretärinnen und Anrufe und Autos und Haarschnitte, Mäntel, teure Anzüge und bestimmte Armbanduhren und kleine Metallbuchstaben auf Gürteln und Schuhen und Ehrenämter und Titel. Ich habe so gelacht, als einmal einer von den schwarzen Herren mir ernsthaft den Vorschlag machte, ich solle ihn adoptieren. Ich habe erst gar nicht verstanden, was er damit wollte – aber er hats ganz ernst gemeint und eine hübsche Summe geboten. Du lieber Gott. Dabei waren wir da, wo ich herkomme, gar nichts Besonderes. Aber der Name klingt hübsch, das gebe ich zu. Nur, was er wirklich ist, kann man sich nicht heradoptieren. Da war Salo geschickter. Er hat mich einfach gekauft. Aber die andern Sachen, die Rüstung, das braucht er schon auch. Er hat sie um sich aufgebaut, Schicht um Schicht, und schleunigst ausgetauscht was nicht mehr vom neuesten war.

Er tat mir so leid. Wie er da den Weg entlanggekommen ist, war der nackte kleine Kerl, der in ihm sitzt und sich fürchtet, fast sichtbar. Dabei hat er durchaus nicht mutlos gewirkt, er begrüßte mich nur kurz und sachlich und sah mich kaum an. Ich merkte, wie mein bißchen Leuchten, das ich bei seinem Kommen gespürt hatte, gleich wieder verglomm.

Wo ist der Chefarzt? sagte er, ist ein Zimmer für mich vorbereitet? Zum Abendessen gehen wir aus, das heißt wenns erlaubt ist. Wie war doch Ihr Name, meine Liebe?

Und damit meinte er die Empfangssekretärin, die dieser erotisierenden Befehlsflut ganz selbstvergessen gefolgt war. Den Chef wollte er, darauf hätte ich gewettet. Seit wir hier sind, haben wir den Chefarzt vielleicht zweimal gesehen. Es ist klar, daß er über uns nichts weiß, außer daß wir pünktlich zahlen und irgendeine schemenhafte, viereckige Diagnose in einer viereckigen Mappe liegt. Aber den will er sprechen. Das wollen solche wie er immer. Sie spüren instinktiv, daß ihnen da ein beruhigender, inkompetenter Wichtigtuer vom gleichen Kaliber wie sie selber gegenübersteht. Er ist nur deshalb so kostspielig und man zahlt ihn nur deshalb so gern, weil er einen nicht irritieren, nicht erschrecken wird. Warum sind sie Chefärzte geworden? Weil sie es fertigbringen, den Tod mitten aus dem Sturmzentrum heraus zu leugnen. Wo sie sind, hat Krankheit und

Wahnsinn keinen Platz und schrumpft zu unbedeutenden Anfällen von schlechten Manieren und Widerborstigkeit. Wie gehts uns heute? Wer wagt zu sagen, miserabel? Er wird na, na, na, zur Antwort bekommen und sich schämen. Also den wollte Salo sprechen. Ich verzichtete fürs erste drauf, ihm zu sagen, für wie sinnlos ich das hielt.

Losie war nicht gekommen um ihn zu begrüßen. In ihrem Zimmer war sie auch nicht. Sie hatte sich unsichtbar gemacht und auch das hatte ich erwartet. Ich konnte mir ein bißchen Häme nicht verkneifen.

Du hast dir ganz schön lang Zeit gelassen, bis du dich an deine Gefangenen erinnert hast, sagte ich zu ihm.

Und er, wie zugeschnappt: Es gab ja wohl anderes zu bedenken und in Ordnung zu bringen. Das hätte sich doch wohl auch bis zu mir herumgesprochen. Er sei froh, daß wir erst mal aus der Schußlinie gekommen seien.

Bei dem Wort Schußlinie hat er kurz gezögert. Vor uns lag ein riesiger Berg Wörter, sie mußten gesagt werden. Wir haben noch nicht damit angefangen, er und ich. Losie hat damit nichts zu tun. Das ist eine Sache zwischen ihm und mir. Ich bin es ihm schuldig, ihn dabei zu unterstützen. Seine ungefragten Fragen brennen, seine ungedachten Antworten, die Schlüsse, die er wird ziehen müssen. Eine Flut von Schmerz steht ihm bevor und ich glaube, daß das für ihn etwas Neues bedeutet. Er wird sich entkleiden müssen und aushalten, daß er nackt nicht besonders gut aussieht. Er muß vielleicht anfangen, unser Leben zu ändern. Oder er muß die Lügen stark genug machen, daß sie das Gebäude des bisherigen Lebens weiter tragen können.

Mit beidem wäre ich einverstanden. Vielleicht bin ich im Lauf der Jahre ein wenig zynisch geworden. Das kommt von der Widerstandslosigkeit meines täglichen Lebens. Im Zentrum der Lüge jedenfalls ist leichter ehrlich sein als am Rand der Wahrheit. Wenn ich einen Lebenszusammenhang so halbgut finde, so am Rand des Gutseins, werd ich ihn mir umdichten bis er ganz gut scheint. Etwas von vornherein

Widerwärtiges aber macht mir die Wahrhaftigkeit leichter. Losie aber, Losie darf so nie denken. Ich weiß nicht, ob ich genug dazu getan habe, es zu verhindern.

Es ist nämlich schwierig, einem Menschen etwas beibringen zu wollen, an dessen Wirklichkeit zu glauben man längst aufgehört hat. Und das hatte ich versucht. Losie sollte von mir Hoffnung lernen, die Hoffnung, an deren Wirklichkeit ich nicht mehr glaubte. Nicht, daß es besonders weh täte wenn man diesen Glauben verliert. Aber man kann doch kein Kind mit Hoffnungslosigkeit ernähren, auch nicht in ihrer sanftesten und heitersten Form. Dabei hatte ich sie schon vor Jahren im Verdacht, daß sie genau spürte, wenn ich ihr Phantome beibrachte, Zuversicht und Zukunftsglauben und all diese Überflüssigkeiten. Wie Spinat. Man hat sich dran gewöhnt, daß Kinder diese Dinge unbedingt haben müssen, weil sie sonst nicht lebensfähig seien. Ich bin auch drauf reingefallen. Tugenden und Spinat. Soziales Gewissen und eine bessere Welt. Nichts als geistige Zellulose. Aber kein Mensch wagt, darauf zu verzichten.

Mittlerweile hat sie sich entschlossen, ihren Vater zu begrüßen. Jedenfalls ist sie von irgendwoher aufgetaucht und ich habe die beiden in der Halle stehen sehen wie zwei Premierengäste, aufrecht und höflich und einer die Blicke über die Schulter des andern sendend, damit keinem entgeht, was um ihn herum geschieht. Eigentlich hatte ich damit gerechnet, daß Losie mich dazuholen würde. Ich weiß von früher, daß beiden der Gesprächsstoff ziemlich schnell ausgeht, weil sie immer so vorsichtig miteinander sind. Er wird ihr sagen, daß sie gut aussieht, daß sie sich wirklich erholt hat, daß ihre Mutter es nicht erwarten kann, bis sie wieder zuhause ist, daß sie sich keine Sorgen machen soll. Dann werden seine Wörter langsam versickern. Sie wird antworten, daß sie sich wohl fühlt, daß es ihr egal ist, was in der Stadt vor sich geht, daß sie sich nie Sorgen gemacht hätte. Dann werden sie beide schweigen.

Ich muß gar nicht dabeisein. Es hat nichts damit zu tun,

daß sie sich nicht lieben, was immer das in diesem Zusammenhang bedeuten mag. Sie trauen sich nur gegenseitig nicht zu, auch nur die Schatten der Gedanken im Kopf des andern zu begreifen. Menschen die sich lieben, zumal Verwandte, neigen sowieso dazu, den Gegenstand ihrer pflichtgemäßen Liebe für debil zu halten. Man merkt es schon daran, wie sie übereinander reden, im Beisein anderer: Sie hat sowieso immer schlechte Laune, nein, rechnen kann sie nicht einmal das kleine einmaleins. Nein, er kann keine zwei Meter zu Fuß gehen. Er kann keinen Nagel in die Wand schlagen. Laß mich das machen. Du kannst es ja doch nicht. Diese leuchtenden Sätze der Liebe. Losie und Salo machen da keine Ausnahme.

Ob der Aschermittwoch zwischen ihnen ausgesprochen wird? Ob ich es erreiche, daß Salo mir den Abend erzählt, und die Nacht, ohne sein Komitee zu schonen? Wir werden nicht viel Zeit haben, um uns durch dieses Gebirge zu arbeiten. Losie wird mir keine Hilfe sein. Noch immer habe ich das Gefühl, als sei in ihr etwas verschlossen, kleiner geworden, abgerundet, in die Seele geschmiegt und fast schmerzlos.

Wir sind doch nicht zum Essen weggefahren. Der Zauber des Ortes hat sich sogar Salo mitgeteilt. Laß uns hierbleiben, hat er gegen Abend gesagt, es macht den Eindruck, als bekämen die hier auch was Eßbares zustande.

Man hatte für uns im Foyer gedeckt, dort, wo damals das Fest gefeiert worden war. Es scheint mir schon lang her. Alle konnten an uns vorbeigehen und uns anschauen. Das taten sie auch, die Patienten und die Ärzte gingen langsam an unserem kleinen Tisch vorbei, der friedlich im buttergelben Kerzenlicht dastand. Alle warfen ein paar Blicke auf uns, freundliche, besorgte Blicke. Ich hatte in all den Wochen nicht gemerkt, daß sie uns mochten, vielleicht sogar liebten. Ich spürte es jetzt an den Blicken, mit denen sie Losie anschauten, zärtlich und dringend, als wollten sie uns vor allen noch unbegangenen Fehlern warnen.

Es war ein eigenartiges Abendessen. Obwohl es erst ein paar Stunden her ist, kann ich mich an den Geschmack der Speisen nicht mehr erinnern sondern nur an unsere Bemühungen, angemessene Gesichter aufzusetzen während des Defilees unserer Lebensgefährten. Das Wort ist mir jetzt einfach so gekommen, aber es stimmt. Das sind unsere Lebensgefährten, die Efeudame und Laudin und der junge Mann mit den Pyjamahosen. Wir wissen nichts von ihnen, außer daß sie uns wohlwollen und uns nicht stören.

Man kommt sich ja vor wie in einem Aquarium, sagte Salo nervös und verschluckte sich an irgendwas.

Seine Art zu essen war mir nie so aufgefallen wie hier. In diesem Haus der sanften, langsamen Bewegungen wirkte er zapplig und sinnlos wie ein Jojo. Er warf sich die Speisen in den Mund, atmete nach dem Löffel wenn er noch Händebreit vom Mund entfernt war, und spülte sich die Kehle mit großen Weinschlucken frei. Er arbeitete sich das Essen hinein, stöhnend und angstvoll. Und die ganze Zeit gingen sie an unserem Tisch vorbei, nickten, blieben ein wenig stehen in Losies Lächeln wie unter einer Lampe. Sie sagten wohl auch manchmal etwas, aber man verstand sie nicht.

Wie verdammte Fische kommen die mir vor, sagte Salo, dem das alles Gedankendrücken verursachte. Sind das alles Verrückte?

Das war der Moment, da mein Kind anfing zu reden, seit Monaten zum erstenmal, nicht um Mitteilungen zu machen oder Wünsche zu äußern, sondern um etwas von sich uns wieder zuzuteilen, etwas, das sie lang für sich behalten hat und wovon ich befürchtet hatte, sie habe es überhaupt nicht mehr. Ich merkte es übrigens erst später, daß sie wieder sprach, zunächst wars ja wie gib mir bitte das Brot rüber oder es wird langsam wärmer.

Lauter Verrückte, sagte Losie. Wir haben nichts dagegen. Wir können sicher sein, daß wir hier keine Normalen zu fürchten haben. Die Ärzte fallen auch nicht unangenehm auf.

Sie brachte Salo in Verlegenheit, aber ich weiß nicht, ob sie es bewußt tat. Sie schien mir seine Gefühle eher gleichgültig in Kauf zu nehmen.

Zu Anfang, sagte sie, war ich ziemlich entsetzt, daß du mich in eine Klapsmühle geschickt hast. Nicht nur mich, sie auch, und sie zeigte mit dem Kinn auf mich. Denn es ist ganz egal, als was du hierherkommst. Du wirst es schon noch merken, du bist nämlich jetzt auch drin. Bild dir nicht ein, daß du Besuch sein kannst. Aber dann hab ich gemerkt, daß ich aus einer Klapsmühle entkommen bin, in der ich vorher war. Sie – wieder diese kühle Bewegung ihres Kopfs zu mir hin – sie weiß es nicht so genau. Aber sie kanns spüren, im Unterschied zu euch. Willst du an mir jetzt eigentlich alle möglichen Klapsmühlen ausprobieren, bis eine paßt? Bis du eine gefunden hast, in der du mich brauchen kannst? Warum hast du nicht alle deine netten, lustigen Freunde mitgebracht? Sie sind mir wirklich einen Besuch schuldig, wo ich mir doch solche Mühe gegeben habe, ihnen zu gefallen.

Ich wollte ihnen wirklich gefallen, sagte sie in unser Schweigen hinein, ich hab ihnen ja gegeben, was ich dachte daß sie haben wollten. Aber es war wohl verkehrt. Keiner hat sich gefreut. Wie erklärst du dir das? Oder können sie es nicht? Hier freuen sie sich, wenn sie mich sehen! Ich brauch das, sagte sie dann noch verwundert, als hätte sie das grade im Moment gemerkt, ich brauch das. Du Armer, du brauchst es auch. Aber über dich freut sich schon lang keiner mehr.

Ich kann nicht sagen, daß mir dieses Gespräch gepaßt hätte. Es lief da was verquer. Ich bin noch nicht dahintergekommen was. Sie ist wohl entschlossen, sich nicht mehr drum zu kümmern ob man sie versteht, oder ob sie, was sie tut, auch zu erklären vermag. Sie denkt und sagt, was sie im Moment gedacht hat. Ihre Sätze spritzen in der Gegend herum.

Mach was, sagte Salo zu mir, mach doch was. Ich versteh

sie nicht. Sie sagt, daß sie denen gefallen wollte. Ich glaub ihr das nicht. Sie wollte sie betäuben oder so was, sie wollte sie hilflos kriegen und das ist ihr nicht gelungen. Und dann hat sie sich vollgesoffen und ist aus dem Ruder gelaufen. Was will sie denn, du kennst sie doch, was will sie denn eigentlich?

Armer Salo. Ich habe ihm nichts erklären können. Da saß ich neben meinem Kind, stumm wie eine Pappschachtel, und meine anmaßenden Träume vom vollkommenen In-ihr-Sein zerbröckelten mit jedem ihrer Wörter ein bißchen mehr. Vielleicht denkt sie, sie hätte das Alleinsein gelernt. Vielleicht denkt sie, sie könnte es uns jetzt der Reihe nach beibringen. Ich merke, wie ich einen winzigen Haß nähre auf ihr Jungsein. Sie hat mich unerbittlich neben ihren Vater gestellt.

Bei Leuten meiner Generation war mir schon früher aufgefallen, daß sie immer so taten, als habe man sie am Jungsein gehindert. Die größte Sünde des Regimes schien für sie gewesen zu sein, daß man sie angeblich unmittelbar aus einer ahnungslosen Kindheit in ein tatenloses Alter gezwungen hatte. Wir sind um unsere Jugend betrogen worden! Ich möchte eine Mark für jedesmal, wenn ich diesen Satz gehört habe, wenn man von mir erwartet hat, daß ich zustimme. Ich erschrecke, daß ich jetzt solche Gedanken habe. Denn es stimmt ja nicht. Wir waren jung wie jeder Mensch und jedes Tier, wir warens genauso lang, vielleicht sogar länger. Man hat uns um gar nichts betrogen, nur wir haben das getan, jeder einzelne von uns. Mit diesem ums Jungsein betrogen meinen sie, daß sie zwölf Jahre lang gemacht haben, was man ihnen sagte, an dem Platz, den man ihnen zuwies. Und die gleichen klagen heute über die Jungen, die nicht tun, was man ihnen sagt, die sich keinen Platz zuweisen lassen und kein Opfer.

Will ich Losie jetzt schwach sehen, ich, die so lange versucht hat sie stark zu machen? Es stört mich, wenn ich aus dem Ton ihrer Stimme Urteile heraushöre. Als habe sie nicht das Recht, Schwarzes schwarz zu nennen und Weißes weiß. Das ist auch so was, daß eben alles grau sei, daß man tolerant sein muß und alle Seiten einer Sache sehen. Das geht doch gar nicht. Ich weiß es seit vielen Jahren. Warum reagiere ich jetzt ungeduldig, wenn sie zu sprechen beginnt? Müssen sie wirklich erst schuldig geworden sein bevor wir ihnen zuhören, wenn sie über Schuld reden? Und wenn ich das meine – was ich nicht hoffe – wenn irgendwas Schlammiges, Düsteres in mir das wirklich meint, grade dann muß ich ihr alles zugestehen. Sie hat sich ja in Schuld schon ein wenig geübt in den Tagen der Kampagne.

So habe ich das bis jetzt noch nicht gesehen, und ich bin auch noch nicht sicher, ob es stimmt – daß ihre Prinzessinnenzeit ein Akt gegens Jungsein war, ein verzweifelter, hinkender Sprung. Und wenn es so war, dann war ich es, die sie ums Jungsein betrogen hat. Keine tausendjährige Zeit, kein Regime, kein Befehl, nur ich. Wie soll einer, der nicht jung ist, es einer Jungen beibringen? So viele Jahre sind dem Vergessen, der Unordentlichkeit, dem Verachten jener frühen überwachsenen Wege gewidmet, daß die, die sich noch in dieser versunkenen Landschaft bewegen, notgedrungen Gegenstand von Mißtrauen und Neid sind. Und sie wissen es nicht. Jedes Vertrauen, das sie uns ahnungslos schenken, kann ihr Untergang werden.

Daß ich das weiß macht mich den Jungen nicht geheurer und nicht sympathischer. Es nützt ihnen nichts. Es hat Losie auch nichts genützt. Wahrscheinlich wäre sie ganz ohne meine Hilfe genauso geworden, wie sie jetzt ist, wäre gestürzt und wieder aufgestanden, etwas klüger und etwas schmutziger.

Es ist schmerzlich, die eigene Überflüssigkeit zu mutmaßen. Aber es hat auch etwas Süßes, gleichsam Entschuldigendes. Ein Sandkorn im All kann soviel Unheil eigentlich nicht anrichten. Es kann gar nichts anrichten. Aber das stimmt auch wieder nicht. Wie bringe ichs nur zusammen, das Einmalige, und das Unwichtige, das wir beides sein müssen, abwechselnd oder gleichzeitig?

Ich erinnere mich an einen Nachmittag im Rheingau, Losie war noch sehr klein, vielleicht grade in die Schule gekommen. Ich weiß es nicht mehr genau. Sie wollte in ein Feld laufen, die Ähren waren viel höher als sie selber und die Ränder des Feldes blühten. Ich habe ihr gesagt, daß man nie in ein Feld laufen darf. Aber ich habe es nicht fertiggebracht, es ihr richtig zu begründen. Das waren eben auch noch solche alten Sachen aus den Zeiten der Sense. Manches von unserer Moral ist auch aus den Zeiten der Sense. Sie robbte zwischen den graugrünen Halmen hin und her und ich sah nur die wellende Spur wie von einem kleinen Tier. Nach einer langen Zeit kam sie wieder zum Vorschein, vollkommen mit Staub bedeckt, ihre Zähne leuchteten aus dem mageren kleinen Gesicht.

Siehst du, sagte sie, es hat ihm bestimmt nichts ausgemacht. Das Feld hat mich ja kaum bemerkt!

Und sie strahlte, weil »es sie kaum bemerkt« hatte. Es fällt mir schwer einzugestehen, daß sie mich wahrscheinlich nicht mehr braucht, oder vielleicht noch nie gebraucht hat.

Vielleicht ist es gut so. Denn von all den Dingen, die sie bald wird tun und können müssen, weiß ich nicht viel. Ich kann sie nichts mehr lehren. Ich gebe zu, daß mich der Gedanke an die Entscheidung mit Angst erfüllt – ihretwegen, nicht meinetwegen –, weil ich mir keinen Beruf für sie vorstellen kann, der sie ganz läßt, der sich ihrer so bemächtigt, daß sie glücklich werden kann. Aber das hat nichts zu sagen, denn ich komme aus einer Zeit und einer Welt, in der es Berufe kaum gab, Arbeit schon – aber nicht dieses emsige Auseinanderfasern von Tätigkeiten in immer mehr Tätigkeiten. Ich habe nicht einmal eine Ahnung davon, was sie lernen könnte. Ich weiß gar nicht, wie man all diese Beschäftigungen überhaupt nennt.

Ich muß aber sagen, daß ich mich meiner Unwissenheit nicht schäme. Im Gegenteil, insgeheim bin ich stolz über meine Ahnungslosigkeit und mein verbohrtes Wegschauen. Das hat mich schon vor vielem bewahrt, und im Grunde meines Herzens glaube ich ja immer noch, daß sich die Geschichten mit Salo irgendwie in nichts auflösen werden. Nicht, weil ich das für moralisch hielte, sondern weil es einfach bequemer wäre.

Ich denke an die Dutzende von Skandalen in den letzten Jahren. Da gab es ja wirklich viel größere und tollere. Unübersehbare tote Baumassen stehen in den Städten herum. Namen tauchten auf und hielten sich wochenlang in allen Zeitungen und verschwanden dann wieder ganz und gar. Aber daß einer davon ins Gefängnis gekommen wäre oder Selbstmord begangen hätte, habe ich nirgendwo gelesen. Sie leben alle irgendwo ganz komfortabel, unauffällig und wahrscheinlich nur durch eine gewisse Langeweile gestraft. Ich versuche, zu glauben, daß die Zukunft für Salo auch so was bereithält, wobei für ihn die Untätigkeit nicht nur Strafe, sondern fast schon Folter wäre. Ich habe mich aber im Verdacht, daß ich in diesem Fall – im Fall der Schuld und der Strafe in unserer unmittelbaren Nähe – weniger an Losie denke, als ich es sonst tue. Denn natürlich wäre es für sie eine Katastrophe, wenn sie die Dinge durchschaute und alles ginge weiter wie bisher.

Wieder ein schmaler, kleiner, halbdunkler Weg, auf dem ich mich in das Dickicht der Aschermittwochsnacht zurücktaste. Noch immer kann ich mit ihr darüber nicht reden. Und Salo ist so geschäftig und so unstet, wie er hier herumläuft und um sich sieht und anordnet und seine Hilflosigkeit übertönt, daß ich noch keine Lust hatte, ihn zu fragen. Ich vertraue auf die sanfte, gallertartige Ruhe, mit der dieser Ort alle Anwesenden überzieht. Irgendwann wird es auch ihn erwischen und er wird sich langsamer bewegen und leiser reden und mehr denken. Das tun alle. Schließlich ist er noch keine achtundvierzig Stunden hier.

So ausschließlich sich Losie in den letzten Wochen in ihrem Zimmer aufgehalten hat, so unerträglich scheint sie jetzt geschlossene Räume zu finden. Sie ist immer im Park, bei jedem Wetter – aber es ist überwiegend angenehm in diesen Tagen. Sie läuft herum oder sitzt auf der großen Terrasse, am äußersten Rand. In das Teehaus, das mit durchbrochenen spitzenartigen Holzwänden sehr anmutig und luftig aussieht, geht sie nie. Anscheinend ist ihr das schon zuviel Wand. Ich lasse sie tun, was sie will und kommentiere nichts. Sie ist wieder schmal und zart wie früher. Auch die Konturen ihres Gesichts haben sich wieder in jene vor der Zeit der Kampagne verwandelt. Sie ißt Unmengen. Soweit ich sehen kann – denn sie ißt oft allein oder läßt sich ihr Tablett auf die zugigste Seite der Terrasse bringen – bevorzugt sie grobe, scharfe und schwere Speisen, Nahrung wie für einen Waldarbeiter. Sie kleidet sich unauffällig, in Hosen natürlich, wie sie es früher schon getan hat. Ihre Haare sind wieder ins Leben zurückgekehrt und ich höre das Knistern, wenn sie sie kämmt durch die geschlossene Tür, die unsere Zimmer voneinander trennt.

In ihrem Alter kann man Spuren noch unsichtbar halten. Das weiß ich aus eigener Erfahrung. Mir hat man damals auch nichts angesehen, selbst nach der Flucht noch nicht und da war ich fünfzehn Jahre älter. Das ist ja das Gefährliche, die Spuren sind da, die Zerstörung zeigt sich, und plötzlich verschwinden die Zeichen, die Haut glättet sich über der kranken Stelle. Aber die bleibt.

Salo sucht den ganzen Tag nach seiner Tochter und erschrickt, wenn er ihr hinter irgendeiner Baumgruppe plötzlich gegenübersteht. Ich beobachte sie von meinem Fenster aus. Heute früh habe ich einen ihrer Zettel gefunden, einen sehr ordentlichen weißen Zettel mit einer tapferen, graden Schrift. Ich verstehe aber dennoch nicht genau, was sie meint.

Er soll bloß nicht so huddeln. Kannst
du ihm nicht sagen daß es Zeit braucht
für dich für mich aber vor allem für

ihn? ich kann dir gar nicht sagen wie gern ich langsam bin, hier. Du mußt hinter den Pavillon gehen und diese kleinen weißen Blumen anschauen. Du hast so was noch nie gerochen. Schick ihn heim.

Natürlich kann ich ihn nicht heimschicken. Wie stellt sie sich das vor? Ich kann nicht einmal verstehen, daß sie es wünscht. Sie hat ihn und ihre Mutter doch so lang nicht gesehen. Und feindselig war sie ihnen gegenüber nie, denn sie konnten ihr nicht weh tun und haben es auch nie versucht. Eigentlich hatte ich gedacht, daß sie ein Bedürfnis nach ihnen hätte, so, wie sie in den ersten Wochen nur Babybrei essen wollte. Wenn man so erschöpft ist, wie sie es war, hat man doch ein großes Bedürfnis nach dummer, einfacher, täppischer Liebe. Nach jemandem, der einem das Deckbett unter die Füße steckt, der einem Tee mit dem Löffel gibt, der kleine Wörterchen sagt, während man seinen Kopf in irgendeinem rauhen Stoff vergräbt. Dafür waren ihre Eltern gut, sie mußte es sich nicht bei mir holen.

Es war so und ist noch so: Ich habe sie nur ganz selten berührt. Ich war nie zärtlich zu ihr, von Anfang an nicht. Ich habe sie gebadet, als sie noch klein war. Später habe ich ihr das Anziehen beigebracht – sie konnte es sehr früh – und bis zum heutigen Tag habe ich ihr morgens ihre Haare gebürstet, sie sind der einzige Teil ihres Körpers, den ich gewöhnt bin zu berühren. Aber sind Haare eigentlich Körper? Sie sind doch aus dem gleichen Stoff wie Käferflügel und fühlen nichts. Ich habe sie nie in die Arme genommen und gestreichelt und getröstet. Ich habe immer versucht das mit Wörtern zu tun. Vielleicht ist das ungenügend. Aber es hat ihr nichts gefehlt. Ich erinnere mich, wenn sie hingefallen war, rannte sie erst ganz schnell zu ihrer Mutter, die machte mit ihr das schöne kleine Ritual mit dem Pusten und au sagen und Tränen abwischen, Losie ließ das über sich ergehen, und dann rannte sie zu mir und erzählte mir, wie es gekommen war, daß sie hinfiel, und daß es zum Aushalten sei.

Salo ist jetzt schon den vierten Tag da und er kommt mir immer mehr wie ein gefangener Bär vor, wie eins von diesen großen, schweren hilflosen Tieren, die erst so spät merken, daß es keinen Ausweg mehr gibt. Wale und Nashörner habe ich, wenn sie gequält wurden viel mehr bemitleidet als kleine, niedliche Tiere. Wenn solche großen, ungeschlachten Tiere sich schwerfällig in Netzen drehen oder unendlich langsam unter Kugeln zusammenbrechen, bin ich selbst wie getroffen. So kommt mir Salo vor. Er dreht sich in einem unsichtbaren Netz wie ein sehr großes Tier. Und es hilft mir gar nichts, daß ich mir vorsage, er trüge schließlich seinen Teil Schuld an allem, was noch geschehen wird. Er tut mir leid, ich bin ganz hilflos vor Mitleid.

Die andern Patienten merken es auch. Hier fühlen ja alle viel genauer als draußen, weil sie Zeit haben und weil sie es auch aushalten. In den ersten Tagen haben sie ihn gegrüßt, über seine laut überdröhnte Verlegenheit gelächelt, ihn ihre Überlegenheit nicht spüren lassen. Jetzt weichen sie ihm aus als wäre er ansteckend. Das werden die Lügen um ihn herum sein, die sie spüren und fürchten. Ich habe viel von denen gelernt.

Das Gras im Park verblaßt zur Farbe des Sommers, bilde ich mir ein. Dabei ist es noch nicht spät im Jahr. Aber ich fürchte, wenn ich noch lange aus der Welt bleibe, kommt zu guter Letzt noch Irma hierher und wir bleiben in hundertjähriger Unbeweglichkeit in diesem Haus, in diesem ungründlichen Garten, wie Dornröschen, und nichts kann uns geschehen.

Es ist an mir, den Aufenthalt auf dieser Insel endgültig zu beenden. Es ist an mir, in die Stadt zurückzufahren und endlich Elsbächer zu fragen, was in jener Nacht geschehen ist, und wie es mit Salo und dieser ganzen undurchsichtigen Baugeschichte weitergehen wird. Es ist an mir, zu begreifen, daß Losie gehen kann. Wahrscheinlich hänge ich an diesem alten Irrtum: daß gehen können bedeutet: zusammen gehen. Das bedeutet es nicht. Aber jetzt ist Nacht, und ich habe gut klug sein.

In den letzten zwei Tagen ist es kühl und regnerisch geworden. Ich habe länger mit Losie gesprochen, sie gefragt, warum sie will, daß ihr Vater nach Hause fährt und wie sie sich das vorstellt, was danach kommen sollte.

Wonach? sagte sie. Er hat hier gestört, das hast du doch gemerkt!

Kein Wort war ihr zu entlocken über die Baugeschichte, kein Zeichen, wieviel sie davon wußte oder wissen wollte. Noch immer ist die Aschermittwochsnacht in ihr verschlossen, und ich bin besorgt, ob sie das Ganze nicht immer tiefer in sich versenkt.

Weißt du, sagte sie ein bißchen später, ich habe ihn eigentlich immer gern mit andern Leuten zusammen gesehen. Er hatte so was Genaues, Wichtiges. Aber hier hab ich zum erstenmal so ein peinliches Gefühl. Du kennst das doch, wenn man so ein Zucken im Magen hat, bevor jemand, den man gut kennt, anfängt zu sprechen. Es ist hier eben anders, du bist auch anders, und es ist auch ganz egal, ob wir uns das nur einbilden.

Es kann aber nicht bleiben, wie es hier ist, sagte ich ihr, das ist kein Ort für immer, dafür hat man ihn auch nicht eingerichtet.

Warum nicht, gab sie zur Antwort und lachte. Warum eigentlich nicht? Aber wenn du meinst, machen wir uns woanders was Ähnliches.

Sie hält mich zum Narren, seit sie sich entschlossen hat mit mir zu sprechen. Wie früher, jeder würde denken, genau wie früher. Aber mich nimmt sie nicht auf den Arm, ich spüre genau diesen winzigen Unterschied, diesen feinen, kaum sichtbaren Riß zwischen damals und jetzt. Damals und jetzt, und dazwischen nur ein unmerkliches Zögern, eine kaum hörbare Weichheit in der Stimme, die mir wie Beflissenheit vorkommt, ein winziger Anflug von Eifer, von Gefallsucht in den Bewegungen.

Habe ich wirklich je gedacht, daß es dramatische, verwirrende Veränderungen bedeuten würde, wenn man erwachsen wird? Man wacht eines Tages auf und weiß was Schmerz ist oder Eitelkeit oder Todesangst. Hundertmal ist man an alldem als Kind vorbeigegangen, ist hindurchgegangen und blieb doch unversehrt. Und irgendwann schleichen sich Hoffnung ein und Lüge. Dann ist es vorbei und man ist erwachsen. So unmerklich ist es aber nur für die andern. Man selber weiß es ganz genau und beginnt im gleichen Moment mit der anstrengenden Arbeit des Vertuschens.

So offen scheint Losie und ist doch das Gegenteil. Oder fange ich an, Gespenster zu sehen? Aber auch Salo spürt es, dessen bin ich sicher. Er kann nicht sagen, was er spürt, aber er hat sich über ihre verblüffende Besserung nicht so gefreut, wie es zu erwarten gewesen wäre. Er traut alldem nicht.

Ich bin mit ihm spazierengegangen, obwohl es mit ihm wenig Freude macht, weil er die Wege so frißt. Sonst sind hier ja nur die Patienten unterwegs mit ihren Unterwasserbewegungen. Wir müssen ein merkwürdiges Paar abgegeben haben, denn er rennt und redet und wenn er mal schweigt, rennt er dafür nur noch schneller. Ich weiß ja aus den vielen Jahren in der Familie, daß es keinen Zweck hat, ihn auszufragen. Er hat sich schon zu lange aufs Verschweigen und Drumherumreden und Zornigwerden verlegt. Männer wie er denken bei der harmlosesten Frage immer erst darüber nach, welche verräterische und gefährliche Information ihnen bei der Antwort entschlüpfen könnte. Sie können schon bös werden, wenn man sie bloß fragt, ob sie in die Stadt fahren, und sie glauben einem nie, wenn man sagt, daß man nur Nähseide mitgebracht haben wollte.

Durch diesen dauernden Argwohn hat sogar der dicke Salo etwas marder- oder wieselartiges bekommen.

Ich konnte ihn also nicht geradezu fragen, wie die Dinge mit dem Bau und uns stehen. Nie hätte ich gedacht, daß Losies und mein weiteres Leben einmal so eng mit einem solchen scheußlichen, geldspeienden, geldverschlingenden Betonklotz verbunden sein würde. Er ist wie das gurgelnde Monster aus dem Märchen, bei dem die tapferen Helden nie genau wußten, wann es speit und wann es verschlingt. Salo hats anscheinend auch nicht gewußt. Aber er ist ja auch kein Held. Ich habe mich also drauf beschränkt, neben ihm herzurennen und drauf zu warten, daß er Lust bekommt mir etwas zu erzählen, so wie damals in der Nacht in meinem Zimmer, in der ich mich so dumm und weibisch angestellt habe. Ob er mir das nicht vergessen hat?

Aber er hat nur erzählt, daß er Duke besucht hätte.

Der Gaul ist buchstäblich unsterblich, sagte er. Sie zeigen ihn jetzt schon den Fremden, die da Urlaub machen. Sie fassen ihn an und denken, die Langlebigkeit färbt ab! Er lachte. De Parrer hats schon von de Kanzel erunner verbote, daß mer aus dem Gaul en Heilige macht!

Die Geschichte gefiel mir. Ich lachte auch. Aber es war nicht das, was ich hatte hören wollen und außerdem macht es mich traurig, weil Duke noch da draußen ist, und ich weiß, daß er mich braucht. Durch Salos ausweichendes Gerede habe ich Sehnsucht nicht nur nach meinem Pferd, das bestimmt unsterblich ist und das mich immer ganz gelassen erwartet. Nein, nach draußen, nach Bewegung und Lebendigem, plötzlich auch nach Veränderung und Gefahr. Und all das nur, weil Salo auf unserem lächerlichen Spaziergerenne zu feig war, mit mir über das zu reden, was ich wirklich wissen will und muß. Oder hängt das beides zusammen, meine Neugier auf die Baugeschichte und meine plötzliche Sucht nach Leben und Bewegung? Duke ist ja nur das Symbol für meine längst vergangene Beweglichkeit. Aber der Skandal: warum braucht man immer eine Katastrophe, bevor man sich rührt?

Gleich nach dem Gang mit Salo hatte ich eine Idee: Losie

und mich sah ich plötzlich als Eremitinnen im Rheingau ein hübsches Stück Geld mit dem Gaul machen! Und Losie bräuchte nicht einmal zu studieren. Wenn wir ein indisches Pferd draus machen würden, wäre das Ganze wahrscheinlich noch lukrativer. Ich muß Losie davon erzählen, vielleicht bringt es sie zum Lachen. Oder sie will sofort abreisen und die Wunderfirma gründen. Oder sie wird zornig, weil irgendwelche fremden Leute Duke anfassen. Ich weiß gar nicht mehr, wie sie auf etwas reagiert.

Ich habe zwar überhaupt keine Lust, aber ich werde in die Stadt fahren und ein paar Gespräche führen. Ich will mit Irma reden, die sich sicher gerade wieder zur Bauerntochter zurückentwickelt, weil sie wie ein Tier spürt, wann die Zeit für die Metamorphose, die Verlangsamung des Atems gekommen ist. Ich muß in Losies Schule klären, wie es mit ihr weitergehen kann. Sie wird ein halbes Jahr verlieren. Oder ich muß fürchterlich kämpfen. Aber da weiß ich nicht, ob es lohnt. Es fällt mir sowieso schwer, mit diesen hochnäsigen Weibern auf dieser Schule zu reden. Aber es muß eben sein.

Und dann will ich ein paar von den Liga-Herren zu treffen versuchen. Ich kenne ja die Kneipen, in denen sie verkehren. Und ich werde zu Elsbächer in die Praxis gehen und mit ihm über die Aschermittwochsnacht reden. Ich will das Datum entzaubern.

Drei oder vier Tage werde ich wohl weg sein. Ich habe fast Angst davor, denn meine Augen sind von der grünen Ruhe des Parks verwöhnt. Ich werde auch Losie nicht sehen in diesen Tagen, ihre dünne Gestalt, so weit weg manchmal, aber immer deutlich.

Ich werde in unserem Haus wohnen, das kalt und angsteinflößend sein wird, weil sie nicht da ist. Aber ich weiß, daß ich es tun muß. Es gibt Dinge, denen man nicht ausweichen darf, auch nicht, wenn man nicht an ihren Sinn glaubt. Mein Buch werde ich aufgeschlagen hier liegenlassen und werde auf der gleichen Seite weiterschreiben wenn ich zurückkomme. Ich glaube nicht an Ereignisse, die mich daran hindern könnten. Ich habe nur gemerkt, daß ich nicht allein mit meinem Kopf die Wahrheit herausfinden kann, sondern daß ich mich auch dem aussetzen muß, wovor sie nicht davongelaufen ist.

Mit Salo habe ich über meine Reise gesprochen. Sein Gesicht, dem man so wenig ansehen kann, fest zugepolstert wie es ist, zeigte so etwas wie eine erstaunte Dankbarkeit, aber auch eine Art Bubenfurcht. Er hat mich einen Moment an einen Schuljungen erinnert, dem man eröffnet daß man den Elternsprechtag zu besuchen gedenkt. Was ist alles gewesen? fragt er sich wohl und, viel wichtiger, was kann sie alles herausfinden?

Ich kann ihm nicht klarmachen, daß mich die Liste seiner trüben Machenschaften und Verstrickungen nur am Rande interessiert. Zu lange habe ich auch davon gelebt. Ich wußte ja genau, daß von einem bestimmten Punkt der Wohlhabenheit und der Sicherheit ab der Boden, auf dem das wächst, schmutzig ist. Das ist so eingerichtet, es ist auch ekelhaft, aber solche wie ich können sich nicht heraushalten, auch die Frauen nicht, die so geübt sind im Wegschauen und im Nichtverstehen. Um Losies willen will ich alles genau wissen, nicht um meinetwillen. Und ich fürchte, daß es gar nicht so schwer sein wird, viele von diesen Dingen sind ja gar kein Geheimnis. Um etwas wirklich Großes kann sichs ja gar nicht handeln.

Merkwürdig eigentlich, daß ich über meinen eigenen Vater nicht so denke. Die vermeintliche Gottgegebenheit hat mir da einiges erspart. Und dann war er ja auch anders. Wo die Macht und die Sicherheit sich lang aufhalten, werden sie in ihren Erscheinungsformen eleganter, beiläufiger, man geht sogar ein bißchen genant und nebenbei mit ihnen um. Das können die heute nicht mehr. Wenn mein Vater Politiker oder Industrielle von heute erleben müßte, wie sie bei diesem Fernsehgetue mit dicken Stimmen und vielen Wörtern nichts sagen und sich auf ihren Fußspitzen wippend, an irgendwelchen Pulten festhalten, die geschmückt sind wie Särge, er würde, glaube ich, lachen. Oder er würde mitleidig sagen, was macht sich das Männchen so wichtig?

Zu denen und andern gehe ich also jetzt zurück. Ich weiß, daß mein Entschluß dazu dient, ein Ende zu machen. Oder einen Anfang? Das weiß ich nicht genau und mag, wie schon gesagt, auf nichts hoffen. Während ich gepackt habe fing ich an, mich vorsichtig auf die Stadt zu freuen. So schön und ruhig dieser Park und das Haus sind, ich habe doch eine Sehnsucht nach Verletzungen, nach Störendem und Schrillem, nach etwas, das stinkt oder laut ist. Man spürt sich da irgendwie anders. Aber trotzdem bin ich froh, daß ich hierher zurückkann. Ich nehme diesem Zimmer, an das ich mich gewöhnt habe so wenig wie möglich von meinen Gegenständen weg, denn ich will, daß es von mir angefüllt bleibt solang ich den Weg noch nicht genau kenne, den wir einschlagen müssen.

Losie hat etwas seltsam reagiert, als ich ihr sagte, daß ich für ein paar Tage in die Stadt müßte. Sie hat gelacht, als enthielte ich ihr die Wahrheit vor, aber ihre Augen blieben drohend. Sie hat so eine Art, am Ende eines lauten Lachens noch einmal die Oberlippe kurz über ihren winzigen Eckzähnen hochzuziehen mit dem Gesichtsausdruck einer gekränkten Katze.

Es ist plötzlich so eine Atmosphäre hier, sagte sie, als hättens alle eilig. Oder als hätten alle ein schlechtes Gewissen. Dabei braucht ihr doch keins zu haben, du und Papi und Laudin, oder? Nur ich müßte wohl eins haben, aber ich denke nicht dran. Fahr nur, sagte sie dann ein bißchen später – wir hatten auf der Eckterrasse mit den bröckeligen Steinen gesessen, der windigste Platz des ganzen Hauses – fahr nur, wenn du glaubst, daß es dir guttut. Ich kann besser allein sein als du denkst. Oder bleibt Papi da? Nimm ihn doch mit, er ist zu nichts gut hier. Ich habe doch Laudin. Und, als hätte sie mir hinter die Stirn geschaut: Er hat dir auch nichts erzählt, nicht wahr? Du gibst keine Ruhe. Aber sie war blaß geworden, während sie diese Anspielung wagte, und die Nähe der Wirklichkeit trieb ihr das Blut aus dem Gesicht.

Ich lasse das Auto schon stundenlang warten, das mich in die Stadt bringen soll. Das gibt es schon noch, den Fahrer und den Wagen und diese sonstigen Insignien der Wichtigkeit – da hat sich noch gar nichts geändert. Aber man weiß ja, wieviel in einem Toten noch geschieht und sich verändert und wächst, bis er endlich bewegungslos geworden ist. Bei Firmen ist das wohl genauso. Da läuft noch monatelang alles und verändert sich und wächst, bis dann die große Ruhe kommt. Vielleicht kommt sie ja auch nicht. Vielleicht können wir immer so weitermachen, alle, alle, mit gelegentlichen kleinen Pannen für die es ja dann gleich solche wunderbaren Reparaturanstalten gibt wie hier. Ich merke, daß ich ungern gehe und das macht mich scheints frivol.

Schließlich bin ich dann doch ins Auto gestiegen, auf den Rücksitz, mit nichts als einer kleinen Tasche als führe ich nur grade mal einkaufen. Der Chauffeur zeigte Freude, mich wiederzusehen. Er hält seine und meine Aufgaben im Familienverband für vergleichbar. Nicht bloße Dienstleistung sei unsere Aufgabe, hat er mir früher mal gesagt, mit uns rede man schließlich auch, und nicht zu wenig. Das mache einen wichtiger als die Arbeiter oder das Büro. Man sei ja auch verläßlicher als Freunde, denn man werde bezahlt und beziehe daraus eine unerschütterliche Diskretion. Er ist ein älterer Mann, sehr lang schon bei Salo. Ich glaube, er hat die Firma von Anfang an miterlebt. Vor ein paar Jahren hat Salo ihm die Chauffeursstelle schmackhaft gemacht. Vielleicht weiß er zuviel und Salo sah ihn lieber eingesperrt in den Wagen, sah ihn lieber als ewig Wartenden.

Er heißt Leisegang und das ist sicher kein Zufall. Wenn er sich umdreht um einzuparken ächzt er. Er trägt pfeffergraue Anzüge und hat einen unter dem Lenkrad ruhenden Bauch und ein wulstiges, bläuliches Gesicht. Ich habe immer gefunden, er solle sich einen Schnurrbart zulegen, damit man irgendwas über sein Gesicht denken kann. Mit ihm wollte ich auf dem Weg in die Stadt den Anfang machen, den Anfang meiner Fragen. Dafür war er gar nicht schlecht. Im Auto redet sichs ja leicht, vor allem wenn man nicht nebeneinander sitzt. Keine Blicke, wie beim Psychiater. Aber zunächst fuhren wir nur schweigend über die endlosen Parkwege. Ich geriet in eine blöde Kicherstimmung, weil ich dachte, jetzt sehen wir es, der Park hat wirklich kein Ende, nicht zwei Stunden sind wir von der Stadt entfernt sondern zwei Jahre. Und er hat ja auch wirklich kein Ende, nur eine Art Ufer, einen fast unmerklichen Übergang zu Feldern und Kleingärten.

Das Ganze war übrigens vor drei Tagen. Heute, am vierten Tag, bin ich wieder hier, sitze vor meinem Heft und schaue auf das Bild, das ich nun schon seit Monaten vor Augen habe und bei dem sich nur Farbe und Dichte der Bäume allmählich geändert hat. Aber meine Augen brennen, als hätte ich zu lang ins Helle geschaut, und meine Schrift ist nicht eilig und fest wie sonst, sondern langsam und zittrig. Etwas hat sich also verändert und es bleibt wohl grade noch genug Zeit hier in diesem Zimmer, um es aufzuschreiben.

Leisegang fing von sich aus an zu reden, aber erst, als wir wirklich und sicher und unübersehbar wieder in der Welt angekommen waren, auf einer geraden, grauen Straße die zwischen zwei Reihen ordentlicher, vernünftiger, langweiliger Häuser lag. Kein erkennbarer Ort war es, sondern eben nur ein Doppelstreifen Häuser, ohne Menschen, mit Vorgärten von totem, ununterbrochenem Grün und Wäscheleinen, an denen unbewegt viereckige farbige Stücke hingen. Um einen Zaunpfahl war ein gestreifter schmutziger Kinderschal gebunden. Also mußte hier doch jemand leben. Wahrscheinlich viele Leute, aber nur der Kinderschal machte Hoffnung darauf.

Wie geht es dem Fräulein? sagte Leisegang, über den

Losie immer gelacht hatte und dessen bemüht feine Sprache, die nur durch ein feuchtes, rollendes R unwiderruflich ordinär blieb, sie wunderbar hatte nachmachen können.

Es ginge ihr wieder gut, was sollte ich auch schon sagen, und ich setzte dazu, daß ich dem Frieden nicht trauen könne. Es machte mir nichts aus, ihn bis zu einem bestimmten Punkt ins Vertrauen zu ziehen. Die Orte, an denen ers weitererzählen oder mit seinen Informationen prahlen könnte, kannte ich nicht. Wir würden da auch nie hinkommen. Außerdem, dachte ich, weiß er sowieso mehr als ich.

Es ist gut, daß das Fräulein so lang nicht in der Stadt war, sagte er. Man hört hier was und da was. Vielleicht kommen Sie gar nicht mehr zurück? fragte er und drehte sich vor Eifer um.

Schaun Sie nach vorn, sagte ich nervös, warum sollten wir nicht mehr zurückkommen? Dafür gibts doch keine Gründe, es wäre ja geradezu albern. Sie geht dort zur Schule. Es ist nur noch ein halbes Jahr. Der Betrieb ist da, das Haus wartet, Irma wartet auch. Es muß doch einmal wieder weitergehen.

Ich erzählte all das, woran ich längst nicht mehr glaubte, was jemand wie Leisegang aber hören mußte, um widersprechen zu können. Er wollte nicht drauf eingehen. Aber ich war geduldig und schaute hinaus und hörte ihn ächzen, ohne daß er sich umdrehte, nur so, aus Bedrängnis.

In meinem Alter, sagte er scheinbar ohne Zusammenhang, findet man nicht so schnell was neues. Es ist für uns beide auch ganz schön hart. Bei den Großen bleibt, wenn sie fertig sind, immer noch genug hängen. Aber ich bin noch nicht einmal mit meiner Rente soweit. Und wie ist das bei Ihnen?

Da merkte ich erst, daß er uns in ein Boot gesetzt hatte. Leisegang und ich als Schicksalsgenossen. Mir bleibt auch nichts erspart, dachte ich.

Was er da daherrede, fragte ich ihn, ob er meinte, daß Salo am Ende sei, fertig, wie er sich auszudrücken beliebe?

Es müßte gar nicht so sein, gab er zur Antwort, aber es ließe sich scheints nicht mehr aufhalten. Man habe ihn fallengelassen, die ganze Stadt wüßte es. Und es sei ja bis weit hinunter zu spüren. Er merke es an seinem Stammtisch. Er habe ein feines Gefühl, wenn man ihm gegenüber den Ton ändere. Und die Kumpel hätten jetzt alle so was Mitleidiges, Herablassendes. Soviel Bier könne er gar nicht ausgeben, um diesen Rufschaden zu flicken.

Ich stellte mir, während er sprach, vor, wie man an den feinen und weniger feinen Stammtischen der Stadt über unser Haus sprach und über mein Kind. Ich hatte ein Gefühl, wie kurz vor dem Zeitpunkt, wo man sich übergeben muß, viel heiße Spucke im Mund. Wenn man sich ganz grade hinsetzt, den Handballen fest gegen die Nasenwurzel drückt und ein paarmal durchatmet, geht das vorbei. Es hätte grade noch gefehlt, daß ich ins Auto spucke! Dabei wußte ichs doch ganz genau, seit Jahren schon, das war nicht einmal bei uns zuhause anders: Ereignisse, die sich zu Gerüchten aufblähen, sind wie sterbende Raupen in einem Ameisenhaufen. Die Menge macht sich gemeinsam über das Ding her und saugt lang und geduldig, bis am Ende eine trockene Hülle übrigbleibt. Und auch die zerfällt eines Tages, man muß nur warten und stillhalten können. Trotzdem war mir der Gedanke widerlich. Man gehört nicht in die Mäuler der Leute.

Was reden sie über das Kind, fragte ich ihn.

Das Fräulein? Er wartete, er schwieg, er spannte mich auf die Folter. Er hatte Losie nie gemocht, schon als sie noch sehr klein war. Er ist ein Subalterner. Jemand wie Losie mußte ihn bis aufs Blut reizen. Oh nein, er hat es sich nie anmerken lassen, er war immer höflich zu ihr, aber es war spürbar. Losie übrigens hat es nie gemerkt, dazu war er ihr zu unwichtig. Man vergißt es bei solchen wie ihm ja leicht, daß sie auch Männer sind, und daß es schon tödliche Verletzung ist, Tag für Tag in einem Blechkasten auf jemand warten zu müssen. Keine Macht, kein bißchen Macht, nur mürrische Dienstfertigkeit. Sogar das Vertrauen, das man solchen Leuten schenkt – ich weiß es ja von mir – hat etwas Entehrendes.

Aber die Leisegangs lenken ihren Haß niemals auf die, die ihnen das antun, sondern auf jene, bei denen sie spüren, daß sie frei sind und mutig und unverletzbar. So hats ja funktioniert, damals. Tausende von Leisegangs woben das Netz der unterwürfigen Bosheit. Und zum Dank dafür bekamen sie das Kluge, das Schöne und Freie und Unbestechliche in die Hand und durften es kaputtmachen. Vielleicht bin ich ungerecht. Ich habe mich ja auch nie um ihn gekümmert. Ich weiß kaum etwas über sein Leben, ob es jemand gibt, den er gern hat. Ich habe ihn immer nur flüchtig angeschaut und dabei so eine Art nachlässiges Unbehagen gespürt, das mich aber nicht einmal störte. Wir sind schuld an denen, denke ich. Aber ich weiß nicht, wie ich das ändern soll.

Es wird schon über das Fräulein geredet, sagte er nach einer langen Pause. Es soll da ja was mit dem Doktor Elsbächer gewesen sein. Aber ich sag immer zu den Leuten, daß da nichts dran ist. Obwohl der Doktor Elsbächer ja eine große Nummer in der Stadt ist. Wissen Sie, der hat seine Finger auch tiefer in so Geschäften, als die Leut wissen. Und wenn sies wissen, finden sie es ja gar nicht schlecht. Wenn einer so viel Geld macht, muß er ja auch ganz klar sein.

Klor, sagte er mit seinem scheußlichen nassen R.

Meinen Sie das Ärztezentrum? fragte ich ihn.

Jo, jo, sagte er, mancher hat reingesteckt und ein paar haben rausgeholt. Und einer geht den Bach runter, vielleicht.

Vielleicht. Ich habe mich wie eine Idiotin an dieses »vielleicht« geklammert. Warum, dachte ich, soll es denn uns erwischen? Salo war nie der letzte gewesen, der Dumme, den die Hunde beißen. Trotzdem hat er sich da auf eine Sache eingelassen, betrogener Betrüger, der er zum erstenmal zu sein schien, eine Sache, der er nicht gewachsen war, von Anfang an nicht.

Die Leut sagen, redete Leisegang weiter über sein Lenkrad, während draußen der Sommer vorbeiflog und ab und zu einen Duft durch die geöffneten Fenster schickte – die Leut sagen, daß Salo das Fräulein hat dem Elsbächer in die Nähe bringen wollen. In der Nähe vom Doktor Elsbächer ist man nämlich aus dem Sturm raus. Aber das Fräulein hats nicht begriffen, sagen die Leut. Oder sie hats nicht verstanden mit dem Doktor Elsbächer, weil da doch mal was gewesen ist mit dem Buben, mit dem André.

Ich wurde wütend. Das merkte er aber nicht, weil er auf die Straße schaute und nicht spürte, wie ich hinter ihm unruhig wurde. Was darf der Schubiak über André reden. Das ist noch unerträglicher, als wenn er über Losie spricht. Vor wie vielen Dingen muß man die Toten schützen und kann es nicht, weil sie einem nicht dabei helfen. Ich hatte lang nicht an André gedacht, aber nun war er wieder da. Aus den Mäulern der Leute war er zu mir zurückgekommen und ich hatte fast das Empfinden, seine Stimme zu hören, leise und belustigt. Mir kamen lästige Tränen, und ich begegnete plötzlich und ungeschützt Leisegangs stumpfem Blick im Rückspiegel. Ich sah, wie er erschrak, für einen Atemzug hatte er sogar etwas wie einen Ausdruck von Verstehen.

Seit ich wieder hier bin, habe ich dauernd über Zeit nachdenken müssen. Diese lächerlichen drei Tage vollgepackt bis zum Rand, Vorläufer und Grundlage weitgehender Entscheidungen. Und dann taucht man wieder in diesen Park ein, sieht in der Ferne das Haus mit der Terrasse, in deren Ecke wie ein ausgeschnittenes Figürchen Losie im Wind sitzt, in einem sanften, das Haar kaum bewegenden Sommerwind, und hat das Gefühl von einem Spaziergang zurückzukommen. Wo ist geblieben, was ich in der Zwischenzeit getan und erfahren habe? Wie kann ich es den Hiesigen begreiflich machen, auch Salo, der noch immer da ist? Er geht jetzt so langsam wie alle andern hier. Manchmal begleitet ihn Laudin. Ich finde Salo nach drei Tagen gealtert.

Die festen Polster seines Gesichts scheinen loser, schwammiger geworden zu sein. Seine schöne Römernase zeigt eine bedenkliche Neigung zur Oberlippe. Ich kann mich nicht erinnern, ob er schon immer so viele graue in seinen dunklen Haaren hatte.

Einen Monat der Unbeweglichkeit werden wir hier noch haben. Soviel war in der Stadt zu erfahren. Das hängt von verschiedenen Ereignissen ab, die aber sicher kommen werden. Eins wird auf das andere folgen, unerbittlich, unaufhaltsam. Auch das ist eines der Ergebnisse meiner Reise. Ich weiß jetzt wenigstens, wieviel Zeit zum Atemholen noch bleibt. Aber ich wills der Reihe nach aufschreiben. Noch immer denke ich, die Ordnung mache mich klüger und unverletzlicher, die Ordnung zwischen den zwei harten schwarzen Deckeln. Ich hatte das Buch ja aufgeschlagen hier liegenlassen. Wenn Losie drin liest, hatte ich gedacht, macht es auch nichts.

Aber sie ist ein Mensch, der in einem Raum nicht einmal die Ahnung einer Anwesenheit zurückläßt, nicht diesen fast unmerklich geänderten Geruch eines Zimmers, die winzigen Unordnungen oder die nachgemachte Ordnung. Man spürt es doch immer, wenn jemand sich an Dingen zu schaffen gemacht hat. Bei ihr nicht, schon als Kind nicht. Hast du wieder dein Tarnkäppchen auf, habe ich oft zu ihr gesagt und sie hat darüber gar nicht gelacht. Das Kind schleicht so, sagte Irma, das macht mich ganz verrückt, es hat so was Unehrliches.

Daß so viele Leute Trampeligkeit mit Redlichkeit verwechseln. Je lauter einer ist und je mehr Platz er einnimmt und je mehr er poltert – »ich sag immer gradraus, was ich denke« –, als desto reiner und ehrlicher von Charakter gilt er. Ich habs nie verstanden. Ich weiß also nicht, ob Losie hierdrin gelesen hat. Aber sie lächelt mich so an, seit ich wieder hier bin, als wüßte sie etwas Neues, etwas Angenehmes oder zumindest etwas Belustigendes. Sie neigt überhaupt, seit sie hier ist, sehr dazu, so zu gucken als wüßte sie mehr als andere. Aber vielleicht tun das hier alle. So können sie sich gegen die Welt wehren, die sie für verrückt erklärt hat.

Leisegang wollte, nachdem er meinen zornigen Blick im Rückspiegel aufgefangen hatte, nichts mehr sagen. Er verbreitete sich in jenen allgemeinen gräßlichen Redewendungen, die für Leute wie ihn so typisch sind, Fünfgroschenweisheiten, in Millionen Mündern zu Brei zerkaut und immer wieder ausgespien, aneinandergeklebt mit vielen Seufzern und ja, ja und so ist das und wie dieser ganze Bestätigungsdreck sonst noch heißt. Wer hoch hinauswill, wird tief fallen. Man muß nur immer bescheiden bleiben. Er hat halt seinen Platz nicht gekannt.

Und das alles über Salo. Ich riß mich zusammen und glaubte, vielleicht noch etwas über die frühere Zeit und über Salo zu erfahren. Aber da kam außer diesem Zeug nichts mehr.

Ich habs ihm immer gesagt, daß er sich noch an einem zu großen Bissen verschlucken wird. Es kommt eben alles, wie es kommen muß.

Ich gab es dann auf und schaute zum Fenster hinaus, hoffte, bald die Silhouette der Stadt zu sehen, die Gerüche die der warme Wind zu mir tragen würde, wiederzuerkennen.

Es war doch weiter als ich dachte und ich schaute in Ruhe die kleinen Dörfchen an, die ab und zu zwischen den Weingärten auftauchten. Es sieht da ja so friedlich aus. Diese zusammengekauerten Häuschen im Schutz ihrer verwitterten Dächer, umgeben von ordentlichen Gärten, in denen es leuchtet.

In einem dieser Dörfer fiel mir ein Haus auf, das durch seine Farbe von den andern abstach. Es war mattgrün, eigentlich ein verwegenes, undörfliches Grün. Kopftücher dürften vielleicht diese Farbe haben oder vielleicht auch diese Brunnenpumpen, die in den Bauerngärten stehen. Ich beneidete plötzlich die, die da drin wohnen mochten. Sie mußten fröhlich und mutig und stolz sein, daß sie ihr Haus so heraushoben. Eigentlich ein ganz einfaches, kleines Haus mit einem holprigen gepflasterten Hof und einer schiefen Scheune. Und ich dachte während der ganzen Fahrt an dieses Haus. Ich hätte es gern Losie gezeigt. Ich weiß aber bis jetzt noch nicht, was ich ihr damit hätte beweisen wollen.

Jetzt, im nachhinein denke ich, daß ich mich auch deshalb an diesem Bild des grünen Hauses festgehalten habe, weil ich natürlich Angst hatte, in unser Haus zurückzukommen, in diesen über Jahre mühsam belebten Würfel, der doch nun doppelt tot sein mußte. Ich hatte eine ordentliche Panik, wenn ich mir überlegte, wie es da aussah und daß ich drei Nächte – mindestens die Nächte – dort verbringen mußte. Denn das habe ich von vornherein gewußt, drei Tage würde diese Reise dauern und keinen mehr.

Leisegang setzt mich vor dem Gartentor ab. Ich stand in der Mittagssonne und merkte gar nicht, wie er den Wagen wendete und verschwand. Er hatte mich nicht einmal gefragt, ob er noch gebraucht würde. Auflösungserscheinungen, dachte ich, so fängts an. Aber dann vergaß ich ihn fast sofort. Ich hatte die ganze Zeit während der Fahrt meinen Hausschlüssel in der Hand gehalten, schaute jetzt auf die roten Abdrücke in meiner Hand und konnte mich nicht entschließen aufzusperren. Ich erschrak sehr, als die Tür aufging und Irma vor mir stand. Ich hatte nicht damit gerechnet sie hier zu finden. Warum eigentlich nicht, es ist doch auch ihr Haus? Aber ich habe ganz selbstverständlich angenommen, daß sie sich, wenn irgendetwas beginnt zusammenzubrechen, in ihre dörfliche Umgebung zurückzieht, bei der Arbeit hilft, irgendwas Praktisches macht. Sie ist nicht die Art Frau, die wartet und nachdenkt. Ich hatte angenommen, daß sie es nicht ist. Ich habe mich geirrt. Wie in so vielen Dingen war ich hochnäsig und voreingenommen und mußte lernen.

Als erstes fiel mir auf, daß sie abgenommen hatte. Dieses Gedrängte, Stramme war ihr abhandengekommen. Aber sie sah nicht beweglicher aus, sondern schwerer. Das klingt paradox und war doch so. Früher war sie eilig und hochhakkig und zusammengenommen gewesen. Sie hatte es verstanden, ihren großen Hintern fast zierlich zu bewegen, zum Beispiel, wenn sie sich bückte und ihn über den Hacken balancierte. Wie sie jetzt so dastand, hatte sie etwas Unbeholfenes, gleichzeitig wirkte sie wie zerflossen. Dabei waren ihr die Kleider nicht zu weit. Sie war sogar sehr gut angezogen, eleganter als früher. Auch ihre Haare hatten noch immer dieses Kanarienvogelblond, das ich nie gemocht habe, weil es so dumm aussieht. Ihre ganze Erscheinung sagte, ich habe auf dich gewartet, ich habe mich gut auf dich vorbereitet, ich höre nicht auf zu kämpfen.

Sie tat mir plötzlich furchtbar leid, und ich wußte nicht, was ich sagen sollte. Wir müssen lang voreinander gestanden haben, ich mit meinem albernen Täschchen und immer noch die Hand um den Schlüssel gekrampft.

Jetzt komm halt rein, sagte sie, was sollen denn die Leut denken, wenn mer wie die Ölgötze vorenanner stehe.

Schon war ich wieder wütend, das Mitleid flog davon. Die Leut, und immer nur die Leut! Ich ging rein, blieb aber in der Eingangshalle genauso stehen, wie ich draußen gestanden hatte, drohend vielleicht, aber stumm und ziemlich hilflos.

Eigentlich ist es ja egal, sagte sie, und dir isses sowieso immer egal gewesen, was die Leut sagen. Aber ich bins halt so gewöhnt, irgendwie hälts mich. Ich brauchs jetzt auch, weil, wenn was in die Binsen geht, verschwinden alle und tun so, als hätts alsfort allein funktioniert. Salo, sagte sie, und fing auf scheußliche Weise an zu weinen, der ist am ersten verschwunden. Mei Tochter is mer nie sicher gewesen. Ich hab mich ja net zurechtgefunden, aber wenns den Bach runtergeht, komm ich klar. Da brauchste dir keine Sorgen zu machen. So was wie ich lebt weiter, auch wenns schwierig wird.

Man muß sich vorstellen, daß dieser ganze Monolog im Flur stattfand, nein, in der Halle, so haben sies immer genannt. Eine Halle, so ein Blödsinn. Aber sie war die Stärkere in diesem Moment, nicht ich, sie spulte Wörter ab, deren jedes mich in den Boden schlug und sie tat so, als ob sie es nicht einmal wüßte. Sie war dageblieben, eine staubige, hilflose Königin. Eigentlich sind Königinnen immer staubig und hilflos, sie haben ja nur auszusehen und nichts zu entscheiden.

Ich weiß nicht, obwohl ich in diesen drei Tagen mit meiner Zeit haushälterisch umgegangen bin – ich weiß nicht, wie lang ich da vor ihr gestanden habe und mich immer monströser fühlte, nur weil ich nicht sprechen konnte, nicht in diese eingeschrumpfte, elegante Frau hineinsprechen konnte. Aber dazu war ich doch gekommen. Was muß das für sie gewesen sein: Das dünne Eis des Erfolgs, ihre mit Ballkleidern und Terminen abgesicherte bleibende Furcht. Wir haben geblufft, muß sie doch gedacht haben. Hat sie auch. Und es konnte doch nicht stimmen, daß das Melkermädchen aus dem Rheingau mit den Stadtverordneten schäkerte, eine breite Hand geküßt kriegte, ein großes Haus führte. Irgendwann mußte es doch einer merken. Eigentlich, dachte ich, eigentlich ist sie jetzt froh.

Dann sind wir doch aus der dummen Halle in das genauso dumme Wohnzimmer gegangen, und ich begann diesen Alptraum aus Preßmarmor und Schmiedeeisen zu lieben, weil ich mir vorstellte, wie sie ihn uns wegnehmen würden. Gelebt hat der ganze Schrott ja. Jedenfalls hat sie Losie beherbergt, diese Landschaft aus geliehenen, falsch verstandenen Schönheiten. Hier war sie zuhause gewesen und nun lebte nur noch der Schatten eines verwirrten Bauernmädchens in diesen Räumen, ihre Mutter. Ich bin mir vorgekommen wie ein Gerichtsvollzieher mit meinem Köfferchen und meiner richtigen Überzeugung. Ich glaube nicht, daß ich mich jemals so vor mir geekelt habe wie an diesem Mittag, in dem dämmrigen, toten Zimmer. Was haben sie alles für diese falschen Steine und bunten Scheiben getan? Und was bleibt übrig?

Erst später, während ich schon mit ihr sprach und sich aus dem Durcheinander von Vermutungen, Gerüchten und Ängsten langsam ein Bild zu klären begann, fiel mir ein, wie ungerecht ich eigentlich war. Natürlich hatten sie gezappelt um ihr Haus, um diesen Beweis des Dazugehörens, und natürlich hatte es nur häßlich werden können, weil es ja etwas nachahmte. Aber ich konnte es mir nicht leisten, so zu denken. Unsere Häuser waren einfach dagewesen und umgaben uns und unsere Eltern und alle, die zur Familie gehörten, ganz selbstverständlich und von Anfang an. Hatte unsere Häuser überhaupt jemand gebaut? Man wußte es nicht. Irgendein Vorfahr hatte sie eines Tages auf ein Feld oder eine Lichtung stellen lassen und wir lebten ohne nachzudenken zwischen den Schatten längst gestorbener Tagelöhner, Schreiner und Stukkateure. Ob diese Häuser schön waren, weiß ich nicht mehr. Sie waren einfach da und lebten schon so lange mit ihren und unseren Eigenarten, die sich im Lauf der Jahre einander angenähert hatten. Warum war ich so feindselig gegen Salos Haus, seine Lebensleistung, das am meisten Gefährdete? Es war ja vorher nichts dagewesen. Also mußte Salo einen Anfang machen.

Irma und ich saßen einander gegenüber und ich hörte ihr zu, während sie versuchte, Ereignisse klar und einleuchtend darzustellen, die sie bisher nur vom Weghören gekannt hatte.

Ich glaub ja net, sagte sie, daß mit dem Haus so bald irgendwas sein wird. Es hat ja noch net einmal eine Anklage gegeben, sie wisse immer noch net so genau, wen se da alles mit reinnemme solle und warum. Ich verstehs ja immer noch net. Es is so, daß en Haufe Leut Geld lockergemacht hat für den Bau. Es soll aach schwarz Geld gewese sein. Ich hab erst gar net gewußt, was des is. Des is so e Gesellschaft, die hawwe da die Anteil verkauft, aber eines Tags hats geheiße, die Gesellschaft is pleite und die Leut hätte all ihr

Geld net rausgekriegt. Und jetz hawwe se irgendwas erfunne mit minderwertige Materialie und da soll jetz plötzlich der Salo schuld sein und soll gradstehe.

Ich verstand gar nichts. Ich war davon ausgegangen, daß aus irgendwelchen Gründen das Ding nur rentabel sein konnte, wenn nichts damit geschah. Und dann wärs ja egal gewesen, was für Material man fürs Bauen genommen hatte. Im Gegenteil, je schlechter es wäre, desto schneller würde das Ding verrotten. Aber irgendwas war da wohl an meinen Vorstellungen falsch. Ich sagte es Irma nicht, aber ich konnte mir vorstellen, daß Salo mieses Zeug verbaut hatte. Bei ihm gab es immer die Entschuldigung, daß alle es täten, warum also er nicht? Dagegen ist schwer was zu sagen. Wo wären wir, wenn Salo moralisch gewesen wäre?

Irma nahm sich im Lauf unseres Gesprächs sehr zusammen, wurde hochdeutsch, versuchte verzweifelt, Dinge zu verstehen, die man sie nicht gelehrt hatte und die man eigentlich nicht verstehen durfte. Oder darf man leicht und lächelnd begreifen, daß Leute für einen geplanten Fehler belohnt werden, daß sie Geld und noch mehr Geld zwischen sich hin und her schubsen, bis es sich irgendwie verdoppelt hat? Daß sie nichts verdienen, eigentlich betteln müßten, und doch leben wie Fürsten? Aber sie tat so. Sie wollte es nicht verstehen – das konnte sie nicht –, sie wollte es nur bewundern und richtig finden. Und sie wollte diejenigen hassen, die das elegante Kartenhaus umgepustet hatten, die Neider, die Nichtskönner. Und trotzdem, während sie schimpfte und Namen nannte, die auch gern mit dazugehört hätten und die sich nun die Mäuler zerrissen, mißgünstig wie sie seien, man kenne sie ja aus dem Tennisclub – während alldem spürte ich, daß sie zufrieden über den Gang der Dinge war.

Tief in ihr bejahte die wahre Irma alles, was sie jetzt auf sich zukommen sah. Das entsprach ihrem graden, katholischen Hirn. Die Schuld wird begangen, die Strafe läßt auf sich warten, aber eines Tages kommt sie eben doch, furchtbar und herrlich und hat in ihrem Gefolge die Sühne. So ungefähr muß sie empfunden haben. Ich sah es ihren Augen an. Ich hätte fast gelacht. Gottes Mühlen mahlen langsam, aber schrecklich fein, hatte meine Mutter immer gesagt, wenn man sich wunderte, daß irgendwas nicht ganz Hasenreines scheinbar ohne Folgen geblieben war. Sie glaubte das übrigens wirklich. Hoffentlich hat es ihr geholfen, damals.

Für Irma gibt es aber keinen Zwiespalt. Es ist nicht so, daß sie zwischen ihrem Hunger nach gerechter Strafe und ihrem Gefühl für ihren Mann hin- und hergerissen wäre. Sie wird Salo verteidigen, sie wird ihm recht geben solange sie lebt. Engelhaft solidarisch und genauso dämlich wird sie seine haarsträubenden Machenschaften decken, ohne Fragen. Er ist ihr Mann, das geht vor. Aber sie hat wahrscheinlich zwischen ihrem Gott und sich ein Abkommen, daß Er ihr das nicht übelnimmt. Sie tut ja nur ihre Pflicht, und Er wird schon dafür sorgen, daß ihr Mann es eines Tages auch begreift. Und wenn nicht, hat Er es so gewollt.

Ich muß gestehen, ich habe sie bewundert. Zum erstenmal seit ich sie kenne hat sie mir etwas wie Respekt eingeflößt wie sie da saß als sei ich ein Richter, und wie sie nichts und niemanden verriet.

Sie hatte übrigens noch nicht ein einziges Mal nach ihrer Tochter gefragt und ich dachte nicht dran, von mir aus etwas zu erzählen. Losie, die mir, weil ich sie nicht da hatte, dauernd erschien, die Alraune, der Wechselbalg.

Trotz des sonnigen Nachmittags, trotz der Ruhe in den kühlen Räumen hatte die Stimmung im Haus etwas vom Warten auf die Möbelträger. Es nützte gar nichts, wenn Irma und ich abwechselnd versuchten uns bequem in den Sesseln zurückzulehnen. Minuten später saßen wir schon wieder auf der Kante, vorgebeugt, mit verschränkten Fingern und schmerzendem Rücken. Ich versuchte zu rekapitulieren, während sie sprach, stockend, hochdeutsch und stolz. Also stand ein Ermittlungsverfahren bevor, vielleicht eine Anklage. Also lag Steuerbetrug vor, vielleicht Betrug mit Anlagegeldern. Also lag Bestechung vor, was die Baugenehmigung betraf. Wen würden die Hunde beißen? Was würde sich ändern? Niemand denkt über derlei Dinge anders, als daß einer, wenn er hochgeht, eben nicht geschickt genug war.

Ich sah Losie vor mir wie sie ruhig und dünn an der windigsten Ecke der Terrasse des Sanatoriums saß und sich nicht anmerken ließ, ob sie auf etwas wartete oder ob sie schon Gewißheit hatte, worüber auch immer. Und ich dachte an Salo, wie er immer langsamer über die sommerlichen Wege ging, seine eigene Wichtigkeit vor Ärzten und Schwestern nur noch halbherzig erprobend.

Ich versteh ja, daß er weggewollt hat, sagte Irma in meine Gedanken hinein, aber er hätts nicht gedurft. Über zwanzig Jahre hat er mich nicht alleinlassen wollen und hats soweit gebracht, daß ich gar nicht mehr gewußt hab, wie man das macht, alleinsein. Und jetzt sollt ich auf einmal alles können und begreifen, was er mir früher verboten hat. Mer weiß bei de Männer ja nie, wann se verstanne werde wolle un wann mer se nur bewunnern soll. Sie lasse einen immer im ungewisse. Du hasts gut, sagte sie zu mir, du kannst leicht ruhig bleiben. Du weißt ja net, wies ist, wenn man die ganz Zeit einem in de Kopp schluppe will um rauszufinne, wie mers em recht macht. Sie zahle ja, hab ich mer immer gesacht. Sie zahle ja und hawwe 's Recht, daß mer se nichts Lästiges fragt. Aber dann passiert was und dann soll mer plötzlich alles gewußt hawwe un möglichst aach noch, was mer mache könnt. Ich hätt ja gar net so viel dagege, wenn hier alles aus wär un mer müßt noch emal anfange. Awwer ich hab was dagege, wenn des nur uns passiert. Die solle sich in acht nemme, die Kerle. Ich hab Ohrn am Kopp un ich hab e Mundwerk. Wenn se de Salo falle lasse, pack ich aus.

Ich bin auch jetzt noch ziemlich sicher, daß sie das gar nicht kann, daß sie nur davon träumt. Zu eingeübt war jahrelang das Weghören, als daß sie jetzt plötzlich Fäden knüpfen könnte zwischen den einzelnen unverständlichen Informationsfetzen, die sie aufgeschnappt haben mag. Das ist schon eine merkwürdige Haltung: Ich hab Schuld, aber die andern auch.

Wir tranken Sherry – den wir beide nicht mögen –, nur um uns zu beweisen daß alles wie früher war. Lange sprachen wir kaum, es war ja auch soweit klar, was ich zu tun hatte. Davon sagte ich ihr nichts, denn sie schien mir so aufmerksam und wach, daß ich ihr die Frage zutraute, aus welchem Grund ich denn meine Ermittlungen anstellte, wo mein Recht sei, was ich damit vorhätte. Ich wäre um eine Antwort verlegen gewesen. Aber ich wußte, daß ich es tun mußte, daß ich mit allen Beteiligten zu sprechen hatte, sofern sie mir antworten würden. Daran zweifelte ich übrigens keinen Augenblick und behielt damit recht.

Merkwürdig eigentlich, daß wir beide so reagierten, als seien Folgen des Geschehenen jeden Augenblick zu erwarten. Aller Erfahrung nach dauern solche Dinge sehr lang, manchmal so lang, daß sie sich zum Schluß spurlos auflösen, und sich für die Beteiligten im Grunde genommen gar nichts ändert. Aber wir warteten, Frauen, die wir waren und jede auf ihre Weise altmodisch, auf den Blitzschlag. Ängstlich über unsere schmerzenden Mägen gebeugt, sherrytrinkend, die Köpfe nach jedem Knacken des Holzes wendend saßen wir in dem langsam dunkler werdenden Zimmer.

Du hast mir noch gar nichts von der Rosemarie erzählt, sagte sie, das fällt mir grad erst auf.

Du hast ja auch nicht nach ihr gefragt, antwortete ich in dem Ton, der mir immer aus der Kehle kommt, wenn ich mit ihr über Losie redete. Das war früher schon so, ob ich es wollte oder nicht. Sie muß es gefühlt haben an diesem Nachmittag.

Ich denk immer, du hast Angst, daß ich sie dir wegnehm, wenn ich nach ihr frag, sagte sie still, dabei könnt ich das ja gar nicht, das weißt du doch. Ich hab vielleicht nicht einmal jeden Tag an sie gedacht. Ich bin nur froh, daß sie in Sicherheit ist.

Sie ist dir fremd, sagte ich, ohne zu triumphieren.

Du hast dein Teil dran, antwortete sie, aber es ist vielleicht gut so. Ich denk immer, daß sie gar niemand braucht. Manchmal war ich traurig drüber. Aber ihr gehts besser als mir. Ich hab immer das Gefühl, ich bin nur ein Halbes ohne den Mann, ich bin schon so lang nur ein Halbes, daß ich gar nichts Ganzes mehr werden mag. Das wird ihr nie so gehn, dafür hast du gesorgt, mein ich. Obs glücklich macht, is e anner Frag. Ich hab so oft net verstande, von was ihr geredet habt und habs nur wie en Luftzug gespürt, wenn ihr über mich gelacht habt. Es hat mer net emal besonders weh getan. Ich hatt nur Angst, daß die Rosemarie hart wird, so wie du.

Ich wurde wütend und bin es noch. Nicht, weil sie unrecht hat, sondern nur, weil ich es nicht ertrage, wenn man Meinungen über mich hat. Die Leute sehen immer nur den Knoten und nie den langen Faden, der dranhängt.

Ich bin nicht hart, sagte ich, und Losie ist es schon gar nicht. Nicht jeder ist hart, der euer Spiel nicht spielen mag.

Du tust immer so, sagte sie mürrisch, als hätt ich mir das alles ausgesucht. Ich bin nie dahintergekommen, was dir eigentlich nicht paßt. Es ist dir immer gutgegangen bei uns. Was hättest du denn machen wollen mit deiner feinen Erziehung und deinem Gaul?

Ich wunderte mich nur noch. Das hätte sie früher nie gewagt, mich so anzugreifen. Sie ist in so einer Nach-mir-die-Sintflut-Stimmung, dachte ich. Ich wollte ihr nicht zugestehen, daß sie in den vergangenen Jahren vielleicht mehr gespürt, gesehen, gefühlt haben mochte als ich wußte.

Dumpf und unangenehm kroch an diesem Nachmittag ein Empfinden in mir hoch, das ich noch nicht kannte – als faule etwas in mir. Ich war ungerecht gewesen. Ich war ichsüchtig und hochmütig gewesen.

Schlechtes Gewissen ist mir mein ganzes Leben lang

schon widerlich und unerträglich vorgekommen, in dem sonnigen Zimmer, gegenüber dieser geschrumpften und gewachsenen Frau ließ es sich aber gar nicht mehr niederzwingen. Es hat auch über die Tage bis jetzt angehalten, wohnt auch, während ich das schreibe, noch in mir. Ich, die Kindesentführerin, der böse Geist, die Unruhe, die Unbescheidenheit. Ich wollte Losie unbescheiden haben, das kann ich nicht leugnen. Sie ist es auch geworden, vielleicht anders, als ich es mir vorgestellt habe, aber sie ist es.

Und dennoch habe ich das Gefühl, als hätte ich andern gegenüber etwas Wichtiges nicht eingelöst, zum Beispiel Irma gegenüber oder auch Salo. Ich habe die Menschen immer nur in Verbindung mit Losie zur Kenntnis genommen. Sie war die Spinne, der Krater, der alles verschlang, sie war die Mitte. Ich habe nicht gesehen, daß jeder seine eigene Mitte ist, auch Irma, auch Salo, Elsbächer, André, die Machtmänner, die so dürftig sind, daß sie sich falsche Mitten suchen müssen – und ich auch. Ich wäre auch eine Mitte gewesen, aber ich war zu faul und zu ausgelaugt, um mich damit zu beschäftigen. Das war falsch. Ich weiß es jetzt. Ich war ein Vampir, ein Zombie, schlimmer als eine leibliche Mutter, von denen die meisten Zombies sind. Ich habe Losie nicht nur meine ungetanen Taten aufgehalst, sondern auch meine komfortable Menschenverachtung, meine Sehnsucht nach lebloser, ungefährlicher Schönheit. Sie hat das alles angenommen, hat es in sich zusammengefügt und etwas ganz anderes draus gemacht. Vielleicht etwas sehr Verletzliches, oder etwas sehr Zähes, ich weiß es nicht.

Nur eins ist mir geblieben, das ich nicht bezweifle – ich habe dazu beigetragen, daß sie Macht nicht aushält und nicht ausüben will. Sie haßt sie nicht, denn ich habe dafür gesorgt, daß sie ihr nicht widerfährt. So wundert sie sich eher über Machtgier und Lügen, dieses unzertrennliche Paar, als daß sie sich davor ekelt. Aber ich bin mir auch dessen nicht sicher – denn ich habe auch, ich wills vorwegnehmen, in diesen vergangenen drei Tagen in der Stadt nicht restlos aufklären können, warum sie in der Nacht zum Aschermittwoch auf Elsbächer geschossen hat. Es ist nicht wenig, was ich erfahren habe – aber es ist nicht alles.

Als ich zurückgekommen war, fand ich wieder einen ihrer Zettel. Jetzt sind sie immer ganz ordentlich, sauber und leserlich, nur erscheinen sie mir unverständlicher als früher. Sie hatte ihn mir ins Bad gelegt, in den Raum also, den wir, seit wir hier sind, gemeinsam benutzen und den wir in einer stummen Übereinkunft immer so spurenlos verlassen, als benutze ihn überhaupt niemand. Unsere Utensilien verstekken wir in Schränken. Die benützten Handtücher falten wir sorgfältig. Die Wasserpfützen trocknen wir. Unsere Gerüche übersprühen wir. Im Anfang habe ich immer sehnsüchtig nach einem ihrer langen Haare oder einem Fingernagel gesucht, oder auch nur tief eingeatmet. Und in diesem makellosen, fast bedrohlichen Raum – es sind da übrigens Kacheln von einem unangenehmen krankenhausartigen Grün – lag auf dem Boden ihr Zettel, der, ich weiß nicht wie lang, auf mich gewartet hatte.

Es nutzt doch nichts wenn du was tust
weil du denkst du mußt was in Ordnung
bringen da ist nichts in Unordnung es
ist viel wichtiger daß du ruhig bleibst
und keine Angst um mich hast. Angst um
mich macht mich nämlich wütend.

Ich weiß nicht mehr, um wen ich eigentlich Angst hatte, bevor ich die Reise begann, diese weite Reise in eine ganz nahe Stadt. Aber jetzt nach meiner Rückkehr ist es die Angst um mich selber, die bei mir überwiegt, obwohl ich mich jahrelang in der Gewißheit gesonnt habe, mir könnte das nicht mehr passieren, ich hätte alles schon erlebt und könnte in mir auf kein neues Land mehr treffen. Ich habe auch noch immer nicht den Mut gefunden, mit Losie zu sprechen. Wenn ich ihr im Park begegne oder wenn wir zu dritt essen – das haben wir, seit ich zurück bin, immerhin schon zweimal getan – lächelt sie und unterhält sich mit großer Liebenswürdigkeit über gar nichts. Sie erzählt von einer der Schwestern, die ein farbiges Kind hat – sie hat es ganz bewußt so ausgesucht, weißt du, weil sie die schwarzen Kinder schöner und lieber fand! – sie redet von Laudin – jetzt kommt er nicht mehr weiter, er redet immer über sich und ich berate ihn! – Sie redet von den Blumen und Bäumen im Park – sie haben sogar einen Gingko biloba, der weiß nicht, ob er ein Laubbaum ist oder ein Nadelbaum! – Ganz gelassen ist sie und an allem interessiert und kilometerweit von mir weg. Und ich werde immer törichter. Bei der ersten Geschichte mit dem farbigen Kind denke ich bloß, wann wird ihr auch so was einfallen, bei Laudin überlege ich ob sie noch mit ihm schläft und wie oft und bei dem Gingko verkneife ich mir grade noch, wie ein Kreuzworträtsel »Goethes Lieblingsbaum« zu plappern.

Salo beteiligt sich kaum an dem Gespräch. Er ist seit er hier ist, oder vielleicht schon länger, wie gelähmt. Aber auch er fragt nichts. Er will nicht wissen, wen ich in der Stadt getroffen habe, was geredet wird. Das wäre bei ihm früher undenkbar gewesen. Es ist ja eigentlich ein gutes Zeichen, daß er den Makel so sichtbar an sich trägt, andere lassen sichs nicht verdrießen und gehen damit um wie mit einem Orden. Oder sammelt er einfach nur Kräfte zum Gegenschlag? Ich habe auch das Gefühl, daß Vater und Tochter während meiner Anwesenheit zu irgendeiner Art von Einverständnis gekommen sind. Sie haben so eine Art, sich schweigend und mit einem erschöpften Lächeln anzuschauen, wie Leute, die einen entsetzlichen Streit in einer großen Liebe hinter sich haben.

Ich verließ das Haus, nachdem ich mit Irma gesprochen und geschwiegen hatte am frühen Abend. Sie hatte vorgeschlagen, etwas zu essen zu machen. Aber ich hatte immer noch den fauligen Geschmack meines schlechten Gewissens in der Kehle und es war mir klar, daß der grade durch eine gemeinsame, von ihr zubereitete Mahlzeit nicht weggehen würde.

Ich geh in der Stadt irgendwo essen, sagte ich, ich hab noch keinen Hunger.

Sie schaute mich an wie ein Hund, den man nicht zum Spazierengehen mitnimmt und der das schon vorher weiß. Ich wurde wütend. Es war ihr bei Gott fast gelungen, daß ich mir wie ein herzloses Monster vorkam, wie eine egozentrische, trockene, hochnäsige alte Frau.

Natürlich hatte ich ihr nicht gesagt, was ich vorhatte. Erstens wußte ich selber noch nicht genau, was ich als nächstes unternehmen wollte, und zweitens hatte ich wie schon gesagt Zweifel an meinen Rechten. Aber von so was habe ich mich noch nie abhalten lassen, im Gegenteil. So ließ ich sie stehen, hing meine Jacke um die Schulter und bewaffnete mich. Ich schützte mich mit einer großen Tasche, in der fast nichts drin war und verließ das scheinbar so gefährdete Haus, das gutgepflegt und langweilig und sehr unbedroht wirkend hinter mir zurückblieb.

Ich dreh mich nicht um, dachte ich, ich dreh mich nicht um, denn sie steht sicher in der Tür und schaut mir nach, und dann kann es sein, daß ich zurückgehe und sie vielleicht umarme oder weine.

Die Luft war warm und staubig, und ich erinnerte mich während des ganzen Weges hinunter in die Stadt an den Aschermittwochmorgen. Wenn man genau auf die Straße schaute, sah man noch ein paar bunte Konfettipünktchen im Rinnstein kleben. Es ist, wenn man erst einmal die viereckigen Häuser mit den viereckigen Gärten hinter sich gelassen hat und weiter den Berg hinunterkommt, ein wunderschöner Weg. Da stehen noch eine Menge halbvergessener, heruntergekommener Villen in verwucherten Gärten, denen man verschämte Spuren von Leben ansieht, einem andern Leben als für diese Art Häuser vorgesehen ist. Sie sind wohl auch noch alle bewohnt, aber seltsam lautlos, von sehr alten oder sehr jungen Leuten. Im Rosenrondell des einen wächst Lauch und bei einem andern sah ich einen Karnickelstall in der Remise, über dem tropfende, farbige Wollsträhnen hingen. Ich habe viele Jahre Zeit gehabt, die Veränderung dieser Häuser mitanzusehen. Es hat mir eigentlich gefallen, wie sie sich zu den Leuten hingegammelt haben, keine Pracht mehr zeigten, aber schön blieben, benutzbar wurden, aber nicht nützlich. Sicher sind sie alle in höchstem Maße gefährdet. Ich hoffe nur, daß die Eigentumsverhältnisse so verzwickt sind, daß kein Elsbächer und kein Salo mit den Mordwerkzeugen ihrer Vernunft da drankommen. Von denen kann ja im Moment sowieso nichts kommen. Aber es gibt genug von der Sorte.

Schon früher, als Losie noch klein war, bin ich gern mit ihr an diesen Häusern vorbeigegangen und wir haben uns zusammen ausgedacht, wer da wohl wohnen mochte und wie die Leute aussehen würden. Damals waren die Häuser noch ansehnlicher gewesen, das Viertel war von den Bomben verschont geblieben. Wer mochte drin gewohnt haben, Parteibonzen und ähnliche? Die hatten sie billig bekommen können. Kein Rosenzweig oder Mandelbaum hatte sich da gehalten. Die Bonzen hatten ja auch noch im Krieg Farbe und Handwerker auftreiben können, so daß die Villen ziemlich stattlich in die neue Zeit gekommen waren. Ich kann mich dran erinnern, daß es mir in der Straße immer vorkam wie in einem Paradies. Aber je mehr ringsherum alles geschleckt und bepinselt und geglättet wurde, umso grauer und rauher wurden diese Häuser, und ich begann nun das schön zu finden und nicht mehr das Saubere und Geordnete, wonach ich mich so gesehnt hatte.

Schlösser, nannte Losie die Häuser und jedes hatte einen andern Namen, das Graukatzenschloß und das Schloß der Toten Äpfel, das Riechschloß und das Dunkelwasserschloß. Ich weiß gar nicht mehr alle. Hinterlistig bekam ich sie dazu, daß sie sich wünschte, dort zu wohnen und nicht oben am Berg in den neuen Häusern. Ich erinnere mich, wie glücklich ich war, als sie mir mal sagte, sie wollte umziehen. Für mich war das, als hätte sie verlangt, zu mir nachhause zu kommen. Denn diese Häuser waren dem unseren, dem alten Haus im Osten ein wenig verwandt. Ich wünschte doch so, daß sie so eins lieben sollte.

Jetzt sind die Schlösser natürlich kurz vor der wirklichen Verwahrlosung, zu viele Särge sind herausgetragen, zu wenig Kinder drin geboren worden.

Ich halt mich jetzt mit dem Weg auf wie ichs getan habe, als ich ihn vor ein paar Tagen ging!

Vage wußte ich, was ich tun wollte. In die Stammlokale der Beteiligten gehen, die Lokale der Honoratioren, der Herren mit den bunten Kronen. Ich wollte nicht auffallen, natürlich nicht. Sie kannten mich zwar alle, aber ich war ganz sicher, daß sie mich für unwichtig halten würden, daß sie mich kaum wahrnähmen und deshalb ehrlich sein könnten. Die Unsichtbarkeit, die ich mir über Jahre antrainiert habe, ist in solchen Fällen vorteilhaft. Wann bekommt man solche Männer schon ehrlich? Da darf man nicht klug scheinen und nicht neugierig, nicht jung und vor allem nicht schön, man darf keine Position haben und sich auch keine wünschen, reagieren darf man nicht und über das Erzählte auch keine Meinung haben. Dann, und nur dann, gilt man für sie als einer von den Gesprächspartnern, bei denen sie sich unter Umständen gehenlassen. Man muß also Mentalität und Aussehen eines Kieselsteins zur Schau tragen, um der Wahrheit ein wenig näherzurücken. Genau das hatte ich vor, nicht ohne das leise Gefühl des Zorns, daß sie mich keine Frau sein ließen.

In letzter Zeit neige ich dazu, den eigenen Anteil an meinem Austrocknungsprozeß zu untertreiben. Jetzt, da nun wirklich die Zeit abgelaufen ist, fange ich an zu bereuen. Was? Vielleicht hätte ich mir bei diesem Fest hier, dem Fest mit den Pyjamahosen und der Efeudame, nicht die

Haare aufmachen sollen. Immer, wenn ich dran denke, spüre ich das warme, leichte Federngefühl am Hals. Mein Vernünftigsein hat einen ranzigen Geschmack angenommen, und unerbittlich sage ich mir immer wieder, daß es für eine Änderung nun zu spät ist. Ich würde nur lächerlich.

Auf dem Weg hinunter in die Stadt habe ich darüber nachgedacht, daß ich eigentlich Lust gehabt hätte, ein Seidenkostüm und Schmuck und einen großen Hut anzuziehen, so einen Hut, der gnädige Schatten aufs Gesicht wirft. Ich besitze solche Sachen, daran fehlt es nicht. Mein Schmuck hält, trotz der kriegs- und nachkriegsbedingten Reduzierung, noch einigen Vergleichen stand. Aber wenn ich mich als Dame verkleide, dachte ich, fall ich ihnen auf, wenigstens einem, so alt seh ich ja auch wieder nicht aus. Und dann fängt irgendeiner das Gockelspiel an und ich erfahr gar nichts. Denn das funktioniert, auch wenn ein altes Huhn die Federn putzt und spreizt. Der Gockel merkts und fängt an zu tanzen und sich zu blähen.

Also war ich gegangen wie immer, wie seit Jahren, unter meiner Tarnkappe aus fahlen Röcken und Pullovern, einer dünnen Jacke, das Haar so aufgesteckt, wie ich es nun schon bald dreißig Jahre trage, und wie es sich mir wie von selbst um die Hand windet in einer ewiggleichen, langsam dünner werdenden erst dunklen, dann grauen Welle. Wenn ich an einem blanken Fenster vorbeigekommen wäre – ich bin sicher, ich hätte wie Schlemihl kein Spiegelbild geworfen. Es gibt ja viele, die das so machen, die so aussehen und sich gegen das Leben mit Unsichtbarkeit schützen. Aber es soll keiner denken, das fiele einem leicht. Dieser Weg in die Stadt war ein gutes Beispiel. Da ging ich zu einer Gruppe von Männern – immerhin, das sind sie ja wohl doch, wenn auch verdreht und verdorben und albern –, um etwas von ihnen zu erfahren, und war gezwungen, auf alle Weiblichkeit zu verzichten, alle Künste zuhause zu lassen, kein einziges von den vielen kleinen Spielen zu beginnen. Ich war dazu verurteilt, mich aufzuführen wie ein intelligenter Kleiderständer – und das alles nur, weil ich die Wahrheit von ihnen wissen wollte, eine ernste, nachdenkliche, vielleicht ekelhafte, vielleicht auch nur langweilige Wahrheit.

Es gibt in der Stadt eine seltsame Art Wind, vielleicht atmet der Fluß ihn aus, man spürt ihn nur abends. Es ist eigentlich nur eine Bewegung der Luft. Er wischt den stehenden Mief des Tages sacht aus den engen Gassen und füllt sie mit einem schwachen Geruch nach Wasser und Lindenbäumen. Ich bin nicht unanfälliger als andere gegen diesen Wind. Ja, ich hätte gern ein bißchen gefunkelt an diesem Abend, ich gebe es zu, und es war mir auch ziemlich egal, vor wem. Ich hasse die Machtmänner ja nicht, dazu reicht es bei mir in den meisten Fällen gar nicht. Und es gibt soviele Korruptionen, ein Glas Champagner, irgendein Einfall, ein Wort, das man dem andern nicht zugetraut hätte, die Biegung einer Hand um die Zigarette, oder eben dieser Wind.

Ich fand sie schon in der zweiten Kneipe, in die ich schaute. Die Tarnkappe, das graue, gehaßte, gewohnte Zeug bewährt sich glänzend. Ich erregte weder Interesse noch Mißtrauen, ich wurde weder angepöbelt noch allzu aufdringlich umsorgt. Ich konnte wirklich wie ein Schatten durch das Gewimmel in den schmalen Gassen gehen, in denen jedes zweite Haus eine Kneipe war. Viele von ihnen allerdings kamen gar nicht erst in Frage, weil nur sehr junge Leute drin verkehrten. Ich hatte von Salo aufgeschnappt, wo sie sich trafen, nicht alle, nicht regelmäßig. Es war wohl so, daß sie da einen Tisch hatten und irgendeiner immer dort saß. Nicht lange, andre kamen dazu und gingen wieder weg. Frauen waren in der Regel nicht gern gesehen, es sei denn als Gast. Man rede ohne Frauen anders, hatte Salo mir erklärt, als ich mich mal über seine Männerbündelei lustig machte, man könne sich offen aussprechen.

Er und aussprechen! Ich hatte das Wort in seinem Sprachschatz nicht vermutet. Eine seltsame, geheime und undurchschaubare Kette von Entscheidungen bestimmte über Zulassung oder Verweigerung zu dieser Tischrunde, die eigentlich keine Runde war. Denn sie vermieden sorgsam jeden Zwang, alles, was wie Verabredung ausgesehen hätte. Ich weiß das von Salo, der mir mal davon erzählt hat. Das ist noch gar nicht lange her. Ich war damals zu dumm, um auf die Untertöne seiner Worte zu hören. Wahrscheinlich wollte er mir sagen, daß nichts ihn so treffen würde wie seine Vertreibung von diesem Tisch der Seligen. Aber ich habe ihm damals wie immer nicht richtig zugehört und hätte ihn wahrscheinlich auch nicht verstanden. Ich hatte den Tisch ja nie gesehen und ich stellte mir sozusagen eine säkularisierte Form des Hohen Tisches vor, an dem sie in feierlichem Schwarz und buntgekrönt während der Kampagne gesessen hatten. Ein wenig erhöht dachte ich mir das Ganze, vielleicht von schweren Vorhängen den Blicken ordinärer Kneipengäste entzogen.

Es war natürlich ein ganz normaler Tisch. Man sah ihn als ersten, wenn man die paar Stufen zum Keller hinunterging, rechts neben der Tür. Das Lokal kannte ich. Es ist eins von denen mit viel knubbeligem Holz und falschem Kupfergeschirr an der Wand. Das Essen gibt sich französisch, die Toiletten sind sehr sauber und der Wirt ergeht sich in haltloser Bewunderung für die Honoratioren. Dem haben Sies aber im Stadtrat gegeben – ist er nicht ein Kerl, unser Herr Doktor – eben, man muß sich auch konjunkturgerecht verhalten, sag ich immer – die sollen froh sein, die Jugos, wenn sie ein schnelles Geld verdienen – wie gehts der Frau Gemahlin und dem Fräulein Tochter. So etwa.

Aber er war den andern angenehm. Sie konnten ihn rumschicken und über ihn lächeln und ihm den Mund verbieten. Sie sind ja so dumm. Sie glauben wirklich, daß Kreaturen ergeben und ungefährlich sind. Sie haben nie erlebt, wieviel kühle Macht, wieviel Kalkül in der Selbstverachtung liegt. Was kostet es diesen Wirt, seinen überheblichen Honoratioren den Honig pfundweise um die Mäuler zu schmieren? Was kostet ihn ihr Lächeln, ihre Herablassung? Nichts. Das kostet nichts, das bringt, und zwar ganz schön viel Geld. Ich habe diese kleine Kröte einmal in der Stadt auf der andern Flußseite gesehen, in einem Café, da hatte er eine der teuersten Nutten der Umgebung bei sich und behandelte sie genüßlich vor aller Welt wie ein Stück Dreck.

Ich überlegte, als ich noch am Eingang stand ob es nicht nützlich sein könnte, auch mit ihm zu reden. So gute Ohren wie der hat nämlich nicht leicht einer. Vielleicht waren sie alle in der Aschermittwochsnacht noch hiergewesen.

Ich setzte mich erst an einen Nebentisch, nicht zu weit vom Stammtisch entfernt, das Gesicht halb abgewandt, so, als sei ich zufällig in dem Lokal, auf einen Wein. Das wird man ja noch dürfen in meinem Alter. Zunächst saßen da nur drei, die ich flüchtig kannte, ein Sanitätswarengroßhändler, von dem ich wußte, daß es da um Lieferungen für das Zentrum einiges Hin und Her gegeben hatte, Doktor Hugendubel, der, glaube ich, Sanitätsrat oder so was ist und von dem ich mir nicht mal den Daumen verbinden ließe. Der dritte war öfter bei uns gewesen, ein Ingenieur, jünger, er tat mir immer leid, weil er nicht aus der Stadt kam und einen schweren Stand bei den andern hatte. Wie er versuchte, sich anzupassen! Ich hatte ihn lange nicht gesehen, er hatte nun sein Äußeres dem der andern Herren schon beträchtlich angenähert.

Nicht, daß sie alle sich untereinander ähnlich sehen! Es gibt dünne und dicke, elegante und plumpe. Aber dennoch, diese Anzüge und den Haarschnitt, wenn noch was zu schneiden da ist, die Hände in der Weste, das Zurücklehnen, die Art zu grinsen, die aus dünnen Gesichtern fette machen kann, eine Art lauernder Lässigkeit, all das hatte sich der Ingenieur aus Hannover schon abgeguckt. Ich beobachtete den Tisch nicht. Es waren mir noch zu wenige, erst ein Anfang, eine Keimzelle, die Wichtigsten waren noch nicht da. Ich weiß nicht, warum ich so sicher war, daß sie kommen würden. Ich fühlte mich ganz ruhig, wartete, hielt mein Gesicht halb verdeckt. Aber es sah sowieso keiner in meine Richtung.

Eigentlich hatte ich befürchtet, durch meine Ruhelosigkeit aufzufallen, meine Nervosität allzusehr zur Schau zu stellen. Das Gegenteil traf zu. Ich war so unbeweglich geworden, daß man mich zuerst nicht einmal bediente, bis der fette Wirt meinen Blick auffing und eilig gerollt kam. Natürlich hatte er mich schon oft gesehen, aber es fällt den meisten Menschen schwer, sich an mich zu erinnern. Er hätte fast das Glas neben die Tischkante ins Leere gestellt, so angestrengt versuchte er, mein Gesicht unterzubringen.

Hoffentlich ist er herb genug, gnädige Frau, sagte er.

Ich konnte mir nicht verkneifen zu antworten, daß ich den Wein schließlich immer bei ihm trinke und daß sein Geschmack mir nichts Neues sei. Noch schlimmer also – er hatte mich zu kennen, ich war Kundschaft. Zum Teufel!

Sie sind allein hier heute, sagte er vorsichtig.

Natürlich, antwortete ich.

Ich ertappte ihn im Moment der Erinnerung. Er stand hinterm Tresen und schaute durch die rauchblaue Luft zu mir, in seiner Hand drehte er ein Weinglas, das er trockenpolierte. Da veränderten sich seine Augen, er drehte und drehte das Glas weiter, immer fester, bald wird er den Fuß abgedreht haben, dachte ich. Knacks. Er legte die beiden Teile des Glases vorsichtig und gedankenverloren ins Spülwasser zurück, wischte über das Abtropfblech, stapelte Aschenbecher aufeinander ohne sie auszuleeren, hielt inne und überlegte sichtlich, was nun zu tun sei.

Ich hatte große Lust, laut herauszulachen, aber ich tat es nicht, ich wußte, nun brauche ich für nichts mehr zu sorgen. Er wird mein Herold sein, mein Adlatus, er wird Geschichten in Gang bringen so viele nur erzählbar oder erfindbar sind.

Sieben Tische begrüßte er und erkundigte sich an jedem nach dem Geschmack des Weines, auch bei denen, die noch nicht bedient worden waren. Erst dann hatte er sich zum

Honoratiorentisch vorgearbeitet um die Neuigkeit, mit der er noch nichts anzufangen wußte, an geeigneter Stelle zu verkünden. Drei weitere waren dazugekommen, der Winzergenossenschaftsvorsitzende oder wie man das nennt – ich wußte nur, daß sie ihn Schambes riefen – und der Inhaber des größten Statikbüros in der Stadt. Nein, es war keineswegs das vollständige Komitee, das existierte ja gar nicht. Wer könnte noch sagen, wer da alles am Hohen Tisch gesessen hatte, damals, vor undenklichen Zeiten bei der Kampagne. Hier saßen ausnahmslos hart arbeitende, recht erfolgreiche und dennoch lebenskundige Männer, das Gerüst des Staates, mäßig willige Steuerzahler, gütige Verwalter von Arbeitsplätzen und Volksvermögen.

Ich dachte, vielleicht bin ich verrückt. Ich wußte ja nicht einmal genau, was ich denen am Zeug flicken wollte und warum. Und während ich ruhig aus den Augenwinkeln zusah wie der Wirt am Tisch stand und redete und die Anwesenden erst nicht hinhörten, dann nach und nach ihr Gespräch unterbrachen, wie jeder einzelne seinem Nacken den Befehl gab sich bloß nicht zu drehen, kamen sie mir vor wie harmlose Puppen, zwischen denen meinem Kind wirklich gar nichts hatte geschehen können. Ihre Vergnügungen sind mir fremd. Gut. Ihre Art, Geld zu verdienen ist vielleicht etwas widerwärtig. Aber andere Arten sind ausgestorben oder haben nie existiert. Was wollte ich?

Mein Glas war leer. Ich rief leise den Namen des Wirts, der fuhr zusammen und entschuldigte sich bei den Herren, die nun alle mit großen Augen zu mir herüberschauten. Ich nickte so, daß keiner hätte sagen können, wem das galt, dem Wirt, der mich fragte obs noch mal dasselbe sein dürfte, oder denen, die mich anschauten, als sei ich einem fest verschlossenen Grab entstiegen. Aber sie nickten brav alle zurück, Hugendubel lüpfte sogar seinen Hintern und brachte eine Verbeugung zustande die aussah, als würde er sich den Kopf an einer zu niedrigen Decke einrennen.

Jetzt mußte ich ihnen Zeit lassen, damit sie sich eine

Strategie ausdenken konnten. Es ging natürlich nicht an, mich den Rest des Abends zu ignorieren. Dazu waren sie alle wohl auch viel zu neugierig. Aus mir mußte, das sah ich ihren Gesichtern an, doch einiges rauszuholen sein. So saßen wir denn an unseren Tischen und belauerten uns und unsere Geschichten. Oh Klatsch, wunderbares Labsal für die Einsamen und Unsicheren, ob Mann, ob Weib! Ich wäre unehrlich, wenn ich nicht zugäbe, daß mir der eigentliche, strenge, rächende, forschende Grund meines Abends ein wenig abhanden kam. Ich fühlte, sicher befördert vom Wein, jenes vertraute Kribbeln im Magen, das Neuigkeiten ankündigt, unangenehme Ereignisse, die andern passiert waren und bei deren Berichten man sich der eigenen Geborgenheit angenehm bewußt werden konnte.

Das habe ich wohl noch von zuhause. Da waren die Entfernungen zwar groß, die Ablenkungen dafür ziemlich gering. Wir wußten noch nicht so viel über die Welt. Bis etwas zu uns drang, war es eigentlich schon schmerzlos geworden, die Toten begraben, die Trümmer weggeräumt, die Brände gelöscht. So waren wir drauf angewiesen, unser Bedürfnis nach Geschichten in nächster Nähe zu stillen. Bisweilen sicher etwas gewaltsam. Betroffene sträuben sich unbegreiflicherweise öfter dagegen, den Stoff für das Behagen ihrer Mitmenschen abzugeben. In alldem war eine große, weitausgespannte Gerechtigkeit. Es traf jeden irgendwann einmal, man mußte nur lang genug warten. Ich glaube nicht, daß es damals besonderen Schaden angerichtet hat, wenn man seine Nase in anderer Leute Angelegenheiten steckte. Denn, wie ich mich erinnere, waren wirklich große Gefühle, wirkliche Tragödien immer nahezu tabu. Man flüsterte nur erschrocken davon und hörte auch bald damit auf. Ja, ich spürte jetzt ein bißchen was von diesem angenehmen Neugierkribbeln, bis ich es mir streng untersagte und mich besann, daß meine Aufgabe damit nichts zu tun hatte.

Plötzlich sah ich dieses Dutzend Männerhände auf dem

Tisch liegen, sah die feuchten Spuren der Fingerkuppen und Handballen auf der polierten Tischplatte, die Finger, wie sie zu den Gläsern krochen und sich darumwanden, feist oder dürr und knotig. Das Kneipenlicht gab ihnen allen eine einheitlich gelbe Farbe. Die Nägel schimmerten bläulich und weiß, manche waren dunkel in Nikotinhaut eingebettet. Die Hände gaben mir meinen Ekel zurück. Ich war ihnen dankbar, diesen fünffüßigen häßlichen Kraken. Dabei hab ich mich nie sonderlich um Hände gekümmert. Ich kann jemand an seinen Händen ansehen, was er für einen Charakter hat, sagte Irma immer. Blödsinn. Es gibt törichte Leute mit wunderbaren Händen, gradezu edel vor Einfalt. Nein, ich habe mir bis zu diesem Tag Hände nie besonders angeschaut und aus ihrer Form keinerlei Schlüsse gezogen. Auch in der Kneipe nicht. Ich wäre nicht auf die Idee gekommen, diese langsam durcheinanderkrabbelnden Tiere den dazugehörigen Gesichtern zuzuordnen. Sie waren nur in ihrer Vielzahl so widerwärtig und aufschlußreich. Mein Gefühl des Wohlbefindens löste sich in Luft auf und mein Magen krampfte sich säuerlich um den letzten Schluck Wein.

Es wurde laut da drüben. Scheinbar hatten sie mich vergessen. Sie tranken viel, Flaschen standen auf dem Tisch, teure Flaschen, ich sah es an der Farbe der Etiketten. Aber sie waren meiner eingedenk. Ich fing immer wieder einen Blick auf, der mir galt. Nein, nicht mir, denen, die ich hier vertrat und die unsichtbar mit am Tisch saßen. Ich hatte ihn nicht hereinkommen sehen, merkte nur, daß jemand schräg hinter mir in der Kneipentür stehenblieb und hatte Angst, mich umzudrehen. Seine Stimme war dann ganz dicht über mir und meine Haare bewegten sich sacht von seinem Atem.

Ein seltener Gast, sagte die Stimme, ich gestehe, daß ich überrascht bin. Sie sind auf der Suche nach Tätern?

Herzklopfen kann man nicht mit dem Willen zum Schweigen bringen, ich schon gar nicht. Ich hatte so lang keins mehr gehabt, daß ich überzeugt war, mein Herzschlag habe seine Geschwindigkeit ein für allemal gefunden. Aber nun war da die Ader an meinem Hals, aus der offensichtlich das Blut rauswollte, um dann ganz und gar zu verschwinden und sich in meinen Füßen unbeweglich niederzulassen. Ich hatte doch gewußt, daß er kommen würde. Aber nun regte es mich auf und mein Hals schien zu knirschen vor Anstrengung, als ich mich zu ihm umdrehte.

Ich hatte ihn nicht so groß in Erinnerung, nicht so schmal, nicht so grauhaarig. Ich hatte die trügerische Zärtlichkeit seines halben Lächelns vergessen, ein Mundwinkellächeln, unwiderstehlich. Schiffschaukelbremser, dachte ich, Falott, Kindermörder. Nützte alles nichts. Wahrscheinlich hatte ich ein bröseliges, ungeübtes Grinsen auf dem Gesicht. Ich hätte für eine Sekunde ein Vermögen drum gegeben, schön zu sein und unbeeindruckt. Ich hatte meine selbstausgedachte Mission und die dazu unabdingbare Tarnkappe völlig vergessen. Und dann war ich auch noch so blöde und sagte, so ein Zufall, oder etwas ähnlich idiotisches. Es hätte mir auch gar nichts geholfen, wenn ich was Kluges, Selbstbewußtes für diesen Fall auswendig gelernt hätte. Stumm bat ich die Geister meiner Vorfahren um Hilfe, Contenance, hörte ich meine Mutter sagen. Aber die hatte gut reden, so was war ihr wahrscheinlich nie passiert und wenn, dann nicht allein. Eine Haushälterin in einer Kneipe, in die sie nicht gehört!

Sie gestatten, gnädige Frau, daß ich an einen Zufall nicht recht glaube, Sie gestatten doch.

Er setzte sich einfach, so nah, daß ich ihn riechen konnte und in der plötzlichen Stille hörte ich ganz deutlich und nervenzerfetzend seine Armbanduhr ticken.

Ihr entschuldigt, rief er zum Honoratiorentisch hinüber. Der Prinz hatte die Kröte geküßt und die andern wachten aus ihrer hundertjährigen Starre auf und überboten sich in Lächeln und Nicken.

Aber sicher, mein Lieber, riefen sie herüber, wir wollten

die gnädige Frau schon an unseren Tisch bitten, aber sie sah so unnahbar aus.

Schweine. Lügner.

Da muß eben erst unser Damenfreund kommen, kein Eis, das ihm standhielte!

Wer hatte das gesagt? Und jetzt schwiegen sie wieder, verlegen, wie mir schien.

Hatten sie alle ihre Pfoten auf meinem Kind gehabt, nachdem dieser Eisbrecher da in Erscheinung getreten war? Ich sah den Ballsaal des Schlosses plötzlich vor mir, die Kneipe öffnete sich buchstäblich, ein stummer Walzer drehte die Figuren und unter ihnen Losie mit ihren dünnen, nackten Schultern, auf denen ich jetzt ganz deutlich feuchte Spuren von Fingerkuppen und Handballen sah. Ich hatte Angst, daß ich zuviel Wein getrunken hatte. Ich wurde der Bilder nicht mehr Herr, die mich verfolgten, es war wie in alten Filmen, wenn vorn der Kopf des Hauptdarstellers – Elsbächers Kopf – unbeweglich ins Publikum schaut und hinter ihm auf einer andern Leinwand sich die Ereignisse rasend abspulen.

Ist Ihnen nicht gut? fragte er.

Wärs ein Wunder? fragte ich zurück, Sie müssens doch wissen. Wer denn, wenn nicht Sie!

Ich versteh nicht, antwortete er.

Ach, wie die Ohren am Nebentisch wuchsen, ich konnte sie förmlich tütenartig sich zu uns herüberwölben sehen.

Bestellen Sie mir einen Sprudel, bitte, sagte ich, und ging aufs Klo, wie alle Frauen, die nicht wissen, wie es nun weitergeht. Ich stand vor dem schwarzgesprenkelten Spiegelchen und suchte in meiner Handtasche nach der Puderdose. Seit undenklichen Zeiten schleppte ich sie mit mir herum und benutzte sie nie. Jetzt auf einmal fand ich zurück zu den Weiberritualen. Der energische Wischer über die Nase, das Gesicht nach rechts und links gedreht, die Lippen vorgewölbt und die Augen aufgerissen. So schlecht ist es ja gar nicht, dein Gesicht schützt dich. Du kannst zurück in die

Arena, nicht ohne nachgesehen zu haben, ob du dir nicht etwa den Rock in die Unterhose geklemmt hast. Genauso machte ich es und ich ließ auch noch kaltes Wasser über die Pulsadern laufen. Ich fühlte mich tatsächlich etwas besser.

Mir war klar, daß ich nicht zu lang wegbleiben durfte, damit Elsbächer sich nicht allzu eingehend mit den andern verständigen konnte. Aber vermutlich hatten sie das längst getan, woanders. Und ich war ihnen auch nicht so wichtig wie ich es mir einbildete, jetzt, in diesem kleinen Raum, in den ich mich geflüchtet hatte. Ich war Gott sei Dank wieder so nüchtern wie ich es von mir gewöhnt war, ganz trocken und ruhig und unbeirrt. Schließlich hatte ich einen Ruf zu verlieren. Ich habe mich vorhin selber als Haushälterin bezeichnet. Das ist kokett, ich will es nicht so stehenlassen. Denn natürlich kennen alle diese Leute mich als etwas anderes. Ich mußte vor ihnen keine Position erobern, ich brauchte mich nicht zu rechtfertigen.

Ich glaube nicht, daß irgendeinem von ihnen klar ist, wie ich eigentlich zu Salo und seiner Familie gekommen bin. Aber sie halten mich, denke ich, für das luxuriöseste unter Salos Besitztümern, eines, das sie selbst alle gern gehabt hätten. Ich ahnte, während ich grade und vernünftig zu meinem Tisch zurückging, daß der Abend nicht ohne gewisse Angebote enden würde.

Ich schreibe, gewisse Angebote, damit das so unanständig klingt, wie es ist. Übrigens kamen die dann auch, von dreien, so im Vorbeigehen. Hübsche Summen murmelten sie in mein ganz uninteressiert abgewandtes Ohr. Sie hatten eben noch nicht gemerkt, daß auch meine Ware nicht mehr neu, nicht mehr verfügbar, vielleicht sogar nicht mehr vorhanden war. Das, um dessentwillen Salo mich einst gekauft hatte, gab es nicht mehr, oder nur noch sehr fadenscheinig und blaß. Ich habe meine Geschichte verbraucht. Es ist kaum Neues dazugekommen. Obwohl, für einen Winzergenossenschaftsvorsitzenden oder einen Sanitätsrat würde es schon noch reichen.

Elsbächer stand auf, als ich mich setzte. Es wäre mir weniger aufgefallen, wenn er sitzengeblieben wäre. Er erkundigte sich, ob es mir besser ginge.

Erzählen Sie mir, sagte ich statt einer Antwort, was eigentlich los ist. Was war in der Nacht zum Aschermittwoch? Was hat es mit dem Ermittlungsverfahren auf sich? Was hat Salo mit dem Ärztezentrum zu tun? Wer will ihm schaden?

Viele Fragen auf einmal, antwortete Elsbächer und lehnte sich zurück. Er sei nicht sicher, ob er Lust habe, die alle zu beantworten. Manche könne er gar nicht erschöpfend aus der Welt räumen, sagte er, und: Ich bezweifle, daß Sie – das soll nicht Mißtrauen oder Geringschätzung bedeuten! – alles bis in die Einzelheiten hinein verstehen können.

Noch immer hatte ich dieses trockene, ruhige, altvertraute Gefühl, daß mich nichts erschüttern könnte, auch dieser Falott nicht mit seiner Samtstimme, die sich um mich ringelte. Ich sah seine Wörter förmlich, wie Luftschlangen. Wie bunte Luftschlangen wand er seine Sätze um mich herum.

Mein Vater hat immer gesagt, antwortete ich ihm, ein Geschäft, das man nicht verständlich erklären kann, soll man von vornherein lassen. Sie werden sich mir zuliebe – und noch jemandem zuliebe – ein bißchen Mühe geben, nicht?

Um auf die letzte Frage gleich zu antworten, sagte er, niemand habe Salo schaden wollen. Es sei auch noch nicht klar, ob ihm überhaupt Schaden entstanden sei anstatt Nutzen. Bei solchen Unternehmungen sei eins ins andere verzahnt, da komme es auf Zeitpunkte, Verfallsdaten, Zinssenkungen, Nachsicht oder Hilfsbereitschaft der Finanzbehörden an. Ich könne mir sicher denken, daß eindeutige Urteile über Nutzen oder Schaden noch nicht zu fällen seien. Aber er hat sich selber geschadet!

Er wurde etwas lauter. Sofort fühlte er das aufmerksame Stillerwerden am Nebentisch und dämpfte sich wieder.

Er hat auf eigene Faust Dinge getan, die er grade bei der Sache nicht hätte tun dürfen. Wissen Sie, minderes Material verbauen ist einfach. Das ist in der Vergangenheit oft genug gemacht worden und hat ja auch was gebracht. Es ist, wenn Sie so wollen, altmodisch. Es ist nicht mehr nötig. Und bei Konstruktionen wie dieser – mit Konstruktionen meine ich jetzt die auf dem Papier, die organisatorische, die finanztechnische, Sie verstehen? – ist es sogar ausgesprochen hinderlich. Es konterkariert die Interessen. Vorteile kann man heutzutage auf ganz andere Weise erlangen als zu diesen Wildwestzeiten, wie sie doppelt Sand in den Zement gehauen und dafür halb so dicke Rohre in die Wände gefädelt haben. Das muß bei Gott nicht mehr sein. Aber Ihr Salo hat sich nicht davon trennen können. Er hat nie ein Gefühl gehabt für die Eleganz einer Konstruktion, die sogar ein Staatsanwalt gegenzeichnen würde, so durchdacht ist sie! Das ist übrigens auch passiert, sagte er und lachte. Ein Staatsanwalt!

Ich verstand, ich ekelte mich und nicht zuletzt vor mir selber. Und ein winziges Frohsein spürte ich auch. Wildwest, hatte er gesagt, dieser wendige Schleimer. Aber das war mir, ich weiß nicht genau, warum, viel lieber als die Eleganz seiner Konstruktion. Daß man sich jetzt schon Gedanken macht ob eine Schweinerei sympathisch oder unsympathisch ist! Ich habe schon geschrieben, daß ich keine Lust habe mir den Luxus der Moral zu leisten. Ich will nur ein Stückchen davon für Losie retten. Und da hatte ich schon eine Idee: Ihr Vater mit seinen Wildwestmethoden!

Ich werde Ihnen jetzt keine Vorlesung über Planungsverfahren oder Abschreibungsmethoden halten, meine Liebe, sagte er ganz freundlich. Es war wichtig, daß dieses Zentrum nicht benutzt werden würde, daß es ein Verlust sein würde, ob Sie das jetzt verstehen oder nicht. Aber es mußte benutzbar sein! Es durfte nicht am Bau liegen, daß es leer steht. Und so, wie es jetzt aussieht, werden wir, wenn wir suchen, auf Materialmängel stoßen, die das Ganze auf den

Kopf stellen können. Und das können wir nicht brauchen. Also werden wir dafür sorgen, daß keiner sucht.

Ich hörte die Gesprächsfetzen vom Nebentisch sehr deutlich, jede Stimme klar von der andern geschieden und dennoch miteinander verbunden. Ich stellte mir Salos dicke Stimme in diesem Chor vor. Nach denen nun hatte er Sehnsucht? Nach denen verzehrte er sich und schämte sich wie ein Bub, der das Ehrenwort gebrochen hatte! Es war lächerlich.

Warum, glauben Sie, hat er das gemacht? fragte ich Elsbächer. Sie wissen genau, daß ich den ganzen Rest vielleicht noch widerlicher finde, nein, bestimmt finde ich ihn noch widerlicher! Ich kann auch nicht behaupten, daß ich alles verstehe. Ich weiß nur, daß da ein scheußliches Ding in der Gegend rumsteht, das zu nichts anderem gut ist, als ein paar Leuten zu noch mehr Geld zu verhelfen, als sie sowieso schon haben. Und ich bin Salo direkt dankbar, wenn er, wie Sie sagen, doppelt Sand in den Beton getan hat – oder war es Zement? Egal, jedenfalls führt es vielleicht dazu, daß das Ding zusammenfällt und das wär für mein Gefühl kein Nachteil.

Sie sind eine alberne Person, sagte er darauf zu meinem Erstaunen. Ich hatte Sie für klüger gehalten. Da sitzen Sie seit zwanzig Jahren in einem schönen Nest. Woraus, glauben Sie, ist das entstanden? Sie haben dieses unverständliche Geschöpf großgezogen. Das ging doch nur, weil es ohne Sorgen geschehen konnte. Die ist ganz frei! Das meinen Sie doch. Die ist ganz moralisch, wie ein kleines Tier, ganz im Stand der Unschuld! Glauben Sie wirklich, daß es die Armut ist, die das gebiert? Oder die fade Art Anständigkeit, die Sie da propagieren? Buchhaltermoral, zischte er, Hausfrauenethos! Aus drei, vier, fünf Generationen Gemeinheit und Egoismus, Ausbeutung und Raffgier wachst hin und wieder so was. Das muß man dann im Auge behalten, es kann sich gegen alles wenden oder alles zum Glänzen bringen. Aber es hat das Vorherige gebraucht.

Oder, sagte ich nach einer Pause – und hätte die Wörter gern wieder eingeatmet und verschluckt, aber da war es schon zu spät – oder es wird geboren und schaut den Boden an, aus dems gewachsen ist und schießt sich dann eine Kugel in den Kopf.

Ich würde ja gern schreiben, daß ich ihn damit erbleichen lassen oder zum Schweigen gebracht habe. Aber das wäre nicht die Wahrheit. Ganz locker blieb er und ringelte weiter seine Sätze um mich.

Hausfrauenethos, sagte er, Sie enttäuschen mich immer mehr, meine Liebe. André war zu schwach. Haben Sie das nicht gewußt? Es hat genau dazu gereicht, zu nichts mehr. Es war eine Tat, immerhin.

Es nutzte nichts, daß ich mir dauernd vorsagte, wie pervers ich ihn fände. Er beeindruckte mich, das hatte er schon immer getan. Er tat es an diesem Abend vor ein paar Tagen, und er wird es weiter tun. Aber ich werde mich bis zum Schluß gegen ihn zur Wehr setzen. Bis zu wessen Schluß? Ich gehe so selbstverständlich davon aus, daß es immer eine Rolle für Elsbächer in unserem Leben geben wird. Dabei war meine Reise unter anderem auch ein Versuch, ihn und uns voneinander zu trennen. So jedenfalls hatte ich es mir vorgestellt, bevor ich fuhr.

Gestern habe ich es Losie auf einem Spaziergang auch gesagt. Eigentlich hatte sie schwimmen gehen wollen, einen Teich, der überhaupt nicht dafür vorgesehen ist, bezeichnete sie als ideal. Ich kenn das von früher – am liebsten geht sie in Gewässer vor denen jeder normale Mensch Angst hat. Dunkle, moorige Tümpel, in denen einem die Schlingpflanzen nach den Beinen greifen, geröllige Gebirgsflüsse, die ihren Körper über Steine schleudern, das liebt sie. Ich bin oft fast gestorben vor Angst. Sie findet auch immer solche Gewässer, sogar hier, ich hatte den Teich noch gar nicht entdeckt.

Zum Schwimmen kam es dann aber doch nicht, sie hatte

keine Lust mehr und so gingen wir nur hin und saßen am Ufer, nebeneinander, und ich erzählte von der Reise, ohne sie anzuschauen.

Er ist gefährlich, sagte ich hilflos zu ihr, du mußt das wohl auch gespürt haben.

Wegen Aschermittwoch? sagte sie freundlich. Nein, es war ganz anders.

Es ist ja nun der Moment, da aus zwei Geschichten eine werden soll, aus Elsbächers und ihrer, die eigentlich wie Wasser ineinanderlaufen, ganz klares und ganz trübes Wasser. Sie vereinigen sich ohne Zögern und ergeben mäßig schmutziges Wasser. Die Wahrheit vielleicht. Ich kann aber, trotz meiner so fest durchgehaltenen Ordnung, die beiden Geschichten nicht so mühelos ineinandergießen, wie ich gern möchte, denn ich fürchte, daß es sich in Wirklichkeit um zwei ganz unverträgliche Flüssigkeiten handelt. Ich weiß zum Beispiel nicht, wem ich hier in diesem Heft mit dem Stichwort Aschermittwoch die Erlaubnis zum Auftritt zuerst geben soll. Elsbächer?

Er sagte, nachdem ich wieder zum Wein übergegangen war, aber trocken und gelassen dasaß wie immer, Aschermittwoch – danach hatten Sie mich doch auch gefragt? Reden wir also lieber darüber, als daß ich weiterhin ein Opfer Ihrer moralischen Entrüstung bin.

Woher wollen Sie denn wissen, antwortete ich ruhig, daß Sie das bei der Aschermittwochgeschichte nicht auch sein werden?

Ach, sagte er, die ist etwas romantischer als Steuersparmodelle und Graugeld.

Für Sie. Für mich nicht, da ist sie höchstens dümmer.

Obwohl ich natürlich auch Gefühle hatte an diesem Tag, eigentlich schon während der ganzen Kampagne. Ich war ja dagegen, daß sie es machte. Obwohl es natürlich aus anderen Gründen nicht schlecht für uns war. Es konnte ja immer irgendwas gesprochen werden, das nicht an die Öffentlichkeit gehörte. Unsere vorhergegangenen Prinzessinnen waren alle so entsetzlich dumm, die hätten wahrscheinlich irgendwas erzählt, wo sies nicht sollten und es noch nicht einmal begriffen. Das schreckliche an dummen Leuten ist, sagte er melancholisch, daß sie ein so ungestörtes Gedächtnis haben und immer die Wahrheit sagen. Wir brauchten eine, die zu irgendwem gehörte, und Salo war der einzige mit einer Tochter in dem Alter. Wir haben es ihm übrigens gar nicht begründen müssen. Seine Tochter, die Prinzessin! Das reichte. Sie war ja auch so niedlich in ihrem Besonderheitswahn. – Hat sie den eigentlich von Ihnen? – Hab ich mir gedacht. Reitet auf einem Geisterpferd um imaginäre Rittergüter. Das hat was, ohne Zweifel! Sogar mein Sohn hat das gespürt, trotz seiner bedauerlichen Orientierung – aber das hat er gespürt.

Ich hatte weiße Knöchel, sah ich plötzlich, eine Faust um den geriffelten grünen Römerfuß mit weißen Knöcheln vor Wut. Es war merkwürdig, mein Körper zeigte alle Bilder der Wut, die armseligen Bilder, die uns der Rest Natur noch gelassen hat. Ich fühlte die Knöchel, meine Lippen zogen sich über den Zähnen ein bißchen zurück, ich hatte Gänsehaut. Die Bilder der Wut waren alle da. Aber ich fühlte sie nicht, diese Wut. Ich war ganz ruhig und suchte meinen Zorn und konnte ihn nicht finden. Elsbächer schaute auch ein paarmal auf meine Hand und meine Arme, aber ich schien ihn nicht erschrecken zu können. Was machte er mit seinen Geschichten aus meinem Kind? Eine Gans, ein verwöhntes, beziehungsloses Balg? Oder hat er keine andern Wörter um zu beschreiben, daß er sie liebt?

Er hat behauptet, daß er dich als Prinzessin gar nicht wollte! sagte ich zu Losie und schaute weiter auf den dunklen, unbeweglichen Tümpel, in dem sie hatte baden wollen. Fischmäuler machten Ringe in die blanke Oberfläche.

Das stimmt und stimmt nicht, antwortete sie mit ihrer rauhen Stimme, die sich wieder so anhörte wie früher, rauh und leise gleichzeitig, er hat mal mit mir geredet. Ich wär vielleicht zu schade, hat er gesagt. Kannst du dich erinnern, es war im Herbst vorher. Wir beide haben zu der Zeit nicht über mich geredet, du und ich. Da ist er mir grad recht gekommen. Ich war übrigens erst danach scharf drauf, das zu machen. Erst nachdem er mir abgeraten hatte. Er hat das wie Eifersucht klingen lassen. Ich hab damals versucht, dir davon zu erzählen. Erinnerst du dich nicht mehr?

Ich hatte das Ganze für Albernheit und Kinderei erklärt, und so war ihr nichts anderes übriggeblieben, als darauf einzugehen, mehr noch: Es sich glühend zu wünschen, eins zu werden mit dieser unsinnigen Rolle.

Die andern, sagte sie, haben mich gar nicht interessiert. Die haben mir zwar zugeraten, aber denen war anzumerken, daß es ihnen um was ganz anderes ging. Sie haben sich vor mir auch gefürchtet, sagte sie nachdenklich, weißt du, warum?

Warum denkst du das? fragte ich.

Sie wären hinterher nicht so gewesen zu mir, wenn sie sich nicht vorher gefürchtet hätten. Wenn sie mich angefaßt haben, machten sie mir blaue Flecken. Sie haben mich beim Tanzen oder bei der Prinzenehrung angefaßt, als hätten sie ein bissiges Tier gefangen. Auch wenn sie mit mir geredet haben, war so eine Angst zu spüren.

Sie bildeten sich später ein, daß sie sie nicht mehr hätten, die Esel.

Elsbächer, hat er wirklich gesagt, er hätte mir abgeraten?

Sie war barfuß und zwischen ihren dünnen, braunen Zehen quoll das Ufermoor. Sie trug ein Kleid, ein gelblichweißes Leinenkleid, und ihre Haare lagen glatt auf ihren mageren Schultern. Ihre Haare, ihr Vorhang. Ich konnte ihr Gesicht nicht sehen sondern nur den warmen, glänzenden, abweisenden Haarvorhang. Hätte sie sich zu mir gedreht, wäre ich vielleicht erschrocken.

Er hat mir, denke ich, nur abgeraten weil er mich anstacheln wollte, so wie wenn einer früher in der Schule gesagt hat, du traust dich nicht. Weißt du, ich wollte es gern machen, auch wegen der Schule. Es hat mich nicht gereizt, bei denen in der Klasse irgendeine Rolle zu spielen. Ich habe immer genau gewußt, wie das geht, sagte sie stolz, und jetzt weiß ich es sowieso.

Hast du deswegen ein Kleid an? fragte ich.

Vielleicht, antwortete sie. Aber du machst es dir immer so leicht. Du begreifst nicht, daß man irgendwo anfangen muß, und in meiner Umgebung wars mir zu langweilig. Elsbächer hat mich herausgefordert. Vielleicht kannst du dich noch an das Gefühl erinnern, wenn einen einer so prüfend anschaut und mit einem redet, als wollte er einen schlagen.

Sie hatte das letzte vollkommen ohne Grausamkeit gesagt, dieses: Vielleicht kannst du dich noch erinnern. Aber ich krümmte mich bei diesen Sätzen. Ich hatte ihr beigebracht, so zu sprechen und sie drehte die Waffe gegen mich, ohne sich darüber im klaren zu sein.

Ich erinnere mich, sagte ich still, es gibt schließlich Sachen, die man nicht vergißt.

Ich dachte damals, er soll schon sehen! redete sie weiter, ohne auch nur ein Fünkchen meines Schmerzes zu empfinden, er wird schon sehen wie ich die alle anmache, seine ganzen Wichtigtuer. Und ich habe gemeint, daß es einfach ginge und toll wäre. Denn weißt du – und jetzt drehte sie sich wirklich zu mir und ich sah die winzigen Spuren um Augen und Mund, die dünnen Zeichen der Enttäuschung und der Müdigkeit –, wenn ich irgendwas anderes gemacht hätte, damals mit der Klasse, die Aktionen oder so, da wären es mir immer zu viele gewesen. Bei der Prinzessin war ich ganz ich. Dachte ich.

Und ich sah wieder nur ihr Haar, das ihr Profil verbarg, und den Schlamm zwischen ihren Zehen, die sich unaufhörlich krümmten und streckten.

Natürlich, so hatte Elsbächer in der Kneipe erzählt, während die Stimmen am Nebentisch endlich zu uninteressiertem Gemurmel gworden waren, natürlich hat sie das Ganze für eine Herausforderung gehalten. Sie gehört zu den beneidenswerten Leuten, denen es nie einfallen würde, daß ihre Person hinter einer Funktion verschwinden könnte. Sie hat von vornherein gedacht, es ginge um eine Person. Und wenn sie ein bißchen stärker gewesen wäre, hätte es auch so ausgehen können. Schauen Sie sich ruhig unsere Herren am Nebentisch an! In Dingen des Vergnügens sind sie leicht zu überzeugen.

Sie hat es für Ihre Herausforderung gehalten, nicht für irgendeine! Sagte ich und spürte, wie die Bilder meiner Wut, die Zeichen, die mein Körper seit einiger Zeit gab, langsam ihre Entsprechung in meinem Herzen bekamen. Oder in meinen Nerven, das ist vielleicht korrekter. Was versuchte er mir da zu verkaufen? Als wäre da nicht eine Art kollektiver Geilheit gewesen, eine Geilheit, die mit Zerstörung enden mußte weil es darum ging, Losie der Welt anzugleichen, der Welt, aus der sie kam und von der sie sich so sicht- und spürbar entfernt hatte.

Die Sätze, die mir jetzt einfielen, waren sicher nicht gefallen, jedenfalls nicht in meinem Beisein, aber sie paßten: Die gehört einmal richtig durchgezogen, die braucht nichts weiter wie einen richtigen Mann, besorgen würden sie es ihr und sie hernehmen. Und das alles zu dem Zweck, etwas anzugleichen, das einem vorher fremd und beängstigend erschienen war. Nicht allein aus ihrer Familie ist Losie hervorgegangen, sondern auch aus der Stadt, aus ihrer Schicht, aus ihrer Umgebung, aus den Freunden und Spießgesellen der Familie, aus denen, die schon reich in die neue Zeit gekommen waren und aus denen, die es in ihr geworden waren, schnell und ruppig. Aus all dem kam Losie und offenbarte Stück um Stück ihr Anderssein.

Als sie noch klein war, hat sich niemand damit aufgehalten es festzustellen. Außer mir, und ich war ja dafür gekauft worden und würde schon aus dem Grund kein Unheil anrichten. Aber je weiter die Jahre gingen, je mehr man sich zurücklehnen konnte und ein bißchen Schminke über die Wildwestjahre legen – hier ein Konzert und da eine Ausstellung und ein paar hochgestochene Zeitungen, wenigstens zum Hinlegen, und die Kirche dabei nicht zu vergessen –, umso deutlicher sah man, was da befremdliches im eigenen Haus herangewachsen war.

Es gab natürlich genug funktionierende Kinder in diesen Kreisen. Von ihnen ist hier nicht die Rede, denn Losie hatte sie ihr Leben lang überhaupt nicht wahrgenommen. Aber so einer wie André oder sie selber! Plötzlich war da etwas höchst Beunruhigendes sichtbar geworden. Sichtbar? Das ist schon zuviel gesagt. Bei André war die Sache klar. Er sorgte selber für eine angemessene Lösung des Problems. Bei Losie war es ganz anders. Es gab nichts recht Greifbares.

Kann ein Blick aus drohend aufgebogenen Wimpern und grauen Augen schon Insubordination sein, Gefahr, Terror? Kann eine Art die Füße zu setzen, zu lächeln oder zu schweigen schon den Aufruhr ankündigen? Sie hat ihn zutiefst beunruhigt, diesen ganzen Kreis von soignierten, erfolgreichen Familienvätern, und da sie unübersehbar erwachsen wurde, mußte es ein Mittel der Angleichung geben.

Elsbächer war der Protagonist und war es eben auch nicht. Er literarisierte das Ganze, polierte es gesellschaftlich auf und verkaufte es mir als anmutiges Unterhaltungsspiel für die reifere Jugend.

Ich kann mich noch ganz genau erinnern, wie die Erwachsenen sich, wenn sie ganz süchtig die Taten der »Gruppe« in der von ihnen bevorzugten Presse verfolgt hatten, darüber unterhielten, am angeregtesten abends, nach einem lösenden Quantum Alkohol. Sie sprachen nie davon, was die vielleicht wollten oder sich bei dem einen oder anderen gedacht haben mochten. Sie beschrieben nur endlos das Aussehen, vor allem das der jungen Frauen. Da plapperten sie von einem stechenden Blick, wie mager die eine sei, daß die andere früher eigentlich nett ausgesehen hätte und so weiter. Sie suchten nach den fleischgewordenen Insignien der Unanständigkeit, des Aufrührertums.

Ein unbestreitbar schöner junger Mann gehörte zu dieser Gruppe. Von dem malten sie sich schaudernd aus, daß er es wohl mit all diesen harten, gewalttätigen Frauen gleichzeitig triebe. Auch er hatte einen »Fanatikerblick« und einen »harten Mund«. Da war nun mitten im Blumenkohlbeet der Hochanständigkeit und des Angesehenseins eine exotische Pflanze gekeimt und gewachsen. Genießbar? Giftig? Es ließ ihnen keine Ruhe. Aber wenn mans recht bedachte, mußte man sie ausreißen. Oder sie aufessen.

Er hat dir sicher gesagt, ich hätte mich für etwas Besonderes gehalten, und damit hat er auch recht.

Ihre Zehen krümmten und streckten sich in dem dunklen Schlamm, krümmten und streckten sich – es war, wie wenn man einmal einen Sprachfehler bei einem Menschen bemerkt hat. Man kann nirgendwo mehr hindenken, der Sprachfehler überwuchert alles, jedes Wort, die klügsten Sätze. Ich weiß nicht, wie lang ich in dem Gespräch mit ihr nichts wahrgenommen habe als das Krümmen und Strecken der Zehen. Vielleicht sah ich wieder die Hände der Herren vor mir, die blind und häßlich auf dem Kneipentisch hin und her krochen. Losies schöne Füße eine Antwort auf diese Hände.

Du hast mir beigebracht, daß man mich mit niemandem auf der Welt verwechseln kann, du hast mir gesagt, daß das bei allen Leuten so ist. Aber siehst du, das hat mich nicht interessiert. Es hat mir gereicht, daß es bei mir so ist. Und ich bin drangegangen das auch zu spüren.

Übrigens – sagte sie und schaute mich wieder an, mich, die ich eingeschrumpelt und grau neben ihr saß, ordnungsgemäß mit Schuhen versehen und infolgedessen ohne jede Bewegung der Zehen – übrigens hab ich es auch gespürt. Es gab da schon so Momente, wo ich sie zittern gefühlt hab, die andern. Oder wo mein Kleid so um mich stand und ich ganz anders lief als sonst. Oder dann, wenn ich getrunken hatte und dieses schöne Schweben kam. Weißt du, wenn mir die Stunden so ineinanderliefen und ich nicht mehr wußte, in welcher verdammten Halle ich mich grade abküssen ließ und mit wem ich da den Ehrentanz hatte. Es waren ja sowieso nur Bäuche. Aber ich habe schon was gespürt, von dem nicht verwechselt werden können. Doch, im Anfang schon.

Warum hatten wir das nicht früher besprochen? Wie albern bin ich, daß ich noch immer nicht begriffen habe, wie ichsüchtig sie war und wie wenig sie auf mich gehört hat. Mit meinem roten Saffianköfferchen und meinem unsterblichen Pferd habe ich sie wenigstens nicht gelangweilt. Aber ihren Weg in die Einmaligkeit, diesen schmuddeligen, lächerlichen gefährlichen Weg hat sie sich ganz allein gebahnt. Ich dachte, sie würde daran zugrundegehen, damit ich sie dann ein für allemal besäße, das kleine Fräulein Dädalus mit den zerschmolzenen Wachsflügeln. Wie ein Huhn, das ein Entenküken ausgebrütet hat, steh ich – sitz ich – hilflos gackernd am Wasser und bin sauer, daß sie nicht ertrunken ist.

Sie hat übrigens die Pistole schon vor Monaten bei mir mitgenommen, hatte Elsbächer in der Kneipe erzählt, die stiller geworden war, obwohl am Honoratiorentisch zwei Neuzugänge begrüßt wurden. Sie hat mich einmal zuhause besucht, wußten Sie das?

Nie im Leben hätte ich zugegeben, daß ich keine Ahnung von den Wegen meines Kindes hatte.

Nein, sagte ich trotzdem, ich glaube nicht. Ich erinnere mich nicht.

Oh Lüge, Lüge, zwiefacher Zopf aus Eifersucht und Eitelkeit! Ich fühlte mich der fernen Mutter Irma gradezu schwesterlich verbunden. Geht sie da einfach hin, zu dem, über den wir nur im sicheren Schutz der Küche nachzudenken gewagt hatten.

Ja, sicher, sie hat mich gefragt, ob André Tagebücher hinterlassen hätte. Er hat natürlich.

Ich sah Elsbächers Gesicht in der permanenten Wolke aus Zigarettenrauch, seinen Bart und die Linie seiner Nase.

Was hätte er denn sonst hinterlassen sollen? In dem Alter schreiben sie, wie sie scheißen, es ist gradezu eine Wortdiarrhoe. Da hat mein Sohn keine Ausnahme gemacht. Ich hatte nichts dagegen, sie ihr zu geben. Schulhefte über Schulhefte, ein greulicher Verschnitt von Trakl und – ach, überhaupt expressionistisch und ziemlich »Oh Mensch«. In der gleichen Schublade hatte ich diese kleine Beretta liegen. Eine Damenwaffe, die macht bestenfalls Löchlein. Können aber recht ernsthafte Löchlein sein, wenn man nah genug dran ist. Ich weiß noch genau, wie sie die Hefte in ihre Tasche gepackt hat, so eine vorwurfsvoll ärmliche Tasche. Ich war froh, das Zeug aus dem Haus zu bekommen. Sie selber war gar nicht vorwurfsvoll, sie interessierte sich einfach nicht für meinen Vaterschmerz. – Hier liegt es sowieso nur rum, sagte sie zu mir. Ich wills durchlesen. Vielleicht versteh ich dann was. – Daß sie die Waffe gesehen hatte, hab ich gar nicht bemerkt. Nur, als sie dann weg war, war die Beretta auch weg. Ich habe kein Geschrei gemacht. Übrigens war das nicht die, mit der André sich verabschiedet hat. Vielleicht hat sie das aber geglaubt

Ich glaube, sagte Losie, er hat genau gesehen, daß ich seine Pistole geklaut habe. Du kennst das doch, wenn Leute absichtlich wegschauen oder weggehen. Sie zwingen einen damit fast, etwas zu tun, an das man eigentlich gar nicht richtig gedacht hat. Plötzlich habe ich das Ding ganz deutlich gesehen, es war so bläulich und Andrés Tagebücher lagen halb drüber. Ganz unordentlich, als wäre er nie mehr danach an dieser Schublade gewesen, Elsbacher, meine ich, nach der Sache mit André. Er hat die Tagebücher rausgenommen und die Schublade halb offen stehenlassen. Dann ist er zum Bücherregal gegangen und hat getan, als suchte er irgendwas. Mir kam es lang vor. Ich habe nicht drüber nachgedacht, ob das die Pistole war, mit der André es gemacht hat. Wahrscheinlich war ich ganz sicher, aber ich dachte nicht daran. So merkwürdig das klingt! Ich hab eigentlich nur auf Elsbächers Rücken geschaut, wie er da vor dem Bücherregal stand. Es kam mir vor wie eine halbe Stunde. Und wie von allein, ich schwörs dir, wie von allein hat sich meine Hand in die Schublade geschoben. Das Ding war gar nicht kalt, aber so schön glatt und schwerer als ich dachte. So schwer wie was Kostbares, du weißt schon.

Da hat sie, dachte ich, zu ihren Steinen noch einen dazugestohlen, einen schweren, kostbaren schwarzblauen. Aber ich sagte nichts, und sie erzählte weiter, freundlich und leise hinter ihrem nußbraunen Haarvorhang, der sich leicht von ihrem Atem bewegte.

Ich hab sie dann immer bei mir gehabt, in den blöden Pompadours, die ihr mir zu den Ballkleidern habt machen lassen. Ich hab sie auch mal in meinen Schlüpfer gesteckt, aber da wär sie mir beinah durchs Hosenbein abgehauen und auf der Straße gelandet. Ich kann dir nicht sagen, warum ich sie immer bei mir haben wollte. Es ist nicht das mit der Macht, oder wenn du denkst, ich hätte irgendeine Angst gehabt – das ist es ja eben nicht. Es hatte eher was witziges, weißt du. Ich besaß ein Ding, von dem keiner was wußte, und das mir auch keiner zutrauen würde. Manchmal haute ich beim Tanzen irgendeinem das Seidending gegen den Arm. Haben Sie da einen Backstein drin? hat mich einer gefragt. Es ist eine Waffe, hab ich geantwortet. Du hättest das dämliche Lachen sehen sollen. Ich könnte ihr Lachen aufhören lassen, dachte ich manchmal. Weißt du, wie in dem Lied. Es wär ganz einfach gewesen, ihr Lachen aufhören zu lassen. Du brauchst nicht zu meinen, daß ich immer an sie gedacht hätte. Sie fing an, zu mir zu gehören, so wie: Ich seh etwas, was du nicht siehst. Sie war ja so klein, weißt du. Und hübsch war sie auch. Sie hatte so ein schönes Gewicht, wenn man sie in der Hand hielt, so bläulich und warm und trocken.

Ich ertappte mich bei dem Gedanken, wo das Ding dann eigentlich hingekommen sein mochte. Ich weiß es übrigens jetzt noch nicht. Wahrscheinlich hat Salo sie ins Wasser geworfen wos am tiefsten ist, zu ihren vielen Brüdern und großen Genossen von früher, die da im Schlamm versunken sind.

Eigentlich, sagte sie, das weißt du genau, kann ich Gewalt nicht ausstehen. Es ekelt mich davor, wies mich vor Befehlen oder Lügen oder Schleimscheißerei ekelt. Aber die – sie nannte sie immer die, wie eine Frau – die hatte mit Gewalt gar nichts zu tun. Die war nur so was wie – Abstand.

Das letzte Wort zu finden hatte sie Mühe, hörbare Mühe gekostet.

Ja, Abstand. Es sieht ihn keiner, aber er ist doch da und er ist schön.

Ob sie mich noch wahrnahm in ihrem Monolog, wußte ich nicht genau. Weiß es auch jetzt nicht. Aber das ist neu an mir, daß ich auf Wahrnehmbarkeit solchen Wert lege. Früher wars bei mir doch ganz anders, was heißt früher, vor einem guten halben Jahr. Sie behandelte mich immer noch so, wie mit dem Tarnmäntelchen umgeben, als spräche sie leise zu sich selbst. Aber jetzt paßte es mir nicht mehr, es tat mir sogar weh. Es war mir ja schon in der Kneipe mit Elsbächer bewußt geworden, daß ich irgendwie aussehen wollte, ich wollte endlich bemerkt werden, grade von Losie.

Elsbächer hat übrigens noch mehrmals an dem Abend betont, er habe von dem Verlust seiner Pistole nichts gemerkt. Schwierig, ihm etwas nachzuweisen. Er gehört zu den Männern, die wahrhaftig lügen und unglaubwürdig die Wahrheit sagen. Der Trick dabei ist wahrscheinlich, daß sie selber durcheinandergeraten, daß es irgendwann Wahrheit und Lüge gar nicht mehr gibt, sondern nur den Zweck. Er sagte, daß er es nicht für nötig gehalten habe sie zur Rede zu stellen. Sie würde sie ihm schon irgendwann von allein zurückgeben, hätte er gedacht, wahrscheinlich hat ers sogar für ein Liebeszeichen gehalten. Ganz kurze Zeit sei er dann ein wenig aufmerksamer gewesen, denn ihm sei plötzlich der Gedanke gekommen, sie hätte den Revolver für ihren Vater gestohlen.

Sie dachten, daß Salo Selbstmord begehen wollte, fragte ich ihn erstaunt.

Ja, sagte er, eine ganz kurze Zeit habe er daran gedacht. Eigentlich sei Salo aber nicht der Typ, sagte er ein bißchen später. Er sei dann auch von dem Gedanken wieder abgekommen.

Er hat nicht ein einziges Mal von Angst oder Sorge oder Furcht oder Ratlosigkeit gesprochen – nur eben von diesem Gedanken, den er dann wieder verworfen habe.

Hätte denn Salo Grund gehabt, sich umzubringen? fragte ich. Denken Sie allen Ernstes, daß er wegen dieses schmuddligen Geschäfts sich eine Kugel in den Kopf schießen könnte?

Eben nicht, sagte Elsbächer, deshalb habe ich ja auch nichts unternommen. Obwohl er der einzige ist der so dumm sein könnte.

Wieder spürte ich diese winzige, fadenscheinige Freude, daß Salo eben nicht ganz so war wie die andern. Er war ehrlicher in seinen Schweinereien und in seinen Schlüssen, die er draus zog. Aber er hat sie ja gar nicht gezogen. Er hat einen nur denken lassen, daß er etwas so altmodisches, nutzloses, gestorbenes mit sich herumschleppt wie Ehre.

Nicht, daß ich versessen auf derlei Ehre gewesen wäre. Ich kann mich noch gut an die vielen Sorten Unsinn erinnern, die früher damit getrieben worden sind, wenn die Frau einen betrogen hatte oder wenn eine Existenz ins Rutschen gekommen war, oder jemand einen bloß falsch angeguckt hatte. Das mit der Ehre gehörte zum Unterhaltungsprogramm vor dem ersten Krieg. Aber nun ist das so gänzlich verschwunden und jetzt tuts mir gut, wenn ich glaube einen vergessenen Rest davon wiederzuentdecken.

Sie hatten doch mit der ganzen Situation nicht wenig zu tun, sagte ich zu Elsbächer. Ist Ihnen nie der Einfall gekommen, Salo zu helfen?

Wie stellen Sie sich das vor? fragte er zurück und war ganz ehrlich verwundert, so ehrlich, wie er überhaupt sein konnte. Wir sind alle erwachsene Männer. Helfen heißt da fallen. Wie kommen Sie auf die Idee, daß man dazu verpflichtet ist? Da muß jeder einzelne schon vorher seine Stützbalken eingezogen haben, bevor er sich auf Risiken einläßt! Schauen Sie die Banker an, die den Bach runtergegangen sind. Ein paar springen die Strömung wieder rauf, wie die Lachse. Die haben die Schweiz gehabt oder ihre Frauen oder sonst ein Nest, wo die andern nicht drankonnten. Der Rest bleibt weg. Wenn Ihr Freund und Arbeitgeber das nicht gemacht hat, das Nest, ist er selber schuld. Außerdem – manchen tuts ganz gut, wenn sie eingehen. Die leben ganz gemütlich.

Er wußte selber, daß Salo das nie könnte, gemütlich zu leben, ohne Risiken, ohne sein Gezappel. Noch immer baute er auf. Seine Tragik war, daß eigentlich nichts mehr zum Aufbauen da war.

So waren sie übrigens alle, die am Nebentisch auch, sie konnten nur einreißen oder aufbauen. Das eine hatten ihnen ihre Väter abgenommen, das andere machten sie genauso gründlich, geachtet und gefürchtet von aller Welt. Wie sie da saßen, miteinander sprachen und aufeinander aufpaßten, eine ganz entspannte Stammtischrunde, ein Nest von Füchsen und Mardern. Nur nicht so schlank.

Hat Losie die zähmen wollen? Oder hat sie in den kleinen, unbewegten Augen, brillenbewehrt und von nicht erkennbarer Farbe, letzte Fünkchen von Träumen gesehen? Sie hat sich ja nie damit abgefunden, etwas so sein zu lassen, wie man ihr sagte, daß es sei. Sie hat zu allem noch ein bißchen dazugedacht und dazugefühlt, Heidelbeeren im ewigen Eis gesucht.

Nach unserem Teichgespräch haben wir miteinander gegessen. Man konnte auf der Terrasse sitzen. Der Wind ließ sich an diesem Abend nicht spüren – damals, vor erst achtundvierzig Stunden. Salo hatte sich unsichtbar gemacht, obwohl er mit am Tisch saß. Nur manchmal krächzte er probeweise noch ein paar befehlsartige Sätze zur Bedienung, der sich ein Lächeln ins Gesicht geschlichen hatte, das gar nicht mehr verschwinden wollte. Ich wurde übrigens giftig. Ich mag es nicht, wenn jemand Salos Niederlage spürt, irgendein Jemand, der vielleicht nur deshalb noch nie verloren hat, weil er nicht kämpft. Ich habe noch nie leiden können wenn man bei Tisch über unangenehme Dinge redet, ich esse gern, wenn auch wenig. Und so blieb alles auch wie ein kleines Spiel mit leichten Fäden aus Wörtern. Jeden drohenden Knoten knüpften wir gleich wieder auf, damit der angeschlagene Riese nicht gestört oder am Ende verletzt würde.

Ich hab gegen die – und sie meinte die Herren – eigentlich nie was gehabt. Ich dachte immer, hinter diesen Hemden und Stoffen und dicken Backen oder Falten müßte doch einer sein, der mir gefallen könnte. Wann fängt man eigentlich an, auszusehen, wie man dann bis zum Schluß aussieht? fragte Losie mich.

Da wurde Salo nochmal lebendig. Frag die nicht, sagte er, frag bloß die nicht. Die hat überhaupt nie ausgesehen. Die war immer nur eine graue Eminenz, und wenn ich grau sage, dann mein ich es.

Auch er. Auch er stach eine Nadel in mein Herz. Euretwegen, wollte ich sagen, euretwegen habe ich auf alles verzichtet. Der schreckliche Müttersatz, die verhüllte, zum Erbrechen demütige Eigensucht! Es stimmte ja nicht, und ich habe auch geschwiegen.

Übrigens hatte dieser Abend schon etwas von der Höflichkeit der Abschiede. Auch die andern Patienten und die Ärzte grüßten uns mit einer Art wehmütiger Vertraulichkeit. Hier wird viel gewechselt, wahrscheinlich habe ich eine Menge Leute, die sich hier während unserer Zeit aufgehalten haben, nie gesehen. Aber sie haben alle zu Losies Genesung beigetragen, auch die Unsichtbaren.

Genesung? Sie war nie krank. Alle, die hier sind, können mit dem Wort Krankheit nicht gefaßt, nicht beschrieben werden. Sie sind, jeder auf seine Art, ein bißchen genauer als die draußen, ein wenig leiser oder aufmerksamer. Deshalb haben sie sich hier Schutz verschafft. Es ist natürlich ein luxuriöser Schutz, den wir hier gefunden haben. Ein kostspieliger dazu. Keine Schlangengrube. Die Sanftheit dieses Ortes hat auch den verwundeten Salo verzaubert. Aber bei ihm wird es nicht helfen. Nicht nachhaltig. Er wird so schnell wie möglich alles, was er hier gesehen und empfunden hat, vergessen, zudecken mit Lärm und Wichtigkeit. Losie wird es auch vergessen, aber anders als er. Bei ihr wird dieser Ort ein Stück von ihr selbst werden, nicht Erinnerung, sondern Eigenschaft.

Mich kriegen sie nicht klein, sagte Salo plötzlich, als wir fertig gegessen hatten, jetzt grad nicht. Ich pack aus. Wenn se mich fallelasse, nemm ich se all mit.

Im Grund weiß er, daß er Unsinn redet, daß er gar niemand mitnehmen kann, weil die andern alle schon ganz woanders sind. Die Reihe hat sich hinter ihm schon geschlossen, lückenlos, als habe es ihn nicht gegeben. Er spürt das, ich bin mir da ganz sicher. Auch, daß er im Vergleich zu den andern ungelenk ist, daß er eine überholte Art der Profitmacherei betreibt, spürt er. Kein Wildwest mehr, das ist nicht mehr gefragt. Und er kann sich so schwer davon trennen, weil er ja weiß, wie wenig er in diese lautlose, nadelstreifige, leidenschaftslose Gesellschaft paßt. Es gab noch ein paar andere, die waren wie er. In einer kleinen Stadt hält sich diese Sorte vermutlich länger. Aber auch ihr Stern war im Sinken, sie verschwanden entweder von der Bildflache oder paßten sich an.

Red nicht, sagte Losie zu ihrem Vater, du weißt genau, daß alles gelaufen ist. Wahrscheinlich passiert dir gar nicht so viel. Aber rächen kannst du dich nicht an denen, grad du nicht. Du willst doch nur eins – wieder zu denen gehören um jeden Preis. Und nichts wirst du ihnen tun. Gar nichts.

Da hat die Mama mehr begriffen als du. Und sie hats früher begriffen. Aber das nützt ja nichts.

Ich glaube, die beiden waren etwas lauter als es hier üblich ist. Man ließ es sie nicht spüren, sondern sprach selbst in ihrer Nähe ein bißchen lauter, ließ die Gläser ein wenig öfter klirren, so, als wollte man sie mit Lärm schützen. Wie töricht Salo wurde an diesem Abend! Er sei wohl nur noch zum Zahlen gut, sagte er. Dieses uralte Vätergerede, wenn sie nicht mehr weiterwissen. Jahrelang waren sies mehr als zufrieden, daß man nichts anderes von ihnen verlangt hat.

Ich wurde wütend und sagte, Losie hätte sich schließlich nicht ausgesucht, auf die Welt zu kommen. Mir könne er den Vorwurf gern machen, aber ihr nicht.

Ja, sagte er, bau nur wieder Barrikaden um die Prinzessin.

Das hatte er gar nicht sagen wollen. Dieses Wort hatte er doch vergessen wollen, da bin ich sicher. In die hinterste Ecke seines Kopfes hatte er es gestopft. Aber es hatte sich befreit und da war es nun. Die Prinzessin.

Man kann sich gar nicht vorstellen, wie viele von den berühmten Engeln plötzlich über die Terrasse gingen. Ich schaute Losie an. Sie nahm mit beiden Händen die Haare zurück, so daß die Linie ihres Gesichts und ihres Halses ganz sichtbar waren, die mattbräunliche Farbe ihrer Haut und ihr Mund mit den um eine Winzigkeit zum Lächeln aufgebogenen Mundwinkeln. Ich sah, wie diese winzige Biegung immer stärker wurde, wie sie zu einem ganz unverkennbaren Gelächter wurde.

Im Haus des Gehenkten spricht man nicht vom Strick, sagte sie, und sprühte Spucke vor Lachen wie eine Erstkläßlerin. Meint ihr, ihr müßt mich schonen? Da ist nichts zu schonen. Schont euch lieber selber. Du bist ja schon ganz dürr vor lauter Wahrheitsfindung, sagte sie zu mir. Du rastest mal wieder nicht, bis du jedes Stück an seinem Ort verstaut hast, bis alle Schächtelchen zu sind und überall ein Zettel draufklebt. Du hast mir so viel beigebracht! – und jetzt klang die kleine, rauhe Stimme wirklich lieb –, aber das hast du Gott sei Dank für dich behalten. Du mit deiner Ordnung.

Sie begriff nichts, mein Kind hat gar nichts verstanden. Aber das macht ja weiter nichts. Sie braucht nicht zu wissen, daß wir ohne meine Ordnung gar nicht hier säßen, freundlich und gelassen und nur wenig beschädigt. Ohne meine Ordnung wär ich in die Verzweiflung dieser Liebe gefallen und nicht mehr herausgekommen. Ich hätte die Prinzessin, die verklebte, beschmierte Prinzessin, mitgerissen und so gelassen, wie sie war. Nein, sie hat uns allen geholfen, meine Ordnung. Es hat uns geholfen, daß ich nicht nachgegeben habe, auch meiner Geschichte gegenüber nicht. Das ist vielleicht sogar das wichtigste. Man solle nie sagen, so ist es halt, hat mein Vater immer gemeint. Der habe so was läppisches, geducktes, dieser Satz. Es gäbe nichts, dem man nicht noch irgendeine Drehung versetzen könnte, wenn mans nur wirklich wollte.

Ganz so stimmt das jetzt wahrscheinlich nicht mehr. Dafür haben wir gesorgt. Wir machen diese Drehungen wohl nicht mehr selber, aber vielleicht haben sie sich's früher auch nur eingebildet, daß sie es selbst täten. In Wirklichkeit geschah es mit ihnen, wie es heute mit uns geschieht.

Ich habe noch nicht den ganzen Abend mit Elsbächer beschrieben, den Abend in der Stadt, meine ich, an dem ich mich erst so mutig gefühlt hatte und dann im Rauch und Lärm der Kneipe immer hilfloser geworden war. Mein Rechthaben bröckelte von mir ab, wenn ich ihn und die andern anschaute. Ich gehörte zu ihnen und war gleichzeitig so weit weg, daß ich sie nicht einmal hören konnte, wenn sie mit mir sprachen.

Bisher hatte ich mich ja an das, was gesprochen worden war, Wort für Wort erinnert. Alles, was über Losie und ihren Vater und die Aschermittwochsnacht gesagt worden war, hatte sich mir unauslöschlich ins Gedächtnis gekratzt.

Aber als Elsbächer später anfing die Ballnacht zu beschreiben, die letzte Ballnacht, den Kehraus, den Aschermittwoch, da vernebelte sich etwas in meinem Kopf. Das konnte natürlich am Wein gelegen haben, den ich im Lauf des Abends getrunken hatte und zu dem mich übrigens der Wirt und Elsbächer abwechselnd sanft genötigt hatten. Es war ein wunderbarer Wein, grün und frisch mit einem Obstgeschmack und lang nachhaltendem Wohlgefühl. Bei jedem Schluck freute man sich schon auf den nächsten. Und dieser Wein machte einem Wellen in den Kopf, ich kanns nicht anders beschreiben, ein Gefühl, als brande etwas von innen gegen die Hirnschale, Ebbe und Flut, Welle auf Welle. In einem Moment war man klug wie Gott und im nächsten ganz stumm und dumm. Teuflisch. Er machte einem das Gedächtnis für eine Zeitlang offen und genau, und dann ließ es einen im Stich. Aber ich habe nicht vergessen, was mir Elsbächer über die letzte Ballnacht gesagt hat. Ich weiß nur die Wörter nicht mehr, die er benutzt hat. Ich sehe Farben und Räume und Bilder, als wäre ich selbst dort gewesen.

Es sei wohl ein ganz andrer Ball gewesen als die vorhergehenden, sagte er. Ich verflocht meine Bilder in seine Erzählung und erinnere mich jetzt, Tage später, nur noch an meine Bilder. So schreibe ich jetzt auch hier in mein Buch, als sei ich dabeigewesen. Aber ich war es nicht, oder doch nur jenes Stück von mir, das Losie immer mit sich trug wohin sie auch ging.

Der Ball des letzten Tages war natürlich immer anders als die vorhergehenden. Es war ja das Ende der Kampagne, Siegesfeier und Kapitulation in einem. Dieser Ball hat von vornherein etwas losgelasseneres, unbeherrschteres als die andern. Kleider und Anzüge tragen Spuren vom Schweiß der vergangenen Nächte. Die Frisuren sind nicht mehr von starrer Abgezirkeltheit, die starren Locken der Damen haben sich aufgelöst. Der Schmuck ist wieder im Safe, oder verloren. Sie glitzern alle nicht mehr so streng wie während der sogenannten Sitzungen. Es gibt kein erhöhtes Podium mehr, die Herren haben sich mit ihren Kronen unters Volk gemischt. Aber sie leuchten noch, die Kronen leuchten noch wie zu Anfang und lassen keinen Zweifel an der Macht ihrer Träger.

Der Eintrittspreis für diesen Ball ist sehr hoch, auf Jahre hinaus ist er ausverkauft. Dort nicht gesehen zu werden ist eine gesellschaftliche Katastrophe und kommt einer Ächtung gleich. Nur ein Trauerfall in der Familie kann ein Fehlen entschuldigen. Ich kenne Fälle, da hat man Onkel im fernen Kanada kurzerhand sterben lassen, weil man keine Karten bekommen hatte. Das Listige ist nämlich: Es gibt nie genug Karten für alle Honoratioren. Einige sind jedes Jahr die Verlierer. Sie müssen dann sechs Wochen schwarz tragen oder zumindest einen Flor, weil sie sonst der einzigen Entschuldigung ihrer Abwesenheit verlustig gingen. In der Stadt ist man wirklich jemand, wenn man jedes Jahr und ohne Mühe Karten für diesen Ball hat.

Salo und Irma hatten es geschafft. Es muß Salo ein kleines Vermögen gekostet haben. Oder sehr viel Arbeit. Oder lange Gespräche, wenn er was über jemanden wußte. Vielleicht aber auch alles zusammen. Jedenfalls sonnte sich Irma in dem Bewußtsein, der nervenaufreibenden Jagd auf die begehrten Einlaßkarten zum Paradies ein für allemal enthoben zu sein. Und nun gehörte ja auch Salo zu den Herren mit den Kronen.

Wie das wohl, überlege ich gerade, jetzt werden würde? Im nächsten Jahr, in allen nächsten Jahren? Vielleicht müssen sie sich wieder empordienen, noch ein kleines Vermögen – was er vielleicht dann gar nicht mehr haben wird – Gespräche und das Wissen von andern. Aufreibend. Denn eins weiß ich – sie werden nie drauf verzichten. Sie werden auf keinen Fall den Stall wechseln wollen. Alle Schuld werden sie auf sich nehmen und werden demütig und ohne Rachsucht am Eingang warten, bis einer von denen, die ganz innen sind, das Glöckchen läutet und ihnen verzeiht. Salo, der noch immer davon redet, wenn auch merklich unsicherer, daß er schon was auffliegen ließe, wenn sie ihm was täten. Daß ich nicht lache. Er wird sich zusammennehmen und versuchen, die neue Zeit zu verstehen und die weitaus eleganteren Formen der Gaunerei zu lernen.

Der Ablauf des letzten Balles war wie bei allen Bällen, jedenfalls bei denen nach dem Krieg: Reinkommen, nicht zu spät, nicht zu früh, den bestmöglichen Tisch sich geben lassen – Verteilungskämpfe flackerten jedes Jahr wieder auf – sich umschauen, wer schon da ist. Sich begrüßen als habe man sich ein Jahr lang nicht gesehen. Dabei hat man sich grade vierzehn Tage lang jeden Abend gesehen, in wechselnden Verkleidungen, starren Roben, Diademen. Aber hier, hier erkennt man sich, erschöpft und erregt, als sei morgen früh der Weltuntergang oder das endgültige Altsein zu erwarten. Begrüßungen, die ein wenig weiter gehen als sonst. Gemeinhin küssen sich die Damen vorsichtig auf die pudermatten Backen und die Herren schütteln sich die rechte Hand und klopfen mit der linken dem andern auf die Schulter.

An diesem Abend küssen die Herren die Damen schon zu Anfang sehr ausführlich, während sie einander nur beiläufig, so aus den Augenwinkeln, zur Kenntnis nehmen. An diesem Abend kann der Kundige erkennen, welches Wild von wem in der Kampagne zur Strecke gebracht worden ist. Blicke und besitzanzeigende Küsse. Ehemänner schauen weg, zu den Ehefrauen der andern, und Ehefrauen beantworten die Blicke ganz fremder, fast fremder Männer. Ganz fremde gibt es ja hier nicht. Aber die Zahl der möglichen Kombinationen ist erstaunlich. Auf diesen Ball geht man übrigens nicht mit einer Geliebten. Und mit wenigen Ausnahmen, zu denen Elsbächer gehört, geht man auch nicht allein.

Die Kapelle ist in jedem Jahr berühmter. Man schmückt sich gern mit großen, teuren Namen, die zumindest für diesen Zweck auch die bessere Musik machen als die erschöpften Laienorchester, die sich während der Kampagne ein Magengeschwür und ein schönes Stück Geld zusammengefiedelt haben. Nein, wir leisten uns ausgeruht wirkende, elegante Profis mit schicken glitzernden Anzügen und einem guten Gespür für die erotischen Wünsche und die körperlichen Fähigkeiten derer im Saal. Wie oft wird an diesem Abend, in dieser Nacht geflüstert werden, hörst du, unser Lied! Und sie reiben die schlaffgewordene Seide ihrer Ballkleider an den ordnungsgemäß verhüllten Lenden der Männer. Die Tanzfläche sieht bei solchen Melodien aus wie ein vom Wind kaum bewegtes Feld, Halm wiegt sich an Halm und auf der Stelle. Irgendwann spielen sie auch eine ziemlich gewagte Version eines Wienerliedes, das eigentlich nicht hierhergehört und trotzdem große Fassungslosigkeit auslöst. Es wird ein Wein sein, und mir wern nimmer sein! Diese Erkenntnis scheint grade während der Kampagne so unvorstellbar.

Aber das kommt erst später. Auf den Tischen stehen silberne Kübel, in denen Flaschen stecken, eine Papierserviette um den Hals. Der Wein ist entsetzlich und teuer. Niemand versteht das. Es ist wie freiwillige Buße. Eine Gegend in der wunderbarer Wein wächst, in der die Leute feine Zungen und ein gesundes Mißtrauen haben, und selbst in den armseligsten Kaschemmen ein trinkbares Zeug in Bechern ausgeschenkt wird – in der Kampagne bestrafen sie sich. Klebriges, den Kopf blähendes Zeug. Sie zahlen klaglos dafür und trinken es freiwillig. Ein paar Unbestechliche sitzen hinter warmem Bier. Sekt kommt später, wenn er sowieso nichts mehr schadet. Ein wenig Schaum in spitzen, dünnen Gläsern.

Sie engagieren für den letzten Ball immer irgendwelche halbberühmte oder berühmt gewesene Schlagersängerinnen. Manchmal auch Sänger, aber da es die Männer zu entscheiden haben, sinds meistens Mädchen. Und nun hören Sie die von Film, Funk und Fernsehen bekannte Marita oder Juanita mit ihrer bekannten Nummer. Das teure Profiorchester grinst wie ein Mann und deckt gnädig einen hübschen Schleier aus Tönen über die Dame. In diesem Jahr ist es ein Mädchen, das ich schon ein paarmal im Fernsehen gesehen hatte, tatsächlich. Sie singt mit einer kleinen rauhen Stimme, ganz nette Lieder. Man darfs nicht überbewerten. Wenn ein umgehackter Baum oder Wörter wie »Verlorenheit« oder »Traumstraße« in diesen Dingern vorkommen, verkaufen sies schon als hohe Kunst.

Aber sie erinnert mich an Losie. Losie kommt später. Losie wird zur gleichen Zeit kommen, wenn dieses Mädchen die Bühne betritt. Während die Tische sich mit beschmierten Gläsern, Konfetti, Papierschlangen und Wattekugeln, angebissenen Würstchen und Zigarettenkippen überziehen und die Musik noch immer drei schnelle Nummern auf eine langsame folgen läßt, ist Losie noch zuhause und läßt sich bitten.

Ich wollte mit diesem ganzen Unsinn nichts mehr zu tun haben. Ich verließ mein Zimmer kaum noch und würdigte Salo, Irma und ihre aufgetakelte Tochter keines Abschieds. Und dennoch hatte ich damals gemerkt, daß etwas anders geworden war mit der Prinzessin im Lauf der Kampagne. Sie war, unter ihrer permanenten trotzigen Betrunkenheit, unter ihren Seiden und Tülls und Juwelen, unter ihrem Sichumsehen nach der Besonderheit, dem Glanz, dem Rausch, der Einmaligkeit, unter alldem ziemlich erstaunt und bitter. Zweimal hatte ich sie mitten in der Nacht, im Morgengrauen weinen hören, ihr schwer herausgewürgtes, ungewohntes Schluchzen. Ich bin damals nicht zu ihr gegangen, so beleidigt und enttäuscht war ich gewesen.

An Dienstagabend also, vor dem Letzten Ball wollte sie wieder einmal nicht mehr. Oder sie wollte gebeten sein, angebetet vielmehr, oder erobert, entführt, was weiß ich. Jedenfalls was Dramatisches. Keiner tat ihr den Gefallen. Der es hätte tun sollen, wie ich mir schon gedacht hatte, Elsbächer, war weit weg. Sie hat es auch nie zugegeben, nicht einmal jetzt, daß sie ihn sich gewünscht hat. Vielleicht hat sie das in dieser Zeit danach, hier im Sanatorium, in ihrer Seele so verstauen können, daß es nicht mehr schmerzt.

Sie saß zuhause im Unterrock. Ein wenig gequollen und schwammig sah ihre Haut aus, sie versuchte sich die strohigen Haare auf dem Kopf zusammenzudrehen und weigerte sich, von mir gekämmt zu werden.

Du kannst mir gestohlen bleiben, hatte sie damals zu mir gesagt, du begreifst überhaupt nicht, um was es geht. Nimm deinen Kamm und geh und laß mich in Ruh.

So hatte sie eigentlich nie mit mir gesprochen. Aber das wunderte mich nun schon gar nicht mehr, sie hatten sie mir ja verrückt gemacht, sie hatten mir wirklich mein Kind verrückt gemacht mit ihrer verdammten, verlogenen, todernsten Kampagne.

Irma war verzweifelt, weil es doch der Ball der Bälle war. Man hatte das Ganze mit dem obstinaten Mädchen doch einigermaßen über die Bühne gebracht. Und nun zum Schluß ohne Prinzessin?

Ich sag gar nichts mehr, sagte sie zu ihrer störrischen Tochter. Ich habs ja gleich gewußt, daß es nicht gut gehn kann. Du verdirbst mir den schönsten Abend.

Gebt mir nur genug Champagner, sagte Losie zu ihren halbangezogenen Eltern, bringt mich doch ein bißchen in Laune! Vielleicht komm ich dann doch.

Es ging ihr an dem Abend gar nicht um den Champagner, es ging ihr um Macht. So traurig war sie geworden in ihrem Rüpelspiel um die Macht, so an die Wand gedrückt fühlte sie sich, ausgenutzt und herumgeschubst wie eine Sofapuppe. Sie war nicht die Königin, sie war nur eine Papierprinzessin, die von Hand zu Hand ging, eine Prinzessin ohne Land und ohne Untertanen mit einem dämlichen Prinzen. Sie bekam ihren Champagner, weil sie nur eine Macht hatte, nämlich die über ihre Eltern. Sie bekam ihren Champagner und trank ihn mit kleinen, vorsichtigen Schlückchen während sie versuchte mich anzulächeln, damit ich ihr doch ein bißchen Glanz in ihr totes Haar bürstete.

Sie sollen sie sehen, ihre Lumpenprinzessin, eine richtige haben sie gar nicht verdient! sagte sie. Sie war ein bißchen betrunken. Aber nur ein bißchen, nicht so bewußtlos wie manchmal in den vergangenen Tagen. Auch nicht so rachsüchtig.

Sie kicherte wie früher, rauh und sehr fröhlich, ohne zu erklären, was sie so heiter machte. Aber ich ließ mich nicht freundlich stimmen an diesem Fastnachtsdienstag. Ich tat meine Arbeit, holte ihr ein Kleid, das, was von all den Fummeln noch am glattesten wirkte. Ich erinnere mich, daß ich noch versuchte, es ein bißchen aufzubügeln und wie der Tüll unten am Saum, an einer nicht sichtbaren Stelle, an der ich das Eisen ausprobierte, im Nu zu einem bräunlichen Gitter einschrumpelte. So habe ich das Kleid nur geschüttelt. Es war ein grünes Kleid und grün steht ihr nicht besonders. Ich habe es ihr hingehalten und gesehen, wie sich der aufgedunsene, müdäugige Teenager in eine Meerjungfrau verwandelte.

Sie war an dem Abend, den sie nicht hatte mitspielen wollen, der ihr aber vielleicht vorkam wie eine letzte Chance zu siegen, eine letzte Schlacht um die Einmaligkeit zu gewinnen, wieder schön geworden. Aber ich war unversöhnlich, uninteressiert. Ich erklärte mir ihren plötzlichen Glanz mit einer optischen Täuschung und bestand trotz besseren Augenscheins darauf, daß ihr Grün nicht stünde. Ihre Steine wollte sie tragen, all ihre Steine. Als Salo fragte ob sie verrückt geworden sei, mit einem Vermögen an Klunkern zum Kehraus zu wollen, machte sie Anstalten, das Kleid wieder auszuziehen, stumm und bockig. In ihrem Gesicht wechselte es jetzt wie am Aprilhimmel. Diese verrückte Person, dachte ich, sie hat sich bei Gott einfangen lassen vom Gesellschaftsgetue. Und nur einmal fing ich einen sanften, etwas belustigten Blick auf der mir galt. Er war alt wie ich selbst.

Geht nur, geht jetzt! Ich mach mir einen schönen Abend mit dem Plattenspieler und sauberer Musik, Vivaldi, Bach.

Dein ungefährliches Tideli-Tidela, sagte Losie. Du sorgst schon dafür, daß dir nichts passiert. Sie war gar nicht betrunken gewesen an dem Abend, sondern klug und scharfäugig. Ich wollte es aber nicht sehen, ich wollte es um alles in der Welt nicht sehen. So gingen sie und Losie funkelte wie ein Christbaum, umso mehr, als ihre Eltern, wie es Brauch für den Letzten Ball war, nicht besonders aufgeputzt waren. Nur Salo trug seine Krone in der Hand. Ich habe mich dann zurückgezogen, aber die Bachmusik machte mich zum erstenmal in meinem Leben nervös. Ich hörte den Tristan, dieses fürchterliche, immer drängendere Atmen der Streicher. Ich glaube, ich habe geweint.

Und jetzt, vor ein paar Tagen, haben mich der Wein und Elsbächers Erzählung aus dem Wohnzimmer geholt, weg vom »Liebestod«. Sie haben mich aus der Zeit genommen und mich unter meinem Tarnmäntelchen hinter den dreien hergeschickt, hinter dem Arbeitgeberpaar und meinem Kind, der Prinzessin.

Wie sie hereinkommt in den Saal, sieht sie als erstes das Mädchen, die junge Schlagersängerin auf die Bühne kommen. Sie ist ungefähr zwanzig, hat ein schönes, ein wenig unbewegliches Gesicht umrahmt von glattem langem bräunlichem Haar. Nichts an ihr ist Losie ähnlich. Jede Einzelheit des Gesichts und des Körpers entziehen sich dem Vergleich. Aber das Gesamte hat etwas wie Ähnlichkeit, oder eher Schwesterlichkeit. Das Mädchen ist schon mitten in einem Lied, das der Ansager vorher mit dem Pradikat anspruchsvoll versehen hat. Sie singt irgendetwas von den Weiten der Tundra und vom Abschied. Von was denn sonst. Doch, das leisten wir uns schon, grad auf dem Letzten Ball. Da haben wir schon Gedanken, die uns während der Kampagne eher fern waren. Denn jeder hier im Saal entdeckt Empfindungen und läßt sie auch zu. Hör mal, flüstert es zwischen den Paaren, den Kampagnenpaaren, kreuz und quer flüstert es: hör doch, wenn die Rede ist von einer Tundra oder vom Abschied.

Ich sah dich ganz allein im schrägen Abendlicht, du kannst nicht glücklich sein, denn du vergißt mich nicht, sang das Mädchen mit dieser kleinen, ein wenig rauhen Stimme, auf dem schützenden Teppich der Instrumente.

Wenn die Sängerin auftritt, wird meist für ein oder zwei Lieder nicht weitergetanzt. Wenn die Prinzessin eintritt, wird applaudiert. Die Prinzessin tritt ein, ein Lied entfaltet sich auf dem Podium und in den Gemütern der Zuhörenden, da will keiner stören. Es wird applaudiert, aber erst, nachdem das Lied zuende ist. Einige drehen sich im Klatschen zur Prinzessin, aber nur wenige. Es ist ja der Letzte Ball. Die Etikette – wie streng war sie während der Kampagne, umso strenger, wenn das Fernsehen die Kampagne vermillionenfachte – die Etikette hat sich gelockert. Es ist Kehraus, man braucht keine Prinzessin mehr, man kehrt sie mit hinaus wie die blassen Konfettiplättchen, die Zigarettenstummel und die verwelkten Luftschlangen. Niemand wird zweimal Prinzessin. Man muß sie nicht schonen.

Aber soweit ist es noch nicht, noch lang nicht. Losie winkt den wenigen, die ihr zugeklatscht haben. Ihre Augen leuchten und ihre Hände funkeln. Ihre dünnen Hüften in dem Meerjungfrauenkleid – keiner weiß von der winzigen verbrannten Stelle! – erwecken Begehrlichkeit. Das Mädchen auf der Bühne erkennt, daß von Abschied im Moment nichts zu singen ist, sie wirft die Haare zurück und fängt ein stampfendes Lied an, mit langgezogenem Jubel dazwischen. Die Tänzer empfangen gehorsam die Kommandos des Bandleaders, hocken sich auf den schmutzigen Tanzboden, stehen wieder auf und springen herum. Wohlgenährte Körper, sie haben viel gelernt während der Kampagne. Sie können sich gehenlassen, sie können sich biegen und in einen Rhythmus werfen und sogar lachen. Ich sehe es ganz deutlich. Aber sie haben diese Lektion nur für diesen Abend gelernt. Er ist eigens dafür erfunden, daß sie sie so schnell wie möglich vergessen, Kehraus mit den neuen Fähigkeiten machen. Die Lust der Unordnung muß ausgeschwitzt werden, sie darf sich dann wieder ein Jahr lang aufstauen.

Am wildesten, am schönsten tanzt die Prinzessin. Es ist ein Wunder, daß nicht ihr ganzes dünnes grünes Kleid Feuer fängt, so rasend bewegt sie sich, so leicht und unbeirrbar umschwirrt sie ihre unbeweglichen Tänzer. Da ist auch der Prinz in den Saal gekommen. Er sieht aus, als habe man ihn aus dem Fluß gezogen, traurig hängen seine Seidenhosen an ihm herunter, seine Haare kleben wie feucht. Niemand spricht mit ihm. Er drängt sich auf die Tanzfläche, man weicht ihm aus und lacht. Er will seine Prinzessin haben, alles lacht und macht ihm Platz, dem Ritter von der traurigen Gestalt. Jeder weiß sicher, daß sie mit ihm geschlafen hat. Aber jeder weiß auch, daß es keine Rechte gibt, heute nicht, niemals während der Kampagne. Und so passiert noch gar nichts, als er die Prinzessin am Arm packt und mit ihr weitertanzen will, sie zu küssen versucht und eine rote Spur sich plötzlich über seine Backe wirft, eine rote Spur von einem Rubinring an der Hand der Prinzessin. Keiner hat den Schlag gesehen. Nur die Spur sehen alle und der Prinz wird im Gelächter noch schlapper.

Die Sängerin oben auf dem Podium fühlt sich angekettet. Aber sie erkennt ihre Macht, sie fängt an, Fäden aus Musik zu knüpfen. Sie genießt, wenn sie spürt, daß sich die Menschen bewegen wie sie es will. Sie singt wieder ein langsames Lied.

Halt mich fest, bevor du gehst, ich will nur träumen, singt sie, denn ich weiß es ist der letzte Tag, halt die Sonne fest, die Blätter an den Bäumen, halt die Uhr mir an beim letzten Schlag. Und alles ist besänftigt. Sie stehen paarweise sich sacht wiegend auf der Tanzfläche, die Hüften aneinandergepreßt. Heute abend ist es egal, wie alt sie sind oder welche Stellung sie verlieren könnten, oder welchen Prozeß, heute abend hören sie nicht das Grollen des Mißerfolgs, des Ertapptwerdens, der Lächerlichkeit. Der Letzte Ball macht sie für ganz kurze Zeit bunt und wirklich lüstern.

Der Prinzessin gefällt das traurige Lied nicht. Sie weiß keinen Körper, an den gepreßt sie dieses Lied ertragen könnte. Natürlich tritt Elsbächer in diesem Moment auf. Er kommt zu spät, weil er den andern die Wonne bieten möchte, auf ihn zu warten. Die Gläser- und Unratgebirge auf den Tischen sind höher geworden. Die Kapelle spielt wieder, weil die Sängerin sich ausruht oder weil sie sich kostbar macht wie Elsbächer. Nur noch dieses traurige Lied hat sie in den Saal geworfen. Aber sie wird wiederkommen. Jetzt ist die Prinzessin allein, sie begrüßt Elsbächer, weil er der einzige ist, der ihr gefällt, etwas überschwenglich. Er tanzt aber nicht mit der Prinzessin, sondern mit deren Mutter.

Ich sehe Irma, wie sie sich in seinen Armen zurückbiegt und es ihr leid tut, daß sie nicht vor der Kampagne noch ein bißchen länger gehungert hat. Und ich sehe Salo, der versucht, seine Besorgnis zu verbergen. Auch von dem Projekt und seinen Schwierigkeiten will heute abend niemand was hören, obgleich sich so etwas gar nicht leicht aussperren läßt. Es sind ja genug Männer im Saal, die damit zu tun haben und Frauen, die davon gehört haben. Die Prinzessin sieht in den Gesichtern eine gewisse lauernde Jagdfreude. Es ist jetzt endlich klar, wer das Wild ist. Salo und Irma wiegen sich in Sicherheit. Sie merken nichts von den Blicken, mit denen sie von den andern getrennt werden.

Elsbächer gestattet man alles. Er wird schon einen Grund haben, sich denen so aufmerksam zu widmen. Später tanzt er mit der Prinzessin. Sie ist spröde in seinen Armen. Sie hätte das ja ganz nett gemacht, die Kampagne, flüstert er ihr zu, anstatt sie ihrer Unvergleichlichkeit zu versichern. Die Prinzessin fühlt sich grau werden und häßlich und merkt plötzlich, daß sie zuviel getrunken hat. Sie löst sich noch während des Tanzes von dem Mann ab und geht in eine kalte Garderobe, durch eine versteckte Tür hinter dem Podium.

Sie hätte, sagte Losie an dem Nachmittag nach meiner Rückkehr am Teich, auf einem Stuhl gesessen und etwas wie Schande gefühlt. Aber sehr undeutlich. Sie sei sich ihrer Unwissenheit bewußt geworden.

Ich bin mir vorgekommen, weißt du, wie ein Brummkreisel. Irgendwer zieht mich auf und ich brumme und dreh mich und bin bunt. Wie Tote haben sie plötzlich alle ausgesehen und ich hörte diese blöde Musik nur noch von weitem.

Einmal sei die Sängerin hereingekommen und habe sie da sitzen gesehen. Diese blöde Kuh mit ihren schmalzigen Liedern. Aber sie, Losie, sei eifersüchtig gewesen, mehr, als sie sich zugetraut hätte. Gradezu krank sei sie plötzlich gewesen. Sie könne nichts Besonderes. Das sei ihr plötzlich aufgefallen, eben nicht einmal singen. Nur da zu sein, das habe sie in der Nacht gemerkt, das reiche eben nicht.

Irgendwann sei Elsbächer hereingekommen. Sie habe sich plötzlich an den kleinen Revolver erinnert, als sei ihr das fast schon vertraute Gewicht in ihrer Seidentasche als Gefährliches, als Macht, als Veränderndes erst jetzt bewußt geworden. Sie habe geschossen. Etwas habe ihrem Handgelenk einen Stoß gegeben, und so sei die Kugel in der Decke gelandet.

Ich habe an André gedacht. So lang hab ich mich nicht mehr an ihn erinnert aber in dieser kalten Garderobe stand er plötzlich da wie immer, ein bißchen gebeugt und hat so verlegen gegrinst. Da kannst du sehen, hab ich zu ihm gesagt, wie blöd du warst. Das hast du davon, wenn du die andern von dir selber befreist: nichts.

Sie erinnert sich nicht mehr so genau. Bilder erzählt sie, lauter winzige, unbewegliche Bilder. Der Schuß fällt in eine Pause der Musik, füllt den Saal, macht die Leute starr und setzt sie dann in höchste Betriebsamkeit. Elsbächer hat nicht reagiert und schaut das Loch in der Decke an. Die andern drängen in die enge Garderobe, Irma weint, Losie lacht und Salo hält die Tür zu. Einer sagt, woher hat sie das denn gewußt und wird verlegen, als man ihn fragt, was sie gewußt haben soll. Es sei gar nichts los, erklärt man den Nachdrängenden, ein Irrtum.

Die meisten Ballgäste haben nicht einmal die Darsteller der Szene mitbekommen. Es wird auch später nicht viel drüber geredet, weil man über den Letzten Ball sowieso nicht viel spricht, weil es anderes zu reden geben wird, weil es sich um ein echtes Ereignis ja gar nicht gehandelt hat.

Ich steige aus meiner Geschichte wieder aus, aus der Geschichte meiner Anwesenheit beim Letzten Ball. In der Kneipe war es ziemlich leer geworden, und ich verstand Elsbächers Worte wieder als die seinen und nicht als Melodie zu den Bildern in meinem Kopf.

Ich bin nicht einmal besonders erschrocken, sagte er, es ging ja alles ziemlich schnell. Sie war blau wie ein Märzveilchen, aber sie hat die ganze Zeit an mir vorbeigeschaut, als sähe sie jemanden hinter mir. Sie hat auch von meinem Sohn gesprochen, als Salo kam und sie aufklaubte. Wenn ich nur wüßte, warum sie in die Decke geschossen hat?

Ich hätte es ihm ja sagen können, aber ich hatte keine Lust, ihm bei der Lösung seiner ohnehin wenigen Rätsel auch noch zu helfen. Losie hätte nie, nicht in der größten Wut und im Suff, wirklich auf irgendjemanden gezielt, glaube ich. Ich selber schon eher. Aber das sagte ich ihm auch nicht. Leute wie er werden eitel, wenn man sie vernichten möchte. Es ist ja auch nicht die ganze Geschichte, die er erzählt. Sie verschweigt das Wichtigste sowieso.

Es ist ein undurchdringliches Netz von Motiven, das sich jetzt zeigt. Wer könnte sagen, welcher der stärkste, welcher der schwächste Faden darin ist? Jetzt, da ich dies schreibe, weiß ich es immer noch nicht, nicht einmal, ob es wirklich eine Tat war, die sie vorhatte oder nur ein Signal. So was wie zehn Schlaftabletten oder ein Abschiedsbrief vor der Reise zur Fremdenlegion. Nur der Zorn auf den Vater Andrés, der Zorn auf den Verführer Salos, der Zorn auf den nicht zu Erobernden, vielleicht aber auch die Erkenntnis, daß es besser wäre, wenns Leute wie Elsbächer gar nicht gäbe. Losie als Schwester einer ganz andern? Die kleine Schwester im Ballkleid. Ich weiß es nicht, Elsbächer denkt nicht drüber nach, Salo und Irma haben ganz andere Probleme.

So hatte ich von Elsbächer an dem Abend in der Kneipe erreicht, was zu erreichen war. Mehr konnte er mir nicht sagen. Ob sie ihn geliebt hat und wieweit er diese Liebe entgegengenommen hat, werde ich nie erfahren. Ich will es auch nicht. Über Liebe hat sie da am Teich, als ich versuchte, Elsbächers Geschichte vom Letzten Ball durch ihre Geschichte sicherer, genauer zu machen, nichts erzählt, obgleich da etwas an ihr zu spüren war, eine winzige Veränderung ihrer Stimme, wenn sie seinen Namen erwähnte. Und sie erwähnte den Namen öfter als für ihre Berichte nötig, in dem Wunsch, eine Person zu beschwören durch die Magie ihres Namens. Liebende haben das so an sich. Aber es war nichts aus ihr herauszuholen. So werde ich nie erfahren und in meine Ordnung hineinbringen, wie es zwischen den beiden gewesen ist.

Ich trennte mich also von Elsbächer. Das Träumen hatte mich nüchtern gemacht und ich ging durch die Gassen der Altstadt den langen Weg bis auf den Hügel, wo schwarz und unbewohnt aussehend das Haus stand. Unbewohnt wirkte auch mein Zimmer. Ich war erschöpft. Es war lang nach Mitternacht und Irma ließ sich nicht sehen. Wie schnell so ein Haus stirbt, wenn keiner drin atmet, zumal so ein neues Haus, das noch kaum Leben in sich eingesogen hat.

Ich schaute die fast vergessenen Dinge aus meinem geretteten Köfferchen an, den silbernen Schal, das Fabergé-Ei, das kleine Porträt der Dame mit den schrägen Augen. Aber die Gegenstände und ihre Geschichten hatten die Kraft zu trösten verloren. Nichts wurde warm in mir, es waren einfach Dinge, Besitztümer. Ich habe ein schlechtes Gewissen, wenn ich das hinschreibe. Es ist, wie wenn man jemandem sagt, daß man ihn nicht mehr liebt. Sie haben doch so oft geholfen, diese Dinge.

Ich hatte vorgehabt, das Köfferchen mit zurückzunehmen ins Sanatorium. Aber ich kam mir plötzlich albern vor, so, als würde ich Losie abends am Bett Märchen vorlesen oder Liedchen vorsingen. Ich war mir in der Nacht unbehaglich klar darüber, daß meine einzige Strategie immer gewesen ist, das Mädchen mit beiden Händen in die Kindheit zurückzudrängen. Aber es war ja noch nichts verloren. Es ist nichts verloren. Ich schlief ganz gut in dem fremd gewordenen Haus, dem abweisenden Zimmer, dem ich in der kurzen Zeit kein Leben einhauchen konnte.

Am nächsten Tag besuchte ich den Staatsanwalt. Das klingt ziemlich erschreckend, aber es war gar nichts Erschreckendes an dem Mann bis auf das, was er tat. Ein rundlicher, weichlicher mittelalter Mann. Auch ihn kannte ich von Salo. Er war oft zu den netten kleinen Abendgesellschaften gekommen, damals, als Irma und Salo noch in der Gesellschaft herumstrampelten und sich wohl fühlten wie die Hänse im Glück. Ich hatte mich erst gar nicht an den Namen des Mannes erinnert. Er ist einer von denen, die man fortwährend auf der Straße vergißt zu grüßen. Aber dann hatte ich ihn angerufen, und er wußte sofort, was ich von ihm wollte. Er gäbe mir gern einen Termin, sagte er mäßig freundlich, aber ich sei mir ja über die Schweigepflicht und alles im klaren, nicht wahr. Ein kleines, allgemeines Gespräch zur Klärung der Sachlage wolle er aber der rechten Hand seines lieben Freundes nicht versagen. Da war er nicht das quabblige Männlein, das ich eher vom Wegschauen gekannt hatte, da war er plötzlich einer von den Machtmännern und sein zackiges Gehabe klang nicht eingelernt, nicht geliehen. Sie waren eben alle ganz anders, wenn man sich innerhalb der Zäune ihrer Macht begeben mußte.

Ich fürchtete mich ordentlich vor diesem Besuch, das steckt einem halt in den Knochen. Ämter und all das, eine lange ausgeklügelte Tradition der Scheußlichkeit! Man denke, wenn die alle so nützlich und einfach wären wie meinetwegen ein Schuhputzer oder ein Koch, wo bliebe dann die Angst?

Ich hatte mich mit diesem Herrn – er hieß Müller, aber er hatte was hintendrangehängt, damit er nicht einer von siebenundzwanzig Staatsanwälten Müller sein mußte, und nun hieß er also Müller-Martinstal, da war er nämlich geboren – also ich hatte mich mit diesem Herrn Müller eigentlich in einem Café verabreden wollen. Aber da streikte er.

Er bäte mich doch sehr dringend in sein Büro, ließ er sagen, vielleicht sei das eine oder andere nachzuschlagen. Ich bräuchte ja sicher Erklärungen juristischer Begriffe. Er hätte auch nicht viel Zeit. Ich begriff: er wollte auf keinen Fall mit mir gesehen werden. So waren sie ja alle. Sie warteten erst mal ab, ob die Familie auf der Rutschbahn Halt fände oder ob sie holterdiepolter alle Mann hoch in den Abgrund sausen würde. Ein Beamter läßt sich da nicht zu einer Stellungnahme verführen, geschweige denn zu einer Sympathiekundgebung. Und als solche hätte ein gemeinsamer Cafébesuch in der Stadt gewirkt. Sicher wußte an diesem Tag schon jeder, den es anging von meinem vorabendlichen Besuch in der Weinstube und meinem langen Gespräch mit Elsbächer.

Ich ging also ins Gericht. Magendrücken hatte ich von dem Geruch nach Angst und Fußbodenöl. Die Angst erfinde ich dazu, denn dieser Geruch setzt sich aus vielen zusammen, Kreide, Schweiß und Bratenfett in alten Mänteln. Ich habe keine Lust, Herrn Müller-Martinstal über Gebühr genau zu beschreiben. Er brauchte ziemlich lang, um mir erst die gehörige Achtung und jenes laue Gefühl des schlechten Gewissens beizubringen, das er wohl bei seinem Gegenüber spüren mußte, um sich wohl zu fühlen.

Übrigens gelang ihm das mit dem schlechten Gewissen. Ich habe es immer, wenn ich irgendwelche Schreibtische sehe. Auch da habe ich ein komfortables Leben geführt, denn erst übernahm mein Vater die Schreibtische – damals waren sie harmlos. Dann als sie nicht mehr harmlos waren, hielten wir uns sorgfältig von ihnen fern. Als ich mit meinem Pferd loszog, gab es keine Schreibtische mehr. Aber sie waren als letzte Bastionen in Klump gefallen und als erste ramponierte Phönixe wieder aus der Asche gestiegen, die Schreibtische. Und dann kam Salo und nahm sie mir ab, bis heute. Immer habe ich mich drauf verlassen, daß mir da schon jemand helfen wird. Und nun saß ich bei diesem Herrn vor dem ersten Schreibtisch seit Jahren und wunderte mich, daß das komische Gefühl sofort wieder da war, als hätte es lange Zeit darauf gewartet, wieder frisch und unverändert zum Vorschein zu kommen.

Es könne durchaus zu einer Ermittlung kommen, das hieße, ermittelt würde eigentlich schon. Aber es sei noch nicht ganz klar, auf welchen Personenkreis sich das Ganze ausdehnen würde. Ich verstünde doch? Da sei die Rede von Betrug, Steuerhinterziehung, Bestechung, Nötigung. Aber das klänge viel schlimmer, als es sei.

Jetzt hatte er mich ja klein, da konnte er sichs leisten, wieder freundlich zu werden. Ich habe nur soviel verstanden, daß alles eigentlich wie geplant abgelaufen sei mit dem Ärztezentrum. Aber irgendeiner von der Baubehörde, den sie wohl vergessen hatten bei ihrem schönen Plan, hat Unregelmäßigkeiten entdeckt, das Ganze dann mit dem bürokratischen Staubkamm geprüft, und irgendwie war das Finanzamt auch noch bockig geworden.

Die Geschichte geht ja nun schon ziemlich lang. Wenn man genau hinschaut, sieht man auch, wie der Dinosaurier abstirbt, das Gebäude vergammelt. Irgendetwas mußten sie also machen. Die Presse hatte wieder mal geschrieben als wüßten sie nicht, womit die Leute ihr Geld verdienen. Ich muß immer lachen über das Erstaunen, das sie zustande bringen wenn sie einen Fall ausgegraben haben. Als könnten sie nicht überall einen finden, wenn sie nur grüben. Jedenfalls wollten die, die diese Möglichkeiten nicht hatten, ein

Opfer sehen, Strafe muß sein, sagten sich die, die ein ganzes Leben lang mit Stumpfsinn bestraft waren. Salo bot sich an. Das habe ich zwar alles schon gewußt, wenigstens einigermaßen, aber es war doch was anderes, jetzt diesem rechtlichen Herrn gegenüberzusitzen.

Hatte Elsbächer nicht am Abend zuvor gesagt, sein Plan sei so schön gewesen, daß selbst ein Staatsanwalt unterschrieben hätte? Ob er den meinte, diesen Herrn Müller-Martinstal, der jetzt das Kinn gegen den Kragen drückte und gar nicht mehr quabblig aussah?

Es sei für ihn sehr schwierig, etwas für Salo zu tun, da kämen natürlich dann auch finanzielle Dinge auf die Familie zu – nein, es sei wirklich sehr schwierig. Nichtsdestotrotz wolle er natürlich versuchen, was möglich sei.

Sie wissen, gnädige Frau, daß solche Dinge sehr lang dauern. Da sind Gutachten notwendig und Ermittlungsarbeit, die nicht in Tagen getan werden kann. Wir haben derlei Dinge auch schon eingestellt. Ich denke, daß unser Freund natürlich von Unregelmäßigkeiten der Lieferanten nichts gewußt hat und von gewissen Kreditgeschichten auch nicht – nein, auf jeden Fall wird es dauern, und bis dahin kann er ja ungehindert arbeiten.

Armer Salo. Nun wird er den Anwälten und den Sachverständigen in die Hände fallen, er wird einen Wust von Papier verursachen und viel Geld ausgeben, er wird Experte in Sachen Ahnungslosigkeit werden, er wird uns allen auf die Nerven gehen. Und das alles nur, damit er irgendwann wieder auf dem hohen Podium sitzen darf, mit den andern, und einer Krone auf dem Kopf, im Gebrüll der dreimaligen Fanfare, damit er wieder bei den Stammtischen sitzen darf wenn ein anderer, nicht er, das Gesprächsthema ist. Er will alles vergessen und dafür dazugehören, nicht vertrieben werden.

Wenn ich nur wüßte, was an diesem Leben so begehrenswert ist. Er hat doch ein anderes gekannt. Ob er die Lust vergessen hat, die das Leben im Dschungel war? Oder ob er sich aus Projekten wie diesem, mit dem er auf die Schnauze gefallen ist, einen künstlichen Dschungel gezüchtet hat?

Ich verstehe ihn jedenfalls nicht und er scheint das zu spüren. Denn heute hat er sich, ohne sich zu verabschieden, den gräßlichen Herrn Leisegang kommen lassen und ist zurückgefahren in die Stadt. Ich hatte ihm von meinen Unterredungen kaum etwas erzählt. Fast schien mir, als ginge er mir seit ich aus der Stadt zurückgekommen bin noch mehr aus dem Weg. Jedenfalls ist er weg und ich werde bald eine längere Unterredung mit Laudin haben, der seiner Meinung nach, das hat er mir schon gesagt, aus ärztlicher Sicht nichts mehr gegen eine Abreise hat.

Er ist traurig, daß er Losie nicht mehr sehen wird, auch das hat er mir gesagt. Es scheint ja doch was dran zu sein an der verrückten Geschichte mit dem Austausch von Ärzten und Patienten, denn sonst zeigt ja ein Arzt nicht so gradezu seine Gefühle. Im Gegenteil! Einen Teil ihrer einschüchternden Haltung kriegen sie ja daher, daß sie keine zu haben scheinen. Hier ist das eben so wohltuend anders gewesen. Ein verliebter Psychiater! Nicht, daß es das erstemal ist, gewiß nicht, aber wenn man es so aus der Nähe sieht rührt es einen und läßt an Heilung glauben.

Ich weiß gar nicht, wann er sein Abschlußgespräch mit Losie haben wird, oder ob es vielleicht schon vorbei ist. Wie lautlos und selbstverständlich sie hier mit vielen Dingen umgehen. Auch Abschiede finden, wir haben das ja schon bei andern Patienten gesehen, nicht eigentlich statt. Man geht so beiläufig wie immer, bis zu der Grenze, wo der Park unmerklich in die Welt übergeht. Und dann kommt man eben einfach nicht wieder.

Aber noch ist es nicht soweit, Rechnungen sind zu zahlen, Salos Einverständnis einzuholen, die Bedingungen der Rückkehr müssen ausgehandelt werden. Ich habe Scheu davor, das gebe ich zu.

Als alles anfing hatte ich es einfacher gehabt. Ich sitze in diesem mir liebgewordenen Zimmer und das Heft hat nur noch wenig Seiten. Ich weiß nicht, wo ich anfangen soll, um meine eigenen Schwierigkeiten in die gleiche Ordnung zu bekommen, die ich allen andern Dingen und Menschen in dieser Geschichte so unerbittlich zugewiesen habe. Denn ich bin unsicher geworden und meine Gelassenheit zeigt Risse. Und das kann Losie nicht brauchen. Ich nütze ihr nur, wenn ich meiner sicher bin.

Alle Gefühle, die ich in mir längst gestorben glaubte, haben mir jetzt gezeigt, daß sie nur geschlafen haben, die Eitelkeit und die Abenteuerlust, die Furcht und die Unsicherheit, die Liebe und der Haß. Alle waren sie nur eingetrocknet, aber lebendig geblieben in all den Jahren, wie eine Rose von Jericho, der trockene, tote Schwamm, der in den Wüsten herumliegt und noch nach hundert Jahren ein dunkelgrüner Busch werden kann. Ich hatte nie über die Zukunft nachgedacht, weil ich es immer für sinnlos gehalten hatte. Und nun ertappe ich mich dauernd dabei, daß ich es tue, obwohl ich es noch für genauso sinnlos halte wie eh und je. Das Mädchen – ich will sie nicht mehr fesseln mit meinen Geschichten und ihrer Kindlichkeit. Aber das sind gute Vorsätze und stehen auf entsprechend dünnen Füßen.

Als Leisegang mich vom Staatsanwalt abholte und mich zunächst zum Haus zurückbrachte, zu Irma, versuchte er mich auszufragen. Er tat es auf die schleimige Art. Wie immer, wenn er die Ähnlichkeit unserer Stellungen betonte, wurde mir fast übel. Das waren eigentlich immer die einzigen Momente gewesen, wo ich mit meinem Schicksal unzufrieden, ja unglücklich war, wo ich fühlte, daß das nicht ich war, diese gesichtslose, alte Frau mit dem nutzlos gewordenen schönen alten Namen. Da kam ein Leisegang und betonte unsere Gleichheit, seine und meine. Dieser Blockwart, dieser Subalterne. Ich schwieg. Genau wie ich auch später bei Irma schwieg. Es hätte ihr nichts geholfen, wenn ich ihr was erzählt hätte.

Die Wenn und Aber, die Verweise auf die lange Dauer solcher Verfahren – ich kenn die doch. Der Sand ist tief, in dem das verlaufen wird. Und es wird sich hinter ihnen das Vergessen einstellen, sie dürfen wieder in die Zentren ihres Lebens, man wird sie ihnen nicht auf die Dauer verweigern. Denn Salo hat sich als ihrer würdig erwiesen. Er hat sich nicht gerächt, er hat nicht gesagt, was da eigentlich gespielt worden ist. Er hat sich nicht von seiner Kinderzeit entfernt. Ein Indianer kennt keinen Schmerz. Ich denke, daß sie es ihm früher oder später lohnen werden. Sie mögen ihn ja, und erzogen haben sie ihn sich auch. Der tut nie mehr in seinem Leben was in eigener Regie.

Man muß sich um ihn keine Sorgen machen. Auch nicht um Irma, die vielleicht insgeheim den Wunsch gehabt hat, zurück in ihr Dorf zu gehen, zu Dingen und Menschen die sie kennt und vor denen sie keine Rolle zu spielen braucht. Aber sie hat eben nur mit dem Gedanken gespielt. So klug ist sie selber, daß sie weiß: Das Grün des Grases jenseits der Hügel hält nie, was es verspricht.

Ja, und Losie? Ich sehe sie jetzt, während ich dies schreibe, im Park herumgehen. Sie hält ein Buch in der Hand, ich kann auf die Entfernung nicht erkennen welches es ist. Ihre Haare sind ein warmer, leuchtender Mantel. Obwohl sie allein ist, scheint sie mir von Gestalten umgeben. Sie schaut manchmal zu mir herauf, ohne daß sie zu erkennen gibt, ob sie mich sieht. Ich sitze halb hinter der Gardine verborgen, aber sie könnte mich sehen, wenn sie wirklich wollte. Sie hat ihre Schönheit wieder, eine Schönheit, die umso rührender wirkt, weil sie Spuren zeigt, winzige Spuren, weil sie zeigt, daß sie sterblich ist. Ich werde sicher in der nächsten

Zeit immer weniger über sie nachdenken, immer ein bißchen weniger. Ich habe vielleicht hier schon damit angefangen, obwohl es sicher nicht den Anschein hat.

Es gibt einen Punkt der Liebe, einen Ankunftspunkt, könnte man sagen, da wird das Objekt dieser Liebe gleichgültig. Was dem Geliebten an Vollkommenheit fehlt, fügt der Liebende hinzu, immer. Vielleicht wird das nicht einmal durch den Tod beendet. Es ist gleichgültig, was dem Gegenstand der Liebe zur Vollkommenheit fehlt. Der Liebende hat es immer.

Sie schaut jetzt so, als hätte sie mich gesehen, es scheint, daß sie lächelt.

Ich habe Nachricht von Duke. Mein unsterbliches Pferd macht auf seine alten Tage wirklich eine ganz seltsame Karriere. Zu Anfang haben wir darüber gelacht, als Salo von Dukes neuer Popularität im Dorf erzählte. Aber was ich jetzt höre, klingt nicht so sehr zum Lachen. Ich beginne zu glauben, daß die Leute so was brauchen. Ich übrigens auch, ich will mich da gar nicht ausnehmen.

Der Gaul sei bei bester Gesundheit, schreibt die Bäuerin, natürlich bekäme er auch nur vom besten Futter und der Kreistierarzt sei selber einer von Dukes Verehrern und sähe jede Woche nach ihm. Das Fell sei mittlerweile fast dunkelgelb geworden, manche sagen, sonnengelb. Altersgelb, aber wo ein Mythos hinsoll, kommt einer hin, da kann man nichts machen. Seine Zähne hätten die gleiche Farbe wie das Fell, sie stünden ihm weit aus dem Maul. Die Leute kämen bis aus dem Saarland, und der Pfarrer sei ein paarmal dagewesen, um dem Unsinn ein Ende zu machen, das sei Heidenglaube. Aber sie, die Bäuerin, hätte genau gesehen, wie der Pfarrer selber seine Hand auf die gelben Flanken gelegt habe.

Den ganzen Tag könnte man jemand neben Duke stellen, zum Erklären. Sie lasse das die jüngste Tochter machen, die habe mit Hilfe ihrer Lehrerin einen Vortrag ausgearbeitet, man schicke ihn mir mit, damit ich etwaige Fehler korrigieren könne. Das Wirtshaus hätten sie umbenannt, ein kleines Hotel sei dazugekommen, zum Weißen Herzog, hätten sie es genannt, dabei hätten sie ein Schild, aber das Pferd darauf sei ein wenig gelb, man müsse ihn ja schließlich wiedererkennen. Es seien bis jetzt fünf Heilungen vorgekommen, und ein Kind wollte die Jungfrau Maria in einem Stallkittel gesehen haben. Sie, die Bäuerin, glaube das ja nicht, aber es mache ihrer Tochter Freude, den unsterblichen Gaul zu erklären.

Und das geht so:

Es war einmal am Ende vom Kriege, da machte sich eine Dame auf die Flucht. Und sie besaß nichts als ein Pferd. Nach monatelangem Ritt durch den Winter kam die Dame hierher, das Pferd war abgemagert, aber es hatte viele Menschenleben gerettet und war auch nicht gegessen worden. Die Dame mußte in Stellung gehen und das Pferd bekam einen Platz hier auf dem Hof. Wir haben fünfzehn Hektar und in der Hauptsache haben wir Frucht, Wein und Schweinemast. Wegen dem Trester. Und das Pferd heißt Duke, das heißt Herzog, und es wird fünfunddreißig Jahre alt und stirbt nicht.

Es sei noch ein Satz über die Heilungen dringewesen, aber da sei der Pfarrer fuchsteufelswild geworden, das hätten sie dann wieder gestrichen. Das Geld, das die Kleine bekäme, legten sie auf ein Sparkonto für die Aussteuer. Es sei schon schön was zusammengekommen. Ob mir das alles so recht wäre?

Ach, mein unsterbliches Pferd. Da sitze ich nun und bin ein Es war einmal geworden, ein graues Es war einmal mit vielen Narben. Aber es ist eine schöne Geschichte und sie rührt doch, das muß ich zugeben. Ich habe Losie den Brief vorgelesen, und wir haben gar nicht drüber zu sprechen brauchen, es war wie früher – wir wußten beide, daß wir, sobald wir dies hier verlassen hätten, Duke besuchen würden, zuallererst. Vielleicht macht er an uns auch ein Wunder. Aber das glaube ich eigentlich nicht und wüßte auch nicht, was für eines. Denn es sind ja genug Wunder passiert in dieser Zeit, und es passieren immer neue. Man merkt es oft gar nicht. Daß es mit Losie weiter nichts gegeben hat als die Spuren, daß sie wieder so ist und weiterwächst, es ist schon ein Wunder. Daß die andern nichts gelernt haben, nichts gehört, nichts gesehen, nichts verstanden, ist auch ein Wunder. Die Dinosaurier und die Elsbächers gibt es, die sind zäh. Die Bäume und wundertätigen Pferde aber sind auch zäh. Man soll das nicht unterschätzen.

Ich habe heute mittag meinen Koffer bringen lassen. Dann bin ich noch einmal durch den sommerlichen Park gegangen. Jetzt sind die längsten Tage des Jahres, nur ganz zögernd wird es dunkel, beginnen die Lilien auf der Terrasse zu duften. Ich habe einen Zettel auf dem Kofferdeckel gefunden:

Sei nicht traurig. Es kann
überall schön werden wir
müssen uns nur trauen. Wir
brauchen uns. Und jetzt.
Beide gleich. Eigentlich ist
nichts passiert. Aber alles
ist anders geworden.